Bienzle und die lange Wut
Hauptkommissar Bienzle will endlich mal abschalten. Mit seiner Freundin Hannelore fährt er zum Wandern in den Schwäbischen Wald und wird mit einem brutalen Verbrechen inmitten einer ländlichen Idylle konfrontiert. Das Opfer ist der Sägewerksbesitzer. Er war der Platzhirsch in Heimerbach, und nahezu jeder in dem Dorf hätte einen Grund gehabt, den Mann umzubringen. Auf die Hilfe seines Kollegen Gächter kann Bienzle diesmal nicht zählen, denn der hat in Stuttgart einen eigenen schwierigen Fall zu lösen.

Bienzle im Reich des Paten
Der schwäbische Kommissar wird, um Amtshilfe zu leisten, nach Berlin beordert. Er kennt den Mann, dem die schwersten Verbrechen zur Last gelegt werden und der mit der Bundesprominenz auf Du und Du steht, gut von früher. Doch der Mafioso wird vor Bienzles Augen erschossen, bevor die Ermittlungen richtig beginnen können. Der illegale Waffenhandel mit Teheran, bei dem es um Millionensummen geht, floriert freilich weiter. Und Bienzle muss erkennen, dass er noch niemals Gegnern dieser Größenordnung gegenübergestanden hat.

Felix Huby, bürgerlich Eberhard Hungerbühler, geboren 1938, schreibt seit 1976 Kriminalromane, Tatorte, Fernsehserien. Bisher hat er 19 Krimis mit Kommissar Bienzle veröffentlicht und 2005 zudem einen neuen Ermittler kreiert: Peter Heiland (»Der Heckenschütze«, »Der Falschspieler«, »Der Bluthändler«, »Null Chance«). Der schwäbische Romanheld, der jetzt auch im Fernsehen aufgetaucht ist, ermittelt in Berlin. Aus Hubys Feder stammen 32 Tatorte für die ARD und zahlreiche Fernsehserien. 1999 wurde er für sein Werk mit dem »Ehrenglauser« der Autorengruppe Deutsche Kriminalliteratur »Das Syndikat« ausgezeichnet.

Der Autor im Netz: www.felixhuby.de
Unsere Adresse im Internet: www.fischerverlage.de

Felix Huby

Bienzle und die lange Wut

und

Bienzle im Reich des Paten

Zwei Kriminalromane

Fischer Taschenbuch Verlag

Originalausgabe
Veröffentlicht im Fischer Taschenbuch Verlag,
einem Unternehmen der S. Fischer Verlag GmbH,
Frankfurt am Main, Juli 2010

Satz: Pinkuin Satz und Datentechnik, Berlin
Druck und Bindung: CPI – Clausen & Bosse, Leck
Printed in Germany
ISBN 978-3-596-17037-1

Bienzle und die lange Wut

Die Hauptpersonen

Ernst Bienzle	Erster Hauptkommissar im Landeskriminalamt.
Günter Gächter	Hauptkommissar und Bienzles Freund.
Hannelore Schmiedinger	Bienzles Lebensgefährtin.
Patrick	Gächters Neffe, der seinem Onkel unfreiwillig Überstunden und Seelenqualen beschert.
Joe Keller	Draufgänger, unverwüstlicher Optimist und leider etwas dumm.
Mascha Niebur	riskiert für ihn zu viel, weil Liebe manchmal dumm macht.
Siegfried Lohmann	skrupelloser Widerling, dessen Glückssträhne abrupt endet.
Gerry Adler	sein Partner, der sich nicht nur die Firma mit ihm teilt.
Albert Horrenried	Sägewerksbesitzer, Machtmensch ohne Skrupel, aber auch ohne allzu viele Freunde.

Martin Horrenried	ungleicher Bruder Albert Horrenrieds, für den er nur ein hoffnungsloser Versager ist.
Winfried Horrenried	Martin Horrenrieds Sohn, der auf Teufel komm raus versucht, auf seine Kosten zu kommen.
Inge Kranzmeier	unterstützt ihn dabei mit Hingabe, auch wenn sie eigentlich die Lebensgefährtin seines Onkels ist.
Hajo Schmied	einziger Freund des Sägewerksbesitzers und selbstverständlich rein freundschaftlich an dessen Testament interessiert.

– 1 –

Joe Keller schaute zufrieden über die Köpfe seiner Freunde hinweg. Er stand hinter der Verkaufsluke seines Imbissstandes. Das Fest kam langsam, aber sicher auf Touren. Aus zwei Boxen, die Joe links und rechts von der Ausgabeöffnung aufgehängt hatte, dröhnte Musik, die Joe nun zu übertönen versuchte: »Greift zu, Leute! Keine falsche Bescheidenheit!«

Mascha stieß die schmale Tür auf und kam herein. Sie lehnte sich gegen Joe und küsste ihn in die Halsbeuge. »He, du, das wird aber teuer ...«

Joe grinste sie an. »Für dich ist mir doch nichts zu viel.« Die Musik verklang, und nun konnten alle Joe hören. »Man wird nur einmal zwanzig, stimmt's?«

Ein paar der jungen Leute stimmten an: »Happy birthday to you ...« Dazu trommelten einige von ihnen auf herumstehenden Tonnen, die sie allerdings erst umdrehen mussten, wobei der ganze Müll rausfiel. Joe beugte sich hinter seinen Verkaufstresen und holte ein paar Flaschen aus dem Kühlfach. »Champagner für alle!«, schrie er.

»Wo hast du denn den her?«, fragte Mascha.

Und einer der Jungs rief: »Hast du neuerdings einen Geldscheißer, oder was?«

»In der ›Stiftung Warentest‹ steht: Vom Kauf abzuraten – da hab ich ihn einfach so mitgenommen ...!« Joe warf die Flaschen ein paar seiner Kumpels zu. Beim Öffnen spritzte der Champagner entsprechend. Mascha schob eine neue Kassette in den Radiorekorder. Einige der jungen Leute fingen an zu tanzen. Jürgen, ein breitschultriger Zwanzigjähriger, trat zu

dem jungen Paar, während Joe laut rief: »Und Futter für alle – geht alles aufs Haus!«
»Trägt das denn der Laden?«, fragte Jürgen besorgt.
Joe schlug dem Freund auf die Schulter. »Siehste doch – läuft wie Rotz!«
Jürgen lachte: »Na ja, solange ihr alle freihaltet …«
»Ach was, das sind Investitionen – Werbemaßnahmen, verstehst du? Als Existenzgründer musst du dir was einfallen lassen.«
Am Rande des Standplatzes hielt ein Auto. Zwei Männer stiegen aus. Beide trugen enggeschnittene Tuchmäntel. Sie waren nicht viel älter als Joes und Maschas Gäste, und doch sahen sie aus, als kämen sie aus einer ganz anderen Welt.
Joe sah ihnen entgegen, und sein Gesicht verfinsterte sich. »Wir haben heute eine geschlossene Gesellschaft«, rief er.
Der Größere der beiden grinste Joe an. »Guter Witz … Wie sieht's denn mit der Kohle aus?«
»Heut ist Maschas Geburtstag«, sagte Joe. »Über Kohle kannst du morgen wieder mit mir reden, Sarrach.«
Der Große schüttelte den Kopf. »Ich glaube, das siehst du nicht ganz richtig. Die Rate ist seit vierzehn Tagen fällig.«
»Ich ruf den Lohmann morgen an«, sagte Joe obenhin.
»Der schickt uns ja grade, weil er deine ewigen Ausreden nicht mehr hören kann. Wenn du sechs Wochen im Verzug bist, verfällt der Vertrag für den Standplatz. Aber die Kohle bleibste natürlich trotzdem schuldig! Ich wollte dir das nur noch mal ganz klarmachen.«
Joe sah sich um, ob auch keiner seiner Freunde zuhörte. Aber nur Jürgen stand in der Nähe. »Ja, ja, ist ja gut!«, sagte er ungeduldig.
»Eben nicht.« Sarrach war noch immer freundlich.
Deshalb hatte Joe auch den Mut nachzuschieben: »Mann, du störst. Du verdirbst uns das ganze Fest!«

Sarrach hob die Arme, als ob er sagen wollte: »So ist die Welt«, drehte sich dann aber um und ging zu seinem Wagen zurück. Der andere Mann, der die ganze Zeit kein Wort gesprochen hatte, folgte ihm.
Jürgen sah Joe überrascht an. »So leicht gibt der sich zufrieden?«
»Der weiß doch, dass ich zahle. Und der Lohmann weiß das auch. Die werden doch nicht die Kuh schlachten, die sie melken.« Er fasste Mascha um die Hüften und stieg mit ihr die drei Stufen hinunter, zog sie noch enger an sich und küsste sie.
Mascha sagte ihm leise ins Ohr: »Du, ich hab dich wahnsinnig lieb.«
»Und ich dich erst!«, flüsterte Joe zurück.
Nach einer Pause, in der die beiden selig miteinander tanzten, fragte Mascha: »Glaubst du, wir schaffen's?«
»Ja, was denn sonst? – Vor zwei Stunden hab ich noch mit einem Banker geredet, der unser Unternehmen an die Börse bringen will!«
Mascha kicherte. »Spinner!«
Joe fuhr fort: »Und die vom Verband junger Unternehmer wollen mich zu ihrem Vorsitzenden machen.«
Er nahm Schwung auf und tanzte mit Mascha in die Mitte. Nach und nach hielten die anderen Paare inne und klatschten im Rhythmus, während Mascha und Joe im Zentrum herumwirbelten wie die Derwische. Immer schneller, immer verrückter und noch schneller und noch verrückter, bis plötzlich die Musik zu Ende war und die beiden engumschlungen und außer Atem stehen blieben.

Ernst Bienzle betrat um die gleiche Zeit eine Wohnung im zweiten Stock eines alten Jugendstilhauses in der Ludwigstraße. Seine Schritte hallten laut. Er ging durch große, hohe

Räume, die durch Flügeltüren miteinander verbunden waren. Ein alter, lichtbrauner Parkettfußboden spiegelte das Licht der Straßenlaternen, das durch die großen Fenster fiel. Hintenraus, wo man in den Park am Ende der leicht ansteigenden Stichstraße schauen konnte, stieß Bienzle auf eine Veranda, die man wohlwollend auch als Wintergarten hätte bezeichnen können. Von der Wohnungstür bis zu diesem verglasten Raum waren es siebenundvierzig Schritte. Bienzle hatte sie genau gezählt. Vorher hatte er im Stillen zu sich gesagt: »Wenn es mehr als vierzig sind, ist alles gut.«

Er machte oft solche Orakel, hätte aber nie zugegeben, dass er abergläubisch war. Wenn ihn jemand fragte, was für ein Sternbild er sei, lachte er nur und sagte, er gebe auf so was nichts. »Wissen Sie, ich bin Schütze, und Schützen sind von Haus aus skeptisch!«

An der Tür klingelte es. Auch dieses Geräusch klang in den hohen, kahlen Räumen laut und aufdringlich. Bienzle ging die siebenundvierzig Schritte zurück und öffnete. Hannelore stand vor der Tür. Er schloss sie spontan in die Arme.

»Sie ist es«, sagte er, »genau die Wohnung, die wir suchen.«

Hannelore legte die Stirn in Falten. »Dann brauch ich sie mir wohl gar nicht mehr anzuschauen …?«

»Doch, doch, du musst sogar. Du wirst begeistert sein. Los, komm, ich zeig dir dein künftiges Atelier.«

Seine Begeisterung war ansteckend. Hannelore folgte ihm. Wie gut, dass der Vermieter Bienzle den Schlüssel überlassen hatte; so konnten sie bis zum späten Abend ihre Pläne machen. Und als sie endlich in Paolos Trattoria ankamen, um das Ereignis zu feiern, war es schon fast elf Uhr.

Mascha und Joe kamen gemeinsam mit Jürgen in ihre Wohngemeinschaft zurück. Als sie sich endlich müde und glücklich

auf ihrer großen Matratze aneinanderschmiegten, sagte Mascha: »Du, Joe …«
»Hmmm?«
»Wenn du dich mal in eine andere verliebst …«
»In wen denn?«
»Ist doch jetzt egal!«
»Stimmt, weil das nämlich nicht passieren kann.«
»Und warum kann das nicht passieren?«
»Weil ich *dich* liebe. Und zwar ultimativ.«
Er zog sie an sich und küsste sie. Der Kuss wurde leidenschaftlicher. Joe streichelte das Mädchen zärtlich, und sie gab jede Zärtlichkeit doppelt zurück.
Mascha hatte Mühe, grade noch zu sagen: »Ich glaub, ich würd dran sterben!«

Bienzle hatte sein Büro schon lange nicht mehr so schwungvoll betreten.
Gächter sah ihn verwundert an. »Du kommst daher, als ob du frisch verlobt wärest.«
»Ja, so was in der Art ist es auch!« Begeistert erzählte Bienzle von der neuen Wohnung, in die sie nun wieder zusammenziehen würden, er und Hannelore. Er hatte Urlaub eingereicht. Ein paar Tage wollte er mit Hannelore noch mal in den Schwäbischen Wald fahren und im Steinachtal wandern. Danach werde er gemeinsam mit ihr die Wohnung streichen und tapezieren.
»Aber so was kannst du doch gar nicht«, sagte Gächter.
»Mr kann älles lerna, wenn mr will«, gab Bienzle fröhlich zurück.
»Na, da wär ich gerne dabei, wenn du deine Wohnung nach dem Prinzip von Versuch und Irrtum renovierst!«
»Kein Problem. Komm ruhig. Dann kannst mir a bissle helfen.« Bienzle setzte sich hinter seinen Schreibtisch, streckte die

Beine weit von sich und hakte die Daumen in den Hosenbund. »Bloß gut, dass das Verbrechen zurzeit einen Bogen um Stuttgart macht.«

– 2 –

In der Nacht hatte es zu regnen begonnen. Ein tiefer grauer Himmel hing über der Stadt. Kurz nach acht Uhr begannen Mascha und Joe damit, die Überreste des Festes zu beseitigen.
»Hast du eigentlich mal zusammengerechnet, was uns das gestern alles gekostet hat?«, fragte Mascha.
»Das lass ich lieber«, gab Joe zurück.
»Der Lohmann verlangt aber sein Geld, und ich fürchte …«
Weiter ließ Joe sie nicht kommen. »Der weiß doch, dass wir die Kohle beibringen. Dem kommt's auf ein paar Tage hin oder her nicht an.«
Maschas Miene zeigte deutlich, dass sie anderer Meinung war. »Lohmann trau ich nicht mal so weit, wie ich 'ne Waschmaschine schmeißen kann«, sagte sie.
Lohmann, der mit allem makelte, was Geld brachte, hatte Joe und Mascha den Imbissstand verschafft. Das Gelände, auf dem die Bude auf Rädern stand, gehörte ihm ebenfalls. Mascha und Joe zahlten dort Standortmiete, und sie hatten sich bei Lohmann mit 50 000 Mark verschuldet, um den Stand vom Vorgänger ablösen und über das notwendige Anfangskapital verfügen zu können. Sie mussten ja Waren kaufen, die Ausrüstung vervollständigen, gegenüber den Getränkefirmen in Vorleistung gehen. Joe hatte sich allerdings von dem Geld auch ein Motorrad zugelegt; denn er war sich absolut sicher, dass für ihn und Mascha nun ihr ganz persönliches Wirtschaftswunder begonnen hatte.

Die Aufräumungsarbeiten gingen gut voran. Mascha hatte geschickte Hände und konnte kräftig zulangen, und sie waren ein eingespieltes Team. Plötzlich horchte Joe auf. Das Geräusch schwerer Kettenfahrzeuge war zu hören. Joe ging um den Stand herum. In breiter Front kamen drei gewaltige Schaufelbagger über das Gelände, direkt auf den Imbissstand zu.

»Was soll'n das werden, wenn's fertig ist?«, fragte Joe. Aber da war niemand, der ihm hätte antworten können.

Auf der Straße fuhr Jürgen mit seinem Abschleppwagen heran. Er war auf dem Weg zur Autobahn und wollte vorher noch bei den beiden frühstücken.

Die Bagger kamen immer näher.

Jürgen sprang vom Bock seines Lasters, ging zum Imbissstand, stellte sich auf die Zehen, um einen Blick ins Innere werfen zu können, und rief: »Ey, habt ihr den Grill noch nicht an? Ich will frühstücken!«

Joe schien ihn gar nicht gehört zu haben. »Der Lohmann hat gesagt, hier wird in fünfzig Jahren nicht gebaut!«

Nun entdeckte auch Jürgen die Baufahrzeuge. »Die fünfzig Jahre sind aber schnell vergangen.«

»Die können uns doch hier nicht abräumen«, schrie Mascha. »Wir haben einen Vertrag!«

»Hat der Typ gestern nicht gesagt, der verfällt, wenn ihr nicht bezahlt?«, wandte Jürgen ein.

»Scheiße, die sechs Wochen sind schon seit vierzehn Tagen rum!«, sagte Mascha plötzlich leise.

Joe wirkte zuerst noch seltsam ruhig. »Das hat der doch gewusst. Lohmann muss doch gewusst haben, dass hier gebaut wird. Diese Sau! Der hat uns da reingeritten.«

Und dann bekam er unvermittelt einen Tobsuchtsanfall. Er trat gegen eine der Tonnen, so dass sie umfiel. Dann griff er – außer sich vor Zorn – nach einem Sack mit Würsten und fing an, sie einzeln gegen die herannahenden Bagger zu werfen. Stoisch fing einer der Baggerführer so ein Geschoss mit einer Hand auf und biss hinein. Joe wütete gegen den eigenen Imbissstand. Er riss ein Schild um, zog krachend die Rollläden herunter, trat so unbeherrscht gegen einen der Stehtische, dass er umfiel.

»Dieser Verbrecher ... Den häng ich an den Eiern auf. Den bring ich um. Diese Granatensau ...!«

Mascha versuchte ihn zu beruhigen. »Joe! Joe, bitte nicht, hör doch auf!« Aber er wurde immer verrückter, immer wilder und unbändiger.

Jürgen packte ihn am Arm. »*Keep cool*, Mann. Überleg lieber, was man da machen kann.«

Mascha rannte auf den ersten Bagger zu.

Joe fuhr Jürgen an: »Was man da machen kann? Meinst du, gegen einen wie Lohmann kannst du was machen, außer dass du ihm ein Messer zwischen die Rippen rammst?«

Hinter ihnen hielt der erste Bagger an. Mascha kletterte zu dem Baggerführer hinauf. Jürgen und Joe konnten nicht hören, was die beiden miteinander redeten.

Joe schrie seinen Freund an: »Der hat doch genau gewusst, dass wir hier nach acht Wochen wegmüssen, aber er hat mich die ganze Ablöse zahlen lassen: Vierzig Mille! Die Standmiete hat er kassiert, und die Zinsen wollte er auch noch haben. Aber das wär nur auf lange Sicht zu schaffen gewesen! So viel Kohle so schnell, das geht gar nicht! Wir haben doch erst angefangen ... In son Laden musst du erst mal 'ne Menge reinstecken. Das sagt dir jeder!«

»Mich musst du doch nicht überzeugen«, sagte Jürgen lahm.

Joe war jetzt den Tränen nahe. »Irgendwann hätt ich's geschafft!« Sosehr er gerade getobt hatte, so sehr drückte ihn nun der Jammer nieder. Er sank plötzlich auf die Knie, brach förmlich zusammen.

Mascha kam zurück. Sie nahm Joes Kopf in ihre Arme. »Ich hab mit dem Typ ausgemacht, dass sie hier erst mal nichts machen …«
»Und was soll das bringen?«, fragte Jürgen skeptisch.
»Das werden wir ja sehen. Ich geh jetzt zu Lohmann.« Mascha wirkte entschlossen.
»Aber nicht ohne mich!« Joe stand wieder auf.
»Aber klar ohne dich. Du bist doch imstand und knallst ihn ab.«
»Da müsst ich erst 'ne Waffe haben.«
»Wenn's weiter nichts ist … Die kriegst du von mir!«, sagte Jürgen grinsend.
Mascha fuhr ihn an: »Hör auf, hier rumzuspinnen. – Ich fahr mit dem Motorrad, ja?«
Joe machte eine Geste, als ob er sagen wollte: Jetzt ist sowieso alles egal.
Als Mascha weggefahren war, rissen die beiden Männer erst einmal zwei Bierdosen auf.
»Geht auch als Frühstück«, sagte Jürgen.
Joe grinste: »Ist ja auch nix, immer nur Austern auf Eis und Kaviar mit neuen Kartöffelchen …«
Sie tranken beide einen langen Schluck und starrten vor sich hin. Dabei ließen sie sich auch nicht von den Baggerfahrern stören, die inzwischen ausgestiegen waren und diskutierten, was nun zu tun sei.
»Musst du nicht los?«, fragte Joe nach einer Weile.
»Sobald 'ne Meldung kommt.«
Nachdem beide noch einen Schluck genommen hatten, sagte Joe: »Man sollte die Bude dem Lohmann direkt vor sein stinkfeines Büro hinplatzen und sagen, da hast du deine Kackbude zurück.«
»Und warum machen wir das nicht?«, fragte Jürgen.

»Ja, genau, warum machen wir das eigentlich nicht …?«
»Vielleicht, weil Mascha doch noch was bei ihm erreichen könnte.«
»Du glaubst doch nicht an den Weihnachtsmann, oder?«

– 3 –

Lohmann residierte in einem modernen Bürohaus aus Glas, Stahl und Marmor an der Lautenschlagerstraße, nicht weit vom Schlossplatz. Mascha stellte das Motorrad auf den Gehweg, nahm den Sturzhelm ab und streifte den Kinnriemen über ihren Unterarm. Sie ging über rötliche Granitplatten auf das Gebäude zu, an dessen Außenfront ein gläserner Aufzug emporglitt. Das Bürohaus spiegelte sich matt in den glänzenden Steinplatten des Vorhofs. Mascha stieß die Tür auf. Sie war nicht das erste Mal hier. Droben im siebten Stock hatten sie den Vertrag unterschrieben.
Im Inneren des Bürohauses gab es einen zweiten Aufzug. Mascha war alleine in der Kabine, sie rekapitulierte in Gedanken noch einmal, was sie Lohmann sagen wollte.
Die Aufzugtür öffnete sich. Mascha trat hinaus und orientierte sich. Ein Mann Mitte dreißig in einem hellen Leinenanzug kam den Korridor herunter. Er sah Mascha an.
»Suchen Sie jemand? Ach, warten Sie mal, Sie sind doch …«
Auch Mascha erkannte Gerry Adler erst auf den zweiten Blick. Er war Lohmanns Partner. Damals war er sehr freundlich zu ihr und Joe gewesen.
»Wo sitzt der Herr Lohmann?«, fragte sie.
»Letzte Tür rechts.«
Mascha ging weiter. Gerry Adler schaute ihr nach und schnalzte mit der Zunge. Mascha hörte es und drehte sich noch mal

um. Da rief er ihr zu: »Egal, was er Ihnen verspricht – glauben Sie's nicht!«
Mascha klopfte kurz und ging dann durch die Tür in Lohmanns Vorzimmer. Dort saß Corinna Lohmann an einem Computer, tippte mit atemberaubender Geschwindigkeit auf dem Keyboard und hob nicht einmal den Kopf, als sie sagte: »Ja, bitte?«
»Zu Herrn Lohmann, bitte«, sagte Mascha knapp.
Noch immer schaute die Frau an dem Computer nicht auf. »In welcher Angelegenheit?«
»Das werd ich ihm dann schon sagen. Wo geht's rein – da?« Sie zeigte auf die Tür zu Lohmanns Büro und war fast im gleichen Augenblick schon drin.
Corinna sprang auf und wollte ihr nach. »Jetzt Moment mal«, rief sie aufgeregt.
Die Tür fiel ins Schloss.
Gleichzeitig betrat Gerry Adler vom Korridor her Lohmanns Vorzimmer. Er lächelte Corinna an. »Jetzt ist er erst mal beschäftigt, oder?«
Dann zog er Corinna ohne Umschweife an sich und küsste sie. Corinna erwiderte den Kuss, schob Gerry dann aber mit den flachen Händen von sich.
»Bist du verrückt? Er kann jeden Moment rauskommen.«
»Weißt du, wer da grade zu ihm rein ist?«, fragte Gerry.
»Sie hat sich mir nicht vorgestellt!«
»Mascha Niebur … Drück ihr eine Pistole in die Hand, und sie erschießt ihn!«
Er lachte und küsste Corinna erneut, dabei glitt seine Hand unter ihren Rock, und Corinna gab einen zustimmenden gurrenden Laut von sich.
»Los, komm, wir gehen in dein Büro«, sagte sie atemlos, »ich stelle das Telefon um.«

Sie drückte die notwendigen Knöpfe. Dann verließen die beiden den Raum.

Jürgen hatte den Imbisswagen auf den Haken seines Abschleppers genommen. Das seltsame Gespann fuhr grade über die Neckarbrücke und auf der B 14 stadteinwärts. Die beiden Freunde saßen im Fahrerhaus und grölten um die Wette: *»Old McDonald had a Farm – hiahiaho …«*
Sie waren in einer seltsam überdrehten Stimmung, und obwohl Joe soeben kampflos seinen Standplatz geräumt hatte, fühlte er sich, als ob er's mit der ganzen Welt aufnehmen könnte.

Mascha saß unterdessen auf einem Besucherstuhl in Lohmanns Büro. Der Makler ging auf und ab. Er trug einen taubenblauen Anzug mit Weste, die über seinem feisten Bauch spannte. Feist war alles an ihm, sein Gesicht, in dem die Augen hinter Fettwülsten fast verschwanden, seine dicken, viel zu kleinen Hände, seine kurzen Beine. Lohmann musste um die vierzig sein, seine wenigen Haare hatte er seitlich über den immer kahler werdenden Schädel gekämmt. Kleine Schweißtropfen standen auf seiner Stirn. Selbst bei der kleinsten Erregung begann er zu schwitzen. Eigentlich ging er nicht durch den Raum, er schob seinen Körper mit vorgewölbten Hüften herum.
»Ich verstehe doch Ihr Problem«, sagte er. »Vielleicht finden wir ja gemeinsam einen neuen Stellplatz für den Stand. In Cannstatt können Sie natürlich nicht bleiben. Das ist ja jetzt Baugelände.«
»Aber Sie haben doch gesagt …« Mascha bemühte sich um einen freundlichen Ton.
Lohmann lächelte feist. »Nun ja, die Dinge entwickeln sich. Wir leben in einer dynamischen Zeit.«
»Und die Schulden …?«

»Tscha, Vertrag ist Vertrag, meine Liebe ... Sie hätten sich nicht darauf einlassen sollen, wenn Sie damit überfordert sind!«
Plötzlich trat er dicht vor sie hin, fasste sie unterm Kinn, hob es hoch. Mascha schüttelte ihn unwillig ab, was ihm aber nur ein überlegenes Lächeln abnötigte. »Wenn's nur nach mir ginge ... Ich bin ja auf das Geld nicht angewiesen. Und mehr als zwei Steaks am Tag kann ich auch nicht essen. Aber ich habe einen Partner. Und der ist knallhart. Um nicht zu sagen: gnadenlos!«
Er trat ans Fenster und schaute hinaus. Plötzlich hielt er den Atem an. »Das gibt's doch nicht ... Das ist doch Ihr Macker da unten! Und das ist euer Imbissstand!«
Mascha sprang auf und trat neben Lohmann, der nun laut loslachte.
»Alle Achtung! Der traut sich was ... Jetzt sitzen Sie allerdings noch ein bisschen tiefer in der Scheiße, meine Liebe.«
Mascha sagte trostlos: »Ich hab's wenigstens versucht.«
Sie wollte zur Tür.
Lohmann fuhr herum. »Warten Sie doch! Augenblick. Ich könnt Ihnen schon helfen. Ich hab was übrig für so freakige Typen wie Sie und Ihren Freund da unten. Ich helfe Ihnen mit meinem privaten Geld ... Sie müssten mir allerdings auch ein wenig entgegenkommen.«
Er trat dicht zu ihr und legte seine kurzen, dicken Arme um ihre Taille.
»Sie wollen mit mir ficken, stimmt's?«
Lohmanns Atem ging kurz. »Ist 'n Angebot«, sagte er heiser, und seine Augen traten ein wenig aus ihren Fetthöhlen hervor. »Du kannst natürlich nein sagen. Wir leben ja schließlich in einem freien Land.«
Seine Patschhände wanderten nach oben, packten Mascha an den Schultern, drückten das Mädchen nach hinten gegen die

Kante seines Schreibtisches. Jetzt fasste er mit beiden Händen an ihre Bluse und knöpfte sie auf. Dabei versuchte er, sie weiter nach hinten zu drücken.
Mascha war zuerst wie paralysiert, und einen Augenblick mochte es für Lohmann so aussehen, als ließe sie sich auf den Deal ein.

Jürgen hatte seinen Abschlepper mitten auf den Granitvorplatz des edlen Bürogebäudes gesteuert. Jetzt ließ er den Imbissstand langsam ab und platzierte die Futterkiste direkt vor den noblen Eingang des Bürogebäudes, wo der Stand hinpasste wie ein Vogel in ein Aquarium.
Joe rieb sich zufrieden und stolz die Hände. Er fand den Joke einfach klasse. Was die Aktion für Folgen haben konnte, interessierte ihn nicht. »So, und jetzt geh ich rauf und mach den Lohmann zur Sau!«, rief er seinem Freund zu.
»Die Mascha müsste doch noch bei ihm sein«, gab der zurück.
»Umso besser!«
Joe ging auf den Eingang zu. Er hatte dabei einen Gang wie Gary Cooper in »Zwölf Uhr mittags« als Will Cane vor seinem Duell mit Frank Miller.
Jürgen rief ihm noch nach: »Du, ich muss aber los!«
Joe winkte nur, ohne sich noch mal umzusehen.

Mascha hastete wie von Furien gehetzt den Korridor entlang. Am Ende des Ganges rannte sie die Treppe hinunter. Kaum war sie verschwunden, da öffnete sich die Aufzugtür, und Joe stieg aus dem Lift. Zielgerichtet marschierte er auf die Tür am Ende des Korridors zu.
Zur gleichen Zeit fuhr ein Streifenwagen der Polizei vor dem Bürogebäude vor. Zwei Beamte stiegen aus und umrundeten den Imbissstand, der so gar nicht hierherpasste.

Mascha kam aus dem Bürogebäude und rannte auf die Bude zu.
Einer der Polizisten sagte: »Gehören Sie hier dazu?« Dabei zeigte er auf den Imbissstand.
Mascha antwortete nicht, sie rief: »Joe … Joe?«, wollte die Tür aufmachen, aber die war verschlossen. Mascha rüttelte an der Klinke. »Joe, bist du da drin?«

Corinna kam in ihr Büro zurück. Sie setzte sich an ihren Platz und ordnete ihr Kleid noch mal, obwohl sie sich schon in Gerry Adlers Büro wiederhergerichtet hatte, solange der auf der Toilette gewesen war.
Plötzlich hörte sie ein Geräusch aus Lohmanns Büro. Die Tür war nur angelehnt. Corinna stieß sie auf.
Lohmann lag über dem Schreibtisch, in seinem Rücken steckte eine große Büroschere. Neben dem Schreibtisch stand Joe. Er versuchte gerade, mit seinem Taschentuch die Schere abzuwischen.
Corinna rannte auf den Korridor hinaus und lief direkt ihrem Liebhaber in die Arme.
»So sollte man jeden Tag anfangen«, sagte Gerry grinsend.
Aber Corinna schnappte nach Luft und stieß unzusammenhängende Wörter hervor. »Er ist … ein Mann mit einer Schere … tot, er ist tot.«
Gerry Adler durchquerte Corinnas Büro und betrat Lohmanns Zimmer. Joe fuhr herum.
Gerry hob beruhigend die Hände. »Ist gut, ist gut – glauben Sie mir, ich kann Sie verstehen!« Er ging um den Schreibtisch herum. »So wie er mit Ihnen umgegangen ist …« Gerry stand jetzt an der rechten Schreibtischschublade und zog sie ganz langsam auf. Auf einem Stapel Papier lag ein Revolver.
Joe stotterte. »Ich … ich weiß nicht, wie das passiert ist …«

Gerry nahm die Waffe heraus, entsicherte sie und richtete sie auf Joe. »Eine falsche Bewegung, und ich knall Sie ab!«

– 4 –

Bienzle hatte sich einen Helm aus Zeitungspapier aufgesetzt. Er stand hoch oben auf einer Bockleiter, tauchte die Rolle in die Farbe und zog an der Decke des Wohnzimmers seine erste Bahn, als sein Handy klingelte, das auf dem Tapeziertisch lag.

»Ich hätt's ausschalten sollen«, rief er. »Kannst du grade mal rangehen?«

Hannelore kam aus der Küche, sie trug einen weißen Kittel und hatte ihre Haare in ein buntes Kopftuch gebunden. Sie nahm das Telefon vom Tisch und warf es Bienzle zu. Beim Versuch, es aufzufangen, verlor Bienzle beinahe das Gleichgewicht.

»Ja?«, bellte er in den Apparat. »Wo ist das? – Ist doch prima, wenn der Täter noch direkt neben der Leiche gestanden hat.« Dann seufzte er. »Also gut, ich komm.« Er schaltete das Handy aus und stieg von der Bockleiter.

»Ich hätt's mir denken können«, sagte Hannelore.

»Ja no, Urlaub hab ich erst ab morgen«, sagte Bienzle. »Vielleicht hätten wir doch erst nach dem kleinen Wanderurlaub anfangen sollen.«

»Aus dem Wanderurlaub wird dann ja wahrscheinlich auch nichts.« Hannelore stieg missmutig die Leiter hinauf, um Bienzles Arbeit fortzusetzen.

»Natürlich wird da was draus. Das lass ich mir nicht nehmen.«

Hannelore sagte: »Bienzle, ich glaub dir kein Wort.«

Die Leiche Lohmanns lag noch immer auf dem Schreibtisch. Die Spurensicherung hatte gerade ihre Arbeit begonnen. Unter der Tür erschien Bienzle. Gächter war schon da. Joe stand mit Handschellen gefesselt in der Ecke.
Corinna Lohmann berichtete unter Tränen: »Er muss eine Minute vorher zugestochen haben. Und dann hat er mit dem Taschentuch die Schere abgewischt ...«
Bienzle riss, ohne sich mit einem Gruß aufzuhalten, die Vernehmung an sich. »Wer sind Sie, die Sekretärin?«
»Ich bin seine Frau, und ich mache hier das Sekretariat, ja.«
Gächter sagte mit einem spöttischen Lächeln: »Und das ist der leitende Hauptkommissar Ernst Bienzle.«
Joe meldete sich: »Ich war's nicht! Wie ich reingekommen bin, lag er schon so da.«
»Ich war bei Herrn Adler drüben«, sagte Corinna schniefend. »Wir haben ein Projekt besprochen.«
Bienzle warf Corinna einen misstrauischen Blick zu. Danach hatte er sie gar nicht gefragt. »Soso«, sagte er nur grimmig.
Joe rief wieder: »Ich war's nicht, das müssen Sie mir glauben!«
»Haben Sie schon einen Anwalt?«, fragte Bienzle den jungen Mann.
»Ich hab den Bossi angerufen, aber den würde der Fall nur interessieren, wenn ich wirklich der Mörder wäre.«
Bienzle warf dem Jungen einen Blick zu. Entweder war er absolut cool, oder er war es tatsächlich nicht gewesen. »Wir reden im Präsidium weiter«, sagte der Kommissar und wandte sich dann zu den uniformierten Beamten: »Bringt ihn weg!«

Vor dem Bürohaus hängten zwei Männer in blauen Arbeitsanzügen den Imbisswagen an ein Abschleppfahrzeug der Polizei. Joe wurde von zwei uniformierten Beamten zu einem vergitterten grün-weißen Kastenwagen geführt. Der Regen hatte

aufgehört. Bienzle trat aus dem Gebäude und blinzelte in die unnatürlich weiße Sonne.
Plötzlich war Mascha da und hängte sich an Joes Arm. »Was ist los, Joe, was machen die mit dir? Was ist passiert?«
Joe stieß hervor: »Den Lohmann hat einer abgestochen. Und jetzt soll ich's gewesen sein.«
»Abgestochen? Wie meinst du das, abgestochen?«
Einer der Polizisten fasste Mascha an den Schultern. »Weg da! Verschwinden Sie!«
»Wir kriegen das hin, Joe – irgendwie kriegen wir das hin – ganz bestimmt!« Sie schlang ihre Arme um seinen Hals und küsste ihn.
Der Beamte wollte sie wegreißen. Blitzschnell fuhr Mascha herum und biss ihn in die Hand. Der Polizist schrie auf und zog den Schlagstock vom Gürtel.
Bienzle ging dazwischen: »Lassen Sie das!«
»Schauen Sie sich das an«, sagte der Beamte und hob seine Hand, um Bienzle die Bisswunde zu zeigen.
»Sie werden's überleben«, knurrte der Kommissar und schaute Mascha dabei an. »Sie sind seine Freundin?«
»Ihr könnt ihn nicht einsperren! Er war's nicht«, sagte sie.
»Wenn er's nicht war, wer dann? Wissen Sie's?«
Mascha biss sich auf die Unterlippe und schüttelte den Kopf.

Eine halbe Stunde später saß Bienzle Joe gegenüber. Gächter lehnte am Fensterbrett und drehte Zigaretten auf Vorrat. Der Junge hatte bereitwillig erzählt, wie er und Lohmann seinerzeit zusammengekommen waren. Der Makler hatte inseriert, Mascha hatte es gelesen, und Joe hatte sich bei ihm gemeldet.
»Vierzig Mille für die Ablöse und zehn als Investitionshilfe. Ich hab halt noch nicht so viel verdient, dass es für die Standmiete und die Zinsen gereicht hätte. Leben will man ja auch.«

»Wie viel war das denn? Standmiete und Zinsen?«, fragte Gächter.
»Vieracht im Monat.«
»Der hat's aber auch von den Lebendigen genommen, mein lieber Scholli«, kommentierte Bienzle. »Haben Sie sich denn nicht beraten lassen?«
»Klar. Unternehmensberatung McKinsey. Die Studie ist in Arbeit.« Joe grinste.
Bienzle musste unwillkürlich lächeln. »Nach allem, was Sie erzählen, kann ich ja verstehen, dass Sie einen Riesenzores auf Lohmann gehabt haben.«
Joe maß den Kommissar aus schmalen Augen. »Ach ja, Sie können das verstehen? Sie haben einen *sense* für uns junge Leute, was?«
»Na ja, er hat Sie abgezockt, da wär ich auch sauer.«
Unvermittelt schrie Joe los: »Ihr Verständnis geht mir doch am Arsch vorbei, Mann! Wenn sich mal einer von euch um unsereinen kümmert, dann nur, damit er sich selber an seinen guten Absichten berauschen kann!«
Gächter stieß sich vom Fensterbrett ab, aber Bienzle machte eine beschwichtigende Geste in seine Richtung. »Ist das auf Ihrem Mist gewachsen, oder haben Sie das irgendwo gelesen?«, fragte er eher amüsiert.
»Dass Sie mir nix zutrauen, passt dazu«, blaffte Joe.
»Nu halt mal den Ball flach, Junge, ja?«, ließ sich Gächter hören.
Aber Bienzle sagte: »Er hat doch recht.«
Joe äffte den Kommissar nach: »Er hat doch recht, er hat doch recht, aber krieg ich auch Recht?«
Gächter hob eine schmale Akte vom Tisch hoch. »Sie sind immerhin vorbestraft.«
»Da! Einmal ein Verbrecher, immer ein Verbrecher … In dem Lohmann seinem Büro können hundert Leute gewesen sein,

bevor ich gekommen bin und die Sau tot auf dem Schreibtisch gefunden hab. Warum muss es dann ausgerechnet ich gewesen sein?«
Bienzle sagte geduldig: »Weil Sie ein Motiv hatten und weil Sie mit der Mordwaffe angetroffen wurden.«
»Es könnte allerdings auch Ihre Freundin gewesen sein«, sagte Gächter, »die war kurz vor Ihnen da.«
Joe sprang völlig unvermittelt auf und stürzte sich auf Gächter. »Lass Mascha da raus, du Scheißbulle!«
Gächter schlug sofort zu, so dass Joe wieder auf seinen Stuhl zurücktorkelte.
Bienzle sagte versöhnlich: »Des wär jetzt net nötig gewesen, Herr Keller. Sie haben ja recht: Es kann auch jemand ganz anderer gewesen sein.«
»Am Ende werdet ihr's doch mir anhängen«, sagte Joe Keller dumpf.

Gegen sechs Uhr am Abend verließen Gächter und Bienzle gemeinsam das Präsidium.
»Und jetzt?«, fragte Gächter. »Noch mal zu Frau Lohmann und seinem Partner?«
»Kannst du machen … Ich fahr heim«, sagte Bienzle. »Überhaupt wird das ja dein Fall. Ich fahr morgen in den Schwäbischen Wald. Ich hab bekanntlich Urlaub!«
Gächter seufzte: »Und ich krieg nachher Besuch.«
Bienzle sah den Kollegen fragend an.
»Mein kleiner Neffe kommt, der Patrick, meine Schwester fährt mit ihrem Mann für vier Wochen nach Nepal, Trekking im Himalaya.«
»Des ischt au dr nächschte Weg«, sagte Bienzle, stieg in sein Auto und fuhr davon.
Gächter hatte noch ein paar Schritte bis zu seinem Wagen.

Plötzlich stand wie aus dem Boden gewachsen Mascha Niebur vor ihm. Sie sagte unvermittelt: »Sie müssen ihn freilassen. Er war's nicht!«
»Ihr Freund ist hinreichend verdächtig«, sagte Gächter sachlich. »Morgen wird er dem Haftrichter vorgeführt, und wenn unsere Indizien reichen, bleibt er drin bis zu seinem Prozess. Im Übrigen, kein Polizist kann einen Verdächtigen einfach so laufen lassen.« Er wandte sich ab und schloss sein Auto auf.
Aber so einfach ließ sich Mascha nicht abspeisen. »Er hält es im Gefängnis nicht aus – grade weil er's nicht war.« Und nach einer kurzen Pause setzte sie leise hinzu: »Und ich halte es ohne ihn auch nicht aus.«
Gächter sah ihr in die Augen. »Ich kann's nicht ändern.«
»Er hat keine Chance, was?«
»Wenn er's war, bestimmt nicht.«
»Und wenn er's nicht war?«
Gächter hatte die ganze Zeit kein Auge von ihr gelassen, und Mascha hatte seinem Blick standgehalten. Jetzt sagte der Kommissar: »Sie sind doch kurz vorher auch bei Lohmann gewesen.«
Zum ersten Mal senkte Mascha den Blick. Sie nickte. »Ja, aber als ich weggegangen bin, hat er noch gelebt.«
Gächter stieg in sein Auto.
Mascha ging zu ihrem Motorrad. Als der Kommissar losfuhr, folgte sie ihm.

– 5 –

Corinna Lohmann und Gerry Adler waren noch im Büro. Der Tresor in der Wand stand offen. Corinna hatte eine Akte aufgeschlagen.

»Schau dir das an. Die Geschäfte hat er alle an uns vorbei gemacht.«
Gerry schien nicht besonders verwundert zu sein. »Ich hab schon immer gewusst, was dein Alter für ein Linkmichel war!« Er ging zu Corinna hinüber, stellte sich hinter sie und versenkte beide Hände tief in ihren Ausschnitt, während er fortfuhr: »Aber jetzt hast du ja nur noch mich.«
Sie beugte ihren Kopf weit nach hinten und bot ihm ihren Mund zum Kuss.
Draußen fiel eine Tür ins Schloss. Aus dem Vorzimmer ertönte Gächters Stimme: »Ist jemand da?«
Gerry wollte sich von Corinna lösen, schaffte es aber nicht ganz, ehe Gächter hereinkam.
Der Kommissar lächelte. »Tut mir leid, wenn ich gestört habe, aber draußen war offen.« Er fixierte Corinna Lohmann. »Sie arbeiten?«
»Nur das Allernötigste«, sagte sie rasch. »Er hat so viel für sich behalten. Und es muss ja doch weitergehen.«
Gächter ging nicht darauf ein. Er zog einen Notizblock aus der Tasche und blätterte darin. »Kurz vor zehn Uhr kam Mascha Niebur zu Herrn Lohmann. Sie beide sind dann in Herrn Adlers Büro gegangen und haben dort gearbeitet. Das Telefon haben Sie auf Herrn Adlers Apparat umgestellt … Stimmt das alles so?«
Corinna reagierte gereizt. »Ja, das haben wir doch schon mindestens fünfmal gesagt!«
»Sie haben wirklich gearbeitet?«
»Ja natürlich, was denn sonst?«, sagte Adler.
»Ich hatte vorhin das Gefühl, da würde Ihnen schon was anderes einfallen«, sagte Gächter mit einem aasigen Lächeln. Bevor Adler noch etwas entgegnen konnte, fuhr ihn der Kommissar barsch an: »Sie sind gegen zehn Uhr auf dem Korridor gesehen

worden. Kurz *nach* zehn Uhr wurde Ihr Kompagnon ermordet!«
Das war zwar ein Schuss ins Blaue, aber er traf ins Schwarze.
»Von wem bin ich gesehen worden?«, wollte Gerry Adler wissen.
»Spielt jetzt keine Rolle«, gab Gächter gelassen zurück. »Unsere Kollegen haben in allen Büros gefragt. Und da sind doch ein paar ganz interessante Dinge zutage gekommen ... Um Viertel nach zehn ist Joe Keller hier in diesem Büro erschienen. Er sagt, da sei Herr Lohmann schon tot gewesen.«
»Muss er ja sagen.« Gerry Adler hatte sich wieder gefangen.
»Also, Sie waren auf dem Korridor ...«
»Ich musste mal pinkeln gehen. Ist das strafbar?«
Gächter ging nicht darauf ein. »Sie waren gleichberechtigte Geschäftspartner, stimmt doch, oder?«
»Stimmt. Fünfzig-fünfzig. Bis zu einem Betrag von 50 000 Mark konnte allerdings jeder alleine entscheiden. Alles andere mussten wir gemeinsam beschließen.«
»Da hat's natürlich manchmal Streit gegeben.«
»Nie!«, sagte Adler.
»Ein Herz und eine Seele?«, fragte Gächter, Sarkasmus in der Stimme.
»So könnte man sagen.«
Der Kommissar wandte sich wieder Corinna Lohmann zu: »Existiert eigentlich eine Lebensversicherung?«
»Da hab ich mich noch nicht drum gekümmert«, antwortete sie knapp.
»Es gibt zwei«, sagte Gerry Adler.
Gächter starrte ihn nur fragend an.
»Eine zugunsten seiner Ehefrau und eine auf Gegenseitigkeit zwischen ihm und mir. So einen Laden muss man doch absichern.«

»Wie hoch?«, fragte Gächter.
»500 000. Er hätte sie bei meinem Ableben bekommen. Jetzt kriege ich sie.«
»Wie schön für Sie!«
»Ein Motiv, nicht wahr? Das meinen Sie doch.«
Gächter nickte nachdrücklich: »Und Ihr Alibi, das Sie beide sich gegenseitig geben, zerreißt ein guter Staatsanwalt in weniger als fünf Minuten in der Luft.«
Corinna schnappte: »Wollen Sie etwa im Ernst unterstellen, Herr Adler und ich …«
»Echauffieren Sie sich nicht, Gnädigste«, sagte Gächter und steckte sich eine seiner selbstgedrehten Zigaretten in den Mundwinkel. »Wir bemühen uns, alles zu beweisen.«
Damit verließ er die beiden.

– 6 –

Als Gächter vor dem Bürogebäude in sein Auto stieg, startete Mascha das Motorrad, auf dem sie, ein Bein weit ausgestellt, versteckt zwischen zwei Autos saß. Die Dämmerung hatte schon begonnen. Gächter fuhr mit Licht. Mascha schaltete den Scheinwerfer noch nicht ein.
Eine Viertelstunde später eilte Gächter durch die Bahnhofshalle. Die junge Frau blieb ihm auch hier auf den Fersen. Wenn man sie gefragt hätte, warum sie dem Polizeibeamten folgte, hätte sie zu diesem Zeitpunkt noch keine Antwort gewusst.
Patrick war elf Jahre alt und stolz darauf, dass er die Bahnreise von Wuppertal bis Stuttgart ganz alleine bewältigt hatte. Im Zug hatte ein älterer Mann mit ihm Mau-Mau gespielt, später hatte er die Schaffnerin auf ihrer Tour durch die Waggons begleiten dürfen, und gegen Ende der Reise trug er sogar die

Mütze des Zugführers und durfte die Fahrkarten kontrollieren. Patrick war ein aufgeweckter, freundlicher Junge. In seinem Fall hatte es sich bewährt, dass die Eltern wenig an ihm herumerzogen hatten und ihn von allem Anfang an sehr selbständig aufwachsen ließen. Der Junge hatte strubbelige blonde Haare und große blaue Augen, die staunend alles Neue aufzunehmen schienen. Er trug Jeans, Turnschuhe und einen Anorak. Seine Habseligkeiten hatte er in einem Rucksack.
Gächter schloss seinen Neffen in die Arme. Und weil er zu Hause nichts zu essen hatte, gingen sie in die Bahnhofswirtschaft. Mascha glaubte, Vater und Sohn zu beobachten, so vertraut erschienen die beiden miteinander.
Als Gächter eine gute Stunde später mit dem Jungen in seiner Wohnung an der Gänsheide verschwand und Mascha den Namen des Kommissars an der Klingelleiste gelesen hatte – offenbar wohnte er im vierten Stock –, fuhr sie mit ernstem und entschlossenem Gesicht davon.

Bienzle sah aus, als ob er weiße Masern hätte. Den ganzen Abend hatte er auf der Bockleiter gestanden und die Decken des Schlafzimmers und seines künftigen Arbeitszimmers geweißt. Hannelore war zuvor schon mit dem Wohnzimmer fertig geworden. Nun stieg Bienzle ächzend von der Leiter. Er spürte sein Kreuz nicht mehr, und eine bleierne Müdigkeit saß in seinen Knochen. Aber er genoss es, wie er auch die Müdigkeit nach einer langen Wanderung über die Schwäbische Alb genoss, obwohl er danach die Beine einzeln mit den Händen ins Auto heben musste.
Hannelore kam mit einem Tablett herein und stellte es auf dem Tapeziertisch ab. Ripple mit Kartoffelsalat, Senf und sauren Gurken. Dazu zwei Flaschen Bier. Sie zogen sich zwei Hocker heran und stöhnten unisono, als sie sich darauf sinken ließen.

Hannelore sagte: »Sollen wir die nächsten Tage nicht doch lieber hierbleiben und weitermachen?«
Bienzle schüttelte den Kopf. »Bis zum Einzug sind's noch sechs Wochen, da können wir uns doch zwischendurch so eine kleine Wandertour genehmigen.«
Hannelore machte ein bedenkliches Gesicht. Wenn sie etwas zu bewältigen hatte, nahm sie es immer sofort in Angriff und ließ nicht locker, bis sie es geschafft hatte. Hinterher konnte man sich's dann immer noch gutgehen lassen. Nur dass sie meistens hinterher gleich wieder eine neue wichtige Aufgabe hatte.
Aber diesmal ließ Bienzle nicht mit sich reden. »Wir fahren morgen. So war's ausg'macht!«

Mascha kam tief in Gedanken nach Hause. Jürgen saß alleine in der Gemeinschaftsküche der WG.
»Was Neues?«, fragte er, als Mascha die Kühlschranktür öffnete, eine Flasche Milch herausnahm und gleich an den Mund setzte, um daraus zu trinken.
Sie schüttelte nur den Kopf und fragte: »Wo sind die anderen?«
»Bei dem Holly-Konzert auf dem Killesberg. Die Nina jobbt da und kann die andern alle reinschleusen … Für lau!«
»Und du?«
Jürgen feixte. »Ich hab gedacht, dass ich hier gebraucht werde …« Und lauernd setzte er hinzu: »Damit du nicht so alleine bist.«
»Son Quatsch«, sagte Mascha und ging aus dem Zimmer.
Nach ein paar Sekunden stand Jürgen auf und folgte ihr. Als er die Tür zu ihrem Zimmer aufstieß, hatte sich Mascha auf die Matratze am Boden geworfen und ihr Gesicht in den Armen vergraben. Jürgen blieb an den Türbalken gelehnt stehen und

sagte: »Also ehrlich, das hätt ich dem Joe nicht zugetraut, dass er den Lohmann allemacht!«
Mascha hob den Kopf. »Er war's auch nicht ... bestimmt nicht!«
»Aber jetzt wird er erst mal 'ne Weile fehlen, was?« Jürgen kniete sich dicht neben Mascha auf die Matratze, fasste ihr in den Nacken und kraulte sie am Haaransatz.
Sie wischte seine Hand weg. »Lass das! Spinnst du?«
»Ich hab bloß nie was mit dir gemacht, weil Joe 'n Freund ist. Aber jetzt ...« Er fasste erneut in Maschas Nacken, nun aber sehr viel fester, und zog das widerstrebende Mädchen an sich.
»Jürgen, hör auf«, schrie sie wütend.
»Jetzt komm – du willst das doch auch. Du brauchst das doch. Und auf den Joe kannst du garantiert nicht warten. Der kriegt lebenslänglich, und das heißt wenigstens zwölf Jahre!«
Jürgen versuchte sie zu küssen und fasste nach ihren Brüsten. Mascha schnellte hoch. Sie hatte plötzlich ein Messer in der Hand, das unter dem Kopfende der Matratze gelegen haben musste. Auch sie kniete jetzt. Ihre Augen funkelten. Jürgen starrte sie ungläubig an.
Mascha fuhr ihn an: »Jetzt hör mal zu, du ... Ich liebe Joe ... ich lieb ihn mehr, als du dir das überhaupt vorstellen kannst. Ich würde Joe nie betrügen. Nicht mit dir und auch sonst mit keinem. Für Joe würd ich alles tun. Verstehst du? Alles. Für Joe stech ich dich auch ab! Und jetzt raus hier. Raus! Raus! Raus!«
Tatsächlich machte sie ein paar gefährliche Bewegungen mit dem Messer in Richtung auf Jürgens Brust. Der sprang auf und rannte hinaus. Sie hörte ihn die Treppe hinunterpoltern, dann fiel die Haustür ins Schloss. Mascha warf sich auf die Matratze und fing hemmungslos an zu weinen.

Gächter brachte Patrick zu Bett. Der Junge bestand darauf, dass sein Onkel Günter ihm eine Gutenachtgeschichte erzählte – eine Kriminalgeschichte natürlich; denn für ihn war der Onkel ein Held, der die bösen Verbrecher reihenweise und stets im Alleingang zur Strecke brachte. Gächter hatte gegen diese Legende nie etwas gesagt. Im Gegenteil: Seine Geschichten untermauerten Patricks hohe Meinung von seinem Onkel Kriminalkommissar. Mit glühenden Backen und großen Augen hörte der Junge auch jetzt wieder zu, als Gächter ihm erzählte, wie er erst vor zwei Jahren eine internationale Geldwäscherbande dingfest gemacht hatte. Ganz allein ... na gut, sein Kollege Bienzle war ihm ein bisschen zur Hand gegangen, aber im Grunde war es wieder einmal ein grandioses Ein-Mann-Unternehmen gewesen. Patricks Vorstellung freilich, dass er mit Onkel Günter in den nächsten Tagen und Wochen gemeinsam auf Verbrecherjagd gehen könne, würde sich wohl nicht erfüllen. Kerstin, Gächters derzeitige Freundin, war bereit, sich um den Jungen zu kümmern, wenn Gächter keine Zeit hatte. Ein bisschen enttäuscht war Patrick schon, aber er war andererseits ja auch einsichtig. Und so schlief er am Ende doch einigermaßen zufrieden ein.

Mascha hatte sich gefangen. Sie war jetzt auf dem Weg durch die Räume der Wohngemeinschaft, durchsuchte Schubladen und Schränke, hob umgestülpte Töpfe hoch und durchwühlte die Betten. Sie kam in Jürgens Zimmer. An den Wänden hingen Plakate mit Trucks, Bilder von Wüsten-Rallyes, das große Foto eines Formel-1-Boliden. Ein anderes großes Foto zeigte Jürgen und Joe, wie sie breit grinsend vor einem besonders exotischen LKW standen. Auch Jürgens Zimmer durchforschte Mascha systematisch. Endlich fand sie, was sie suchte: die Waffe, von der Jürgen am Morgen gesprochen hatte. Es war ein ziemlich schwerer Revolver. Mit der Waffe in der Hand ging sie hinaus, kehrte aber gleich wieder zurück, begann erneut zu suchen und fand die Patronen für den Revolver in einem Schuh, der noch in einem Karton verpackt war. Schließlich nahm sie aus einer Schublade einen Autoschlüssel, Jürgens Ersatzschlüssel, und ging aus dem Raum.

Hannelore und Bienzle verabschiedeten sich vor dem Haus in der Ludwigstraße. Noch hatte jeder seine eigene Wohnung, und eigentlich waren in diesem Augenblick beide ganz froh darüber. Dabei hatten sie exakt die gleichen Wünsche: nach Hause kommen, heiß baden, noch ein Glas Wein trinken, danach sofort ins Bett und alle viere von sich strecken. Auf keinen Fall aber noch darauf achten müssen, wie man auf den anderen wirkte.

– 7 –

Zwei Menschen taten in dieser Nacht kein Auge zu: Mascha Niebur und Joe Keller. Joe saß auf der Pritsche seiner Zelle im Untersuchungsgefängnis. Er hatte die Beine eng angezogen und die Arme um sie geschlungen. Unverwandt sah er zu dem vergitterten Fenster hinauf, durch das ein diffuses Licht hereinfiel, das irgendwelche weit entfernten Straßenlampen spendeten. Was, wenn sie ihn hier einsperrten und nie wieder hinausließen? Er war zweiundzwanzig Jahre alt. Gefängnisse kannte er von innen, aber er war nie länger als ein paar Wochen drin gewesen. Doch auch an diese kurzen Zeiten erinnerte er sich mit Grauen. Zwölf Jahre, das war das Geringste, was man für einen Mord absitzen musste. Zwölf Jahre! Dann war er vierunddreißig. Die Verzweiflung würgte ihn. Seine Jugend würde zwischen diesen Mauern förmlich verdampfen. Er würde das nicht aushalten, eher wollte er Schluss machen.

Mascha ging auf Strümpfen durch die WG. Alle schliefen noch fest. Auch aus Jürgens Raum hörte man ein gleichmäßiges Schnarchen. Mascha verließ die Wohnung und stieg leise die Treppe hinunter. Ein paar Monate noch, dann würden sie den alten Schuppen wohl abreißen. Er gehörte Lohmann, jetzt wahrscheinlich Gerry Adler. Die beiden waren damit einverstanden gewesen, dass Joe und seine Truppe hier einzogen. Umso schneller war der Kasten heruntergewohnt. An Renovierung war ohnehin kaum zu denken. Schade, dass man den Arschlöchern nur in die Hände arbeiten würde, wenn man den Kasten anzündete, dachte Mascha.
Auf dem Hof zog sie ihre Schuhe an, die sie bis hierher in den Händen getragen hatte, und sah noch mal an der Fassade hinauf. Mit etwas Phantasie konnte man sich ausmalen, dass das einmal ein schönes Haus gewesen war, irgendwann vor dem Krieg oder vor den Kriegen – Mascha kannte sich da nicht so aus. Sie zog Jürgens Ersatzautoschlüssel aus der Tasche und schloss den aufgemotzten Mazda auf, der im Hof neben dem Abschleppwagen geparkt war.
Als sie losfuhr, schob sie eine Kassette in den Rekorder. *»Born to be wild.«* Dieser abgefuckte alte Song passte zu Jürgen.

Patrick kam aus dem Haus, in dem Günter Gächter wohnte. Der Junge schlenkerte eine leere Leinentasche in der rechten Hand und sprach laut vor sich hin: »Drei Brezeln, drei Brötchen und eine große Schneckennudel!« Er machte ein paar Wechselschritte, ging dann ein Stück mit dem Fuß auf dem Bordstein und mit dem andern im Rinnstein und skandierte erneut: »Drei Brezeln, drei Brötchen und eine große Schneckennudel.«
Plötzlich stoppte ein Auto neben ihm. Mascha sprang heraus und packte ihn.

»Ey, was ist denn los?«, schrie Patrick.
Mascha fuhr ihn an: »Still, und mach jetzt bloß keinen Scheiß!«
Sie hielt ihm Jürgens Waffe an den Kopf und zerrte ihn zu dem Mazda. Weit und breit war außer den beiden niemand zu sehen. Mascha stieß Patrick auf den Rücksitz des Wagens, drückte den Knopf runter und schlug die Tür zu. Patrick wollte den Knopf wieder hochziehen, aber da war Mascha schon im Wagen und haute ihm den Lauf des Revolvers auf die Finger. Patrick schrie vor Schmerzen auf.
»Ich hab dir gesagt, du sollst keinen Scheiß machen«, herrschte Mascha ihn an.
Beim Versuch, den Motor zu starten, starb er ihr zweimal ab. Patrick presste die Lippen aufeinander. Das musste mit Onkel Günter zu tun haben. Und er war sich ganz sicher, dass diese Frau keine Chance gegen ihn hatte. Endlich sprang der Motor an, und Mascha fuhr mit quietschenden Reifen los.

»Und? Wo ist dein Neffe?« Kerstin wirbelte herein, küsste Günter Gächter auf den Mund und stellte eine Tasche auf die Anrichte in der Küche. »Ich hab Brezeln, Brötchen und Schneckennudeln gekauft.«
Gächter schaute auf die Uhr. »Er müsste längst wieder da sein. Ich hab ihn nur schnell zum Bäcker geschickt.«
»Zum Bäcker Lang unten an der Ecke? Da war ich grade, aber ich hab keinen Jungen gesehen.«
Gächter spürte plötzlich eine seltsame Leere im Kopf. Unvermittelt brach ihm der Schweiß aus. »Und auf der Straße?«
»Keine Menschenseele.«
Gächter schnappte sich seine Jacke und rannte aus der Wohnung.

Ein paar Minuten später stürmte Gächter in die Bäckerei. »Entschuldigen Sie bitte«, rief er schon von der Schwelle her, aber eine stämmige Schwäbin fuhr ihm gleich in die Parade:
»Nix da. Mir wartet au scho lang gnueg!«
»Ich will ja nur schnell fragen, ob ein kleiner Junge da war … Er sollte drei Brezeln, drei Brötchen und eine Schneckennudel kaufen.«
Die Bäckersfrau wandte sich jetzt erst um. »Ach, Sie sind's, Herr Gächter. Noi, a Bub ist in der letzten halben Stund net da gwesen.«
»Sind Sie ganz sicher?«, fragte Gächter, obwohl er schon wusste, dass sich an dem, was die Bäckersfrau gesagt hatte, nichts ändern würde.
Eine Kundin meldete sich: »I stand ja au scho bald a halbe Stund da, und ich hab au koi Kind g'seha!«
»Hano, also a halbe Stund ist aber stark übertrieben«, protestierte die Bäckersfrau ärgerlich.
»Danke!«, rief Gächter in den Raum und rannte wieder hinaus.
»So a g'schuckter Kerle!«, sagte eine der wartenden Frauen.

Bienzle hob Hannelores Koffer in den Wagen. Wie immer war er auf die Minute genau pünktlich gewesen, und wie immer hatte Hannelore gejammert, dass er schon so früh kam. Aber sie hatte sich dann doch sehr beeilt.
Der Himmel hatte sich am Morgen aufgeklärt. Nur noch vereinzelte weiße Wolkenfetzen segelten Richtung Osten. Die Sonne wärmte zwar nicht mehr sehr, immerhin hatten sie schon Ende September, aber es versprach, ein schöner Tag zu werden.
Als sie losfuhren, begann Bienzle zu singen: »Bunt sind schon die Wälder, gelb die Stoppelfelder, und der Herbst beginnt.«

Und Hannelore fiel ein: »Bunte Blätter fallen, graue Nebel wallen, kühler weht der Wind.«
Es war Bienzles Lieblingslied, und er behauptete stur, Mozart habe es für den zweiten Satz, Romanze, seines C-Dur-Klavierkonzertes verwendet. Eine Beobachtung, auf die vor ihm keiner gekommen war, nicht einmal ein Musikwissenschaftler.
Hannelore schaute zu ihm hinüber. Wenn man ihn so dabei ansah, wie er sich seines Lebens freuen konnte, verblassten all die Erinnerungen an seine raubauzige Art, die er sonst oft zeigte.

Just zur gleichen Zeit hastete Günter Gächter in zunehmender Panik durch die Straßen und Gassen und in die Hofeingänge seines Viertels. Immer lauter rief er nach Patrick. Aber der Junge antwortete nicht.
Als Gächter die vier Treppen zu seiner Wohnung hinaufstieg, hoffte er noch, der Bub könnte inzwischen zurückgekommen sein und schon mal gemütlich mit Kerstin sein Frühstück begonnen haben. Er stürmte in die Wohnung. Von der Küche her hörte er Kerstins Stimme:
»Da seid ihr ja endlich …«
Gächter erschien unter der Küchentür. »Er ist weg!«
Kerstin drehte sich um. »Wie weg …?«
Gächter hob verzweifelt die Arme und ließ sie wieder fallen. »Weg. Spurlos verschwunden!«
»Das kann doch nicht sein …«
»Was soll das heißen: Das kann nicht sein?«, blaffte Gächter zurück. »Er war nicht beim Bäcker, niemand hat ihn auf der Straße gesehen, ich hab alles abgesucht. Keine Spur von Patrick.«
»Wahrscheinlich ist er in die falsche Richtung gegangen, und jetzt hat er sich irgendwie verlaufen«, sagte Kerstin und

schlüpfte in ihren Mantel. »Komm, wir ziehen noch mal los. Wir finden ihn schon.«
Auch Gächter klammerte sich an diese Hoffnung.

– 8 –

Der Mazda bog von einer schmalen, mit Schlaglöchern übersäten Asphaltstraße in eine Hofeinfahrt zu einem ehemaligen Fabrikgelände, das schon vor Jahren aufgegeben worden war. Die Fenster waren alle zerbrochen, die eisernen Fensterkreuze zum Teil herausgerissen oder verbogen. Ein Backsteinkamin bröckelte vor sich hin. Das bunte Laub war von den böigen Herbstwinden der letzten Tage gegen die brüchigen Backsteinmauern getrieben worden und hatte sich an den Kanten zu kleinen Wällen aufgehäuft.
Mascha fuhr durch eine Lücke in der Mauer in eines der finsteren Gebäude hinein und stoppte den Wagen direkt vor einer freistehenden Kammer, die eine intakte Eisentür besaß. Dahinter war einmal die Heizungsanlage für den gesamten Komplex gewesen. Mascha stieg aus und öffnete die hintere linke Tür.
»Los, raus jetzt!« Sie zerrte Patrick aus dem Auto.
Der schrie plötzlich los: »Nein, ich will nicht … ich will nicht … Lass mich los …!«
Mascha fühlte sich nicht wohl in ihrer Haut, sie beugte sich zu Patrick hinab und redete beschwörend auf ihn ein: »Es dauert nicht lang … Das wirst du schon aushalten.«
Sie stieß ihn durch die Eisentür, warf sie hinter ihm zu und schob den rostigen Riegel vor. Von drinnen hörte sie die verzweifelten Schreie des kleinen Jungen.

Die Suche hatte nichts gebracht. Kerstin und Gächter betraten niedergeschlagen die Wohnung. Im gleichen Augenblick läutete das Telefon. Gächter hob ab.
Ohne sich zu melden, stieß Mascha hervor: »Ich hab das Kind!« Ihre Stimme klang unnatürlich überdreht.
Gächter zwang sich zur Ruhe. »Jetzt mal langsam. Wer sind Sie?«
Mascha sagte: »Ihr Kind überlebt nur, wenn Joe freikommt!«
»Es ist nicht mein Kind«, sagte der Kommissar, aber da hatte Mascha schon aufgelegt.
Gächter versuchte sofort, Bienzle zu erreichen, aber am anderen Ende der Leitung erzählte nur dessen Stimme in gemütlichem Ton, dass er einige Tage lang nicht erreichbar sei. Das Handy hatte er abgeschaltet.
Gächter sprach ihm eine Nachricht auf die Mailbox. Danach rief er den Polizeipräsidenten an.

Der Schwäbische Wald zwischen Murrhardt, Mainhardt und Welzheim war noch immer ein Geheimtipp. Die meisten Städter fuhren zur Erholung auf die Schwäbische Alb, in den Schwarzwald oder zum Bodensee. Der Schwäbische Wald lag näher und hatte sowohl Elemente der Alb als auch des Schwarzwaldes, aber im Bewusstsein der Leute spielte er als Wander- und Ausflugsgebiet kaum eine Rolle. Stundenlang konnte man hier gehen, ohne jemandem zu begegnen, vor allem, wenn man die ausgetretenen Wanderpfade mied, die Bienzle »Ameisenstraßen« nannte. Die Steinach wand sich mäandernd durch das kaum hundert Meter breite Tal. Links und rechts stiegen die Waldhänge steil empor. Die Sonne schien nur während der Mittagszeit bis auf die Talsohle herein. Nadelwälder wechselten sich mit Laubwäldern ab. Das füllige Blattwerk malte bunte Flecken ins satte Grün der dichten Tannen.

Im Abstand von sechs, sieben Kilometern tauchten immer wieder alte Mühlen auf. Die alten Holzmühlräder waren erhalten, drehten sich aber nicht mehr. In den stattlichen Gebäuden wohnten heute Asylanten. Nur die Horrenrieder Mühle existierte noch – als Sägewerk. Einige der Maschinen waren noch über Keilriemen mit der Achse des Mühlrades verbunden. Im Übrigen hatte der Besitzer, Albert Horrenried, aber längst einen Starkstromanschluss. Sein Werk war mit den teuersten Maschinen ausgestattet.

Als sie an dem Sägewerk vorbeikamen, blieb Bienzle stehen und betrachtete die mächtigen Maschinen, die im Hof standen und mit denen die riesigen Baumstämme bugsiert wurden. Solche gewaltigen Brummer hatten ihn schon immer interessiert. Hätte er freilich geahnt, was er mit dem Sägewerk und seinem Besitzer in den nächsten Tagen erleben sollte, er hätte auf der Stelle kehrtgemacht, wäre in sein Auto gestiegen und ganz woanders hingefahren. So aber wanderten er und Hannelore weiter das Tal hinab und nahmen nach etwa zwei Kilometern einen schmalen Trampelpfad, der in Spitzkehren die Waldböschung hinaufführte und auf der Anhöhe dem Limes folgte, der hier in Teilen rekonstruiert worden war. Sie kamen an einem ehemaligen Römerkastell vorbei, dessen Grundmauern man im weichen Waldboden noch erkennen konnte.

Im Sägewerk deckte der Arbeiter Peter Mahlbrandt, ein Mann um die vierzig, seine Maschine ab und ging zu seinem Spind, um die Schuhe zu wechseln. Feierabend. Plötzlich stand Albert Horrenried, der Besitzer des Sägewerks, vor ihm.

»Scheint's geht's ja wieder«, sagte er.

Mahlbrandt band seine Schnürsenkel zu, ohne aufzusehen. »Es muss halt, Chef.«

»Was war's noch mal?«, fragte Horrenried. »Grippe? Bandscheibe? Irgendeine Allergie?«
»Bandscheibenvorfall.«
Horrenried sah seinen Arbeiter mit zusammengekniffenen Augen an. »Und damit kann man seine Kinder in die Schule fahren, beim Landratsamt einen Baunachantrag stellen und seine eigene Garagenauffahrt pflastern?«
Mahlbrandt starrte seinen Chef an, kam aber nicht dazu, etwas zu sagen, denn der fuhr fort, indem er immer lauter wurde: »Du warst nicht krank, Mahlbrandt, du warst krank*geschrieben*! Und das war jetzt das fünfte Mal in drei Monaten! Und versuch bloß nicht, dich rauszulügen!«
»Okay, gut, einmal hab ich mich krankgemeldet, weil ich unbedingt aufs Landratsamt hab müsse. Aber die andere Mal bin ich wirklich echt krank g'wese. Und zweimal bin i sogar wieder ins Gschäft, obwohl mich der Doktor noch nicht wieder g'sundgeschrieben hat!«
»Einmal langt«, sagte Horrenried kalt.
Mahlbrandt wurde kleinlaut. »Ich werd das nacharbeiten, Chef.«
»Nix da!«
»Von mir aus auch doppelt und dreifach. Sie wissen, mir ist nix zu viel, Chef. Echt, ich häng mich rein wie noch nie!«
Albert Horrenried schüttelte den Kopf. »In zehn Minuten bist du runter von meinem Gelände!«
Damit wandte er sich ab und ließ Mahlbrandt einfach stehen. Der war zunächst wie gelähmt, löste sich dann aber aus seiner Erstarrung, rannte Horrenried nach, schloss zu ihm auf und packte ihn an der Schulter.
»Chef, bitte!«
Horrenried fuhr herum. »Nimm deine dreckigen Griffel weg!«
Mahlbrandt bekniete ihn regelrecht. »Das können Sie mit mir

doch nicht machen! Ich hab drei Kinder, meine Frau ist arbeitslos, ich hab Schulden auf meinem Häusle. Ich bin eine arme Sau, das wissen Sie doch ganz genau!«
»Dein Problem.«
»Herr Horrenried, ich bin auf den Job angewiesen. Ich find doch hier in der Gegend nix anderes.«
»Des hättest du dir früher überlegen müssen.«
»Es tut mir ja auch leid. Ich mach's wieder gut. Bitte, Chef!« Es fehlte nicht viel und Mahlbrandt wäre vor Horrenried wirklich auf die Knie gegangen.
Doch der herrschte seinen Arbeiter an: »Einen Albert Horrenried bescheißt man nicht, Mahlbrandt, das hättest du wissen müssen. Ich will dich hier nicht mehr sehen!«
Mahlbrandt sah rot. »Noi, einen Albert Horrenried bescheißt man nicht. Der bescheißt sich selber. Das kann ja koiner besser als der große Albert Horrenried. Weiß ja jeder, wie du's mit deinem Bruder g'macht hast. Aber natürlich: 's B'scheiße muss sich lohne! Und bei dir hat sich's gelohnt! Bei mir net!«
Albert Horrenried zog eine Axt heraus, die in einem Baumstamm steckte. Seine Stimme war mit einem Mal leise, aber messerscharf. »In zwei Minuten bist du vom Hof, oder ich schlag dich tot.«
Mahlbrandt wich ein paar Schritte zurück. »Das wird dir noch leidtun! Du Menscheschinder! Du wirst noch amal für alles büßen!«, schrie er außer sich vor Zorn.
Albert schleuderte wütend die Axt nach Mahlbrandt, aber die Entfernung war inzwischen schon zu groß. Die Axt trudelte dicht vor Mahlbrandts Füßen aus. Einen Augenblick sah es so aus, als wollte sich Mahlbrandt nach ihr bücken und seinerseits auf Horrenried losgehen, aber dann verließ er doch das Gelände. Der Sägewerksbesitzer spuckte aus und ging auf das stattliche Wohnhaus zu, das oberhalb des Sägewerks am Hang stand.

Aus dem Haus trat Inge Kranzmeier, die Frau, mit der er seit anderthalb Jahren zusammenlebte. Sie war Mitte dreißig, fast so groß wie er selber. Ihre Haare leuchteten rot und fielen in langen Locken bis auf ihre Schultern hinab. Ihre grünen Augen kontrastierten seltsam zu ihren roten Haaren. Albert nannte sie deshalb in den wenigen Momenten, in denen er zärtlich wurde, »meine Hexe«. Sie trug einen kurzen, engen Rock und eine knapp sitzende weiße Bluse. Er mochte es nicht, wenn sie ihre Reize so deutlich zeigte. Tatsächlich hatte sie eine Figur, um die sie jede andere Frau nur beneiden konnte.
Inge hatte den Streit beobachtet. »Musste das sein?«, fragte sie.
»Leider«, sagte Horrenried überraschend sanft. »Wenn man da nicht hart durchgreift, tanzen die einem eines Tages alle auf der Nas' rum. Gehst noch fort?«
»Hab ich dir doch gesagt, dass ich noch zu Brigitte gehe.«
»Das hör ich zum ersten Mal.«
»Weil du mir nie richtig zuhörst, Schatz. Macht aber nix, schon verziehen ...« Sie hauchte ihm einen Kuss auf den Mund und ging zu ihrem Fahrrad, das an einem Holzstoß lehnte. Sie stieg auf und fuhr davon.
Albert schaute ihr nach und rief: »Wenn's bei dir später wird, ich geh dann zum Stammtisch.«
Er war sich nicht sicher, ob sie das noch gehört hatte.
Inge Kranzmeier radelte Richtung Dorf, bog aber nach ungefähr zwei Kilometern in einen schmalen Waldweg ein. Sie stieg ab und schob ihr Fahrrad den Berg hinauf. Es war der gleiche Weg, den eine Stunde zuvor Hannelore und Bienzle gegangen waren.

Die saßen jetzt in einer kleinen Wirtschaft in einem kleinen Ort und ließen sich die Hausmacherwurst schmecken, die als Spezialität des Wirtes galt. Er war eigentlich Bauer, betrieb die

Kneipe nur nebenbei und schlachtete selber. Die beiden tranken einen Apfelmost, den der Wirt ebenfalls selber machte und der auf der Zunge bizzelte wie Sekt – zumindest empfand es Bienzle so, der sein Schwabenland gerne schönredete.
»An was denkst du?«, fragte Hannelore, die ihn von der Seite beobachtete.
»Ich hab mir grad überlegt, ob der Gächter den Fall Lohmann zum Abschluss bringen kann.«
»Ohne dich, meinst du?«, fragte Hannelore ironisch.
»Na ja, zu zweit sind wir halt meistens doch besser.«

– 9 –

Patrick saß zusammengekauert und verängstigt in einer Ecke des alten Heizungsraums. Ein Schlüssel wurde draußen ins Schloss der Tür gesteckt und gedreht. Die Tür gab ein quietschendes Geräusch von sich, als sie nun geöffnet wurde. Mascha kam herein. Sie hatte eine Wolldecke unter dem Arm und zwei Plastiktüten in den Händen.
»Na, du …«, sagte sie.
Der Junge redete nicht, er weinte auch nicht mehr. Er starrte Mascha nur mit großen verängstigten Augen an.
»Du musst keine Angst haben«, sagte sie und stellte die Plastiktaschen ab. »Da ist was zu futtern drin und was zu trinken.«
Patrick schaute in die Tasche, nahm eine Saftflasche heraus, wollte sie aufschrauben, schaffte es aber nicht.
»Gib her!« Mascha öffnete die Flasche und reichte sie Patrick zurück. Er setzte die Flasche an den Mund, aber weil sie eine zu große Öffnung hatte, lief der Saft links und rechts an seinen Mundwinkeln hinab.
Mascha ging in die Hocke, holte ein Papiertaschentuch heraus

und tupfte den Saft ab. Sie fragte gleichzeitig: »Wie heißt du eigentlich?«
»Patrick!«
»Und weiter?«
»Klostermeier, Patrick Klostermeier.«
»Nicht Gächter?«
»Nein, der Onkel Günter heißt doch Gächter.«

Joe Keller ging schon seit Stunden unablässig in der engen Zelle auf und ab und versuchte seine Panik niederzukämpfen. Die Tür wurde aufgeschlossen. Ein Vollzugsbeamter ließ Gächter herein und schloss hinter dem Kommissar wieder ab. Gächter lehnte sich mit dem Rücken gegen die Tür.
Joe schaute kurz auf. »Ich war's nicht. Als ich in Lohmanns Büro gekommen bin, hatte der seinen letzten Schnaufer schon getan.«
»Ihre Freundin hat ein Kind entführt«, sagte Gächter.
Joe versuchte ein Grinsen: »... und eine Bank überfallen und fünf Mios erbeutet, und heut Abend kommt sie mit dem Hubschrauber, landet mitten auf dem Gefängnishof und holt mich hier raus, stimmt's?«
»Mascha Niebur will Sie freipressen! Das Kind ist mein Neffe.«
Joe begriff. Er sah auf. Seine Augen leuchteten plötzlich. »Mascha hat ...? Das ist ja stark! Bockstark ist das!«
Gächter sagte: »Sie kann nicht wissen, dass der Staat sich nicht erpressen lässt.«
»Ist das nicht Wahnsinn?«, schrie Joe begeistert.
»Ja«, sagte Gächter dumpf, »das ist der absolute Wahnsinn. Ihre Freundin sagt damit nichts anderes, als dass Sie den Mord begangen haben, Herr Keller.«
»Von wegen ...!«

»Und sie hat jetzt selber ein Verbrechen am Hals, für das sie genauso lange in den Knast einfahren kann wie Sie für Ihren Mord.«
»Ich hab den Lohmann nicht umgebracht!«
Plötzlich schrie Gächter: »Aber Ihre Freundin hat ein Kind entführt!« Und dann wurde seine Stimme leise. »Wenn Sie noch irgendwas retten wollen, dann helfen Sie mir, Mascha und das Kind zu finden.«
Joe biss sich auf die Unterlippe. Dann schüttelte er langsam den Kopf. »Nein! Mascha denkt genau richtig: Wenn man Sie nicht zwingt, werden Sie nichts tun. Sie werden den, der's wirklich war, nie richtig suchen ... Aber jetzt! Finden Sie ihn. Je schneller Sie ihn haben und je schneller ich draußen bin, umso eher ist doch das Kind auch wieder frei ... Ich finde, das ist sauclever von Mascha gedacht!«
Gächter verlor die Nerven, er packte Joe am Hals, zerrte ihn hoch und warf ihn gegen die Wand. Joe verhielt sich ruhig, er wehrte sich nicht, lächelte nur. Gächter kam zur Besinnung und ließ den jungen Mann wieder los.
»Keep cool«, sagte Joe Keller.

– 10 –

Es war Albert Horrenrieds Gewohnheit, bevor er sein Gelände verließ, noch mal durch das Werk zu gehen und sich zu vergewissern, dass alles seine Ordnung hatte. Er war stolz auf sein Sägewerk. Als er es damals übernommen hatte, war der Maschinenpark hoffnungslos veraltet gewesen. Sein Vater hatte viel vom Holz und wenig von den Geschäften verstanden. Albert hatte einen Schatz bester Hölzer angesammelt und fachgerecht gelagert. Weit und breit gab es kein Unternehmen, das über

qualitativ so gute Stämme verfügte. In den Möbelfabriken des Landes wusste man das. Man kam zu Albert Horrenried, wenn man ausgewählte Hölzer suchte. Und nach und nach hatte er auch in neue Maschinen investiert. Maßvoll und mit viel kaufmännischem Verstand. Unter seinen Freunden und Jagdkameraden galt er zwar als Hitzkopf, aber in geschäftlichen Dingen zeigte er stets einen glasklaren Verstand. Albert Horrenried war mit sich zufrieden. Auch privat lief alles bestens. Inge war eine schöne und gefügige Frau, die wusste, was sie an ihm hatte. Sie war ihm dankbar, dass er sie bei sich aufgenommen hatte. Zwar redete sie nicht viel über die Zeit, bevor er sie aufgelesen hatte – damals in der kleinen Bar in Stuttgart. Sie hatte da bedient und musste sich von den Männern auf der anderen Seite des Tresens viel gefallen lassen. Ein Lächeln huschte über sein Gesicht, verflog aber genauso schnell wieder. Am großen Tor zur Werkhalle stand plötzlich sein Bruder Martin.
»Was willst denn du?«, herrschte der Sägewerksbesitzer ihn an.
Martin Horrenried war ein dünner Mann und etwa einen Kopf größer als der Sägewerksbesitzer. Leicht gebeugt stand er im Lichtfeld des großen Tors.
»Ich würd gern mit dir reden, Albert.«
»Das beruht aber nicht auf Gegenseitigkeit.«
»Trotzdem. Bitte!«
Albert zeigte mit einer herrischen Geste auf den Glaskasten, der an der Stirnseite der Halle in etwa vier Metern Höhe an der Wand klebte wie ein Schwalbennest. Eine schmale Eisentreppe führte zu dem Büro hinauf. »Aber nicht lang!«
Martin kam zögernd näher, ging an seinem jüngeren Bruder vorbei und stieg die Eisentreppe hinauf. Sein Anzug war abgetragen. Auf den Ellbogen hatte er Lederflecke aufgenäht. Auch seine Schuhe hatten einmal bessere Zeiten gesehen.

Er blieb mitten in dem Glaskasten stehen und schaute seinen Bruder aus wassergrauen Augen an. »Es fällt mir bestimmt nicht leicht ... Aber ich muss dich um etwas bitten.«
»Um Geld, nehm ich an.«
»Ja.«
»Abgelehnt.«
»Ich bitte ja nicht für mich! Der Winni hat sich übernommen. Zehn- oder auch schon fünftausend Mark würden ihm aus seiner Misere helfen.«
»Hab ich mir doch gedacht, dass seine Werkstatt auf Pump läuft. Jetzt hat er Schulden, und die Gläubiger drücken ihm die Luft ab, was?«
Martin nickte. »Wenn nix passiert, machen sie ihm noch diesen Monat die Werkstatt dicht.«
Auf der gegenüberliegenden Seite trat jetzt ein Mann in die Werkhalle: Hans Joachim Schmied, den alle nur Hajo riefen. Er war der Schatzmeister des Jagdvereins Hubertus Heimerbach und der beste Freund des Sägewerksbesitzers Albert Horrenried.
Alberts Stimme bekam einen triumphierenden Klang. »Einer wie dein Sohn schafft's so und so nicht. Genauso wenig wie du. Da könnt ich mein Geld auch gleich zum Fenster 'nausschmeißen.«
»Ich hab dich bisher noch nie um etwas gebeten«, sagte Martin mit gepresster Stimme.
»So hättest du's auch weiter halten sollen.« Der Sägewerksbesitzer trat aus dem Glaskasten und rief zu Hajo Schmied hinunter: »Des muscht du dir amal vorstellen: Will der mich doch tatsächlich anpumpen!«
Alberts Freund wusste nicht so recht, wie er reagieren sollte.
Martins Augen wurden schmal. Ein ungeheurer Zorn stieg in ihm auf. Er trat dicht an seinen Bruder heran. »Du kommst

noch mal runter von deinem hohen Ross. Und wenn ich dich mit meinen eigenen Händen runterholen muss!«

Albert winkte geringschätzig ab. »Große Worte, nix dahinter, so ist es bei dir schon immer gewesen! Spiel dich bloß nicht so auf, du Versager.« Wieder rief er zu Hajo Schmied hinunter. »Erst letzte Woche haben mich die vom Sozialamt zur Kasse bitten wollen. Ich soll für meinen Bruder aufkommen. Ich! Keinen Pfennig, hab ich gesagt. Ich zahl doch nicht für einen Asozialen!«

Martin war anzusehen, wie er unter jedem dieser Worte litt. »Das hab ich nicht gewusst. Ich wäre nicht damit einverstanden gewesen«, sagte er leise.

»Sieh bloß zu, dass du Land gewinnst, du Versager!«, schrie ihn sein Bruder an.

»Das ist auch mein Grund und Boden hier«, gab Martin zurück, indem er allen Mut zusammennahm.

»Du hast hier schon lang nichts mehr zu suchen! Sieh zu, dass du vom Acker kommst, bevor ich dich eigenhändig nausschmeiß!«

Martin wollte noch etwas sagen, aber dann stieg er doch wortlos die steile Eisentreppe hinunter. Unten kam er an Hajo Schmied vorbei. Hajo wirkte jetzt etwas verlegen.

»Grüß Gott, Martin, lang nicht gesehen.«

Aber Martin beachtete Hajo nicht, er schaute noch einmal zu seinem Bruder hinauf. »Einmal rächt sich das alles!«, sagte er. Dann ging er davon.

Hajo Schmied rief Albert zu: »Was ist, fährst gleich mit zu der Sitzung?«

»Ich komm mit mei'm eigenen Auto«, antwortete der Sägewerksbesitzer.

Hajo winkte dem Freund zu. »Okay, man sieht sich.«

Bienzle und Hannelore waren auf dem Rückweg zu ihrem Hotel. Sie nahmen einen verschwiegenen kleinen Pfad, den ihnen der Wirt beschrieben hatte: »Am Hochstand rein, durch die Schonung und dann am Bächle entlang.«
Die Sonne ging bereits unter. Ihre Strahlen fielen in langen, hellen Bahnen zwischen die Bäume und auf den tiefgrünen Moosuntergrund. Zwischen den Zweigen hingen unzählige dünne Spinnweben.
»Altweibersommer«, sagte Bienzle.
Sie kamen über eine Lichtung. Im Schutz zweier hoher Eichen stand an ihrem Rand eine kleine Hütte. An der Tür lehnte ein Damenfahrrad. Hinter der einzigen Fensterscheibe sah man das sanfte Licht einer Kerze.
»A schöns verschwiegens Plätzle«, sagte Bienzle.

In der Hütte lag Winfried Horrenried, Martins Sohn, auf dem Rücken und rauchte. Inge Kranzmeier zog sich an. Winfried legte die Zigarette weg, fasste Inge, die grade einen Fuß in das Hosenbein schob und deshalb nur einen wackeligen Stand hatte, an der Hand und zog sie zu sich heran. Er schloss seine Geliebte noch einmal in die Arme, küsste und streichelte sie und sagte leise: »Wie schön du bist!«
Inge wollte sich ihm entziehen. Ein wenig außer Atem sagte sie: »Winni, nicht, bitte!«
»Ich hab schon wieder Lust«, sagte der junge Mann.
Inge schaute auf die Uhr und erschrak. »Menschenskind, es ist ja schon sieben Uhr vorbei! Ich müsste längst daheim sein. Der Albert ist eh schon so misstrauisch.«
Winfried ließ sie los und griff nach seinem Hemd. Betont beiläufig sagte er: »Ist er denn noch mal beim Arzt gewesen?«
»Ja, aber er redet nicht drüber. Er ist danach unheimlich gereizt gewesen. Und nachts hat er mich plötzlich geweckt.«

Winfried zog sein Hemd über den Kopf. Inge sah es mit einem leisen Bedauern. Sie liebte diesen kräftigen, sehnigen Körper und seine makellose Haut.
»Mach mich bloß nicht eifersüchtig«, sagte Winni aus dem Hemd heraus.
»Nein, nicht so. Er hat nur gesagt, ich soll mir keine Gedanken um meine Zukunft machen, für mich würde er schon sorgen.«
»Du meinst, mein Onkel will ein Testament zu deinen Gunsten machen?« Winfried gab sich Mühe, den Satz beiläufig klingen zu lassen.
»Ich weiß nicht so genau«, sagte Inge. »Könnte schon sein ... wenn er sich's nicht noch mal ganz anders überlegt.«
Winfried beobachtete sie lauernd aus den Augenwinkeln. Als sie ihn plötzlich anschaute, fühlte er sich bemüßigt, seinen Blick zu erklären. »Du bist unheimlich schön! Grade jetzt!«
Eine Viertelstunde später, die Dämmerung war nun schon der Nacht gewichen, erreichten Inge und Winfried die kleine Fahrstraße, die das Steinachtal mit dem Dorf verband. Dort hatte Winfried sein Motorrad, versteckt hinter einem dichten Gebüsch, abgestellt. Inge schob ihr Fahrrad rechts von sich und hatte sich links eng an ihren Liebhaber gekuschelt, der seinen Arm um ihre Hüften gelegt hatte.
Inge sagte: »Ich verlasse ihn!«
Winfried grinste: »Vielleicht verlässt er ja dich.«
Sie blieb stehen. »Warum sagst du so was?«
»Na ja, mit seinem schweren Herzfehler ...«
Sie gingen weiter und erreichten nach wenigen Schritten den Rand des Waldsträßchens, das das Sägewerk mit dem Dorf verband. Hier trennten sie sich nach jedem ihrer heimlichen Treffen. Winfried küsste Inge noch mal. Sie drängte sich an ihn. Und so merkten sie etwas zu spät, dass ein Auto herannahte.

Für Sekunden wurde das Liebespaar von den Scheinwerfern erfasst.
»Mensch, der Albert!«, entfuhr es Inge.
Winfried beruhigte sie: »Der hat uns nicht gesehen.«
Albert Horrenried war inzwischen weitergefahren und um die nächste Kurve verschwunden.
Inge sagte schnell: »Ich ruf dich an«, und schwang sich auf ihr Fahrrad.
Winfried zog sein Motorrad hinter dem Busch hervor und fuhr in die gleiche Richtung wie Albert zuvor.
Der hatte inzwischen einen Holzabfuhrplatz erreicht und wendete seinen Wagen. In seiner Wut und Hast rammte er dabei einen Holzstoß. Er fluchte: »Himmelherrgottsakrament nochamal!«
Aber er kümmerte sich nicht weiter darum, haute den ersten Gang hinein und fuhr auf dem gleichen Weg zurück, den er gekommen war. Er hatte noch keine hundert Meter zurückgelegt, da kam ihm sein Neffe auf dem Motorrad entgegen. Albert Horrenried beugte sich weit über das Steuer. Sein Gesicht war hassverzerrt und gleichwohl konzentriert. Er hielt auf das Motorrad zu.
Winfried hatte keine Ausweichmöglichkeit nach rechts, weil dort ein tiefer Graben verlief. Im letzten Moment rettete er sich mit einem gewagten Manöver, indem er sein Motorrad vor dem herannahenden Auto scharf nach links riss, um so auf der Gegenfahrbahn vorbeizukommen. Das gelang ihm ganz knapp. Nach ein paar hundert Metern stoppte er die Maschine. Er nahm den Helm ab, wischte sich den Schweiß von der Stirn, ballte die Faust und machte dann in die Richtung, in die Albert Horrenried verschwunden war, eine obszöne Geste.

– 11 –

Der Polizeipräsident hatte sich von Gächter detailliert berichten lassen. Jetzt schloss der Kommissar: »Vielleicht war es dieser Joe Keller tatsächlich nicht. Gerry Adler hat etwas mit Lohmanns Frau. Und er kassiert eine halbe Million aus einer Lebensversicherung auf Gegenseitigkeit. Und alle beide – Adler und Frau Lohmann – hätten die Gelegenheit gehabt, Lohmann umzubringen.«

»Sie meinen, die beiden haben Lohmann auf dem Gewissen und wollen dem jungen Mann die Tat in die Schuhe schieben? Aber warum veranstaltet dann Mascha Niebur so eine hirnrissige Aktion?«

»Ihr Vertrauen zu uns scheint nicht besonders groß zu sein.«

»Was sagt denn der Bienzle dazu?«, wollte der Präsident wissen.

»Ich habe ihn noch nicht erreicht. Er ist zum Wandern in den Schwäbischen Wald gefahren. Anschließend hat er noch eine Woche Urlaub, um seine neue Wohnung zu beziehen.«

»Ach ja, stimmt ja …« Der Präsident strich mit den Fingerspitzen seine Augenbrauen glatt. »Er wär jetzt genau der richtige Mann, um die notwendige Sonderkommission zu leiten.«

»Ich werde natürlich …«, setzte Gächter an, aber sein Chef stoppte ihn.

»Nein, Sie werden gar nichts tun. Wenn man in eine Geschichte persönlich so involviert ist, soll man die Ermittlungen anderen überlassen.«

»Aber ich kann jetzt doch nicht die Hände in den Schoß legen!«, sagte Gächter verzweifelt.

»Der Kollege Gollhofer wird die Ermittlungen leiten, er wird schon wissen, wie Sie sich nützlich machen können.«

Gächter verzog das Gesicht. Gollhofer war in seinen Augen ein

kleinkarierter Bedenkenträger. Schnelle Entscheidungen konnte man von dem nicht erwarten.
Wütend verließ er das Präsidium. Er grüßte den Pförtner, stieg in seinen Dienstwagen und fuhr zu dem Abrisshaus, in dem Mascha, Joe und ihre Freunde wohnten.

In der Gemeinschaftsküche saßen an einem langen Tisch ein paar der Bewohner zusammen und starrten Gächter feindselig an.
Jürgen machte den Wortführer. »Da können wir Ihnen nicht weiterhelfen.«
Gächter ließ sich nicht so leicht abspeisen. »Irgendeiner wird doch ein Foto haben, auf dem Mascha Niebur zu sehen ist.«
»Wozu brauchen Sie denn das?«, wollte ein Mädchen wissen, das in beiden Nasenflügeln und im linken Ohr hell glitzernde Sicherheitsnadeln trug.
»Zu Fahndungszwecken«, sagte Gächter knapp.
»Hier hat keiner ein Foto.« Jürgen verschränkte die Arme vor der Brust und grinste den Kommissar an.
»Wir werden schon eins finden.«
»Warum suchen Sie Mascha überhaupt?«, fragte das Mädchen.
»Sie hat ein Kind entführt, um ihren Freund freizupressen.«
»Das ist allerdings krass«, meldete sich ein Junge.
»Stark, echt stark find ich das. Würd ich für ’nen Typ auch tun, wenn er’s wert wäre«, sagte das Mädchen.
Gächter wollte hier nicht rumdiskutieren. »Kann ich mal das Zimmer von Mascha Niebur sehen?«
»Nee«, sagte Jürgen kategorisch.
»Ich werd’s schon finden!« Gächter ging zur Tür.
Blitzschnell umrundete Jürgen den Kommissar und baute sich vor ihm auf.

Aber Gächter fackelte jetzt nicht mehr. Er zog seine Waffe und richtete sie auf Jürgen. »Lassen Sie sich bloß nicht einfallen, mich noch weiter zu behindern.«
Das Mädchen rief: »Brauchst du dafür eigentlich nicht so etwas wie einen Hausdurchsuchungsbefehl, Bulle?«
Gächter sah zu ihr hinüber. »Ja, wenn's euch nützt, dann seid ihr plötzlich ganz auf der Seite des Gesetzes, was? Zu Ihrer Beruhigung, Gnädigste: Brauch ich nicht bei Ermittlungen wegen Kapitalverbrechen und bei Gefahr im Verzug.«
Er ging an Jürgen vorbei hinaus, der nun bereitwillig Platz machte und ihm folgte. Auf der Schwelle zu Maschas und Joes Zimmer lehnte sich Jürgen lässig gegen den Türbalken.
Gächter fand schon nach kurzem Suchen die Patronenschachtel und hob sie hoch. »Wissen Sie, was das ist?«
Jürgen schüttelte den Kopf. »Keine Ahnung.«
Gächter suchte weiter. Schließlich fand er einen Schuhkarton mit Fotos. Darunter auch ein Bild, das offenbar bei einer Fete gemacht worden war.
»Wo ist denn das gewesen?«, fragte Gächter.
Jürgen warf einen Blick über die Schulter, aber von den anderen war ihnen keiner nachgekommen. »In der alten Zuckerfabrik. Wir haben da ein paar Monate gewohnt.«
Auf dem Bild waren sowohl Mascha als auch Joe und Jürgen zu erkennen.
»Na bitte, geht doch«, sagte Gächter gallig.
Jürgen warf erneut einen Blick über die Schulter. Dann sagte er schnell: »Die Schnalle hat mein Auto geklaut.«
Sofort zog Gächter seinen Notizblock und einen Stift heraus. »Marke, Typ, Farbe, Zulassungsnummer?«
Jürgen gab bereitwillig Auskunft.

– 12 –

Inge Kranzmeier hatte sich eine Schürze umgebunden und wirtschaftete in der Küche herum. Sie sang leise vor sich hin. Auf dem Weg nach Hause war sie zu der festen Überzeugung gekommen, dass Albert Horrenried sie dort draußen an dem dicht bewachsenen Waldrand tatsächlich nicht gesehen haben konnte.

Plötzlich spürte sie seinen Atem in ihrem Nacken. Sie hatte ihn nicht kommen hören.

»Du bist ja so fröhlich«, sagte er in einem seltsam schleppenden Ton.

Sie fuhr herum. »Bist du nicht bei deinem Stammtisch?«

»Nein ...« Er legte von hinten beide Arme um sie und fasste grob nach ihren Brüsten. »Mit dem Winfried treibst du's also?«

Inge hielt den Atem an. »Bitte?«

Alberts rechte Hand glitt hinunter zu ihrem Schoß und packte schmerzhaft zu. »Du Hur!«, stieß er hervor.

Inge wollte sich ihm entwinden, aber Albert setzte nach und presste sie heftig an sich.

»Wie macht er's denn? Wahrscheinlich ist er genauso geil, wie sein Vater immer gewesen ist. Das gefällt euch Weibern natürlich. Los, red, wie macht er's? Zeig's mir ... Komm, das machst jetzt genau auch mit mir.« Er schleppte sie ins Schlafzimmer.

»Albert, bitte, ich weiß nicht, was du da redest. Wenn du mal wieder mit mir schlafen willst ...«

»Mal wieder. Ja, ja, mal wieder ... Der Winni, der kann natürlich jederzeit und immer, hä?« Er warf sie auf das Bett.

»Du bist ja richtig scharf!« Inge versuchte zu lachen.

»Wirst es schon sehen. Scharf wie ein Rasiermesser. Ja, genau. Eigentlich sollt ich dir die Gurgel durchschneiden.«

Er packte sie tatsächlich so fest am Hals, dass sie für ein paar Augenblicke keine Luft mehr kriegte und ihre Augen aus den Höhlen quollen. Doch dann ließ er sie los, packte mit beiden Händen ihren Blusenausschnitt und riss ihn auf.
Inge starrte ihn mit angstvollen Augen an. Albert Horrenried trat einen Schritt zurück, zog den Gürtel aus seiner Hose und ließ ihn durch die Hand gleiten.
Jetzt klang Inges Stimme klar und fest: »Wenn du mich schlägst, bring ich dich um.«
Albert holte aus, warf den Gürtel dann aber zur Seite und zog seine Hose aus. Er zerriss ihren Büstenhalter. »Runter mit dem Fummel, den hast ja doch nur für den Saukerl gekauft!«
»Für dich. Aber du glaubst mir ja sowieso nichts.«
»Das stimmt. Für mich bist nix weiter als eine billige, verlogene Nutte.«
Er hob seine Jacke noch mal hoch, holte aus der Jackentasche ein paar Geldscheine und warf sie auf die halbnackte junge Frau hinab. »Da. Ich zahl auch. Huren muss man doch bezahlen. Was zahlt denn der Winfried, hä? Vielleicht ist er deshalb pleite.« Er zog nun auch die Unterhose aus. »Aber glaub ja nicht, dass du sonst noch irgendwas von mir kriegst. Das kannst vergessen … Bezahlt bist du. Jetzt mach die Beine breit!«
Er warf sich auf sie.

– 13 –

Kerstin hatte es übernommen, in Gächters Wohnung auf die Anrufe der Entführerin zu warten. Zwei Beamte hatten inzwischen eine Abhöreinrichtung installiert, um eine Fangschaltung zu ermöglichen und alle Anrufe aufzuzeichnen.

Gächter kam nach Hause und schaute seine Freundin fragend an.
»Nichts«, sagte Kerstin. »Hast du was gegessen?«
»Ich hab keinen Hunger.« Er begrüßte die Kollegen, die er flüchtig kannte, und ging mit Kerstin in die Küche.
Kerstin schloss sorgfältig die Tür. »Warum lässt du diesen Joe Keller nicht einfach frei?«
Gächter lachte unfroh auf. »Wie stellst du dir das denn vor?«
»Sobald der Mann frei ist, wird Mascha Niebur auch Patrick freilassen. Das ist doch ganz einfach.«
Gächter schüttelte den Kopf. »Du überschätzt meine Möglichkeiten. Er wird morgen dem Haftrichter vorgeführt.«
»Da bist du doch als Zeuge dabei …«
»Ja, sicher.«
»Vielleicht kannst du ihn so weit entlasten, dass sie ihn laufenlassen müssen!«
»Das kann ich nicht, Kerstin. Ich hab nichts in der Hand!«
Das Telefon klingelte. Einer der Polizeibeamten öffnete die Tür. Er gab Gächter ein Zeichen, dass er noch kurz warten solle. Sein Kollege betätigte einige Schalter.
Gächter nahm ab. »Gächter hier.«
Maschas Stimme war über Lautsprecher zu hören. »Wann kommt Joe frei …?«
»Ich will mit Patrick sprechen!«
»Das ist jetzt nicht möglich. Aber es geht ihm gut. Nur, wie lange es ihm noch gutgeht, das hängt von Ihnen ab.«
Gächter sagte beschwörend: »Mascha, ich versuche alles. Morgen ist der Haftprüfungstermin. Vielleicht kommt Joe danach ja frei …«
»Ich glaube Ihnen kein Wort.«
»Hören Sie mir bitte zu, ich verspreche Ihnen …«
Mascha unterbrach ihn kalt: »Sie kriegen den Jungen zurück,

wenn Joe freikommt. Und wenn Joe morgen Mittag nicht wieder draußen ist, kriegen Sie das Kind auch zurück, aber dann lebt es nicht mehr!« Sie legte auf.
Einer der Beamten war mit der Zentrale verbunden. Jetzt schaute er auf. »Der Anruf ist aus Cannstatt gekommen. Eine Zelle in der Gneisenaustraße.«
Gächter riss das Foto aus der Tasche und haute mit dem Handrücken drauf. »Genau dort liegt die alte Zuckerfabrik!«
Der Beamte meinte: »Das dät passen!«
Gächter war schon auf dem Weg zur Tür.
»Ich ruf sofort in der Zentrale an«, rief der Kollege ihm nach.

– 14 –

Albert Horrenried stand schwankend vom Bett auf. Er war verschwitzt, rang nach Atem, und sein Gesicht war gerötet. Er sah aus, als ob er jeden Moment einen Schlaganfall bekommen könnte. Auf dem Bett lag Inge wie erschlagen. Um sie herum noch immer die Geldscheine. Sie starrte den nackten Mann angewidert an. Tränen liefen über ihr Gesicht.
Albert stieg in seine Hosen und griff nach seinem Hemd. Er ging mit schweren Schritten zur Tür, drehte sich noch mal um und sagte: »Hat's dir der Winni auch so besorgt?«
Inge wandte sich nur ab und kehrte ihm den Rücken zu. Die Tür fiel ins Schloss.
Albert Horrenried ging zu seiner Hausbar, goss Schnaps in ein Wasserglas und stürzte ihn in einem Zug hinunter. Ihm fiel ein, dass er ja noch nicht einmal die Halle abgeschlossen hatte. Er stieg die Treppe hinunter.
Als er aus dem Haus trat, spürte er, dass es zu regnen begon-

nen hatte. Er überquerte den Platz, ging an den hoch aufgeschichteten Stämmen vorbei. Die Eichen sollten anderntags geräppelt und in der großen Gattersäge zu Möbelbrettern verarbeitet werden. Seine Hand glitt über die raue Rinde. Das nasse Holz roch gut. Das Leben hätte so schön sein können. Er ging zwischen den Schienen weiter, die in Beton eingelassen waren und auf denen der Laufkran fuhr. Mit diesem wurden die Stämme von den Stapeln am Mühlbach entlang in die Halle befördert.

Plötzlich flammten Scheinwerfer an der Vorderfront des Krans hell auf: Gleißendes Licht schoss ihm in die Augen und blendete ihn so, dass er ein paar Augenblicke lang nichts mehr erkennen konnte. Unwillkürlich machte er ein paar Schritte zurück. Der Kran setzte sich in Bewegung. Jetzt erst sah Horrenried, dass der Greifer einen mächtigen Stamm gepackt und auf vier, fünf Meter Höhe angehoben hatte. Direkt über ihm schwankte der gewaltige Baumstamm an dem Greifer leicht hin und her. Das nasse Holz glänzte im Licht des hellen Scheinwerfers.

»Nein«, schrie er, »lass das, bist du wahnsinnig?«

Er konnte den Mann hinter der Scheibe der Führerkabine nicht erkennen, aber er zweifelte keine Sekunde daran, dass es sein eigener Bruder war, der versuchte, ihn umzubringen. Schritt um Schritt wich der Sägewerksbesitzer zurück. Plötzlich blieb er mit dem Absatz an einer der Schienen hängen und fiel nach hinten. Im gleichen Augenblick öffnete sich der Greifer, der Stamm löste sich. Albert Horrenried rollte sich blitzschnell einen Meter zur Seite. Der Stamm stürzte krachend auf die Erde und verfehlte ihn nur knapp.

Der Mann, der den Kran gesteuert hatte, sprang aus der Führerkabine und rannte davon. Er war nur als Schattenriss zu sehen.

Albert rappelte sich mühsam auf. Sein Atem ging stoßweise, seine Knie zitterten, dicke Schweißperlen standen auf seiner Stirn.
Inge hatte sich einen Morgenmantel übergeworfen, sie hielt das Telefon in der Hand und wählte, schaltete den Apparat aber aus, als sie die schweren, unsicheren Schritte auf der Treppe hörte. Der Sägewerksbesitzer torkelte herein. Er riss eines seiner Jagdgewehre aus dem Waffenschrank und eilte wieder aus der Diele, wie er gekommen war. Seine Kordhosen und seine Lodenjacke starrten vor Dreck, die Haare hingen ihm nass und wirr ins Gesicht.
An der Tür drehte er sich noch mal um und herrschte Inge hasserfüllt an: »Mit dir bin ich auch noch nicht fertig!«
Er stolperte wieder hinaus. Inge nahm das Telefon erneut zur Hand, wählte, wartete, wurde immer nervöser, aber Winfried hob nicht ab.

Bienzle und Hannelore hatten im »Stern« in Mainhardt zu Abend gegessen, einem schönen alten Bauernlokal, wo die Wirtin, nun auch schon weit über siebzig, selber kochte. Man saß an großen Tischen, an der Wand auf Bänken, vorne auf Stühlen. Zwischen den Tischen hatten die Wirtsleute viel Platz gelassen, so dass man sich selbst dann nicht bedrängt fühlte, wenn das Lokal bis auf den letzten Stuhl besetzt war. Es gab Sauerbraten mit handgeschabten Spätzle und einer sämigen Soße. Bienzle trank einen Nordheimer Trollinger mit Lemberger dazu. Sie redeten kaum, aber beide hatten keinen Augenblick das Gefühl, sich zu langweilen.
Den Weg zurück gingen Hannelore und Bienzle zu Fuß. Sie erreichten Heimerbach kurz nach neun Uhr. Hannelore hatte sich bei Bienzle eingehängt und ihren Kopf leicht gegen seine rechte Schulter gelegt.

Plötzlich zerriss ein Gewehrschuss die dörfliche Stille. Er war ganz aus der Nähe gekommen. Bienzle rannte los. Hannelore blieb wie angewurzelt stehen.
Als Bienzle um die Ecke des Gasthauses bog, sah er einen Mann breitbeinig im Hof eines kleinen, flachen, heruntergekommenen Häuschens stehen. Er hatte ein Gewehr an der Schulter angelegt. Unter der Haustür, zu der von beiden Seiten ausgetretene Steinstufen hinaufführten, stand ein zweiter Mann, leicht vorgebeugt, als ob er seinen Augen nicht traute. Das Häuschen hatte auf der rechten Seite einen barackenähnlichen Anbau. »Motorwerkstatt« stand auf einem Blechschild, das von einer schwachen Lampe nur unvollständig beleuchtet wurde.
Erneut peitschte ein Schuss. Dicht neben dem Kopf des Mannes unter der Tür, der noch immer wie eine lebendige Zielscheibe dort stand, spritzten Putz und Mauerwerk auf. Der Mann mit dem Gewehr lud durch. Im gleichen Augenblick erreichte ihn Bienzle. Er packte die Jagdwaffe am Lauf und drückte sie nieder.
»Waffe weg!«, herrschte er den Schützen an.
Der fuhr wütend herum. »Weg da!«
Bienzle zog mit der freien Hand seinen Polizeiausweis heraus und sagte: »Ich bin Polizeibeamter. Geben Sie die Waffe her! Und weisen Sie sich aus!«
Der Mann ließ die Waffe los und zog aus seiner Gesäßtasche einen Personalausweis. »Und was ist mit dem dort? Der hat heut Abend versucht, mich umzubringen!«
Bienzle schrieb von dem Ausweis die Personalien ab und sprach dabei mit: »Albert Horrenried, geboren 21.9.1959 in Heimerbach. Haben Sie was mit dem Sägewerk drunten im Steinachtal zu tun?«
»Das gehört mir«, sagte der Mann. »Und dort hat er's auch probiert. Mit mei'm eigenen Laufkran – einen riesigen Stamm hat

er im Greifer gehabt. Ich bin grad noch weggekommen, bevor der runtergekracht ist. So viel«, er zeigte es mit den Händen, »und es hätt mich erwischt!«
Der Mann oben auf dem Treppenabsatz rief herunter: »Ich hab den ganzen Abend mein Haus nicht verlassen!«
Albert Horrenried sagte trotzig zu Bienzle: »Und wenn er's nicht selber gewesen ist, dann hat er einen geschickt.«
Der andere lachte auf. »Als ob für mich einer gehen würde!«
Der Schütze fuhr zu ihm herum und geiferte: »Pack von deiner Sorte gibt's genug. Alles der gleiche Abschaum!«
Bienzle fragte: »Haben Sie den Vorfall der örtlichen Polizei gemeldet?«
»Ich brauch keine Polizei!«
»Das können Sie nach dem Vorfall jetzt nicht mehr selber bestimmen.«
»Wollen Sie mich etwa verhaften?«
»Ich hab Ihre Personalien. Und das Gewehr ist erst mal konfisziert. Alles Weitere sehen wir dann.« Bienzle rief zu dem Mann unter der Tür hinauf: »Und wie heißen Sie?«
»Horrenried ...«
Bienzle schaute sich Alberts Ausweis noch mal an. »Brüder?«
»Leider!«, rief der Mann unter der Haustür.
Wütend riss Albert Horrenried dem Kommissar den Ausweis aus der Hand, ging zu seinem Auto, setzte sich hinters Steuer und fuhr mit aufheulendem Motor davon. Die Lichtkeile der Scheinwerfer erfassten kurz Hannelore, die ganz in der Nähe dicht an einer Hauswand stand.
Bienzle sagte mehr zu sich selbst als zu Martin Horrenried: »›Siehe, wie fein und lieblich ist es, wenn Brüder einträchtig beieinanderwohnen‹, so heißt's in der Bibel.«
»Fromm sind wir beide nicht!«, sagte Martin und verschwand hinter seiner Haustür.

Hannelore trat neben Bienzle. »Es soll Polizisten geben, die ziehen das Verbrechen förmlich an.«
Bienzle seufzte. »Jetzt muss ich erst noch beim hiesigen Polizeiposten vorbei.«

– 15 –

Als Mascha Niebur von der Telefonzelle zurückkam, saß Patrick apathisch in der Ecke des ehemaligen Heizungsraums.
Mascha legte dem Jungen eine Decke um die Schultern. »Hast du was gegessen?«
Patrick schüttelte nur den Kopf.
Aus einer der Plastiktüten kramte Mascha einen Schokoriegel hervor und hielt ihn dem Jungen hin. Aber der schob nur ihre Hand weg und begann zu weinen. »Ich will weg hier!«
»Das geht jetzt noch nicht«, sagte Mascha sanft.
»Ich will weg!« Er schluchzte auf.
»Hör auf zu heulen.«
Doch Patrick heulte nur noch mehr, rannte zur Tür und riss sie auf. Mascha war mit ein paar schnellen Schritten bei ihm. Sie packte ihn an den Schultern, wirbelte ihn herum und schlug ihn ins Gesicht.
»Ich hab dir gesagt, mach keinen Scheiß!«
Sie warf ihn rüde in die Ecke zurück, wo die Decken jetzt auf einem Haufen lagen. Patrick blieb so liegen, wie er hingefallen war, starr vor Angst, ein Häufchen Elend. Er vergrub das Gesicht in seinen Armen, schluchzte hemmungslos.
Mascha ging dicht neben ihm in die Hocke. Sie versuchte, mit einem Mal ganz sanft, dem Jungen die Arme vom Gesicht zu ziehen.
»Entschuldige. Das wollte ich nicht.«

Langsam nahm Patrick die Arme herunter. »Ich will jetzt doch die Schokolade.«
Mascha reichte ihm sichtlich erleichtert den Schokoriegel.

Gollhofer drehte das ganz große Rad. Als die Nachricht hereingekommen war, dass sich die Entführerin mit dem Kind womöglich in der aufgelassenen Zuckerfabrik in Bad Cannstatt versteckt hielt, trommelte er die gesamte Sonderkommission zusammen, alarmierte das SEK und bat den Präsidenten in die Einsatzzentrale – nicht um ihn um Rat zu fragen, sondern um ihm zu zeigen, wie souverän er die Maschinerie beherrschte.
»Und woher haben Sie den Verdacht, dass die junge Frau sich dort verbirgt?«, fragte der Präsident.
»Eine Schlussfolgerung des Kollegen Gächter, aufgrund seiner Ermittlungen«, sagte Gollhofer, und es war ihm nicht sehr behaglich dabei.
»Wenn ich mich recht erinnere, hatte ich angeordnet, Gächter ganz aus dem Fall rauszuhalten.«
»Na ja, er hat auf eigene Faust …«
»Es gehört genau zu Ihren Aufgaben, so etwas zu verhindern«, fuhr ihm der Präsident in die Parade.
Gollhofer nahm sich vor, dass ihm Gächter dafür büßen würde.

Patrick hatte sich in den Decken verkrochen und war vor Erschöpfung eingeschlafen. Mit seinem schokoladeverschmierten Mund sah er ein bisschen wie ein Clown aus.
Mascha schloss die Kammer sorgfältig ab und trat aus dem Gebäude, um Luft zu schöpfen. Sie streunte ein wenig auf dem Gelände herum und pflückte ein paar wilde Blumen und war schon wieder auf dem Weg zurück, als sie plötzlich aufhorchte. Autogeräusche, die näher kamen. Ihr Blick schärfte sich. Auf-

merksam schaute sie sich um. Da sah sie ein Auto ohne Licht langsam am Rande des Fabrikgeländes vorbeirollen. Dann entdeckte sie ein zweites, in dessen Karosserieblech sich eine Straßenlaterne spiegelte. Mascha war schlagartig aufs höchste alarmiert. Sie rannte in die Backsteinruine, riss die Tür zur Heizungskammer auf und schrie: »Los, steh auf! Los, los, los, wach auf … Mach schon!«

Sie raffte alles zusammen, was auf dem Boden herumlag, und stopfte es in die Plastiktüten.

Patrick kam nur mühsam zu sich. »Was ist los?«

Mascha zerrte ihn vom Boden hoch. »Wir müssen weg!« Sie schob ihn durch die Eisentür. Dabei fiel ihr eine der Plastiktüten hinunter. Sie bückte sich danach. Patrick sah es und begann im gleichen Augenblick zu rennen. Mascha ließ alles fallen, was sie in den Händen hatte, und setzte ihm nach. Schon nach wenigen Schritten hatte sie ihn wieder eingefangen. Patrick schrie: »Hilfe! Hilfe! Hiiiiilfe!«

Mascha warf ihn so heftig gegen die Wand, dass er für einen Augenblick das Bewusstsein verlor. Dann packte sie ihn im Genick und stieß ihn vor sich her zu dem Auto.

Der Junge wehrte sich nicht mehr. Er kletterte auf den Rücksitz, rollte sich zusammen und verdeckte sein Gesicht mit den Händen.

Die Sicherheitskräfte verteilten sich auf dem Gelände. Sie waren noch dabei, sich zu orientieren und ihre jeweiligen Positionen einzunehmen, als der Mazda durch das geschlossene Brettertor brach.

»Nicht schießen!«, schrie Gollhofer in sein Funkgerät.

Mascha blendete voll auf und riss das Fahrzeug auf einen schmalen, grasüberwucherten Weg. Einen Polizeibeamten, der sich rasch noch die Zeit genommen hatte und nun an einer halbverfallenen Backsteinwand stand und pinkelte, überfuhr sie dabei um ein Haar. Der Grasweg führte auf eine steile Böschung zu.

»Festhalten!«, schrie Mascha.

Mit Vollgas raste sie das steile Stück hinauf, das den Rand eines Autobahnzubringers bildete. Der Wagen machte, oben angekommen, einen Satz auf die Fahrbahn. Mascha riss das Steuer herum. Vorbeirasende Autos hupten wie verrückt. Die junge Frau zog den Mazda gerade und atmete aus. In ein Polizeiauto, das sie verfolgt hatte, raste ein Pkw hinein.

Patrick sagte: »Du bist auf der falschen Fahrbahn!«

Mascha zuckte zusammen. »Tatsächlich!« Sie bekam einen Lachanfall. Die entgegenkommenden Fahrzeuge hupten und blinkten. Mascha hörte nicht auf zu lachen, fuhr Schlangenlinien, blinkte ebenfalls und drückte auch voll auf die Hupe. Endlich kam ein Durchlass. Sie bremste scharf herunter und steuerte ihren Wagen auf die andere Fahrbahn. Dort klinkte sie sich in den Verkehr ein.

Mascha drehte sich zu Patrick um. »Na, was sagst du? Wie hab ich das gemacht?«

»Du spinnst!«

Gächter war bei den ersten Beamten, die in die Heizungskammer eindrangen. Die Spuren waren deutlich. Hier hatte Mascha Niebur das Kind festgehalten.

Gächter sah Gollhofer an. »Wie hat das passieren können?«, fragte er, und man sah ihm an, wie sehr er sich beherrschen musste, um dem Kollegen nicht an den Kragen zu gehen.

»Irgendetwas muss uns verraten haben«, sagte Gollhofer und wirkte dabei ziemlich schuldbewusst.

– 16 –

Etwa um die gleiche Zeit betrat Bienzle, Albert Horrenrieds Jagdwaffe locker in die Armbeuge gelegt, die Revierwache des Polizeipostens Heimerbach.

Der diensttuende Beamte schaute nicht auf, sondern sagte bloß brummig: »Jetzt kann ich nur für Sie hoffen, dass es wichtig ist!«

»Meinen Sie, ich kann das nicht selber beurteilen?«, entgegnete Bienzle.

Jetzt erst schaute der Beamte auf und direkt in den Lauf der Waffe. In einer Reflexbewegung hob er beide Hände. Bienzle musste unwillkürlich lachen. Der Polizeiobermeister erkannte ihn.

»Ha, jetzt kann i gar nemme, dr Herr Bienzle. Sind Sie auf der Jagd bei uns?«

»Ich könnt auf kein Tier schießen«, sagte Bienzle. Er musterte den Polizeibeamten mit zusammengekniffenen Augen. »Kennen wir uns?«

»Ich war bei Ihnen auf dem Lehrgang in Göppingen. Erich Bechtle. Ich hab damals mit einer Zwei abgeschlossen!«

»Bechtle, ja, natürlich kenn ich Sie …« Bienzle erinnerte sich nur schemenhaft. »Ich muss eine Anzeige erstatten.«

»Doch net jetzt, mitte in der Nacht?«

Ja, richtig, daran erinnerte sich Bienzle nun doch wieder. Durch besonderen Fleiß war Bechtle nie aufgefallen. Dann schon eher durch überdurchschnittliche Intelligenz.

»Ja, sind Sie jetzt im Dienst oder nicht?«, fragte Bienzle unwirsch.

»We mr's nimmt.« Bechtle seufzte. »Na gut, dann erzählet Se halt. Obwohl, am beschte dätet Sie doch selber glei a Protokoll schreibe, Sie könnet des sowieso besser als ich.«

Als Bienzle eine Stunde später in den kleinen Gasthof kam, saß Hannelore mit dem Wirt am Stammtisch und ließ sich Geschichten erzählen. »Warum hat das denn so lange gedauert?«, fragte sie.
Bienzle bestellte sich einen Lemberger. »Ich hab ein Protokoll schreiben müssen.«
»Du selber, warum das denn?«
»Weil ich halt so gutmütig bin!«

– 17 –

Mascha fuhr einfach drauflos, ohne zu wissen, wohin. Patrick hatte sich zwar auf dem Rücksitz zusammengerollt, aber er schlief nicht. Schon bald hatten sie die Lichter der Stadt hinter sich gelassen. Bewusst fuhr Mascha auf den Nebenstrecken – kleinen Sträßchen, die durch verschlafene Dörfer führten.
Eine dumpfe Hoffnungslosigkeit erfasste sie. Sie hatte nicht lange nachgedacht. Sie hätte alles getan, um Joe freizubekommen. Und sie war sich auch ganz sicher gewesen, dass sie es schaffen würde. Schon deshalb, weil sie doch, wie sie glaubte, absolut im Recht war. Aber jetzt wuchs ihr alles über den Kopf.
»Wie heißt du eigentlich?«, fragte Patrick plötzlich von hinten. Mascha konnte sich nicht erklären, warum, aber sie war froh, die Stimme des Jungen zu hören.
»Mascha«, sagte sie und wartete begierig auf seine nächste Frage. Doch Patrick sagte nur: »In meiner Klasse ist auch eine Mascha. Aber die ist ganz nett!«
Der Wagen rollte nun über ein gewundenes Sträßchen auf eine Kette kleinerer bewaldeter Berge zu. Die Regenwolken waren weitergezogen. Jetzt riss der Himmel auf, und der Mond zeigte sich. Er tauchte die Landschaft in ein fahles weißliches Licht.

Direkt voraus kam ein kastenförmiger Bau in Sicht. Offenbar der Rohbau einer großen Wohnanlage. Mascha beschloss, dorthin zu fahren. Wenigstens in dieser Nacht würde sie mit dem Jungen dort bleiben können.

Als Hannelore und Bienzle in ihr spartanisches Zimmer kamen, sagte Bienzle: »Also, ich bin rechtschaffen müde. Dabei war das doch eigentlich gar keine Wanderung, sondern nur ein besserer Spaziergang.«
Hannelore horchte noch dem ersten Satz nach. »›Rechtschaffen müde‹, das passt zu euch Schwaben. Erst recht schaffen, und dann hat man das Recht, auch müde zu sein.«
»Ja, ja«, sagte Bienzle gut gelaunt, »jetzt hast mich wieder amal erwischt. Und ich hab noch nicht mal den Gächter angerufen, ob was Wichtiges war.«
»Untersteh dich!«, sagte Hannelore. »Lass ja das Telefon in Ruhe.«

»Das Schlimmste ist diese furchtbare Warterei«, sagte um die gleiche Zeit Gächter. Er war nach dem missglückten Versuch, Mascha zu stellen und Patrick zu befreien, niedergeschlagen nach Hause gefahren. Kerstin hatte gemeint, er müsse versuchen, seine Schwester zu erreichen. Aber Günter Gächter gab sich selber noch eine Nacht Zeit.
Kerstin schüttelte den Kopf darüber. »Wenn etwas passiert, wird sie es dir nie verzeihen, dass du sie nicht zum frühestmöglichen Zeitpunkt angerufen hast!«
Gächter ging nicht darauf ein. »Der Bienzle hat sich auch nicht gemeldet, und ich hab keine Ahnung, wo ich ihn suchen soll.«
»Was hat denn der Bienzle damit zu tun?«
»Nichts, aber mir wäre verdammt viel wohler, wenn er jetzt in meiner Nähe wäre.«

»Wir haben Glück«, sagte Mascha und stieg aus dem Auto. »Die Baustelle ist gar nicht in Betrieb, so wie's aussieht. Eine Neubauruine.«
»Eine was?« Patrick hatte das Wort noch nie gehört. Er war müde aus dem Auto gekrochen und hatte sich umgesehen. Die hohen Häuser mit ihren schwarzen Fensterhöhlen machten ihm Angst. »Müssen wir hierbleiben?«, fragte er.
»Nicht lange. Los, hilf mir mal.« Sie hob die rot-weiß gestrichenen Latten, mit denen die Einfahrt zur bereits fertig betonierten Tiefgarage abgesperrt war, aus ihren Verankerungen. Patrick half ihr. Dann fuhren sie in die unterirdische Halle. Das Fahrzeug stellte Mascha hinter einem Anhänger ab, den die Bauarbeiter wohl vergessen hatten.
Auch die Kellerräume waren schon weitgehend fertiggestellt und mit Lattentüren versehen. »Hier machen wir uns ein Lager«, sagte Mascha.
»Ich will nicht hierbleiben.«
»Du hast keine andere Wahl«, sagte Mascha. »Ich muss dich sogar fesseln, damit ich in Ruhe telefonieren gehen kann.«
»Und wenn ich verspreche, dass ich nicht weglaufe?«
»Würdest du das an meiner Stelle glauben?«
»Ich weiß ja gar nicht, um was es geht«, sagte der Junge altklug.
»Pass auf, ich erklär's dir: Der Joe, das ist mein Freund, den haben sie verhaftet und ins Gefängnis gesperrt. Aber er hat gar nichts getan …«
»Ich hab aber auch gar nichts getan«, sagte Patrick dazwischen.
»Na gut, und du bist trotzdem gefangen. Dein Onkel will dich wieder freikriegen. Genauso, wie ich den Joe freikriegen will.« Sie entrollte einen Schlafsack, den sie aus dem Kofferraum des Autos genommen hatte. Jürgen hatte immer alles in seinem

Wagen, um jederzeit *on the road* gehen zu können, wie er das nannte.
»Ich muss dir die Hände und die Füße zusammenbinden. Und dann stecken wir dich am besten in den Schlafsack, damit du's warm hast. Ich bin garantiert nicht länger als eine Stunde fort.«
Zwanzig Minuten später betrat Mascha eine kleine Kneipe. Sie ging direkt zum Tresen und bestellte eine Apfelsaftschorle. Es waren fast nur Männer in dem Lokal, und alle schauten sie an. Mascha war ein schönes Mädchen. Sie hatte eine schlanke Figur, und sie machte keinen Hehl daraus. Ihre knappen Jeans und das T-Shirt, unter dem sie nichts trug als ihre Haut, verbargen nur wenig. Die leisen Pfiffe und Zungenschnalzer der Männer nahm sie kaum wahr.
Ein junger Mann kam an den Tresen. »Apfelsaftschorle – kannste doch auch zu Hause trinken ... Ich lad dich zu was Besserem ein! Übrigens, ich bin der Harry.«
Mascha sah ihn an. »Sag mal, Harry, hast du ein Handy?«
»Na klar, was denkst denn du?«
»Gibst du's mir mal?«
Aus dem hinteren Teil des Lokals rief ein anderer junger Mann: »Und nachher ruft sie in Tokio an, und du hast es auf deiner Telefonrechnung!«
Ein dritter stand auf, kam an den Tresen und reichte Mascha ein Telefon. »Da, du kannst meins haben!«
»Lass mal die Lady in Ruh, ich mach das schon«, sagte Harry. Er zog sein Handy heraus und sagte zu Mascha: »Wen soll ich anrufen?«
Mascha nahm ihm das Telefon aus der Hand. »Selber groß!« Sie ging vor die Tür.
Einer der Männer rief Harry zu: »Das Handy siehst du nie wieder!«

Gächter hatte sich gerade ein wenig hingelegt, als der Anruf kam. Er wartete, bis die Kollegen alles vorbereitet hatten, und hob dann ab.
Mascha legte gleich los. »Haben Sie jetzt gesehen? So leicht kriegt ihr mich nicht. Scheiße, ich mein's ernst. Wenn Sie den Patrick lebend wiedersehen wollen, muss Joe morgen freikommen.«
»Ja, das hab ich verstanden. Ich will's versuchen«, sagte Gächter. »Aber ich will ein Lebenszeichen von Patrick.«
»Der schläft«, tönte Maschas Stimme aus dem Telefon. »Aber es geht ihm gut. Joe hat diesen Lohmann nicht umgebracht. Er sitzt unschuldig. Holen Sie ihn da raus, dann kriegen Sie auch Ihren Neffen wieder. Verstanden?«
»Ja«, sagte Gächter. »Vielleicht weiß ich einen Weg. Ich werd alles tun … Ich krieg das hin, verlassen Sie sich drauf!«
Auf der anderen Seite wurde aufgelegt. Tränen schossen Günter Gächter in die Augen. Ein leises, trockenes Schluchzen schüttelte ihn.
Kerstin trat zu ihm und legte ihre Hände auf seine Schultern. »Hast du irgendeine Idee?«
Gächter gab sich einen Ruck, stand auf und wandte sich zu Kerstin um: »Ja, die habe ich!«

Mascha kehrte in die Kneipe zurück, warf mit einem »Hepp!« Harry sein Telefon zu, ging zum Tresen, stürzte die Apfelsaftschorle hinunter und sagte: »Ich war ja eingeladen, oder?«
Und schon verließ sie wieder das Lokal. Harry und die anderen starrten ihr einigermaßen perplex hinterher.
Als sie in den Keller der Neubauruine zurückkehrte, kroch sie zu Patrick in den geräumigen Schlafsack, zog den Jungen an sich und sagte: »Jetzt schlafen wir einfach ein paar Stunden und denken an gar nichts.«

– 18 –

Es war schon kurz nach zehn Uhr, als Albert Horrenried wieder nach Hause kam. Inge hatte immer wieder versucht, Winni zu erreichen, aber er war nicht ans Telefon gegangen. Die übrige Zeit hatte sie genutzt, um lange heiß und kalt zu duschen und sich anzuziehen. Und dann hatte sie damit begonnen, die wenigen Dinge, die ihr gehörten, in ein paar Koffer zu packen.

Albert sah sie nicht an. Er wollte gleich weiter in sein Arbeitszimmer.

Inge hielt ihn auf. »Wo ist dein Gewehr?«

»Keine Angst, deinen Lover hab ich nicht erschossen!«

Inge machte noch einen letzten Versuch. »Albert …«, sagte sie ernst und bittend.

Aber er ließ sie nicht weitersprechen. »Vergiss es«, sagte er dumpf, »vergiss überhaupt alles. Und glaub ja net, dass du bei mir noch was erben kannst! Noch heut Nacht schreib ich ein neues Testament!«

Damit verschwand er in seinem Arbeitszimmer.

Dort setzte er sich an den großen Schreibtisch. An dem hatte schon sein Vater gearbeitet.

Der alte Kurt Horrenried war ein Mann gewesen, der niemanden neben sich hatte gelten lassen. Seine zwei Söhne waren beide nicht so geraten, wie er sich das gewünscht hatte. Martin, der ältere, hatte nur die Musik im Kopf. Wahrscheinlich das mütterliche Erbteil. Kurt hatte seine Frau geliebt. Ihre Vorliebe für die Musik, die Literatur und das Theater hatte er ihr großzügig nachgesehen, und er reagierte besonders barsch, wenn er von jemandem darauf hingewiesen wurde, dass dies keineswegs Dinge waren, die man jemandem nachsehen musste. Weitere Diskussionen lehnte er ab. Doch als sein großer Sohn sich mit der gleichen Inbrunst auf die Musik warf wie seine Frau, war Schluss mit seiner Nachsicht. Dabei wäre Martin vielleicht ein brauchbarer Mensch geworden, er liebte, wie der Vater, das Holz, aber größer war seine Liebe zur Musik, und das hatte ihm der Alte nie verziehen.

Albert, der jüngere, war aufbrausend und nur schwer zu bändigen. Mindestens zweimal in der Woche hatte der Vater mit dem Erziehungsheim gedroht, was dem jüngeren Sohn nur ein abschätziges Lachen entlockte. Nach und nach wuchs Albert zu einem handfesten Kerl heran, raufte gern, konnte aber nicht verlieren. Und er schlug alles über den gleichen Leisten: »Was bringt mir das? Was nutzt mir das? Was hab ich davon?« Er liebte niemanden – nicht einmal seine Mutter und schon gar nicht seinen älteren Bruder, den er schon als Junge immer nur den »Spinner« nannte.

Albert Horrenried sah zu dem Bild des Vaters hinauf, das in einem ovalen Rahmen über dem alten englischen Schreibtisch hing. Kurt hatte das schöne Stück aus der Konkursmasse eines kleinen Möbelfabrikanten an sich genommen. Geld war da sowieso nicht mehr zu holen gewesen.

Vielleicht wäre ja alles anders gekommen, wenn der Vater seinen jüngeren Sohn angenommen hätte. Wenn er nur einmal den Arm um seine Schultern gelegt, ihn an sich gezogen und ihm zugehört hätte. Albert hatte immer schon Ideen, Pläne, Perspektiven gehabt. Aber wann hatte der Alte schon mal zugehört? Nur was er selber sagte, galt.

Inzwischen hatte Albert bewiesen, dass seine Ideen etwas taugten. Und wenn etwas seinen Stolz trübte, dann war es die Tatsache, dass der Vater das alles nicht mehr erleben konnte. Denn eigentlich hatte er immer nur eins gewollt: Der Alte sollte kapieren, was er an seinem Sohn hatte.

Ach was, das war alles vorbei. Verlorene Zeit. Der Schnee längst

vergangener Jahre. Sein gebildeter Bruder hätte gesagt: »Tempi passati.«
Nicht dass Albert Horrenried so ein Wort nicht verstanden hätte. Er war ja in der Welt herumgekommen. Aber er hätte es nie benutzt, weil er sich dabei wie ein Angeber vorgekommen wäre. Bei Martin war das etwas anderes. Bei dem wirkten solche Sprüche natürlich.
Albert Horrenried zog ein Blatt Papier mit seinem persönlichen Briefkopf aus der obersten Schublade des Schreibtisches, legte es auf die grüne Lederauflage, schraubte den Füllfederhalter auf und schrieb in großen Druckbuchstaben: »Mein letzter Wille.«
Doch dann griff er erst noch einmal zum Telefon und drückte auf eine Wahltaste. Die Nummer von Hajo Schmied hatte er einprogrammiert.
Der Jagdfreund meldete sich mit verschlafener Stimme.
Albert sagte: »Hajo? Ich bin's, der Albert. Hast du schon geschlafen? … Ach ja, den Stammtisch hab ich total vergessen … Ich schreib grade mein Testament. Es geht alles an den Jagdverein zu deinen Händen.« Er lachte kurz auf. »Aber nicht, dass du mich bei der nächsten Saujagd versehentlich triffst … Ich hätte das schon längst machen sollen. Warum, warum? Dir kann ich's ja erzählen …«
Und nun vertraute er seinem besten und vielleicht einzigen Freund an, was ihm die Inge angetan hatte. Dieses Luder, das er aus dem Dreck gezogen hatte, die ihm hätte dankbar sein müssen bis an ihr Lebensende. Sogar geheiratet hätte er sie. Und das wär für so eine doch was gewesen. Frau Sägewerksbesitzerin. Da, wo die herkam. Aber statt ihm dankbar zu sein, betrog sie ihn mit seinem eigenen Neffen.
»Das muscht du dir amal vorschtella – mit dem Winni, diesem Versager … Gut, er ist jung, und wahrscheinlich ischt er ja ein

Hirsch im Bett. Aber des muss doch so eine wissen, was sie damit aufs Spiel setzt …«

Hajo hörte geduldig zu. Wann offerierte einem schon mal der reichste Mann im Dorf sein ganzes Vermögen? Okay, es sollte an den Jagdverein gehen, aber zu seinen, Hajo Schmieds, Händen. Da konnte man was draus machen, wenn's einmal so weit war. Und bei Alberts vielen Krankheiten und der Art und Weise, wie er mit seiner Gesundheit Raubbau trieb …

Jedenfalls sagte Hajo Schmied, um den Freund zu bestätigen: »Also, des dät ich mir von dera au net g'falle lasse!«

Nachdem er aufgelegt hatte, schrieb Albert Horrenried sein Testament in einem Zug. Das frühere zerriss er, legte die Fetzen in den großen Aschenbecher und zündete sie an.

Plötzlich hörte er Geräusche von der Werkhalle her. Das klang alarmierend. Kreischendes Metall, das unter größter Anspannung riss. Das kannte er. So klang es, wenn Sägeblätter barsten, weil sie auf einen Stein oder ein Stück Eisen trafen. Dann das Rattern, das sich anhörte, als ob alle Maschinen in seiner Halle auf einmal angeworfen worden wären.

Albert Horrenried sprang auf. Spielte womöglich die Inge verrückt? Zuzutrauen war's ihr. Er schloss das Testament in die Schreibtischschublade und versenkte den Schlüssel in seiner Jacke. Aber er zog die Jacke nicht mehr an. Ein greller Lichtblitz hinter den Fenstern seiner Werkhalle erschreckte ihn so, dass er sofort losrannte. Er nahm kaum wahr, dass Inge Kranzmeier im Wohnzimmer saß.

Als Albert Horrenried das Zimmer durchquert hatte, machte Inge einen neuen Versuch, Winfried zu erreichen. Diesmal, endlich, meldete er sich. Sie erzählte ihm sofort alles, was sie am Abend durchgemacht hatte, mit atemloser Stimme.

»Bitte komm sofort, Winni«, schloss sie, »hol mich hier raus. Ich bleib keine Stunde mehr unter seinem Dach.«

Winfried Horrenried versuchte, seiner Stimme einen ruhigen Klang zu geben. »Jetzt beruhig dich … Ich versteh dich ja … Ich komm auch, aber nicht jetzt gleich. Der schlägt mich doch tot. Geh ins Gästezimmer, versuch zu schlafen. Ich komm ganz frühmorgens, sobald er die Wohnung verlassen hat. Wo ist er denn jetzt?«
»Ich weiß nicht.« Inge Kranzmeier horchte nach den Geräuschen, die aus der Werkhalle zu ihr heraufdrangen. »Er tobt unten in der Halle rum. Ich sag dir, der Mann ist nicht mehr zurechnungsfähig.«

Albert Horrenried bot sich ein chaotisches Bild, als er das Tor zu der langgezogenen Halle aufschob. In der Gattersäge steckte einer der teuren Eichenstämme. Am Fuß war eine Eisenklammer hineingehämmert worden, die alle Sägeblätter zum Bersten gebracht hatte. Der elektrische Schaltkasten war umgestürzt. In der Räppelmaschine kullerten Kiesel, die von den Schneidemessern hochgewirbelt wurden.
Plötzlich verstummten die Maschinen. Das Licht erlosch. Albert Horrenried blieb stehen. Er horchte. Leise Schritte waren zu hören.
Albert schaltete das Licht wieder ein. »Zeig dich, du Sau!«, schrie er.
Das Licht ging wieder aus. Dann hörte man das Kreischen der Bandsäge, deren Sägeblatt ebenfalls durch ein Metallteil zum Bersten gebracht wurde. Und wieder kehrte Ruhe ein.
Albert Horrenried jagte durch seine Werkhalle. Alle diese Maschinen hatte er angeschafft. Auf jede einzelne war er stolz gewesen. Es hatte gedauert, bis er halbwegs konkurrenzfähig gewesen war, und dann noch mal eine Zeit, bis er den anderen überlegen war. Und jetzt, da er es endlich geschafft hatte, zerstörte einer alles!

Er griff nach einer Latte. Wie von Sinnen raste er die Eisentreppe an der Gattersäge hoch, sprang auf den Steg hinüber, der zum Transportband für die fertigen Bretter führte, ließ sich wieder hinunterfallen auf den Betonboden, federte ab und nahm Schwung auf, um mit einer Flanke über die Schälmaschine zu springen. Er musste den Vandalen kriegen, der hier alles vernichten wollte.
»Dich bring ich um!«, brüllte er in die Halle hinein. »Zeig dich, du Feigling! Komm raus!«
Und plötzlich stand er ihm gegenüber. Der andere hatte eine Eisenstange in der Hand.
»Du?« Mit ihm hatte Albert Horrenried nicht gerechnet.
Im gleichen Augenblick traf ihn die Eisenstange. Er sackte in die Knie und verlor das Bewusstsein.

Punkt sieben Uhr am nächsten Morgen schob einer von Albert Horrenrieds Arbeitern das Tor zur Halle auf und blieb entsetzt stehen. »Ja, sag mal, was ist denn da passiert?«
Ein anderer rief: »Das gibt's doch nicht!«
»Los, einer muss den Chef holen«, schrie ein dritter aufgeregt.
Aber statt Horrenried meldete sich nur Inge Kranzmeier über die Gegensprechanlage. »Was ist denn?«
»Der Chef muss sofort kommen«, rief der Arbeiter, der geklingelt hatte.
»Ja, ist der denn nicht unten? Hier ist er nicht!«
»Ja, dann kommen halt Sie«, sagte der Arbeiter.
Die Männer machten sich daran, halbwegs wieder Ordnung zu schaffen. Manche Maschinen konnte man reparieren, andere würden erst mal eine ganze Zeit nicht zu gebrauchen sein, und wieder andere mussten bestimmt durch neue ersetzt werden.
Inge erschien fünf Minuten später in der Halle. Sie sah müde und übernächtigt aus. Ihre Haare waren noch nicht gekämmt,

und sie hatte auch noch kein Make-up aufgetragen. Ratlos starrte sie auf das Chaos.
Zwei Männer hatten damit begonnen, mit einem Schlauch die Sägespäne abzusaugen, die noch am Vortag zu einem gut zwei Meter hohen Haufen im hinteren Teil der Halle zusammengekehrt worden waren. Ein starkes Gebläse transportierte das Sägemehl direkt auf die Ladefläche eines Lastwagens, der draußen vor der Halle stand.
Der Haufen verringerte sich rasch, bis plötzlich einer der Arbeiter rief: »Halt! Stopp! Stopp, hab ich gesagt! Da liegt einer … Um Gottes willen, das ist ja der Chef! Stopp! Abschalten!«
Endlich verstummte das Gebläse.
Nacheinander verließen die Arbeiter ihre Maschinen, andere kamen neugierig von draußen herein.
Inge rief: »Was ist denn passiert?«
Die Arbeiter wichen zurück. Der Blick auf den Sägemehlberg wurde frei. Nur der Kopf Albert Horrenrieds schaute heraus. Seine offenen Augen waren nicht zu sehen, weil sie mit Sägespänen verklebt waren, ebenso sein Mund und die Nasenlöcher. An der Schläfe klebte Blut.
Inge starrte auf den toten Mann hinab. Plötzlich wandte sie sich ab und ging, ohne jemanden anzusehen, aber auch ohne erkennbare Erregung durch das große Tor hinaus und verschwand draußen im hellen Morgenlicht.

– 19 –

Gächter ging ungern in die Pathologie. Er mochte den Geruch nicht, aber noch weniger mochte er Dr. Kocher, der dort der unumschränkte Herrscher war. Der Leichenkocher, wie er unter den Kollegen genannt wurde, ließ jeden Polizisten spüren,

dass er Akademiker war und zu einer anderen Klasse gehörte. Nur bei Bienzle machte er eine Ausnahme. Aber Bienzle war ja nicht da.
»Ich denke, der Herr Gollhofer leitet die Ermittlungen«, begrüßte ihn Kocher.
»Sagen Sie mir trotzdem, was Sie rausgekriegt haben?«, bat Gächter.
Kocher deckte die Leiche auf. »Und ich hab denkt, Sie haben grad andere Sorgen. Das mit Ihrem Neffen tut mir wirklich leid!«
Gächter sagte nichts dazu.
Kocher erklärte: »Der Lohmann hat die Schere in den Rücken bekommen, aber der Täter oder die Täterin stand nicht hinter ihm.«
»Hä?«
Kocher gefiel die Ratlosigkeit des Kommissars. »Nein. Die Schere ist schräg von der Seite eingedrungen – sonst hätte sie im Übrigen vielleicht auch das Herz gar nicht erreicht.«
»Und was bedeutet das?«
»Ja, so komisch es klingt: Der Täter stand vermutlich vor dem Opfer … Passen Sie auf, so …« Kocher trat dicht vor Gächter hin und stand nun Brust an Brust vor ihm. Er musste schon zum Frühstück Knoblauch gegessen haben, was Gächter die Nähe noch unangenehmer machte. »So etwa.« Kocher fasste mit einer Hand um Gächter herum.
Gächter trat einen Schritt zurück. »Da muss man aber tatsächlich sehr dicht beieinanderstehen … oder -liegen …«
Kocher verstand nicht gleich. »Wieso liegen?«
»Könnte es sein, dass der Täter – oder in dem Fall vielleicht eher die Täterin – unter seinem Opfer gelegen hat?«
Kocher musterte Gächter und dachte angestrengt nach. »Ja, das könnt sogar sehr gut sein … Sie meinen …«

»Ich meine gar nichts«, unterbrach ihn Gächter, »und vor allem, ich kann das jetzt grade überhaupt nicht brauchen.«
»Das versteh ich nicht«, sagte Kocher.
»Könnten Sie das alles auch erst morgen rausgekriegt haben?«
Jetzt reagierte Kocher noch verständnisloser. »Sonst kann's Ihnen doch auch nie schnell genug gehen!«
»Passen Sie auf, ich erklär's Ihnen …«
Kocher konnte die Formulierung »Passen Sie auf« nicht leiden und konterte in solchen Fällen sonst stets: »Ich pass immer auf.« Aber jetzt hörte er doch mit zunehmendem Interesse zu.

Keine Dreiviertelstunde später stieg Gächter aus dem Aufzug im Bürogebäude an der Lautenschlagerstraße. Schon im Korridor hörte er Gerry Adlers Stimme. Die Tür stand offen.
»Also, das ist doch nicht *mein* Problem, wenn Sie den Vertrag nicht lesen«, er lachte vollfett, »so klein ist das Kleingedruckte dann auch wieder nicht geschrieben! Da steht es schwarz auf weiß: ›Bleibt der Pächter mehr als sechs Wochen mit seinen Miet- oder Ratenzahlungen im Verzug, fällt das Objekt ohne irgendwelche Kosten für den Verpächter an diesen zurück.‹ Wir haben das grade auch bei jemand anderem durchexerziert! … Vorsicht, mein Lieber, Vorsicht! Ich hab Sie schneller wegen übler Nachrede und Geschäftsschädigung am Kanthaken, als Sie denken.«
Gerry Adler legte auf und lachte zufrieden in sich hinein. Er sah erst auf, als er Gächters Stimme hörte:
»Herr Adler, ich nehme Sie vorläufig fest wegen des Verdachts, Ihren Partner Siegfried Lohmann ermordet zu haben. Alles, was Sie ab jetzt sagen, kann gegen Sie verwendet werden. Es steht Ihnen frei, einen Anwalt hinzuzuziehen.«

Gerry starrte Gächter an, schüttelte sich wie ein nasser Hund und sagte leise: »Jetzt noch mal langsam zum Mitdenken …«
»Alles, was Sie ab jetzt sagen, kann gegen Sie verwendet werden. Kommen Sie!«
»Sind Sie am frühen Morgen schon besoffen, oder was?«
»Irgendwer wird Ihnen die Sachen bringen können, die Sie brauchen. Im Zweifel Frau Lohmann. Sie ist ja wohl Ihre Geliebte. War sie eigentlich dabei, als Sie ihn umgebracht haben?«
Langsam wurde Gerry Adler klar, dass Gächter es ernst meinte. Er stieß seinen Bürostuhl zurück und stand auf. »Jetzt hören Sie mir mal gut zu, Kommissar … äh …«
»Gächter.« Er machte die Tür in seinem Rücken auf, wo zwei Beamte der Schutzpolizei warteten, und sagte: »Abführen. Und Handfesseln anlegen. Der Mann ist gefährlich.«

– 20 –

Bienzle wachte an diesem Morgen erst um halb neun auf. Das schrieb er der guten Landluft und dem schweren Wein vom Vorabend zu. Hannelore war offenbar längst aufgestanden. Bienzle krabbelte aus dem Bett. Auf dem Fensterbrett lag sein Telefon. Er nahm es und wählte seine Mailbox an.
Als er zehn Minuten später frisch rasiert ins Frühstückszimmer des kleinen Gasthofs trat, saß Hannelore schon an einem Tisch und las Zeitung. Sie sah auf und erkannte sofort, dass etwas Schlimmes passiert sein musste. »Was ist?«, fragte sie.
»Gächters kleiner Neffe ist entführt worden. Von der Freundin Joe Kellers. Sie will ihn freipressen.«
Hannelore faltete die Zeitung zusammen. »Wir fahren also nach Stuttgart zurück.« Es war mehr eine Feststellung als eine Frage.

Bienzle nickte. »Ich kann doch jetzt nicht Urlaub machen und den Gächter alleine lassen.«
In jedem anderen Fall hätte Hannelore protestiert. Warum musste sich Bienzle für unersetzlich halten? Dafür gab es keine vernünftigen Gründe. Aber Gächter war sein Freund, und er war auch ihr Freund. Also stand sie auf und sagte: »Ich geh packen.«
Just in diesem Moment wurde die Tür aufgerissen und der Polizeiobermeister Bechtle stürmte herein. »Des ischt gut, dass Sie noch da sind. Wir haben einen Mord. Drunten im Sägwerk. Der Albert Horrenried. Sie sollen die Ermittlungen leiten.«
Bienzle und Hannelore starrten den Beamten an. »Wer sagt das?«, fragte Bienzle.
»Grad ist es übers Faxgerät gekommen. Der Präsident vom Landeskriminalamt und der Stuttgarter Polizeipräsident haben sich scheint's darauf geeinigt.«
»Und da muss man dich gar nicht erst fragen, oder was?«, sagte Hannelore.
»Woher wissen die überhaupt, dass ich hier bin?«
Bechtle bekam sofort ein schlechtes Gewissen. »Hano, ich hab die das wissen lassen. Es gibt doch niemand, der das besser kann als Sie. Und wenn man Sie schon mal hierhat ...« Er ließ den Satz in der Luft hängen und machte eine Geste, die seine vermeintliche Hilflosigkeit ausdrücken sollte.
Bienzle schickte Bechtle ungnädig weg. Danach wählte er Gächters Handynummer. Die Stimme des Freundes klang seltsam fremd. Leider habe er erst jetzt seinen Anrufbeantworter abgehört, sagte Bienzle. Er wäre sonst sofort gekommen.
»Lass mal, ist vielleicht besser so«, sagte Gächter unbestimmt.
Bienzle war ein wenig verschnupft. »Und warum ist das besser so?«
»Es gibt eben Dinge, in die möchte ich dich nicht hineinziehen, Ernst.«

Nachher sagte Bienzle zu Hannelore: »Das klingt alles gar nicht gut. Ich habe das Gefühl, der Gächter hat etwas vor, was ihn gewaltig in Schwierigkeiten bringen kann.«
»Klingt ein bisschen unbestimmt«, sagte sie.
»Es ist ja auch nur ein Gefühl.«
Bechtle steckte noch mal den Kopf durch die Tür. »Kommen Sie? Ich steh draußen mit laufendem Motor.«
»Jetzt frühstücke ich erst einmal«, sagte Bienzle. »Fahren Sie ruhig schon voraus. Mit leerem Mage kann i net schaffe!«

– 21 –

Mascha und Patrick hatten lange geschlafen. Als sie fast gleichzeitig aufwachten, mussten sich beide erst einmal orientieren. Patrick gelang das schneller. Er wollte aus dem Schlafsack krabbeln und merkte dabei erst, dass er ja noch immer an Händen und Füßen gefesselt war.
»Du kannst vielleicht schlafen!«, sagte Mascha.
»Darf ich jetzt zu Onkel Günter?«, fragte der Junge und versuchte die Fesseln von seinen Handgelenken abzustreifen.
»Kann sein, dass das heute klappt.« Mascha stieg aus dem Schlafsack.

Gächter stand um die gleiche Zeit ungeduldig wartend vor dem Justizgebäude in der Urbanstraße. Endlich rollte ein Polizeibus heran. Zwei Beamte führten Joe Keller zum Eingang. Seine Blicke trafen sich mit denen Gächters. Der Kommissar nickte dem jungen Mann unmerklich zu. Im gleichen Augenblick fuhr ein Personenwagen heran. Dr. Kocher stieg aus. Er war als Zeuge geladen.
»Gut, dass ich Sie treffe«, sagte er zu Gächter. »Ich kann mit

dem besten Willen meine Untersuchungsergebnisse nicht mehr zurückhalten.«

»Eine Stunde noch, Herr Dr. Kocher. Bitte!«

Kocher schüttelte energisch den Kopf. »Die Spurensicherung ist mit ihrem Bericht fertig. An Lohmanns Hemd wurden Spuren von einem Mohairpulli gefunden. Mascha Niebur hat einen Mohairpulli getragen! Soll ich Ihnen jetzt noch einmal genau schildern, wie sich der Mord abgespielt hat …?«

»Gibt's schon einen schriftlichen Bericht?«

»Ich glaube nicht«, sagte Kocher.

»Gut, dann warten wir den noch ab.«

»Und was versprechen Sie sich davon?«

»Dass das Mädchen nicht vollends durchdreht, solang sie das Kind noch in ihrer Gewalt hat!«

Kocher sah Gächter nachdenklich an. Er konnte sich ungefähr vorstellen, was in dem Kollegen vorging. »Na gut«, sagte er schließlich.

»Danke!« Gächter ging in das Gerichtsgebäude hinein.

Richter Hasenblatt, Staatsanwalt Roller und eine Protokollführerin saßen im Richterzimmer um den Besprechungstisch. Gächter lehnte an der Fensterbank. Er war aufgefordert worden darzulegen, warum er Gerry Adler festgenommen hatte. Gächter zählte an den Fingern ab: »Er hat ein Verhältnis mit Frau Lohmann, er kassiert eine Lebensversicherung von 500 000 Mark – die Lebensversicherung von Frau Lohmann nicht mitgerechnet. Er wird alleiniger Chef der Firma. Und er hatte die Gelegenheit, den Mord zu begehen: Adler wurde auf dem Weg in Lohmanns Büro gesehen, bevor Joe Keller kam und nachdem Mascha Niebur gegangen war …«

»Und warum hat dann Joe Keller die Schere abgewischt?«, fragte der Staatsanwalt.

»Die einzigen Zeugen dafür sind Adler und Frau Lohmann. Und wenn sie nicht lügen, gibt es eine Erklärung: Zwanzig Minuten zuvor war bekanntlich seine Freundin Mascha Niebur bei Lohmann gewesen. Als Joe Keller die Schere in der Leiche entdeckte, musste er doch annehmen, dass seine Freundin Lohmann umgebracht hatte.«
Der Richter nickte: »Das alles entbehrt nicht einer gewissen Logik.«
Der Staatsanwalt wendete ein: »Herr Gächter hat ein großes Interesse daran, dass Keller freikommt. Kellers Freundin hat schließlich das Kind in ihrer Gewalt und wird es erst herausgeben, wenn ihr Freund frei ist.«
Gächter stieß sich vom Fensterbrett ab und fixierte Staatsanwalt Roller böse. »Heißt das, Sie messen meinen Ermittlungsergebnissen weniger Bedeutung bei, weil Sie glauben, ich vertrete meine eigenen Interessen?«
»Das ist immerhin ein interessanter Gedanke«, sagte der Richter.
»Ich möchte jedenfalls nicht in Ihrer Haut stecken, wenn sich Ihre Einschätzungen als Fehler erweisen«, bellte der Staatsanwalt.
Richter Hasenblatt sagte: »Wenn wir Herrn Gächters Gedanken erst mal folgen, könnten wir Johannes Keller auf freien Fuß setzen. Als Folge davon müsste das Kind auch freikommen. Und Joe Keller würde die Polizei vielleicht zu der Kidnapperin führen …«
»Das ist mir alles zu unsicher.« Der Staatsanwalt schüttelte zweifelnd den Kopf. »Und was ist, wenn wir einen Mörder laufenlassen?«
»Wir lassen ihn keinen Moment aus den Augen«, sagte Gächter.
Der Staatsanwalt blieb skeptisch. »Garantieren *Sie* mir, dass es ihm nicht gelingt, sich abzusetzen?«

»Es wäre eine Güterabwägung«, sagte der Richter.
»Es ist eine Chance«, gab Gächter zurück.
»Nein! Das kann Ihnen niemand garantieren!«
Staatsanwalt Roller schaute den Richter an. »Am Ende ist es Ihre Entscheidung. Und Ihre Verantwortung!«
Der Richter nickte lächelnd. »Das ist richtig.« Er drückte auf den Knopf einer Gegensprechanlage. »Führen Sie Herrn Keller bitte vor.«
Ein Justizvollzugsbeamter brachte Joe herein.
Hasenblatt wandte sich dem jungen Mann freundlich zu. »Nehmen Sie bitte Platz, Herr Keller …«
Joe setzte sich auf die vordere Kante eines Stuhls. Gächter wollte hinaus, aber der Richter hielt ihn auf: »Sie können ruhig dableiben, Kommissar Gächter.« Dann sah er wieder Joe Keller an. »Sie wissen, was Ihnen vorgeworfen wird, Herr Keller?«
»Ja, sicher. Ich habe das halbe Kabinett geschmiert, um an diverse Staatsaufträge heranzukommen. Seitdem essen im Landtag alle meine Currywurst.«
Der Richter antwortete, ohne mit der Wimper zu zucken: »Ja, so ähnliche Fälle hatten wir auch schon – aber da wurde niemand ermordet. Was sagen Sie zu dem Vorwurf, Siegfried Lohmann umgebracht zu haben?«
»Ich war's nicht. Und das sag ich nach bestem Wissen und Gewissen, Hohes Gericht.«
»Wenn wir Sie auf freien Fuß setzen, Herr Keller, dann nicht, weil es Ihrer Freundin gelungen ist, uns zu erpressen. Der Staat lässt sich nicht erpressen.«
Joe hatte nun schon Oberwasser. »Ehrlich gesagt, mir ist es egal, warum.«

Als Joe Keller vierzig Minuten später das Justizgebäude als freier Mann verließ, stand Günter Gächter auf der gegenüber-

liegenden Straßenseite hinter dem dicken Stamm einer mächtigen Kastanie vor der Staatsbibliothek. Er war froh, dass es zu einer Zeugenaussage des Gerichtsmediziners Kocher gar nicht erst gekommen war.
Gächter hielt Blickkontakt zu einigen Kollegen, die unauffällig Posten bezogen hatten. Alle Beamten hatten Krawattenmikrophone und kleine Empfänger im Ohr.
Jetzt sagte Gächter leise zu seiner Krawatte: »Das ist er!«
Joe Keller trat durch die Drehtür aus dem Gerichtsgebäude und sah sich aufmerksam um. Zwei Männer lösten sich aus ihrer Lauerstellung und wurden zu flanierenden Passanten. Joe machte sich auf den Weg. Er schlenderte zwischen Staatsbibliothek und Kronprinzenpalais auf die Bogenbrücke zu, die in den Schlosspark hinüberführte. Er ging über die Brücke. Die observierenden Beamten blieben geschickt auf Distanz. Joe durchquerte den Schlossgarten. Am Königsbau blieb er kurz stehen, wie um sich zu orientieren. Dann ging er schnell durch die Säulenpassage und betrat vor der Hauptpost eine Telefonzelle.

Mascha und Patrick waren die vielen Treppen zum obersten Stockwerk des kahlen Betonbaus hinaufgeklettert. Von hier hatte man einen wunderbaren Blick über Weinberge, Baumwiesen und die Waldränder an den oberen Kanten der steilen Hänge. Sie hatten gerade begonnen, Kekse und Schokoriegel mit Cola zu frühstücken, als tief in Maschas Jacke ein Handy klingelte.
Patrick sah sie überrascht an. »Du hast ein Handy?«
»Ja, was hast denn du gedacht?«
»Aber du bist doch zum Telefonieren weggegangen.«
»Hast du denn nicht gewusst, dass man auch Handys orten kann?« Inzwischen hatte Mascha das Gerät herausgekramt und

meldete sich: »Ja?« Dann stieß sie einen ungeheuren Jubelschrei aus. »Joe!«

Die beiden Polizeibeamten beobachteten Joe vom Eingang zum Marquardtbau aus in der Telefonzelle. Er sprach nur kurz und legte dann wieder auf. Vermutlich habe die Zielperson Kontakt zu der Entführerin aufgenommen, gab einer der Polizisten an die Zentrale durch.

Joe verließ die Telefonzelle und ging zur unterirdischen Haltestelle der Straßenbahn unter dem Schlossplatz hinab. Dort stieg er in eine Bahn. Einer seiner Beschatter stieg in den Wagen davor, der andere in den dahinter. An der Haltestelle »Mineralbäder« stieg Joe aus. Die Beschatter unterrichteten Gächter, der sich sofort auf den Weg dorthin machte.

Joe Keller ging die wenigen Schritte zum Mineralbad Leuze, löste eine Karte und schritt die Treppe hinunter. Die Beamten warteten, bis er aus ihrem Blickfeld verschwunden war, zeigten ihre Ausweise und folgten ihm.

Joe war sich längst bewusst, dass er Beobachter hinter sich hatte. Er verschwand in einer Kabine, die fast am Ende der letzten Reihe, nahe bei den Duschräumen lag. Die observierenden Beamten beobachteten beide Türen der Kabine, die zum Schuhgang wie auch die zum Barfußgang, der auf der Gegenseite von den Spinden begrenzt wurde.

Joe hatte sich, kaum dass er in die Kabine getreten war, flach auf den Bauch gelegt. Am Vormittag waren nur wenige der Umkleideräume besetzt. In der einen Richtung sah er mehrere Paar Füße – nackt, in Strümpfen, in Schuhen. Er wendete sich nach der anderen Seite. Bis zum Ende der Reihe waren es nur drei Kabinen, und die schienen alle leer zu sein.

Joe zwängte sich unter den Kabinenwänden hindurch. Am Ende der Reihe angekommen, richtete er sich auf und ging

in einen der Duschräume. Dort gab es offene Duschen und andere hinter Pferdestalltüren. Es platschte und dampfte. Unter einigen Brausen wurde gesungen oder gepfiffen. Ein dicker nackter Mann prustete wie ein Flusspferd, ein anderer rezitierte gedankenverloren Gedichte. Einer der Männer rief zu Joe herüber: »Zutritt mit Schuhen und Kleidern verboten!«
Joe kümmerte sich nicht darum. Neben einer der Pferdestalltüren hing ein geräumiger Bademantel. Sein Besitzer musste ein Riese sein. *High and mighty* fiel Joe dazu ein. Er nahm den Mantel vom Haken, brachte sich außer Sicht der duschenden Badegäste, schlüpfte hinein, krempelte die Hosen hoch, zog Schuhe und Strümpfe aus und verwahrte beides in den geräumigen Taschen des Mantels. Dann verließ er die Dusche Richtung Schwimmhalle.
Die beiden Beamten bemerkten langsam, dass Joe in seiner Kabine ziemlich lange brauchte, um sich umzuziehen. Immer wieder schauten sie auf die Uhr, sahen sich gegenseitig an und wirkten einigermaßen ratlos, zumal sie von kommenden und gehenden Badegästen immer misstrauischer gemustert wurden. Endlich ging einer von ihnen in die Kabine neben jener, in der Joe verschwunden war, stieg auf die Bank und schaute über die Zwischenwand. Leer!
Der Beamte meldete sich sofort über sein Funkgerät bei der Zentrale. »Er ist weg … weiß der Geier, wie …«
Gächter saß in einem Polizeibus, der sich dem Mineralbad näherte. »Was heißt da weg?«, fragte er konsterniert.
»Er ist in einer Umzugskabine verschwunden, wir haben ihn nicht aus den Augen gelassen, ich weiß nicht, wie er da rausgekommen ist …«
Gächter schlug die Hände vors Gesicht und gab einen unartikulierten Laut von sich.

– 22 –

Als Bienzle bei dem Sägewerk eintraf, war das Gelände bereits großräumig abgesperrt, auch der Hof und die Zufahrt vor der Halle. Außerhalb der weiß-roten Absperrbänder standen Kranken- und Polizeiwagen. Erich Bechtle ging aufgeregt hin und her. Als er Bienzle sah, strahlte er.

»Endlich. Gott sei Dank! Sie sind natürlich der Chef im Ring, das ist ja klar.«

»Haben Sie was wegen meiner Anzeige von gestern unternommen?«, fragte Bienzle.

Bechtle starrte ihn an. »Ja, wann denn? Also, dazu bin ich mit dem besten Willen nicht mehr gekommen.«

Um die gleiche Zeit schraubte im Hof seiner Werkstatt Winfried Horrenried an einem uralten NSU-Motorrad herum. Er war nicht bei der Sache. Immer wieder rutschte der Schraubenschlüssel von der Radmutter ab, bis Winni genervt und verärgert den Schlüssel gegen einen verbeulten Kotflügel warf, der an der Schuppenwand lehnte. Er zog ein Handy aus der Brusttasche seines Overalls, aber er konnte sich nicht entschließen zu wählen. Und als es dann plötzlich schrillte, ließ er es beinahe fallen.

»Ja, Winfried Horrenried hier«, sagte er viel zu laut.

Inges Stimme klang, als habe sie einen Kloß im Hals. »Ich bin's!«

»Gott sei Dank, Inge. Du, ich hab hier nicht weggekonnt, ich komm aber gleich, muss bloß noch was fertigmachen.«

»Er ist tot«, sagte Inge mit tonloser Stimme.

»Was? Wer? Wer ist tot – der Albert? Jetzt langsam, bitte noch mal.«

Er hörte zu. Zuerst machte er während des Telefonierens noch den einen oder anderen Handgriff, aber dann hielt er inne und hörte immer gespannter zu. Schließlich sagte er: »Liebling, bleib ganz ruhig. Das ist natürlich ein Schock für dich, aber jetzt müssen wir klar denken. Du weißt, ich bin immer für dich da … Hast du das gehört? Hast du mich verstanden, Inge?«

»Bitte komm!«, sagte sie.

»Nein, ich glaube, das wäre nicht gut, wenn ich jetzt dort auftauchen würde. Du schaffst das schon. Hat er denn tatsächlich ein Testament gemacht?«

»Keine Ahnung, das ist doch jetzt nicht wichtig!«

»Doch! Du musst es finden!«

Inge ging, das tragbare Telefon fest gegen das Ohr gedrückt, ins Arbeitszimmer und dort zum Schreibtisch von Albert Horrenried. »Ich erbe doch sowieso nichts«, sagte sie, während sie die erste Schublade aufzog.

»Doch!« Winfrieds Stimme war so laut, dass sie den Hörer ein Stück vom Ohr weghielt. »Pass auf: Wenn *kein* Testament da ist, erben wir!«

»Wir?«, fragte Inge verständnislos.

»Na ja, erst mein Vater, aber danach sind wir dran – du und ich!«

Über Inges Gesicht ging ein kurzes Leuchten. Das war das erste Mal, dass Winfried eine solche Andeutung machte. Inge suchte immer hastiger. Gleichzeitig sagte sie: »Und wenn ein Testament da ist, und jemand ganz anderes kriegt alles?«

»Dann muss es verschwinden! Ohne Testament gilt die ganz normale Erbfolge«, schrie Winfried am anderen Ende der Leitung.

Inge rüttelte an der mittleren Schublade direkt unter der Schreibfläche. »Es geht nicht, er hat alles abgeschlossen.«

»Irgendwo muss der Schlüssel sein. Such in seinen Klamotten.

Und wenn's nicht anders geht, musst du das Schloss aufbrechen.«

»Das kann ich nicht.«

»Natürlich kannst du das, meine Schöne, es geht jetzt um alles oder nichts.«

Alberts Jacke hing noch über der Lehne des Schreibtischstuhls. Inge durchsuchte die Taschen. Plötzlich rief sie: »Ich glaub, ich hab ihn!«

»Klasse!« Winnis Stimme klang erregt. »Schließ auf ... Los, los, mach!«

Inge eilte zum Schreibtisch, probierte mit fliegenden Fingern mehrere Schlüssel aus.

»Was ist denn?«, drang Winfrieds Stimme aus dem Telefon.

»Ich kann ja auch nicht hexen«, schrie Inge nervös zurück, legte den Hörer aus der Hand und probierte noch mal alle Schlüssel durch. »Der da passt«, rief sie und wiederholte den Satz noch mal, als sie das Telefon wieder hochgenommen hatte.

Sie drehte den Schlüssel und zog die Schublade heraus.

»Und?«, fragte Winfried am anderen Ende der Leitung.

»Warte halt!« Inge fand das Blatt, das Albert Horrenried in der Nacht beschrieben hatte. »Mein letzter Wille ...«

»Handgeschrieben?«, bellte Winfrieds Stimme.

»Ja, mit der Hand. Warte: ›... geht mein ganzes Vermögen an den Jagdverein Hubertus e.V. zu Händen von Herrn Hans Joachim Schmied ...‹«

»Was? Das gibt's doch nicht! Der Sauhund! Du musst das vernichten.«

»Ja, ich zerreiß es.«

»Das langt nicht. Verbrennen musst du's, und zwar so, dass nichts zurückbleibt.«

»Ja, ist gut.« Plötzlich fragte sie weich: »Du, Winfried ...?«

»Bitte, Inge … Danach können wir ganz ruhig alles besprechen. Jetzt erst mal das Testament!«
»Du liebst mich doch?«
Winfried wollte zuerst barsch reagieren, bemühte sich dann aber um ein kleines Lachen. »Das ist genau die Frage, die ihr Frauen in jeder Lebenslage stellen könnt. Natürlich lieb ich dich!«
»Für mich ist das wichtig!«
Auch seine Stimme bekam nun einen weichen Klang. »Inge, ich bin jetzt ganz nah bei dir. Das musst du ganz fest glauben, ja? Also, du nimmst das Testament und verbrennst es, ja?«
»Ja … ja, natürlich, Winni!«
»Erzähl mir, wie du's machst … Wo verbrennst du's?«
Inge holte einen großen Aschenbecher, zerknüllte das Papier und zündete es an. »Im Aschenbecher.«
Winfried fragte aufgeregt: »Was ist, hast du's schon angezündet?«
»Ja, ja … es brennt.« Inge wedelte den Rauch mit der Hand weg.
»Ganz runterbrennen lassen, bis alles total verkohlt ist«, sagte er.
»Ja.« Inge starrte fasziniert in die kleinen bläulichen Flammen. Sie hatte plötzlich ein Gefühl des Triumphs.
»Und dann nimmst du irgendwas und zerstößt die Asche«, ertönte Winfrieds Stimme an ihrem Ohr. Im gleichen Augenblick klingelte es an der Tür.
»Es hat geklingelt. Was mach ich denn jetzt?« Sie rannte Richtung Tür, machte kehrt, lief zum Schreibtisch zurück. Das Papier war nun heruntergebrannt.
Winfried rief: »Ganz ruhig bleiben. Gaaaanz ruhig. Der an der Tür kann warten.«

Inge zog rasch einen Schuh aus und zerstampfte die schwarzen Reste mit dem Absatz. »Ich habe die Asche zerstoßen. Mit dem Absatz von meinem Schuh.«
»Du bist echt klasse!«
Es klingelte erneut, Inge zog den Schuh wieder an. »Ich muss jetzt aufmachen«, sagte sie ins Telefon.
»Ich komm, sobald ich kann«, sagte Winfried noch rasch und schaltete sein Gerät aus. Dann stieß er die Luft aus, als ob er sie die ganze Zeit angehalten hätte.
Es klingelte schon wieder. Inge wollte zur Tür, kehrte aber noch mal um, rannte in die Küche und entsorgte die Asche in einem Mülleimer. Erst dann ging sie zur Tür und öffnete, ein bisschen atemlos.
Bienzle stand auf der Schwelle. »Grüß Gott.« Er stellte sich vor und zeigte dabei seinen Dienstausweis. »Hauptkommissar Bienzle. Mein herzliches Beileid. Ich kann mir vorstellen, wie schwer das alles für Sie ist.«
Inge nickte und schniefte ein bisschen.
Bienzle hob die Nase und schnüffelte. »Wir müssen leider davon ausgehen, dass der Herr Horrenried ermordet worden ist … Riecht, als ob irgendwo was brennt.« Er ging unaufgefordert in die Wohnstube hinein. Aber er fand keine Hinweise auf etwas, was verbrannt worden wäre. »Jetzt erzählen Sie mir mal genau, was gestern passiert ist.«
Inge versuchte, Zeit zu gewinnen. »Wollen Sie sich nicht setzen?«
Bienzle setzte sich an den Tisch. »Also, Ihr Mann …«
»Er war nicht mein Mann«, unterbrach sie ihn.
»Aber Sie haben doch zusammengelebt, oder? Ich meine – auf mich wirken Sie wie die Hausfrau hier.«
Inge nickte und sah dann zu Boden. »Ja, das stimmt auch … Es ist schon weit nach elf Uhr gewesen. Da ist er noch mal runter-

gegangen. Sonst macht er immer gleich nach Feierabend seinen Rundgang, aber gestern …«

»War denn was Besonderes gestern? Ich meine, wenn es sonst seine Gewohnheit war …«

»Ich weiß nicht. Er hat eine unheimliche Wut im Bauch gehabt.« Sie schniefte wieder.

»Warum?«, fragte Bienzle trocken.

Inge zuckte nur mit den Schultern. »Bei ihm weiß man das nie so genau.«

»Haben Sie sich gestritten?«

»Nein!«, sagte sie entschieden.

»In der Halle sind eine Menge Maschinen zerstört. Das muss einen Riesenkrach gegeben haben. Wann genau war das?«

»Keine Ahnung.«

»Wollen Sie damit sagen, Sie haben nichts gehört?«

»Ich schlafe nach hinten raus. Außerdem hab ich ein Schlafmittel genommen.«

»Machen Sie das öfter?«

»Wenn's nötig ist halt.« Inge hatte sich gefangen. Der konnte lange fragen. Sie hatte jetzt ein klares Ziel. Und sie würde es erreichen. Zusammen mit Winfried, dem Mann, den sie liebte.

Es klingelte, und gleichzeitig ging die Tür auf, die Bienzle nur angelehnt hatte. Hajo Schmied kam herein. »Grüß Gott«, sagte er und schaute dabei Bienzle an, »der Herr Bechtle hat mir g'sagt, Sie leiten die Ermittlungen. Grüß Gott, Inge. Beileid.«

»Danke, Hajo«, sagte Inge kühl. Die Worte »*… geht mein ganzes Vermögen an den Jagdverein Hubertus e.V. zu Händen von Herrn Hans Joachim Schmied*« gingen ihr die ganze Zeit über im Kopf herum wie ein Ohrwurm, den man nicht loswird.

Hajo sah Bienzle an. »Ich hab denkt, meldest es gleich, damit niemand auf dumme Gedanken kommt.«

Bienzle schaute ihn nur fragend an.
»Er hat mich gestern Abend spät noch angerufen«, fuhr Hajo Schmied fort. »Er war ziemlich durcheinander. Aber er hat g'sagt, er sei grad dabei, sein Testament zu machen, und wir vom Jagdverein dätet alles erben. Stellen Sie sich vor, so was haut der mir mitten in der Nacht vor den Kopf!«
»Sie werden's verkraftet haben«, sagte Bienzle. »Hat er denn damit gerechnet, dass er heut Nacht noch sterben muss?«
Hajo kam richtig ins Grübeln. »Nein, so hat er nicht geklungen, obwohl … also, er war schon ziemlich aufgewühlt, wenn ich mal so sagen soll. Er hat gesagt …« Jetzt druckste Hajo ein bisschen herum. »Er hat gesagt: ›Hauptsache, sie kriegt nichts!‹« Dabei nickte Hajo leicht verschämt in Richtung Inge.
Bienzle sah Inge an. »Was sagen Sie dazu?«
»Was soll ich dazu sagen?«
»Frau Kranzmeier«, sagte Bienzle eindringlich, »da muss doch etwas vorgefallen sein!«
»Ja … Nein … er ist halt immer so schnell jähzornig geworden.« Und zu Hajo gewandt, fuhr sie fort: »Du kennst ihn ja.«
»Mit seinem Bruder hat er Krach g'habt. Ich bin zufällig dazugekommen«, sagte Hajo.
»Wann?«
»So um sechs Uhr rum gestern. Es war grad Feierabend. Ich bin vorbeigekommen und hab ihn fragen wollen, ob ich ihn später zu unserem Stammtisch abholen soll. Eigentlich war's ja gleichzeitig auch unsere Sitzung.«
»Was für eine Sitzung?«
»Vom Jagdverein. Er ist ja immerhin im Vorstand … g'wesen. Er wollt lieber selber fahren, aber er ist dann doch nicht gekommen.«

Bienzle fragte: »Haben Sie eine Ahnung, warum?«
Hajo schüttelte den Kopf. »Nein, es ist eigentlich au gar net sei Art!«
Bienzle fuhr zu Inge herum. »Und Sie?«
Inge war ein wenig erschrocken. »Wie? Was? Nein, ich weiß auch nicht, warum.«
Bienzle wendete sich wieder an Hajo. »Was war da genau, worüber hat er sich mit seinem Bruder gestritten?«
Hajo war jetzt auf der Hut, das sah man. »Ich hab's nicht so richtig mitgekriegt. Aber ich glaube, es ging um Geld.«
Inge Kranzmeier griff nach dieser Aussage wie nach einem rettenden Strohhalm. »Hab ich mir doch gedacht, dass da was gewesen sein muss. Auf jeden Fall ist er mit einer Mordswut nach Hause gekommen und hat dann auch gleich noch auf mir rumgehackt.«
»Also doch Streit! Um was ging's denn bei Ihnen?«, fragte der Kommissar.
Inge schlug die Augen nieder. »Darüber will ich nicht reden. Man soll ja über Tote auch nichts Schlechtes sagen.«
Bienzle sah Hajo Schmied an. »Und Ihnen gegenüber ist er auch nicht deutlich geworden?«
»Nein«, antwortete der knapp.
Bienzle seufzte und stand auf. »Ja, dann gucke mr amal, wo das Testament sein könnte.«
Inge zeigte Bienzle bereitwillig den Schreibtisch. Der Kommissar zog alle Schubladen auf, suchte aber nur recht oberflächlich herum.
»Wenn wir so nichts finden, lassen wir die Spurensicherung suchen, die verstehen da mehr davon – das heißt: natürlich nur, wenn Sie einverstanden sind, Frau, äh …«
»… Kranzmeier.« Inge nickte etwas unsicher. »Was soll ich denn dagegen haben?«

Bienzle richtete sich wieder auf. »Nix. Vielleicht hat er's ja beim Notar hinterlegt.«
»Aber zu mir hat er g'sagt: ›Ich schreib *grad* mein Testament‹«, meldete sich Hajo Schmied. »Das war abends um kurz nach elf! Wann hätt er denn das Testament zu einem Notar bringen sollen?«
Bienzle sah Inge an: »Da hat er recht.«
Er ging grußlos hinaus und stapfte die Holztreppe hinunter. Stufen, Geländer und Handlauf waren feinste Handwerksarbeit, ebenso wie die Vertäfelung des ganzen Treppenhauses. Es war schade, wenn einer früh starb, der so viel von einer Sache verstand wie der Albert Horrenried vom Holz – egal, ob er ein Leben lang ein Kotzbrocken gewesen war oder nicht.

– 23 –

Bienzle trat aus dem Haus und schaute über das Gelände. Von hier hatte man einen guten Überblick. Ein Betonsträßchen führte am Wohnhaus vorbei und in zwei Schwüngen auf den Holzplatz hinab, der auf der anderen Seite von der schnell dahinfließenden Steinach begrenzt wurde. Das Mühlrad lief, von der Strömung getrieben, knarzend im Leerlauf. Der Treibriemen hing locker neben der Achse. Entlang dem Mühlbach lagen die gleichmäßigen Stämme, akkurat aufgeschichtet. Nur der Stamm, der abends herabgestürzt war, als Albert Horrenried noch mal übers Gelände ging, lag schräg über den Schienen und störte das ordentliche Bild. Der Laufkran stand still. Jenseits der Steinach ging das Betonsträßchen weiter und führte schnurgerade zwischen zwei steil ansteigenden Hängen wie durch eine Schlucht in den dichten Wald hinauf.

Ein junger Beamter störte Bienzle in seiner Betrachtung. Er hielt ihm eine durchsichtige Plastiktüte vor die Nase, in der eine Eisenstange lag, an der man selbst durch die milchige Plastikhülle hindurch Blut- und Haarspuren sehen konnte.
»Da«, sagte der junge Polizist, und Stolz schwang in seiner Stimme mit, »das haben wir unter der Gattersäge gefunden. Könnte die Mordwaffe sein.«
Bienzle nickte. »Sofort nach Stuttgart ins Labor. Und dann brauchen wir Fingerabdrücke.«
»Von wem?«
»Vom Bruder des Toten, von seiner Freundin, von diesem Oberjäger Hajo Sowieso ...«
»Hajo Schmied! Jawoll, wird sofort erledigt!« Die Wangen des jungen Beamten glühten vor Eifer.
»Ja sicher, wann denn sonst?«, brummte Bienzle.
Bechtle trat zu den beiden. Bienzle sagte zu ihm: »Wir müssen das ganze Haus durchsuchen.«
»Das auch noch«, stöhnte Bechtle. »Und? Was suchen wir?«
»Ein Testament.«
Aus der Halle kam ein schwerer Mann um die sechzig in Kordhosen und einem Lodenjanker. In der rechten Hand trug er eine abgewetzte Ledertasche. Er trat auf Bienzle zu. »Sie leiten die Ermittlungen?«
Bienzle nickte nur.
»Dr. Melchers. Ich bin der Arzt hier. Die Leiche von dem Horrenried geht jetzt in die Pathologie.«
»Und wo ist die?«
»Im Kreiskrankenhaus. Aber offenbar ist Ihr Spezialist aus Stuttgart, ein gewisser Dr. Kocher, schon auf dem Weg.« Was Dr. Melchers nicht besonders zu gefallen schien.
Bienzle knurrte: »Der hat mir grad no g'fehlt ... Und was sagen Sie?«

»Ich gehe davon aus, dass der Herr Horrenried an der Kopfverletzung gestorben ist. Die Blutspuren an der Stange sind ja unübersehbar.«

Wieder nickte Bienzle nur.

»Ich hab ihn allerdings noch nicht genau untersuchen können«, sagte Dr. Melchers, »und ich bin ja auch kein Spezialist.«

»Können Sie vielleicht trotzdem etwas über den Todeszeitpunkt sagen?«

Der Arzt wiegte den Kopf hin und her. »Schwierig. Nach der Leichenstarre ... obwohl, der hat ja in dem Sägemehl warm gelegen ... Irgendwann in der Nacht. Ich würde sagen, aber wirklich mit allem Vorbehalt ... also, eher vor als nach Mitternacht.«

»Da ist noch so eine Geschichte, die mir nicht aus dem Kopf geht«, sagte Bienzle. »Der Herr Horrenried hat möglicherweise letzte Nacht noch ein Testament gemacht.«

»Ja und?«

»In seinem Alter ... Da denkt man eigentlich noch nicht ans Sterben.«

»Der Herr Horrenried hatte ein schweres Herzleiden, außerdem eine perforierte Aorta so dicht am Herzen, dass man sie nicht operieren konnte, und er hat sehr unvernünftig gelebt. Ich hab's ihm erst kürzlich wieder gesagt: ›Wenn Sie nicht endlich vernünftiger leben wollen, sollten Sie wenigstens Ihr Testament machen.‹«

Mit jedem Wort, das der Arzt sagte, gefiel er Bienzle besser.

– 24 –

Nachdem Joe angerufen hatte, hatte Mascha Patrick in die Arme genommen, herumgewirbelt und mehrfach auf beide Wangen geküsst.
»Er ist frei«, hatte sie immer wieder gerufen, »er ist frei, wir haben es geschafft. Wir haben es geschafft!«
»Kann ich dann jetzt nach Hause?«
»Sobald Joe da ist.«

Joe Keller hatte die Badehalle durchquert und war ins Freie hinausgetreten. Um diese Jahreszeit waren die Liegewiesen leer, nur einige ältere Frauen und Männer machten ihre Freiübungen, nachdem sie aus dem kalten Mineralwasser gestiegen waren. Das taten sie auch im Winter bei Kältegraden und Schnee. Sie beachteten den jungen Mann in dem viel zu weiten Bademantel nicht.
Joe erreichte unbehelligt die steinerne Begrenzungsmauer, hinter der – etwa dreieinhalb Meter tiefer – ein schmaler Fußgänger- und Radfahrweg am Neckarufer entlangführte. Ohne Eile schlüpfte der junge Mann aus dem Bademantel, zog Schuhe und Strümpfe wieder an, schwang sich auf die Mauerkrone, kniete nieder und ließ sich auf der anderen Seite hinunter. Den letzten Meter musste er springen.
Ein Fußgängersteg aus Holz führte auf die andere Neckarseite hinüber. Joe begann locker zu rennen, überquerte den weiten Platz, auf dem zweimal im Jahr das große Volksfest gefeiert wurde, der jetzt aber kahl und verlassen dalag. Am Bahnhof Bad Cannstatt nahm er den Zug Richtung Schorndorf.

– 25 –

Martin Horrenried war zur Polizeiwache gebracht worden, um seine Fingerabdrücke nehmen zu lassen. Sein Sohn Winfried hatte darauf bestanden, den Vater zu begleiten. Als Bienzle den Raum betrat, sagte der Bruder des Toten: »Das ist eine ziemlich entwürdigende Prozedur.«

Bienzle nickte: »Ich weiß, aber was sein muss, muss sein. Wenn Sie fertig sind, würde ich gerne mit Ihnen reden.«

Martin nahm von einem Beamten ein feuchtes Tuch entgegen, um seine Finger zu reinigen. Bienzle deutete auf die Tür zu einem Nebenraum. »Dort vielleicht.«

Während sie in das Nachbarzimmer gingen, sagte Bienzle: »Ich hab ja nun mitgekriegt, wie Sie sich gestern Abend gestritten haben, Sie und Ihr Bruder …« Er öffnete die Tür.

Winfried rief: »Soll ich meine Fingerabdrücke nicht auch gleich abgeben? Ich hab mindestens genauso einen Hass auf meinen Onkel gehabt wie mein Vater.«

»Sie sind der Sohn?« Bienzle schaute zwischen den beiden Horrenrieds hin und her. Die Ähnlichkeit war unverkennbar. »Von mir aus, schaden kann's nix! Wo waren denn Sie in der letzten Nacht?«

»Daheim.«

»Und Ihr Vater?«

»Auch. Zwischen elf, halb zwölf, als ich von meiner Werkstatt in die Wohnung rüber bin, war er da.«

»Den ganzen Abend?«

»Ja sicher!«

Der Nebenraum war spartanisch eingerichtet. Ein Tisch und zwei Stühle. Eigentlich ein Verhörzimmer.

»Nach dem Streit mit Ihrem Bruder hätten Sie ein Motiv gehabt«, sagte Bienzle.

»Ich bin kein Mörder.«

Bienzle fuhr unbeirrt fort: »Und normalerweise beerben Sie ihn ja auch.«

»Was heißt das: ›normalerweise‹?«

»Na ja, wenn er kein Testament gemacht hat, das jemanden anders begünstigt.«

»Wie ich ihn kenne, hat er das bestimmt gemacht!« Horrenried setzte sich unaufgefordert auf einen der beiden Stühle.

Bienzle blieb stehen. »Erzählen Sie doch mal: Was hat Sie eigentlich so auseinandergebracht – Sie und Ihren Bruder?«

Martin Horrenried lehnte sich weit auf dem Stuhl zurück und schloss die Augen. »Mein Vater hat mich gezwungen, eine Lehre als Holzkaufmann zu machen. Ich wollte viel lieber Musiker werden. Erst als mein Vater tot war, konnte ich dann auf die Musikakademie. Meine Mutter hat das immer gefördert. Aber gegen ihren Mann ist sie natürlich nicht angekommen.« Er öffnete die Augen wieder und sah Bienzle von unten herauf an.

»Ja, wenn das natürlich ist …«, sagte der. »Und weiter?«

»Mein Bruder war froh, dass ich weg war. Er hat sofort alles an sich gerissen. Ich hab monatlich meinen Scheck gekriegt und war der glücklichste Mensch der Welt. Und dann kam die Gelegenheit, auf die Albert gewartet hatte. Ich war mitten in einem Wettbewerb. Es ging um den Landesmusikpreis, und ich war als Trompeter in der Endausscheidung – unter den letzten drei. Ich hab jeden Tag geübt bis in die Nacht hinein: Und ich war mir ganz sicher, ich würde gewinnen, wenn ich endlich diese Larasse-Trompete bekommen könnte. Ein sündhaft teures Instrument.«

»Lassen Sie mich raten«, sagte Bienzle, »Ihr Bruder hat Ihnen das Instrument bezahlt.«

»Ja!«

»Und was hat er dafür verlangt?«

»Er hat verlangt, dass ich im Gegenzug eine Vollmacht unterschreibe. Mir war damals alles recht. Ich hab unterschrieben, ohne genau hinzusehen. Es war eine Vollmacht *und* eine Verzichtserklärung. Mit einem Federstrich hab ich mein ganzes Vermögen verloren!«

»Haben Sie den Wettbewerb denn wenigstens gewonnen?«

»Ja, aber danach nie wieder einen. Ich hab plötzlich asthmatische Anfälle gekriegt. Schlechte Voraussetzungen für einen Trompeter. Zum Umschulen auf ein anderes Instrument war es zu spät. Und dann ist auch noch der Monatsscheck von meinem Bruder ausgeblieben. Als ich das Geld angemahnt habe, hat er nur gelacht. ›Du kriegst von mir nie mehr auch nur eine Mark‹, hat er gesagt – den Satz werde ich in meinem ganzen Leben nicht vergessen.«

»Haben Sie ihn umgebracht?«

»Nein!« Martin Horrenried sagte es mit einem trotzigen Ton, vermied dabei aber, Bienzle in die Augen zu schauen.

Als Vater und Sohn Horrenried die Polizeiwache verließen, stand Bienzle am Fenster und sah ihnen nach. »Was sagt man denn so über den Martin Horrenried?«, fragte er, ohne sich umzusehen. Bechtle, der an seinem Schreibtisch saß, einen Apfel schälte und darauf achtete, dass die Spirale der Schale nicht abriss, sagte: »No ja, er ischt halt a Sonderling. Ich, an seiner Stelle, wär nicht nach Heimerbach zurückgekommen. Sein Bruder ist doch hier der absolute Platzhirsch … gewesen. Und dass der ihn net hat hochkomme lasse, net wahr, das hätt der Martin ja wisse müsse.«

»Glauben Sie, er könnte jemanden umbringen?«

»Eigentlich nicht, höchstens seinen Bruder. Den hat er, glaub ich, so gehasst, da wär alles möglich gewesen.«

Vater und Sohn Horrenried gingen die Stiergasse hinunter, ein schmales Sträßchen mit gepflasterten Rinnsteinen.
Winfried fragte: »Sag mal, was war eigentlich gestern Abend zwischen dir und dem Onkel Albert?«
»Na ja, ich hab … es ging um Geld.« Der Vater wirkte verlegen.
»Was? Wolltest du ihn etwa anpumpen?« Winfried lachte auf. »Den Onkel Albert …?«
»Na ja, es war für dich … ich meine: Es wäre für dich gewesen. Wegen deiner Schulden … Aber er hat sich bloß lustig gemacht über mich.«
Winfried legte den Arm um die Schultern seines Vaters. »Das hast du tatsächlich für mich gemacht? Das muss dich doch eine saumäßige Überwindung gekostet haben. Mensch, Vater!« Er zog ihn kräftig an sich. »Und was war dann? Ich mein, hast du das so einfach weggesteckt?«
»Ich hab eine Mordswut im Bauch gehabt, das kannst du mir glauben.«

– 26 –

Joe stieg in Schorndorf aus der Bahn. Er schaute sich vorsichtig um, konnte aber niemanden entdecken, der ihn verfolgte. Schnell schritt er durch die kurze Unterführung und ging zielstrebig zu einer Quickfoto-Kabine in der kleinen Bahnhofshalle. Unter dem Vorhang sah er zwei Mädchenbeine in Jeans. Er fasste den Vorhang mit beiden Händen, wartete noch einen Moment und riss ihn dann auseinander. Aber auf dem Hocker in der Fotokabine saß nicht Mascha, sondern eine ganz andere junge Frau, die stinksauer reagierte, weil genau in dem Moment der Apparat blitzte und sie natürlich ihren Kopf dem Vorhang zugewendet hatte.

»Ey, du Arsch, was soll denn das ...?«, schnappte sie.
Joe nuschelte eine Entschuldigung und zog den Vorhang rasch wieder zu. Ein wenig verstört wendete er sich ab – und stand direkt vor Mascha. Sie fielen sich in die Arme, pressten ihre Körper eng aneinander. Für ein paar Momente waren sie die glücklichsten Menschen auf der Welt. Die Frau im Quickfoto-Automaten machte den Vorhang auf, sah die beiden, lächelte, weil sich ihr ja nun alles erklärte, warf noch mal Geld ein und zog den Vorhang wieder zu.
»Los, komm!«, sagte Mascha, nahm Joes Hand und zog ihn zum Ausgang.

Auf dem Holzplatz vor der Maschinenhalle des Sägewerks arbeitete noch immer die Spurensicherung, als Bienzle und Bechtle zurückkehrten. Beamte hatten Reifenspuren mit einer Gipsmasse ausgegossen und lösten jetzt die Gipsprofile aus der Erde.
Bienzle ging, die Hände auf dem Rücken verschränkt, zu dem Fahrkran. Der Stamm, der Albert Horrenried beinahe erschlagen hätte, lag noch immer quer auf den Schienen. Bienzle schaute zu dem Greifer hinauf. Bechtle trat zu ihm.
»Die Kollegen haben drei verschiedene Reifenspuren von heut Nacht gefunden«, sagte der Polizeiobermeister bedächtig.
»Und woher wissen Sie, dass die von heut Nacht sind?«
»Gestern Abend hat es ungefähr von 20 Uhr bis 20 Uhr 30 geregnet«, sagte Bechtle stolz.
Bienzle erinnerte sich. »Stimmt!«
»Und die Spuren sind *nach* dem Regen entstanden.«
Bienzle nickte anerkennend. »Na bitte, geht doch!« Er ließ sich die Abdrücke geben und schaute sie genau an. Dann reichte er sie an Bechtle weiter. »Vergleichen mit den Fahrzeugen der Mitarbeiter hier! Und mit den Fahrzeugen der Verdächtigen!«

»Wer? Ich?«
»Wer's macht, ist mir egal, Hauptsach, es wird g'macht!«
Bienzle ging weiter, nahm sein Handy aus der Innentasche der Jacke und wählte. Als er Verbindung hatte, sagte er: »Was ischt jetzt mit meiner Verstärkung? … Was heißt da ›nicht zuständig‹? … Dann richten Sie's aus: Ich brauch dringend jemand!« Er schaltete das Handy wieder aus.
Vom Haus her kam Inge Kranzmeier. Der Kommissar fragte: »Wie war denn aus Ihrer Sicht das Verhältnis zwischen dem Albert Horrenried und seinem Bruder?«
Inge wich aus. »Ich weiß das nicht so genau. Der Albert hat nie darüber gesprochen, und so lang bin ich ja noch gar nicht hier.«
Bienzle schaute sie mit schiefgelegtem Kopf an. »Und warum überhaupt?«
»Was warum?«
»Ich habe den Herrn Horrenried nur kurz kennengelernt. Er war … sagen wir mal, er war kein besonders anziehender Mensch, oder?«
»Er hat mir versprochen, dass wir irgendwann heiraten.«
»War Ihnen das wichtig?«
»Sie wissen ja nicht, was ich hinter mir habe!«
»Erzählen Sie's … wenn Sie wollen.«
»Lieber nicht«, der Anflug eines Lächelns huschte über ihr Gesicht. »So viel Zeit haben Sie gar nicht. Jedenfalls war mein Leben ziemlich verpfuscht … Wissen Sie, ich glaube immer alles. Und ich verliebe mich so schnell und immer so radikal!«
Bienzle nickte. »Verstehe.«
»Nee, ein Mann kann das gar nicht verstehen. Und ich bin noch jedes Mal auf die Schnauze gefallen. Aber beim Albert wusste ich wenigstens, wo ich dran war.«
»Sie glauben, er hätte sein Versprechen gehalten?«
»Ja, der Albert war so.« Sie schob das Tor zur Werkhalle auf.

– 27 –

Die Mitarbeiter waren bemüht, die beschädigten Maschinen wiederherzurichten. Auch Peter Mahlbrandt war da. Er legte gerade neue Sägeblätter in die Gattersäge ein.
»Der traut sich ja was«, sagte Inge Kranzmeier, und als Bienzle sie fragend anschaute: »Das ist der, den der Albert gestern rausgeschmissen hat.«
Bienzle trat zu Mahlbrandt und tippte ihm auf die Schulter. Mahlbrandt fuhr herum. Bienzle zeigte seinen Ausweis.
Der Arbeiter stellte die Maschine ab, gleichzeitig sagte er: »Da muss einer Amok g'laufen sein heut Nacht. Guck sich einer die Maschinen an.«
»Frau Kranzmeier sagt, der Herr Horrenried hätt Sie gestern entlassen.«
»Stimmt.«
»Fristlos?«
»Er hat g'sagt, er will mich nicht mehr sehen. Und?« Mahlbrandt grinste. »Sieht er mich jetzt noch?«
»Wo waren Sie gestern Abend?«, fragte der Kommissar.
»Ich hab kein Alibi, wenn Sie das meinen.«
»Ja, das meine ich.«
»Tut mir leid. Ich hab mit meiner Frau noch ewig rumdiskutiert, wie's jetzt weitergehen soll. Sie hat mir Vorwürfe gemacht, ich könnt halt net zurückstecke und so. Dabei hab ich mich scho so klein g'macht, kleiner geht's gar nimmer. Mir hent an Riesekrach kriegt – mei Frau und ich. Ich bin aus'm Haus g'rennt und mit mei'm Auto durch d'Nacht gerast, bis der Zorn halbwegs verfloga war.«
»Durch die Nacht gerast, ohne dabei hier am Sägewerk vorbeizukommen?«
»Warum soll ich da vorbeifahren?«

»Ich weiß nicht, ich halte das für einen ganz normalen Reflex … Also, Sie sind ziellos herumgefahren. Und dann?«
»Ich bin wieder heim zu meiner Frau – ins Bett.« Er grinste Bienzle erneut an. »Und da wird ja dann meistens alles wieder gut.«
Bienzle seufzte: »Ja, bloß muss man erst amal so weit kommen.« Er deutete mit dem Daumen über die Schulter. »Die da draußen haben von jeder Reifenspur einen Abdruck gemacht.«
»Ja und?«, fragte Mahlbrandt.
»Wenn Sie hier waren …«
»Natürlich war ich da«, unterbrach ihn der Arbeiter. »Ich schaff ja schließlich hier.«
»Ja, aber jetzt kommt's drauf an, war's vor oder nach dem Regen gestern Abend? Wenn's nach dem Regen war, sehen Ihre Reifenspuren ganz anders aus.«
Mahlbrandt schaute betroffen zu Boden wie jemand, der sich ertappt fühlt.
Bienzle ließ den stämmigen Mann nicht aus den Augen. »Müssen wir da die Reifenabdrücke eigentlich überhaupt noch vergleichen? Ich meine, die von Ihrem Wagen?«
Jetzt schüttelte Mahlbrandt den Kopf.
»Haben Sie Albert Horrenried umgebracht?«, fragte Bienzle scharf.
Mahlbrandt schwieg verstockt.
»Besser, Sie reden darüber, glauben Sie mir!«
Endlich brach es aus dem Arbeiter heraus: »Ich bin ja da g'wesen, aber …«
»Wann?«, fuhr Bienzle dazwischen.
»Was weiß ich? Irgendwann so um neune rum.«
Der Kommissar schaute Mahlbrandt forschend an. »War's nicht vielleicht um halb neun?«
»Könnt auch sein.«

»Und Sie können den Laufkran bedienen?«
Mahlbrandt nickte.
»Der Anschlag auf den Albert Horrenried mit dem Baumstamm – das waren Sie, stimmt's? Das war um halb neun!«
Der Arbeiter schwieg und malte mit der Schuhspitze Muster in den Sand.
»Los, Mann«, herrschte der Kommissar ihn an, »ich krieg's ja so oder so raus.«
Zögernd begann Mahlbrandt: »Ich kann ziemlich präzis mit dem Gerät umgehen. Wenn ich ihn hätt treffen wollen, hätt ich ihn getroffen.«
»Und des soll ich Ihnen jetzt glauben?«
»Ich hab eine solche Jeseswuet g'habt.«
»Eben! In so einer Wut kann man schon mal jemand umbringen.«
»Ich net. Ich geh jeden Sonntag en d'Kirch. Aber Angst hätt er kriege solle. I han sehe wella, wie er vor Angst en d'Hos soicht. Oimal hab ich ihn auch amal klein sehen wollen. Einmal! So klein!« Er zeigte es mit Daumen und Zeigefinger.
»Das war ein glatter Mordversuch, Herr Mahlbrandt. Und nachdem der nicht geklappt hat, sind Sie einige Stunden später wiedergekommen und haben den Herrn Horrenried niedergeschlagen.«
Mahlbrandt schrie: »Nein! Ich bin doch kein Mörder!«
»Ein Kollege bringt Sie zur Polizeiwache«, sagte Bienzle. »Dort nehmen wir Ihre Fingerabdrücke. Wir haben die vermutliche Tatwaffe. Wenn Sie's waren, beweisen wir's Ihnen.«
Ein Auto fuhr etwas zu schnell auf den Holzplatz, als Bienzle wieder ins Freie trat. Übereifrig sprang Schildknecht heraus, ein junger Kollege Bienzles, der erst seit ein paar Monaten in der Abteilung arbeitete.
»Grüß Gott, da bin ich«, rief er aufgeräumt.

Bienzles Miene verfinsterte sich. »Was wollen jetzt Sie hier?«
»Ich denke, Sie haben dringlich Verstärkung angefordert!«
»Verstärkung, aber doch net Sie! Na gut, jetzt sind Sie halt da. Haben Sie irgendwelche Ergebnisse aus dem Labor mitgebracht?«
Schildknecht holte ein großes Kuvert aus dem Auto und zog aus diesem ein paar verstärkte Klarsichtfolien heraus, auf denen Fingerabdruckvergleiche zu erkennen waren. »Und die Vergleiche von der Polizeiwache hier. Da war ich nämlich zuerst! Ich glaube, Ihr Fall ist gelöst, Herr Bienzle.« Er sagte das, als sei das sein höchstpersönliches Verdienst. »Die Fingerabdrücke auf der vermutlichen Tatwaffe sind identisch mit den Fingerabdrücken des Verdächtigen Nummer zwei. Warten Sie mal ...«
Obwohl Bienzle nach den Filmen griff, verglich Schildknecht noch mal selber, indem er gleichzeitig die Folien von Bienzle fernhielt.
»Ja, da: Martin Horrenried!«

– 28 –

Günter Gächter war nach Hause gefahren, nachdem Joe Keller entkommen war.
»Jetzt müssen die beiden den Patrick doch freilassen«, sagte Kerstin. Sie schaute auf die Uhr. »Wie lange dauert das denn, bis die sich melden? Er ist doch schon seit über zwei Stunden frei.«
»Die müssen sich doch auch erst finden«, sagte Gächter. »Wahrscheinlich haben sie nur zu bestimmten Zeiten einen Treff ausgemacht. Und dann werden sie Patrick irgendwo freilassen, wo er erst jemanden finden muss, dem er alles erklären kann ...«

»Mein Gott, der Junge, das wird er sein Leben lang nicht mehr los«, sagte Kerstin.

Inzwischen hatten Joe und Mascha die Neubauruine erreicht. Als sie die Treppe zum Keller hinabstiegen, sagte Joe: »Du musst mir das glauben: Ich hab den Lohmann nicht abgestochen.«
Mascha blieb stehen. »Aber das musst du *mir* doch nicht sagen!«
Joe war zuerst ganz normal weiter die Treppen hinuntergestiegen, blieb dann aber abrupt stehen und starrte seine Freundin an. »Mascha?«
»Er hat gesagt, er hilft uns mit der Kohle, wenn ich mit ihm penne, und dann ist er gleich auf mich los … Ich hab mir nicht anders zu helfen gewusst …!« In der Erinnerung daran begann das Mädchen zu zittern.
Joe ging rasch zu ihr und schloss sie in die Arme. Leise sagte er: »Aber das war doch Notwehr!«
»Ja, ich hätt vielleicht gleich hingehen und alles zugeben sollen.« Mascha fing sich wieder. »Jetzt ist es zu spät! Aber wenn ich hingehe und alles erzähle, lassen sie wenigstens dich in Ruhe!«
Joe presste sie noch fester an sich und sah ihr in die Augen. »Das kommt überhaupt nicht in Frage. Was mach ich denn ohne dich?« Sie gingen engumschlungen die Treppe hinunter. Joe sagte: »Wir haben es doch bis hierher geschafft, dann schaffen wir den Rest auch noch.«
»Wie denn?«, rief Mascha verzweifelt. »Ich hab doch jetzt auch noch die Entführung am Hals!«
»Ich weiß gar nicht, was du hast. *Ich* bin doch wieder da!«
Da war er wieder, ihr Joe. Den kriegte keiner unter.
Patrick war in dem Verschlag eingesperrt. Er sah auf, als Joe und Mascha hereinkamen. »Bist du der Joe?«, fragte er.
»Klar erkannt, Sportsfreund!« Joe salutierte mit dem Zeigefinger an der Stirn.

»Dann darf ich jetzt zu meinem Onkel Günter zurück, ja?«
»Ja, Kumpel, darüber denken wir grade nach … Vielleicht noch nicht gleich. Du musst das verstehen: Wir müssen verschwinden. Weit weg. Und das kostet 'ne Menge Kohle …«

»Das Schlimmste ist, dass man nichts tun kann – außer warten«, sagte Gächter um die gleiche Zeit. Er tigerte ruhelos in der Wohnung auf und ab.
»Bist du eigentlich davon überzeugt, dass es der Adler war?«, fragte Kerstin.
Gächter schüttelte den Kopf. »Er hätte es genauso gut sein können, darauf kommt es an.«
»Aber du sagst doch, es gibt einen Zeugen.«
»Den hab ich erfunden, um den Adler auf den Leim zu führen. Er ist auch drauf reingefallen. Er hat zugegeben, dass er auf dem Korridor war. Aber so was ist natürlich nicht gerichtsverwertbar.«
Kerstin starrte den Kommissar ungläubig an: »Ihr habt keinen Zeugen …?«
Gächter wand sich: »Wir können sagen: ›Auf Befragen hat der Verdächtige zugegeben, dass er noch mal auf dem Korridor war.‹ Aber das zerreißt dir jeder Anwalt in der Luft. Der muss noch nicht einmal besonders gut sein!«
»Ist dir eigentlich klar, in welche Schwierigkeiten du dich bringst?«
»Jetzt ist nur wichtig, dass der Patrick wieder nach Hause kommt. Alles andere sehen wir dann …«
Das Telefon schrillte. Gächter nahm ab und stellte auf Lautsprecher. »Ja, Gächter hier.«
Joes Stimme erklang. »Ich wollt mich bei Ihnen bedanken, ohne Sie würd ich jetzt immer noch im Loch sitzen.«
»Wo ist das Kind?«

»Da gibt es noch eine kleine Verzögerung. Wir verlangen 250 000 Mark, in kleinen, vom Leben gezeichneten Scheinen.«
Gächter versuchte, ruhig zu bleiben. »Wir haben ein Abkommen. Geben Sie mir mal Ihre Freundin ...!«
»Ohne das Geld läuft nichts.«
»Sie waren es also doch! Sie haben Lohmann ermordet!«, sagte Gächter mit fast erstickter Stimme.
»Wenn's so wäre, wär's schlecht für Sie, was, Kommissar? In vierundzwanzig Stunden wollen wir das Geld.«
Gächter schrie verzweifelt: »Wo soll ich denn so viel Geld hernehmen? Wissen Sie, was ein Polizist verdient?«
»Das ist *Ihr* Problem, veranstalten Sie eine Sammlung!«

Joe schaltete das Handy ab, bevor ihn die Abhörtechniker lokalisieren konnten. »Ich hab ja immer gesagt, wir müssen uns nehmen, was wir brauchen. Geben tut dir niemand was. Und die, die was haben, teilen nicht!«, sagte er zu Mascha.
»Joe, das kann nicht gut ausgehen.«
Aber der junge Mann war schon wieder ganz euphorisch: »Das kann überhaupt nur gut ausgehen. Wir nehmen die Kohle, und dann machen wir einen ungeheuer starken Abgang. Du wirst sehen, wir werden noch berühmt!«
»Das werden wir auch so«, sagte Mascha niedergeschlagen. »Ab jetzt machen die doch Jagd auf uns mit allem, was sie haben. Die suchen uns sogar übers Fernsehen.«
»Wir kommen ins Fernsehen? Echt? Hab ich noch gar nicht dran gedacht. Ist doch klasse.« Er knuffte Patrick. »Was sagste dazu, Alter: Wir werden alle drei noch Fernsehstars, ey!«
»Hier kann man ja nicht fernsehen«, sagte der Junge trocken.
Joe blieb guter Laune. »Du hast recht, Kumpel, ich sollte uns einen Fernseher beschaffen ... Du, der Posträuber, Bricks oder

Biggs oder so, der wurde auch 'n Fernsehstar. Na ja, jetzt ist er ein bisschen alt, aber damals hamse über den einen Film gemacht. War echt Spitze! Und dann ist der ab nach Argentinien oder Brasilien. Den hamse nie ausgeliefert.«

In Gächters Wohnung herrschte verzweifeltes Schweigen. Die Beamten für die Mithöreinrichtung gingen auf Zehenspitzen herum, Kerstin hatte ihr Gesicht in den Händen verborgen. Gächter rauchte eine Zigarette nach der anderen.
Schließlich sagte er: »Wenn ich nicht diesen Scheißberuf hätte ...«
Kerstin versuchte ihn zu trösten: »Du hast doch gesagt, dieser Joe sei ziemlich intelligent. Er wird schon einsehen, dass er sich so nur immer weiter reinreitet.«
Der Kommissar schüttelte den Kopf. »Der hält sich doch für den Größten. Wer weiß, was dem noch alles einfällt ...«

Joe und Mascha hatten Patrick wieder eingeschlossen und waren auf den Neubau hinaufgestiegen. Joe balancierte dicht am Dachrand und sang: *»Bonny and Clyde ...«*
Mascha schrie: »Hör auf! Du hast den Film doch auch gesehen!«
Aber ihr Freund war jetzt in einer geradezu hysterischen Euphorie. Er schrie: »He, ihr da unten, ihr Scheißer! Ihr habt geglaubt, jetzt hättet ihr uns am Arsch. Von euch lassen wir uns doch nicht ficken! Jetzt geht die Party richtig los, schallali, schallali, schallala!« Er verlor beinahe das Gleichgewicht.
Mascha schrie entsetzt: »Joe, pass doch auf!«
Aber er rief zurück: »Mir kann nichts passieren! Ich bin immun! Joe Keller ist unbesiegbar!«
Mascha sagte nüchtern: »Wenn du runterfällst, bist du genauso tot wie jeder andere ...«

Joe sprang auf das Dach zurück. »Du hast recht. Wo doch unser Leben gerade erst anfängt!« Er nahm sie in die Arme, küsste sie und fing an, sie auszuziehen. »Jetzt und auf der Stelle will ich mit dir schlafen.«

– 29 –

Der Himmel lag grau und schwer über dem kleinen Dorf. Aus dem Steinachtal stiegen Nebelwolken auf und blieben in den dichtstehenden Tannen am Hang über dem Flüsschen hängen. Die hochgewachsenen Kiefern auf dem Kamm des Hügels waren nur schemenhaft zu sehen. Ein leichter Nieselregen ging nieder.

Bienzle hatte den Hut tief in die Stirn gezogen und den Mantelkragen hochgeschlagen. Ein Gefühl der Einsamkeit hatte ihn gepackt. Am Morgen war Hannelore nach Stuttgart zurückgefahren. Er fühlte sich einsam, so, als wäre er in die Welt hinausgeworfen worden.

Martin Horrenried wurde von zwei uniformierten Polizisten aus dem Haus gebracht. Er trug einen schäbigen Koffer in der Hand. Vielleicht war es ja auch das Schicksal dieses Mannes, das Bienzles Gedanken so verdüsterte.

Winfried Horrenried kam seinem Vater nach und brachte ihm eine Strickweste. »Da, Vater. Im Knast ist es kalt.«

Martin Horrenried trat zu Bienzle. »Ich hab nicht gedacht, dass ich ihn umgebracht hätte. Als er mich gesehen hat, ist er mir doch gleich an die Gurgel gegangen. Er hätt *mich* umgebracht … Ich hab mich doch wehren müssen. Der Albert hat rotgesehen!«

Schildknecht blaffte: »Ach ja … die bekannte Notwehrtheorie!«

»Ach, seien Sie doch still!«, herrschte Bienzle den jungen Kollegen an.
»Und von so einem läppischen Schlag stirbt man doch auch gar nicht«, sagte Martin Horrenried.
»Spricht aber einiges dafür«, antwortete Bienzle.
»Das war kein harter Schlag, bestimmt nicht. Ich bin ja auch körperlich gar nicht so gut beieinander.«
»Warum waren Sie überhaupt dort?«
»Ich hab ihn um Geld bitten wollen. Für meinen Sohn …«
»Ja, abends um sechs, das wissen wir. Aber Sie sind ja in der Nacht noch mal dagewesen.«
Martin Horrenried nickte. »Ja«, sagte er zerknirscht.
Schildknecht meldete sich wieder. So leicht ließ er sich den Mund nicht verbieten. Immerhin hatte er, im Unterschied zu Bienzle, studiert und war Volljurist. Jetzt sagte er: »Und Sie sind noch mal in der festen Absicht hingegangen, Ihren Bruder umzubringen?«
Martin schrie verzweifelt: »Nein! Einen Denkzettel hab ich ihm verpassen wollen – einen Denkzettel, mehr nicht!«
Sein Sohn legte die Hand auf den Arm des Vaters. »Du redest erst wieder, wenn du einen Rechtsanwalt hast.«
»Ja, vielleicht hast du recht …«
Bienzle resümierte trotzdem: »Sie wollten seine Maschinen kaputtmachen, er ist dazugekommen, und da wussten Sie sich nicht anders zu helfen …«
Aber Martin unterbrach ihn: »Er ist doch auf *mich* losgegangen! Ich hab mich nur gewehrt!«
»Ich hol dich da ganz schnell wieder raus«, sagte Winfried. »Wir nehmen die besten Anwälte.«
Doch sein Vater schüttelte nur trostlos den Kopf. »Ach, Bub, und wovon willst du die bezahlen?«
Bienzle sagte: »Steigen Sie bitte ein, Herr Horrenried!«

Resignierend setzte sich Martin Horrenried in den Polizeiwagen.
Als er davonfuhr, sagte Schildknecht zu Bienzle: »So was nennt man einen schnellen Fahndungserfolg.«
»Man soll den Tag nicht vor dem Abend loben«, gab der Kommissar zurück. »Ich fahr nach Stuttgart. Den Rest können Sie ja wohl alleine erledigen.«
Und so kam es, dass er zwei Stunden später an Gächters Wohnungstür klingelte. Die beiden Männer nahmen sich wortlos in die Arme. Und erst als Bienzle Kerstin begrüßte, fand er die Sprache wieder.
»Das ist eine furchtbare Sache«, sagte er.
Unterwegs hatte er über Funk den neuesten Stand erfahren.

– 30 –

Ein Motorrad fuhr in Schlangenlinien über ein schmales Sträßchen auf der Albhochfläche. Am Lenker Joe Keller, auf dem Soziussitz Mascha, dazwischen Patrick.
Es war nicht schwierig gewesen, die Maschine vom Parkplatz der Turn- und Festhalle eines größeren Dorfes nicht weit von Backnang zu schieben. Sie hatten sich nicht einmal den Namen des Dorfes gemerkt. Joe hatte die Zündung kurzgeschlossen. Es war ein älteres Modell, bei dem das ohne Schwierigkeiten zu machen war. Die Helme hatten sie von verschiedenen Lenkern anderer Motorräder abgemacht. Es gab noch immer Motorradfahrer, denen es zu mühsam war, ihren Helm überall mit hinzutragen.
Joe genoss die Fahrt, obwohl auch hier die Wolken fast auf den Feldern lagen und die Spitzen der Bäume verhüllten. Vor ihm erschien nun die Silhouette eines kleinen Bauerndorfes. Plakate

an Telegraphenmasten und Straßenbäumen hatten schon Kilometer zuvor angekündigt, dass dort das Herbstfest der Musikkapelle stattfand. Es war Freitag. Und wahrscheinlich feierten die Dörfler schon.

Ein kleines Riesenrad, ein Bierzelt, eine Schiffschaukel, Kinderkarussells, Polyp und Achterbahn, Schießbuden, Stände mit gebrannten Mandeln und Zuckerwatte, aber auch mit Planen überspannte Verkaufstische mit Schürzen, Jogginganzügen, Tischdecken und anderen Textilien – es war ein Festplatz, wie er zurzeit an allen Wochenenden in vielen Dörfern zu finden war.

Joe hielt an, alle drei stiegen ab. Joe bockte die Maschine auf.

Mascha fragte Patrick: »Was wollen wir fahren?«

Der Junge war in einer seltsamen Stimmung. Einerseits fand er ganz spannend, was passierte, seitdem Joe erschienen war. Andererseits wurde er die Furcht vor den beiden nicht los. Ohne etwas zu sagen, zeigte er mit ausgestrecktem Arm auf den Polypen.

»Okay«, sagte Mascha, »und nachher kaufen wir uns Zuckerwatte.«

»Lieber eine Wurst«, sagte Patrick.

Joe trat auf einen Mann zu, der aus dem Bierzelt kam und nicht mehr ganz sicher auf den Beinen war.

»Hallo«, sagte Joe.

»Kennen wir uns?«, fragte der Mann.

»Nein, leider nicht. Ich muss mal ganz dringend telefonieren, hast du ein Handy?«

»Ja, schon, aber …«

»Ich zahl dir auch die Gebühren.«

Der Mann musterte ihn aus zusammengekniffenen Augen. »Ich kenn dich doch irgendwoher.«

Joe sagte geistesgegenwärtig: »Schaffst du auch beim Rü-

benach?« Er hatte das Firmenschild am Ortseingang gesehen.
Der andere schüttelte den Kopf. »Beim Daimler in Untertürkheim. Scheißfahrerei jeden Tag!«
»Also, leihst du mir jetzt geschwind dein Telefon? Ich zahl dir auch ein Bier … zusätzlich zu den Gebühren.«
»Das ist doch ein Wort.« Der Mann reichte ihm sein Handy.
Joe ging etwas zur Seite und wählte. Der Mann stolperte hinter das Bierzelt, um zu pinkeln.

Gächter schenkte gerade für Bienzle ein Bier ein, als das Telefon läutete. Die Fangschaltung im Nebenzimmer lief an. Gächter verständigte sich stumm mit den Kollegen. Dann nahm er ab.
»Gächter hier.«
»Heut Abend, neun Uhr. Sagen Sie mir Ihre Handynummer, damit ich Ihnen die Anweisungen geben kann.« Das war Joes Stimme.
»Joe, stellen Sie sich. Sie waren es doch gar nicht«, sagte Gächter. Er deckte die Muschel ab und sagte zu den Kollegen: »Der muss auf einem Volksfest oder was Ähnlichem sein!«
Bienzle nickte. Auch er hatte über die Lautsprecher die typischen Geräusche wahrgenommen.
Joes Stimme war wieder zu hören. »Ey, Bulle, laber nicht rum! Wir sitzen jetzt am längeren Hebel.«
»Ich will Patrick sprechen«, sagte Gächter.
»Das geht grade nicht. Aber machen Sie sich keine Sorgen.«
Joes Blick ging zu dem Polypen hinüber. Mascha und Patrick saßen eng aneinandergeschmiegt in einer der Kapseln. Der Polypenarm kreiste wie verrückt und bewegte sich gleichzeitig auf und ab, während die Kapsel sich auch noch um sich selber drehte. »Dem geht's richtig gut, er hat sogar 'ne Menge Spaß«, rief Joe. »Trotzdem, wenn die Kohle heut Abend nicht

rüberwandert, können Sie jetzt schon mal ein Kindergrab bestellen!«
In den Relaisstationen der Telefongesellschaft arbeiteten die Techniker fieberhaft. Sie wussten inzwischen, dass der Anruf von einem Handy kam, sie hatten das System geortet, und nun war es nur noch eine Frage der Zeit, bis sie über den Satelliten zurückverfolgen konnten, wo das Gespräch herkam.
Der Handybesitzer kam hinter dem Zelt hervor und schloss umständlich seinen Hosenladen.
Gächter sagte ins Telefon: »Sie sind doch clever, Joe. Also wissen Sie auch, dass es ohne ein Lebenszeichen des Jungen nicht geht.« Der Kommissar suchte mit den Augen immer wieder die Blicke der Kollegen.
Einer nickte ihm heftig zu und machte eine Geste, dazu formulierte er stumm: »Weiterreden, immer weiterreden!«
»Glauben Sie mir doch einfach«, hörten sie wieder Joes Stimme.
Unvermittelt schrie Gächter ins Telefon: »Ich will mit Patrick reden, ist das jetzt klar?«
Hinter Joe stiegen Mascha und Patrick aus dem Polypen aus. Mascha war schwindlig. Sie schwankte nicht weniger als der Besitzer des Handys, der auf sein Telefon wartete.
Joe winkte Patrick heran. »Da, dein Onkel … Aber nicht verraten, wo wir sind!«
»Onkel Günter?«
Gächter sah aus, als ob ihm jemand eine Zentnerlast von den Schultern genommen hätte. »Patrick, Gott sei Dank! Wie geht's dir?«
»Ganz gut.«
Mascha nickte dem Jungen anerkennend zu, Joe hob den Daumen.
Patrick fuhr fort: »Ich bin grade mit dem Polypen gefah…«

Joe riss ihm das Handy aus der Hand und sprach nun selber wieder hinein. »Sie kennen unsere Bedingungen! Ich melde mich wieder.« Er schaltete ab und warf das Handy seinem Besitzer zu.
Der stellte sich beim Fangen ungeschickt an und ließ es fallen. Er bückte sich und maulte: »Das kost dich noch 'n Bier!«
»Du kannst dir dein Bier in die Haare schmieren«, sagte Joe böse und packte Patrick fest am Handgelenk.
Mascha fasste den Jungen an der anderen Hand. Sie gingen schnell davon.

Einer der Beamten kam aus dem Nebenzimmer: »Sie haben geortet, wo das Gespräch herkam. Aus Wiesenfeld. Dort ist tatsächlich ein Volksfest. Ein Streifenwagen ist ganz in der Nähe und schon unterwegs.«
»Wissen die Kollegen, dass die beiden bewaffnet sind?«, fragte Bienzle besorgt.
»Ich geb's auf jeden Fall noch mal durch«, sagte der andere.
Bienzle legte Gächter die Hand auf die Schulter. »Das wird schon wieder. Jetzt sag mir bloß noch, wie es dazu kommen konnte, dass der Joe Keller freigekommen ist.«
Gächter sah den Freund an. »Ja, da kommt noch einiges auf mich zu. Im schlimmsten Fall kann ich auch eine Imbissbude aufmachen.«
Bienzle musste unwillkürlich lächeln. »Aber dann pass auf, dass du dir keinen miserablen Vertrag unterjubeln lässt ...«

– 31 –

Als Joe das Motorrad vom Festplatz lenkte, rutschte das Hinterrad kurz weg. Die Straße war von dem ewigen Nieselregen

rutschig geworden. Joe fuhr langsam durch das Dorf und bog dann auf eine Landstraße ab.
Er war noch keine hundert Meter auf ihr gefahren, da tauchte ein Polizeiauto auf. Mit Blaulicht und Martinshorn kam es ihnen direkt entgegen.
Joe bog halsbrecherisch in ein schmales Sträßchen ein. Die Polizisten wurden dadurch erst auf sie aufmerksam und folgten ihnen.
»Mascha, die Pistole«, schrie Joe.
Seine Freundin zögerte.
»Was ist denn?« Er lenkte nur noch mit einer Hand, die andere hielt er nach hinten.
Mascha kramte unter ihrer Jeansjacke. Sie zog die Waffe aus ihrem Hosenbund und reichte sie an Patrick vorbei nach vorne. »Was willst du denn damit?«
»Ich lass mich von denen doch nicht kriegen«, schrie Joe in den Fahrtwind.
Mascha warf einen Blick zurück. Das Polizeiauto kam schnell näher.
Plötzlich bremste Joe die Maschine ab, riss sie herum, wendete. Mit aufheulendem Motor und schnell zunehmender Geschwindigkeit raste er nun direkt auf das Polizeifahrzeug zu. Zwei Beamte sprangen heraus und rissen ihre Pistolen aus den Gürtelhalftern. Aber da war das Motorrad schon bis auf wenige Meter heran. Ohne die Geschwindigkeit zu verringern, riss Joe den rechten Arm hoch und schoss. Einer der Beamten brach zusammen. Joe raste vorbei. Der zweite Beamte schoss noch zwei-, dreimal hinter dem Motorrad her, aber dann kümmerte er sich um seinen Kollegen, der zusammengekrümmt am Boden lag und vor Schmerzen schrie.
Joe erreichte wieder die Landstraße, bog ab und raste davon. Nach etwa zehn Kilometern lenkte er das Motorrad in einen

Waldweg hinein und stoppte im Schutz dichtstehender Bäume. Alle drei stiegen ab.
Patrick war völlig außer sich. Er schrie: »Du hast ihn erschossen! Du hast ihn erschossen, du hast …!«
Joe hielt ihm den Mund zu. »Er oder ich … verstehst du? Das ist jetzt der Kampf. Und wir werden gewinnen.«
Aber der Junge war nicht zu beruhigen. Als Joe ihn losließ, schrie er erneut: »Du hast ihn umgebracht! Du hast ihn umgebracht …«
Mascha sagte dumpf: »Joe, es geht schief!«
»Du hast ihn erschossen!«, schrie Patrick weiter.
Plötzlich brüllte Joe: »Halt's Maul, verdammt nochmal!« Er schlug den Jungen so heftig ins Gesicht, dass er zu Boden stürzte.
Mascha rannte sofort zu Patrick und nahm seinen Kopf in die Arme. Leise sagte sie: »Das hat der Joe nicht so gemeint. Es tut ihm garantiert jetzt schon leid.«
Joe war ein paar Schritte gegangen und vor den Waldsaum getreten. Er bückte sich, griff nach einem Stein und schleuderte ihn mit einem wütenden Aufschrei von sich. Laut schimpfend flog eine Schar Spatzen auf.

Bienzle und Gächter waren ins Präsidium gefahren. Unterwegs hatte Gächter seinem Freund gestanden, wie er Gerry Adler mit windigen Beweisen hinter Gitter gebracht hatte, um Joe freizubekommen. Bienzle hatte wenig dazu gesagt. Er verstand den Freund. Aber er wusste auch, was Gächter blühte, wenn das alles ans Licht kam.
Im großen Konferenzsaal tagte der Krisenstab mit dem Leiter des Sondereinsatzkommandos. Der Bericht von den Geschehnissen auf der Schwäbischen Alb war gerade hereingekommen.

Ein Kollege fing Bienzle und Gächter an der Tür ab und sagte flüsternd: »Der Gollhofer hat noch mal alle Leute in dem Bürohaus befragen lassen. Niemand hat Adler auf dem Korridor gesehen.«
»Wenn einmal was schiefgeht, geht alles schief!«, kommentierte Bienzle.
Gächter hob nur die Schultern. Er war jetzt wie paralysiert.
Der Präsident informierte die Anwesenden: »Zwei Beamte von der Schutzpolizei wollten sie stellen, aber Keller hat sofort geschossen. Einer der Beamten ist lebensgefährlich verletzt. Das Kind hatten Keller und Mascha Niebur bei sich.«
Staatsanwalt Roller kam herein. Er maß Gächter mit einem kalten Blick. »Jetzt wissen wir also, wozu dieser Joe Keller fähig ist.«
Bienzle sagte: »Der ist halt wie ein Tier, das in die Enge getrieben ist.«
»Wir müssen uns auf die Geldübergabe einlassen«, sagte der Präsident. »Das Leben des Kindes ist jetzt ernsthaft in Gefahr.«
»Ausgeschlossen!«, protestierte der Staatsanwalt.
»Es ist der einfachste und schnellste Weg, um an die beiden heranzukommen«, sagte der Präsident.
Roller ereiferte sich: »Und wenn die Aktion misslingt, dann läuft nicht nur ein Mörder frei herum, sondern auch noch mit unserem Geld!«
Der Präsident nahm wieder das Wort: »Es wird natürlich eine fingierte Geldübergabe …«
»Außerdem ist Joe Keller nicht der Mörder Lohmanns«, meldete sich Bienzle.
Alle schauten ihn an. Plötzlich war es ganz still im Raum.
Der Staatsanwalt lachte kurz auf, wie jemand, der es besser weiß: »Behaupten Sie immer noch, dass es Gerry Adler war?«

»Nein, es war Mascha Niebur. Die Spurensicherung hat Anhaftungen von ihrem Mohairpullover an Lohmanns Hemdbrust festgestellt. Außerdem kann Dr. Kocher genau rekonstruieren, wie die Mordwaffe, also die Büroschere, geführt wurde. Mascha Niebur muss unter Lohmann gelegen haben. Kocher geht davon aus, dass Lohmann versucht hat, die junge Frau zu vergewaltigen.«

»Und das hat man beim Haftprüfungstermin noch nicht wissen können?«, belferte der Staatsanwalt.

»Ich weiß nicht, wie intensiv Sie sich darum bemüht haben, Herr Staatsanwalt«, sagte Bienzle mit einem süffisanten Lächeln. »Ein schriftlicher Bericht lag allerdings zum fraglichen Zeitpunkt noch nicht vor.«

»Woher wollen Sie das denn alles wissen? Ich denke, Sie haben irgendwo draußen im Schwäbischen Wald ermittelt«, sagte Gollhofer giftig. Es passte ihm überhaupt nicht, dass der Kollege Bienzle alles an sich riss.

Der nickte. »Ja, wir hatten dort heute eine Festnahme mit handfesten Indizien. Trotzdem bin ich mir nicht sicher, ob wir schon den Richtigen haben.«

»Sie haben sogar ganz sicher den Falschen!« Das war Dr. Kocher. Er hatte, von den anderen unbemerkt, den Saal betreten, während Bienzle gesprochen hatte. »Albert Horrenried wurde zwar mit der Eisenstange niedergeschlagen, die Ihre Leute gefunden haben, aber gestorben ist er daran nicht.«

Bienzle seufzte. »Hat mich also meine Ahnung nicht getrogen.«

»Kann ich mal darauf hinweisen, dass wir es hier mit einem anderen Fall zu tun haben?«, bellte der Staatsanwalt.

»Danke für den Hinweis«, sagte der Präsident in seiner noblen Art. »Ich habe zusammen mit Hauptkommissar Gollhofer den folgenden Plan erarbeitet ...«

Bienzle unterbrach seinen Chef noch mal. »Mit Ihrer Erlaubnis würde ich mich gerne von Herrn Dr. Kocher über meinen Fall informieren lassen.«
Der Präsident nickte nur und widmete sich den Aufzeichnungen, die er an den Rändern aufstieß und dann akkurat vor sich auf den Tisch legte, um sie Blatt für Blatt abzuarbeiten.

– 32 –

Bienzle und Dr. Kocher gingen in die Kantine. Seitdem Kocher eine kurze Affäre mit Hannelore Schmiedinger gehabt hatte, war das Verhältnis zwischen den beiden Männern, das früher fast freundschaftlich gewesen war, bis kurz über den Gefrierpunkt abgekühlt.
»Albert Horrenried ist zwar mit einer Eisenstange niedergeschlagen worden, aber daran ist er nicht gestorben«, sagte Kocher noch mal, als sie sich an einen der Resopaltische setzten und ihre Kaffeetassen abstellten.
»Und woran ist er gestorben?«
Kocher wollte seinen Triumph genießen. Er holte weit aus. »Die Eisenstange hat die Stirn gestreift, das hat zu einer stark blutenden Platzwunde geführt. Und dann hat der Schlag – abgeschwächt – die rechte Schulter getroffen, aber es ist nichts gebrochen oder gar zertrümmert. Es ist also ein eher schwacher Schlag gewesen. Vielleicht ist Albert Horrenried eine Zeit bewusstlos gewesen, doch gestorben ist er daran nicht.«
»Aber Ihr Kollege, Horrenrieds Hausarzt, hat doch g'sagt …«
Kocher winkte geringschätzig ab. »Woher soll der das denn so genau wissen? Der Mann ist ein einfacher Landarzt, der kuriert die Leut bei Grippe, und wenn's schlimmer wird, überweist er sie ins Krankenhaus oder an einen Spezialisten.«

Bienzle ärgerte sich. Musste Kocher so überheblich daherreden? »Klingt ziemlich arrogant«, sagte er dann auch.
»Bei der Wahrheit ist das manchmal so.« Der Pathologe lächelte selbstzufrieden. Er freute sich, dass ihm die Replik eingefallen war.
»Dann ist er also an seinem schwachen Herzen gestorben? Und der Schlag war nur der mittelbare Auslöser?«
Kocher sah ihn überrascht an. »Ein schwaches Herz hat er gehabt, das stimmt.«
»Und die perforierte Aorta ...«, schob Bienzle nach und kostete nun seinerseits den kleinen Triumph aus.
Kocher starrte ihn an wie das siebte Weltwunder.
Bienzle setzte noch einen drauf: »Und so nah am Herzen ...«
Der andere fing sich wieder. Bevor er Bienzle fragen würde, woher der das alles wusste, würde er sich lieber die Zunge abbeißen. Aber der Kommissar gab ganz von selber Auskunft: »Weiß ich alles von dem Landarzt, der seine Patienten meistens bloß ins Krankenhaus überweist.«
Kocher überhörte das. Er dozierte weiter: »Es hat nichts mit dem Herzen zu tun. Der Herr Horrenried ist erstickt. Die Sägemehlpartikel sind tief in die Luftröhre und bis in die Lungenflügel eingedrungen. Das heißt, da hat er noch geatmet. Wenn auch nimmer lang!«
Bienzle hörte dem Pathologen aufmerksam zu. »Jetzt langsam. Sie wollen sagen: Er ist niedergeschlagen und dann im Sägemehl erstickt worden?«
»Ja. Vielleicht hat ihn auch einer einfach mit Sägemehl zugeschüttet.«
»Könnte das auch eine Frau gewesen sein?«
»Warum net?«
»Und ist das alles kurz hintereinander passiert? Oder lag eine Zeit dazwischen?«

»Ziemlich viel Zeit sogar. Mindestens zwei Stunden. Genau wissen wir es erst nach der Gefäßanalyse. Auch wir können nicht alles auf einmal …«

»Ja, ich weiß: ›Scheißa, Kraut hacke ond em Pfarrer d'Hand gebe‹, wie der Schwabe sagt. Aber jetzt noch mal: Niedergeschlagen worden ist er wann?«

»So gegen elf Uhr – eher etwas später.

»Erstickt wurde er demnach gegen ein Uhr, seh ich das richtig?«

»Eins, halb zwei …«

Der Kommissar nickte. »So viel zum Thema schnelle Fahndungserfolge.«

– 33 –

Bienzle beschloss, erst am nächsten Morgen nach Heimerbach zurückzukehren. Er fuhr in seine neue Wohnung und kam gerade richtig, um Hannelore dabei zu helfen, die Arbeitsutensilien wegzupacken. Hannelore hatte ihr Atelier gestrichen und anschließend die Fenster geputzt. Der Raum war trotz des schlechten Wetters draußen ungewöhnlich hell – ein Vorbau, der an drei Seiten verglast war und dessen Decke im vorderen Drittel abgeschrägt und ebenfalls verglast war. Hannelore hatte schon ihre Staffelei aufgestellt. Sie war glücklich.

In der Küche aßen sie zusammen und tranken ein Glas Wein. Draußen wurde es langsam dunkel. Der Nieselregen hatte aufgehört. Erste helle Streifen marmorierten das gleichbleibende Grau des Himmels.

Bienzle erzählte, wie es Gächter ergangen war, und Hannelore war es dann, die sagte: »Du kannst ihn jetzt nicht alleine lassen. Er braucht dich doch.«

Bienzle nickte. »Ich hab mir den heutigen Abend zwar anders vorgestellt, aber du hast natürlich recht.«

Gächter hielt die Spannung kaum mehr aus. Er ging in seinem Wohnzimmer auf und ab. Die Sporttasche mit dem Geld stand in der Mitte des Raums. Jetzt ging er zum Fenster, blieb breitbeinig stehen und starrte hinaus in die Dunkelheit. So stand er da, als Kerstin seinen Freund und Kollegen hereinführte.
Bienzle sagte: »Ich hab mit Gollhofer und dem Präsidenten telefoniert. Sie wären damit einverstanden, wenn ich die Geldübergabe mache.«
Ohne sich umzudrehen, sagte Gächter. »Ihr traut mir das nicht zu? Oder bin ich schon suspendiert?«
»Red keinen Blödsinn«, sagte Bienzle. »Aber du bist jetzt die ganze Zeit schon nervlich so angespannt, da macht man leicht einen Fehler.«
»Ja, ja, Fehler hab ich schon genug gemacht, das willst du doch sagen, oder?«
»Wenn du's absolut hören willst: Ja. Aber die hätte jeder von uns gemacht in deiner Situation. Also hör auf, dich damit großzutun. Jetzt geht's doch wirklich nur um eins – dass wir endlich das Kind freibekommen!«
Die Diskussion wurde vom Telefon unterbrochen. Bienzle ging hin, wartete, bis die Kollegen das Zeichen gaben, dass er abheben konnte, und meldete sich dann: »Hier ist Hauptkommissar Bienzle. Wir kennen uns. Ich war mit einem anderen Fall beschäftigt, aber jetzt haben Sie's wieder mit mir zu tun. Ich habe das Geld!«
Joes Stimme war zu hören: »Die Spielregeln bestimme ich.«
Bienzle antwortete hart: »Ja, das glauben Sie! Aber wenn Sie an das Geld herankommen wollen, geht das nur mit mir.«
Der andere lenkte ein. »Na gut, von mir aus. Sie kommen

Punkt 22 Uhr in die U-Bahn-Haltestelle Klettpassage. Allein. Gehen Sie davon aus, dass wir ab jetzt jeden Ihrer Schritte beobachten … Und bringen Sie Ihr Handy mit. Geben Sie mir die Nummer.«

Bienzle gab Joe die Nummer. Seine Stimme war ruhig, ohne jedes Anzeichen von Nervosität. Dann sagte er: »Ich tausche das Geld gegen den Jungen.«

»Zug um Zug. Ganz klar!« Joe legte auf.

»Haben Sie denn gar keine Angst?«, fragte Kerstin anschließend.

»Doch und wie!«, sagte Bienzle.

– 34 –

Punkt 22 Uhr betrat Bienzle die Klettpassage. Es war noch viel Betrieb, als er das Rollband von der Königstraße aus hinunterging. Er musste einen Bogen um ein paar Trinker machen, die am Boden saßen.

»Hast du mal 'ne Mark?«, fragte ihn einer.

»Wenn Sie wüssten«, gab Bienzle zurück, hob die Tasche leicht an, griff mit der anderen Hand in seine Jackentasche und zog ein Fünfmarkstück heraus. Das reichte er dem Mann. Bienzle war das schon gewöhnt. Wo immer ein Bettler stand oder saß, schon aus hundert Metern Entfernung guckte er sich Bienzle aus. Ob einem die Gutmütigkeit so ins Gesicht geschrieben war?

Jetzt sprach der Bettler einen anderen Mann an. »Hast du mal 'ne Mark?«

»Ich hab selber nichts«, sagte der und ging schnell weiter.

»Dann versuch's doch mal mit Arbeit«, rief ihm der obdachlose Trinker nach.

Bienzle hätte ihm dafür am liebsten noch mal fünf Mark gegeben. Er ging ohne Eile am Zeitungskiosk vorbei und warf dreißig Meter weiter einen sehnsüchtigen Blick in den Metzgerladen, der warmen Leberkäse und Fleischküchle anbot, die andernorts Buletten hießen.
Aus den Augenwinkeln sah er den einen oder anderen Kollegen. Sie waren als normale Passanten getarnt oder schoben in den Läden als vermeintliche Verkäufer Dienst. Als Bienzle am Ende der Passage ankam, wo ein zweiter Zeitungskiosk und ein Blumenladen nebeneinanderlagen, meldete sich endlich sein Handy.
Er schaltete es so ein, dass jeder der in der Nähe versteckten Kollegen es sehen konnte. »Ja?«
»Gehen Sie die Treppe hinunter!«
Bienzle wendete sich der Treppe zu. Dort unten fuhren die Bahnen Richtung Degerloch und Sillenbuch ab. Ohne Eile stieg er hinab und erreichte schließlich die unterste Ebene.
Eine Bahn verließ grade die Station. Ein paar Buben kickten mit einer Coladose. Eine Frau auf einer Bank gab ihrem Baby das Fläschchen. Ein Betrunkener redete laut vor sich hin. Ein junges Paar knutschte hingebungsvoll.
Bienzle hielt weiter das Handy ans Ohr. Er kam sich dabei seltsam vor, obwohl es doch inzwischen durchaus üblich war, dass Menschen im Gehen telefonierten. Aber er konnte das nicht. Er konnte überhaupt nicht mehrere Dinge auf einmal tun, wie Gächter zum Beispiel, der Zigaretten drehen, telefonieren und dabei noch Kaffee trinken konnte.
Joes Stimme befahl: »Weiter zur Wand, noch weiter … Gehen Sie langsamer …«
Bienzle befolgte die Anweisungen. Jetzt fiel sein Blick auf eine Eisentür, die flach in die Betonwand eingelassen war.

Draußen im unteren Schlossgarten, dort, wo man über eine leichte Schräge aus der Klettpassage in den Park und zum Nordausgang des Bahnhofs gelangen konnte, stand als Einsatzzentrale ein Bus der Polizei. Der Präsident, Gollhofer und Gächter lauschten gespannt dem Dialog zwischen Joe und Bienzle. Bienzles Stimme war doppelt zu vernehmen – einmal aus dem Handy, das die Techniker angezapft hatten, und zum anderen über das Mikrophon, das er unter seinem Hemd direkt auf dem Körper trug.
»Sind Sie allein?«, fragte Joes Stimme.
»Das sehen Sie doch wohl, oder?«
Der Präsident sah die anderen an. »Das macht er doch gut!«

Bienzle war jetzt nur noch wenige Schritte von der Eisentür entfernt und ging weiter auf sie zu.
»Halt!«
Er blieb stehen. Die Beamten in ihren Lauerstellungen machten sich startbereit. Bienzle sah, wie sich die Eisentür ein wenig öffnete, dann eine Handbreit, so dass er hineinschauen konnte. Er sah Joe, der die Pistole an den Kopf von Patrick hielt. Bienzle zog den Reißverschluss der Tasche auf.

Im Polizeibus erschien das Bild auf einem Monitor. Es war gelungen, endlich eine Verbindung zu den Überwachungskameras zu schalten. Man sah, wie Bienzle sich bückte, um die Tasche zu öffnen. Und nun verdeckte er auch den Blick auf Joe, Mascha und den Jungen nicht mehr.
»Alles bleibt an seinem Platz«, kommandierte der Präsident. »Wir unternehmen nichts, bevor das Kind nicht frei ist.«

Der Blick auf die Geldbündel war frei. Bienzle richtete sich wieder auf und sah Joe in die Augen. »Erst das Kind!«

»Okay, komm näher, Bulle!«, sagte Joe.
Der Kommissar schob die Tasche mit dem Fuß näher zur Eisentür und machte zwei Schritte. Hinter ihm lösten sich einige der Beamten aus ihrer Erstarrung und bewegten sich auf die Gruppe zu.
Joe sah es aus den Augenwinkeln. Er zog die Waffe hoch und zielte auf Bienzles Kopf. »Von wegen, allein!«
Bienzle schrie: »Patrick, renn! Los, renn!«
Der Junge rannte los. Gleichzeitig ging Bienzle auf Joe zu, um mit seinem Körper Patrick zu decken. Joe machte einen schnellen Schritt aus der Tür. Die Waffe war noch immer auf die Stirn des Kommissars gerichtet. Jetzt setzte sie Joe direkt auf seine Schläfe auf. Gleichzeitig bückte er sich nach der Tasche und packte sie.
Die Beamten blieben abrupt stehen. Joe warf die Sporttasche hinter sich, packte Bienzle am Oberarm und zog ihn, während er die Pistole weiterhin an seine Schläfe hielt, hinein. Die Eisentür wurde zugeschlagen, und der Schlüssel drehte sich, bevor irgendein Beamter etwas unternehmen konnte.
Zwei Polizisten kümmerten sich um Patrick, die anderen versuchten erfolglos, die Tür aufzubrechen.
Ein weiterer gab über Funk die Meldung durch. »Das Kind ist frei. Die Täter haben Bienzle als Geisel genommen.«

– 35 –

Die Gänge waren muffig und feucht. Der glitschige Boden senkte sich etwas. Von allen Seiten hörte man das Gurgeln der Abwässer. Bienzle musste vorausgehen. Joe hatte die Waffe in Bienzles Genick gesetzt.
»Keine Bange, ich kenn mich hier aus«, sagte er. »Einer meiner

letzten glorreichen Jobs war bei der Kanalreinigung, bevor ich mich selbständig gemacht habe. Das ist es, was sie dir beim Arbeitsamt anbieten, wenn überhaupt.«
»Sie reden ein bisschen viel«, sagte Bienzle.
»Ich hab ja auch was zu erzählen. Ich hab den berühmtesten Bullen von Stuttgart gefangen.«
Sie erreichten eine Art Plattform.
»Stehen bleiben«, befahl Joe. Er gab Mascha die Waffe und stieg eine Eisenleiter hinauf. Mascha hatte die ganze Zeit noch kein Wort gesprochen.
Am oberen Ende der Leiter stemmte Joe mit der Schulter einen Kanaldeckel hinaus. Man hörte das scharrende Geräusch, als er über den Asphalt geschoben wurde.
Der junge Mann stieg hinaus und sah sich sichernd um. Er stand auf einem kleinen Platz in der Altstadt, nicht weit von der Eberhardstraße. Kein Mensch war zu sehen.
»Los jetzt!«, rief er in den Schacht hinein.
Bienzle stieg hinauf und schob die Tasche hinaus, dann kletterte er vollends heraus. Mascha folgte. Joe schob den Deckel wieder zurück.
In einer Hofeinfahrt stand ein Motorrad. Bienzle glaubte nicht, dass es dasselbe war, mit dem die beiden auf die Alb gefahren waren. Die Nummer war inzwischen polizeibekannt, und überall wurde nach dem Fahrzeug gefahndet.
»Sie haben das Geld, hauen Sie ab, und lassen Sie mich laufen«, sagte Bienzle.
»Erst wenn ich sicher bin, dass die Kohle komplett ist.« Joe nahm Bienzle die Tasche ab und trug sie zu dem Motorrad. Er stellte sie auf den Tank. Die Waffe hatte er Mascha wieder abgenommen und auf Bienzle gerichtet.

In der Einsatzzentrale hatte man den Kontakt zu Bienzle verloren, nachdem er in den Katakomben unter der Stadt verschwunden war. Nun hörten sie ihn plötzlich wieder.
»Sie werden mich nicht erschießen«, sagte Bienzle.
»Ich hab den Lohmann gekillt und einen Polizisten«, hörte man Joe.

Es war, als redete Bienzle jetzt um sein Leben. Er hoffte natürlich, dass ihn die Kollegen orten konnten. Er stand den beiden in dem dunklen Hauseingang gegenüber. »Den Lohmann hat Mascha erstochen. Vermutlich in Notwehr. Der Polizeibeamte ist zwar schwer verletzt, aber er wird überleben. Doch es war ein Mordversuch, und er geht auf Ihr Konto, Joe. Genauso, wie die Kindesentführung auf Maschas Konto geht.«
»Ja, ja, das wissen wir auch alles«, schrie Mascha. »Los, Joe, wir packen das Geld in die Satteltaschen um.«
»Wenn Sie genauer in die Tasche schauen, werden Sie mich erschießen müssen, Joe«, sagte Bienzle.
»Was ist los?«
Mascha schrie hysterisch: »Da ist kein Geld drin, hast du das nicht kapiert?«
»Und ich werde Ihnen dabei in die Augen sehen«, fuhr Bienzle ungerührt fort.
»Was soll denn der Scheiß?«, schrie Joe. »Habt ihr uns also doch gelinkt?«
»Da ist schon Geld drin, aber keine Viertelmillion! Unter der ersten Schicht ist Zeitungspapier«, sagte der Kommissar.
Joe riss die Tasche auf. In diesem Augenblick hörten sie die ersten Martinshörner, die schnell näher kamen und sich zu vermehren schienen.
Joe setzte die Waffe an Bienzles Stirn.

Bienzle sagte: »Viel muss ich mir nicht vorwerfen, wenn jetzt tatsächlich Schluss sein sollte.«
»Das hast du uns eingebrockt!«, schrie Joe.
Und Bienzle konnte es nicht lassen zu sagen: »Das haben Sie sich alles selber eingebrockt. Und nun noch ein Mord. Sie meinen wohl, darauf käm's jetzt auch nicht mehr an.«
Mascha schrie: »Joe, wir müssen weg!«
»Wir haben ihn doch als Geisel«, schrie ihr Freund zurück.
»Das wird Ihnen nicht viel bringen. Der Staat lässt sich nicht erpressen«, sagte Bienzle.
Mascha hatte sich auf das Motorrad geschwungen und startete es jetzt.
Bienzle sagte: »Sie haben keine Chance – so oder so!«
Mascha war dicht herangefahren. Sie griff nach ihrem Freund. »Los, komm!«
Die Mündung der Pistole rutschte von Bienzles schweißüberströmter Stirn ab, weil Mascha an Joes Arm gezogen hatte. Bienzle schlug hart gegen dessen Arm. Die Waffe glitt dem jungen Mann aus der Hand und trudelte über den noch immer regennassen Asphalt.
Die Martinshörner waren jetzt ganz in der Nähe. In den Fenstern der umliegenden Häuser sah man den Widerschein der kreiselnden Blaulichter. Endlich sprang auch Joe auf das Motorrad auf. Mascha raste los, und zwar just in dem Moment, da die ersten Polizeieinsatzfahrzeuge mit quietschenden Reifen in die Gasse einbogen. Doch in der Stuttgarter Altstadt gibt es noch immer Durchlässe, Gassen und schmale Staffeln, die von Motorrädern und Fahrrädern passiert werden können, nicht aber von Autos. Und so gelang es Mascha und Joe, noch einmal zu entkommen.

Bienzle wurde von zwei Kollegen zur Einsatzzentrale gebracht. Dort saß Patrick in eine Decke gehüllt und aß genüsslich eine Currywurst. Gächter stand auf, als Bienzle hereinkam, und nahm den Freund stumm in die Arme.
Bienzle tätschelte ihm die Schulter und sagte: »Jetzt brauch ich erst einmal einen Schnaps – einen doppelten nach Möglichkeit.«
»Nach dem, was Sie alles durchgemacht haben, kriegen Sie natürlich sofort Urlaub«, sagte der Präsident.
»Ich *hab* Urlaub«, sagte Bienzle, »haben Sie das vergessen?«
»Ach ja, richtig. Und Sie sollten sich auch in die Behandlung von Dr. Burgbacher begeben.«
»Wer ist denn das?«, fragte Bienzle.
»Unser Polizeipsychologe, wissen Sie das nicht?«
»Ach so, der. Ich glaub, ich geh lieber heim zu meiner Hannelore, die ist für meine Psyche garantiert besser.« Aber dann wendete er sich doch erst noch Patrick zu. »Grüß dich, Patrick, ich bin der Bienzle.«
»Ja, der Onkel Günter hat schon viel von dir erzählt«, sagte der Junge mit vollem Mund.
Erst als Bienzle die Einsatzzentrale verließ, erfuhr er von Kollegen, wie die Jagd auf Mascha und Joe zu Ende gegangen war.

Mascha hatte sich durch enge Gassen und Hausdurchlässe geschmuggelt und war auf der Höhe des Südheimer Platzes auf die B 14 gekommen, die wie ein schmerzhafter Schnitt durch Stuttgarts Zentrum führt. Kurz vor dem Friedrich-Wilhelm-Platz tauchte die erste Straßensperre auf, die sie grade noch umfahren konnte, aber bei diesem Manöver wurden die beiden erkannt. Und alle verfügbaren Polizeikräfte machten Jagd auf sie.

Mascha bretterte durchs Leonhardtsviertel, vorbei an den Huren, die hier standen und sie wüst beschimpften. Sie erreichte die Breuninger Hochgarage. Das Motorrad schlüpfte zwischen dem Schlagbaum und der Betonwand hindurch und donnerte die eng gewundenen Serpentinen hinauf bis zu den Stellplätzen auf dem Dach. Hier hielt Mascha an. Beide stiegen ab.

»Wir haben keine Chance«, sagte Mascha.

»Genaugenommen haben wir nie eine gehabt.« Joe legte beide Arme um sie und zog sie dicht an sich. Sie küssten sich und versuchten zu ignorieren, dass vor dem Parkhaus mehrere Polizeifahrzeuge heranfuhren. Sie küssten und streichelten sich weiter, als sie das erste Fahrzeug schon im Inneren des Parkhauses die Rampe heraufkommen hörten.

»So eine große Liebe«, sagte Mascha leise.

Ihre Gesichter waren jetzt tränenüberströmt. Sie ließen erst voneinander ab, als das erste Polizeifahrzeug auf dem Dach erschien und seine Scheinwerfer das Paar in gleißendes Licht tauchten.

Joe setzte sich auf das Motorrad. Mascha stieg hinter ihm auf und klammerte sich fest an ihn. Joe fuhr los.

Die Parkfläche auf dem Dach des Parkhauses war zwar durch Betonriegel gesichert, aber dazwischen waren Lücken, die einem Motorrad genug Platz boten, um hindurchzufahren. Das Motorrad schoss durch eine dieser Lücken und machte einen großen Satz in die Nacht hinein. Dem Aufprall auf der Fahrbahn folgte eine hohe gelbrote Stichflamme. Die beiden waren auf der Stelle tot.

Hannelore bemerkte Bienzles Trauer sofort. Er war den Tränen nahe, als er ihr erzählte, wie sich die beiden jungen Leute in ihr eigenes Unglück hineingestrudelt hatten – »eigentlich nur, weil sie sich so sehr geliebt haben«, sagte er. Und wie um auf andere

Gedanken zu kommen, setzte er im gleichen Atemzug hinzu: »Morgen muss ich noch mal kurz nach Heimerbach.«
»Das hab ich mir schon gedacht«, sagte Hannelore.
In dieser Nacht schlief Bienzle dicht an Hannelore gekuschelt. Und als er am Morgen aufwachte, empfand er ein Gefühl tiefer Geborgenheit.

– 37 –

Das Tor der Strafvollzugsanstalt in Schwäbisch Hall öffnete sich. Martin Horrenried trat heraus. Er wunderte sich, dass sein Sohn Winfried ihn nicht abholte. Stattdessen stieg Bienzle aus seinem zivilen Dienstwagen.
»Es tut mir leid«, sagte der Kommissar ein wenig verlegen.
»Die ganze Zeit hab ich denken müssen: Jetzt bist du eingesperrt und kommst vielleicht nie wieder raus!«, sagte Martin Horrenried mit einem tiefen Seufzer. Er sah sich um, als ob er die Welt neu entdecken würde. Der Himmel war zum ersten Mal seit vielen Tagen wieder klar. Die Vögel sangen, und an den Hängen leuchteten die Herbstblätter in den buntesten Farben.
»Aber jetzt haben Sie's ja erst amal überstanden«, sagte Bienzle.
»Erst amal?«
»Der Staatsanwalt sieht keine Flucht- und Verdunkelungsgefahr, aber Ihr Fall wird weiter untersucht. Die Körperverletzung und die Sachbeschädigung bleiben sowieso, und wie Ihr Bruder genau zu Tode gekommen ist, müssen wir erst noch rausbringen!«
»Ich hab den Albert nicht umgebracht, und ich hab ihn auch nicht umbringen wollen«, sagte Martin Horrenried, Trotz in der Stimme.

»Aber Sie haben ihn verletzt. Man könnt auch sagen: ›kampfunfähig gemacht‹.«
Martin schaute Bienzle von der Seite an. »Suchen Sie jetzt vielleicht nicht bloß eine Entschuldigung dafür, dass Sie mich so ruck, zuck eingebuchtet haben?«
Bienzle schmunzelte. »Weiß nicht … könnte sein.«

Winfried schob grade ein Motorrad aus seiner Werkstatt heraus, als am gegenüberliegenden Straßenrand Bienzles Auto hielt. Martin Horrenried stieg aus. Er hatte wieder den kleinen, schäbigen Koffer bei sich.
»Ich hab gedacht, du holst mich ab«, sagte er zu seinem Sohn.
»Ich hab gar nicht gewusst, dass du wieder rauskommst«, sagte Winfried.
»Freust du dich denn nicht?«
»Doch schon, aber ich bin halt auch überrascht. Was ist denn passiert?«
»Ich kann dir gar nicht sagen, wie erleichtert ich bin. Ich hab den Albert zwar verletzt, aber gestorben ist er daran nicht.«
»Sondern?«
»Irgendeiner muss noch nach mir gekommen sein und die Situation ausgenützt haben. Der Albert ist im Sägmehl erstickt worden, hat mir der Kommissar grade erzählt. Aber da war ich schon lange wieder daheim.«
»Und woher weiß die Polizei, dass du da schon lang wieder daheim warst?«
»Na, von dir! Du hast das doch auf der Wache ausgesagt!«
Bienzle war noch ein bisschen im Auto sitzen geblieben, um das Wiedersehen von Vater und Sohn zu beobachten. Ganz so, wie er es sich vorgestellt hatte, war es nicht ausgefallen.

Bechtle räumte grade seinen Schreibtisch auf, als Bienzle und Schildknecht auf die Revierwache kamen. Im Hintergrund arbeitete ein weiterer Beamter, der ihnen bisher noch nicht aufgefallen war. Bechtle hatte in einer halben Stunde Feierabend, und normalerweise rechnete er den Weg nach Haus zur Arbeitszeit. Darum schaute er jetzt auch nervös auf die Uhr.
Bienzle ließ sich vor Bechtles Schreibtisch auf einen Stuhl fallen. »Jetzt könnet mir also grad wieder von vorne anfangen.«
Bechtle fuhr herum. »Hä?«
»Der Martin Horrenried war's nicht. Also wer?«
»Also, ich denke ja, es war die Geliebte von Albert Horrenried. Die ist genau der Typ«, sagte Schildknecht.
Bienzle schaute zu ihm auf. »Sie sollten sich langsam etwas zurückhalten mit ihren vorschnellen Urteilen. Was ist mit dem Arbeiter, den er entlassen hat?«
Schildknecht rief, stolz, dass er den Namen sofort parat hatte: »Peter Mahlbrandt!«
»Ja, genau«, sagte Bienzle, »der Mahlbrandt ist noch lange nicht aus dem Schneider. Und auch der Martin Horrenried könnte ja zurückgekommen sein, oder er hat einfach zwei Stunden gewartet und seinen Bruder dann erstickt.«
»Die Jäger können's auch gewesen sein – die hätten ja am meisten profitiert, wenn es das Testament tatsächlich gegeben hätte«, schlug Schildknecht vor.
Und diesmal nickte Bienzle sogar beifällig.
»Bisher haben wir aber noch kein Testament gefunden«, sagte Bechtle. »Bloß a Häufle Asche im Mülleimer unter der Spüle.«
»Die Kranzmeier könnte das Testament verbrannt haben, nachdem sie den Horrenried umgebracht hatte«, sagte Schildknecht.
»Und was hätt die davon?«, wollte Bechtle wissen.

»Gute Frage«, meinte Bienzle. »Hilft uns die Asche irgendwie weiter?«
Bechtle holte den Bericht der Spurensicherung aus dem Eingangskorb und schob ihn über den Tisch, damit Bienzle ihn selber lesen konnte.
Aber der spielte nicht mit. »Sagen Sie's mir!«
Bechtle wurde noch nervöser, schaute erneut auf die Uhr. Er stand auf und zog schon mal seine Ziviljacke an. »Die von der Spurensicherung haben herausgefunden, dass es sich um normales Briefpapier gehandelt hat, aber was draufstand, ist nicht mehr zu rekonstruieren.«
»Erzählen Sie mir mal a bissle was über diesen Oberjäger ...«
»Sie meinen den Hajo Schmied? Also, ich muss jetzt wirklich langsam los. Heut Abend haben wir Stiftungsfest vom Gesangverein. Ich bin im Vorstand und sing Erster Tenor!«
Bienzle blieb hartnäckig. »Er ist ein enger Freund des Verstorbenen gewesen, net wahr?«
»Ja, ich glaub schon.«
Bienzle wandte sich an Schildknecht: »Kümmern Sie sich um den Jägerverein. Ich will alles über die Kerle wissen. Der Kollege Bechtle hilft Ihnen dabei.« Damit ging er hinaus.
Schildknecht schaute Bechtle an. Der seinerseits schaute den Kollegen an, der am hinteren Schreibtisch saß. »Der Kollege Hoffmann kann Ihnen da weiterhelfen«, sagte er und schickte sich ebenfalls an, den Raum zu verlassen.
Hoffmann sah zum ersten Mal auf. Er war ein Mensch, den man nicht bemerkte, solange er nicht auf sich aufmerksam machte, und genau das versuchte er stets zu vermeiden.
»Ich hab's ja kommen sehen«, sagte er jetzt resignierend.

– 38 –

Martin Horrenried saß in seinem Wohnzimmer am Klavier und spielte eine einfache Beethovensonate. In diesem Raum deutete alles auf die musikalische Vergangenheit des Hausherrn hin. Auf dem Klavier stand eine Beethovenbüste, daneben eine Trompete. An den Wänden hingen Bilder von Konzerten, gerahmte handschriftliche Partituren, Fotos berühmter Interpreten, zum Teil mit persönlicher Widmung.

Winfried kam herein. Er hatte sich ausgehfein gemacht, um zum Stiftungsfest des Gesangvereins zu gehen. Martin hatte seinen Sohn immer wieder gebeten, die Veranstaltungen des Liederkranzes nicht zu besuchen. Er hatte selbst ein paar Jahre lang den Gesangverein dirigiert und ihn damals zu einer Leistungsfähigkeit geführt, die der Chor später niemals auch nur annähernd wieder erreichte. Seinem Bruder Albert war es dann aber gelungen, den Vorstand mit Geld und bösen Worten dazu zu überreden, den Dirigenten auszutauschen.

»Musst du dorthin?«, fragte er nun schmallippig.

»Ja sicher. Ich treff da ein paar Leut, die für mich wichtig sind.«

»Für dich und deine Inge ändert sich ja jetzt einiges«, sagte Martin, ohne sein Klavierspiel zu unterbrechen.

»Ja, das könnt sein«, gab der Sohn gleichgültig zurück.

»Nach einer gewissen Anstandsfrist natürlich …«

»Also, Vater, jetzt hör mal zu …«

»Aber ich versteh dich doch, Bub. Niemand versteht dich besser als ich. Ich hab doch immer gesagt, wenn man sich richtig verliebt, zählt auf einmal alles andere gar nichts mehr.«

»Vielleicht siehst du das auch ein bissel übertrieben«, gab sein Junior zurück.

Martin Horrenried lächelte. »In der Liebe kann man gar nicht übertreiben!«

Winfried war diese Diskussion sichtlich unangenehm. Er strebte der Tür zu, wurde aber von seinem Vater noch mal aufgehalten.
»Ich geh übrigens morgen zum Notar«, sagte Martin.
Sein Sohn antwortete betont beiläufig: »Ja, da hätt ich dich sowieso noch drauf angesprochen. Am besten verzichtest du bei der Gelegenheit gleich zu meinen Gunsten.«
Der Vater fiel aus allen Wolken. »Bitte? Wie meinst du das jetzt?«
»Dann sparen wir nämlich einmal die Erbschaftssteuer.«
»Erst wollen wir mal sehen, ob's überhaupt so kommt. Und dann schauen wir weiter.«
Plötzlich wurde Winfried hart: »Nein, du verzichtest gleich!«
Martin war vom Ton seines Sohnes irritiert. Er schaute ihn befremdet an. »Sag mal, was ist denn mit dir los?«
»Nichts, aber warum sollen wir dem Staat einen Haufen Erbschaftssteuer schenken? Erst zahlst du, und wenn ich dann mal von dir erbe, zahle ich ...«
»Natürlich zahlen wir deine Schulden sofort, und du sollst auch alles haben, was du für den Ausbau deiner Werkstatt brauchst. Du weißt ja, für dich war mir nie etwas zu viel. Aber auf das Erbe verzichten ... nein!«
»Du hast gar keine andere Wahl!« Winfried sprach eindringlich weiter: »Vater! Du bist ein Mann ohne Zukunft. Ich hab Pläne, verstehst du? Ich will raus aus dieser miesen kleinen Werkstatt, aus diesem miesen kleinen Haus, aus diesem miesen kleinen Dorf. Das Sägewerk verkaufe ich. M-und-B-Holzkontor übernimmt den Laden mit Kusshand, und das zu einem Preis, dass dir die Augen übergehen.«
»Jetzt mal langsam, hast du etwa mit denen ...?«
Winfried unterbrach ihn: »Meinert hätt mich sogar in die Geschäftsführung reingenommen, wenn ich nicht ganz andere

Pläne hätte. Ich bau mir eine der modernsten Tuning-Werkstätten auf! International. Alles Hightech.«
Martin starrte seinen Sohn an, als ob er ihn zum ersten Mal sehen würde. »Du bist also allen Ernstes mit meinem Erbe hausieren gegangen?«
»Mit *deinem* Erbe? Wenn du Alberts Mörder bist, erbst du keinen Pfennig, und alles geht an den Nächsten in der Rangfolge über – ich habe mich da erkundigt. Und der Nächste bin ich!«
»Aber ich habe ihn nicht ermordet.«
»Es wurde dir noch nicht nachgewiesen, das ist ein Unterschied.«
»Was redest du denn da?«
»Ich hab dem Bullen gesagt, du seist um halb zwölf zu Hause gewesen ...«
»Ja, stimmt ja auch. Und der Albert ist zwischen eins und halb zwei gestorben!«
»Aber dafür, dass du um diese Zeit hier warst, gibt's außer mir keinen Zeugen. Und wenn ich hingehe und sage, ich hab mich geirrt? Du seist dann noch mal weggegangen und erst kurz nach halb zwei heimgekommen, was ist dann?«
Martin schaute seinen Sohn sprachlos an.
»Aber das mache ich natürlich nicht«, fuhr der fort, »wenn du morgen zu meinen Gunsten verzichtest.« Er warf noch rasch einen Blick in den Spiegel und ging dann, offensichtlich sehr mit seinem Anblick zufrieden, hinaus.
Erst als er die Tür hinter sich zugemacht hatte, fand Martin Horrenried die Sprache wieder. Es klang kläglich, als er nun hervorstieß: »Winfried ... Winni ...! Bub!«

– 39 –

Die Feierabendsirene ertönte. Die Männer im Sägewerk Horrenried machten sich auf den Weg nach Hause und ins Wochenende. Aus dem Wohnhaus am Hang trat Inge Kranzmeier. Sie hatte den großen Schlüsselbund in der Hand und schickte sich an, den Kontrollgang zu machen, der sonst Alberts Sache gewesen war. Kaum war sie in der Halle verschwunden, da trat Hajo Schmied aus dem Schatten eines Baumes, wo er auch seinen Jeep geparkt hatte.

Inge ging durch die Halle, deckte eine Maschine mit einer Plane ab, fegte Sägespäne zusammen, kontrollierte den Elektrokasten. Plötzlich hörte sie, dass das Rolltor bewegt wurde. Sie fuhr herum. Am Eingang stand Hajo Schmied.

»Er hat am Telefon zu mir gesagt, sie betrügt mich mit dem Winfried«, sagte er ohne lange Vorrede.

Inge antwortete obenhin. »Ja, das war so eine fixe Idee von ihm.«

Hajo kam näher. »Ich hätt's dem Kommissar sagen können.«

»Und warum hast du's nicht gemacht?«

Hajo trat nun sehr dicht an Inge heran. Sie roch seinen Atem, als er sagte: »Ich hab gedacht, dass dir das was wert sein könnt.« Gleichzeitig fasste er um sie herum und wollte sie an sich ziehen.

Inge stemmte ihre Fäuste gegen seine Brust. »Sag mal, bist du wahnsinnig? Der Albert ist noch nicht einmal unter der Erde.«

Hajo ließ sie los und grinste. »Na gut, so lang kann ich noch warten.« Er ging ein paar Schritte von Inge weg und wendete sich ihr dann wieder zu. »Was ist mit dem Testament?«

»Was soll damit sein?«

»Wir bringen dich schon dazu, die Wahrheit zu sagen …« Seine Stimme hatte nun einen drohenden Klang angenommen.

Inge verlor langsam die Nerven. »Menschenskind, ich erb doch auch nichts!«
»Aber dein Lover erbt oder sein Vater, ischt doch g'hopft wie g'sprunge. Und da gehst doch du auch nicht leer aus.«
»Was willst du eigentlich?«
»Meine Jagdkameraden und ich wollen nur, dass kein Unrecht geschieht, verstehst du? Also überleg's dir gut. Hier in Heimerbach legst du dich besser mit keinem von uns an. Grad, weil du nicht dazugehörst!«
Er drehte sich um und verließ die Halle.

Das Stiftungsfest des Gesangvereins Liederkranz fand im großen Saal des »Gasthofs zum Weißen Ross« statt. Die Reden waren bereits gehalten. Und die schwierigen Chorsätze, die die Zuhörer als Leistungsbeweis der Sänger vorneweg über sich ergehen lassen mussten, waren verklungen. Jetzt durfte gegessen, geredet und getanzt werden. Bedienungen schleppten die Platten mit Schwäbischem Sauerbraten, für den die Küche des Hauses berühmt war, herein. In ausladenden Schüsseln dampften Spätzle. Soße kam in Extragefäßen, ebenso der gemischte Kartoffel-Gurken-Salat, der von den Schwaben genauso in die Bratensoße getunkt wurde wie die Spätzle.
Auf der Bühne baute eine Musikkapelle ihre Notenständer auf. Es waren sieben Mann, die sonst im örtlichen Blasorchester spielten, für solche Zwecke aber eine Extrakapelle gegründet hatten, die bei Festen zum Tanz aufspielte. Ein guter Schlagzeuger und ein herausragender Klarinettist waren die beiden wichtigsten Musiker in diesem Septett. Der Klarinettist leitete auch die Band, der er den Namen *Heimerbach Seven* gegeben hatte.
Traditionsgemäß spielten die sieben zuerst den Fehrbelliner Marsch, warum, wusste niemand – vielleicht hätte es der

Martin Horrenried gewusst, aber mit dem redete niemand, und deshalb konnte ihn auch keiner fragen. Da war der Junge doch ein ganz anderer. Immer unter den Leuten und um keinen flotten Spruch verlegen. Er sah gut aus, und als Motorradmechaniker hatte er einen erstklassigen Ruf. Jetzt stand er mitten unter Gleichaltrigen und unterhielt sie mit Witzen, die er systematisch sammelte, um sie bei solchen Gelegenheiten jederzeit abrufen zu können. Nur die Älteren unter den Festbesuchern wunderten sich über sein Benehmen, wo er doch einen Todesfall in der Familie hatte. Zwar wusste man natürlich, wie zerstritten die Horrenrieds untereinander waren, aber es gehörte sich trotzdem nicht.

Winfried, den auch hier alle Winni nannten, forderte ein hübsches junges Mädchen zum Tanzen auf.

Schildknecht war im »Weißen Ross« abgestiegen und hatte auch Bienzle dazu überredet. Als sie am Abend dort ankamen, bereute Bienzle den Entschluss sofort. So ein Fest, das wusste er, konnte sich bis tief in die Nacht hinziehen, und garantiert gab es im ganzen Haus kein Zimmer, in dem man von dem Feierlärm nicht gestört wurde.

Er stand an der Rezeption und verlangte Aufklärung, welcher Raum am weitesten von dem tobenden Stiftungsfest entfernt sei. Da betrat Inge Kranzmeier die Eingangshalle. Sie kam dicht an ihm vorbei und blieb einen Augenblick unentschlossen stehen.

»Suchen Sie mich?«, fragte Bienzle.

»Nein«, antwortete sie schnippisch. »Woher hätt ich denn wissen sollen, dass Sie hier sind?«

Ohne länger auf ihn zu achten, ging sie weiter, aber nun war Bienzles Interesse schon geweckt, er gab Schildknecht ein Zeichen mitzukommen und folgte Inge Kranzmeier. Der Wirt sagte gerade: »Zimmer 411, das wäre für Sie dann wohl das geeignetste.« Aber Bienzle hörte das schon nicht mehr. Prompt beschloss der Mann hinter dem Tresen, Bienzle ein Zimmer im ersten Stock zu verpassen. Genau über dem Festsaal, noch genauer: exakt über dem Podium, auf dem die *Heimerbach Seven* spielten.

Auf dem Weg zum Saal berichtete Schildknecht eifrig, der Jagdverein sei 1924 gegründet worden. Hans Joachim Schmied sei seit sieben Jahren Vorsitzender. Albert Horrenried habe während dieser Zeit immer dessen Stellvertreter gemacht, sei aber der eigentliche Chef gewesen. »Im Grund ist der Verein mehr als eine ... sagen wir mal Jagdgemeinschaft, der ist fast wie eine Loge. Die Jäger beherrschen hier die ganze Gegend. Ich habe eine Liste aller Mitglieder.«

»Sehr gut«, sagte Bienzle. »Scheint's kann man Sie doch brauchen.«

Inge stand am Rand des Saals und hatte grade Winfried entdeckt, der sich intensiv mit seiner Tanzpartnerin unterhielt und Inge dabei den Rücken zukehrte. Ein paar der Festteilnehmer hatten die Lebensgefährtin des verstorbenen Sägewerksbesitzers entdeckt und tuschelten aufgeregt. Margret Schmied, Hajos Ehefrau, beugte sich zu ihrem Mann hinüber und flüsterte: »Das glaubst du doch nicht. Die ist doch eigentlich quasi Witwe! Da kann sie doch nicht hierherkommen.«

Bienzle kam bei Winfried vorbei und sagte beiläufig: »Mit der Pietät haben Sie's wohl nicht so, Herr Horrenried?«

»Hab ich Ihnen doch gesagt: Mein Onkel hat mir nichts bedeutet, absolut nichts.«

In der nächsten Sekunde verfinsterte sich Winfrieds Blick. Er hatte Inge entdeckt. Bienzle bemerkte die Veränderung in Winfrieds Gesicht und folgte mit den Augen dessen Blick.

Bechtle hatte inzwischen den Kommissar gesehen und war zu

ihm getreten. »Sind Sie aus kriminalistischen Gründen da oder weil Sie sich amüsieren wollen?«
»Wer weiß, vielleicht beides«, sagte Bienzle.
Er ließ Winfried Horrenried nicht aus den Augen. Der war zu Inge getreten, und die beiden redeten offenbar heftig aufeinander ein. Kurz entschlossen bat Bienzle die Frau, die ihm am nächsten war, um einen Tanz. Es war Margret Schmied. Sie war klein und drall und hatte einen scharfen Zug um die Mundwinkel.
Die Frau des Jägers willigte begeistert ein. »Wisset Se, onsere Männer sind ja so schrecklich tanzfaul«, sagte sie.
»Ich tanz gern«, gab Bienzle zurück.
Er tanzte einen Walzer mit ihr, auch linksrum, wie die anwesenden Damen anerkennend konstatierten.
Dabei näherte er sich geschickt Inge und Winfried.
»Also, dass der da herkommt, ist ja scho schlimm g'nueg, aber dass die Frau Kranzmeier in dene Tage net daheimbleibe kann ...« Margret Schmied war richtig aufgebracht.
»Sehe jeder, wie er's treibe, und der steht, dass er nicht falle«, zitierte Bienzle und hielt kurz im Tanz inne. Sie waren jetzt nah an die beiden herangekommen. »Au«, sagte er, »jetzt isch's mir grad a bissle schwindlig.« Er hielt sich kurz an einem Türbalken fest und konnte so ohne Mühe verstehen, wie Inge Kranzmeier sagte: »Winni, ich brauch dich jetzt«, und wie Winfried Horrenried antwortete: »Also gut, in einer Stunde in unserer Hütte.«
Bienzle kehrte zu Frau Schmied zurück.
»Geht's wieder?«, fragte sie.
Statt ihr zu antworten, fasste Bienzle sie um die Hüften und absolvierte die letzten Takte des Walzers mit feurigem Schwung. Als er Frau Schmied an ihren Platz zurückbrachte, stand deren Mann grade mit glasigen Augen auf. Bienzle folgte Hajo

Schmieds Blick und sah, wie Inge den Saal verließ. Hajo ging ihr nach. Formvollendet verabschiedete sich Bienzle von Frau Schmied und folgte ihrem Mann. Aber auch Margret Schmied hielt es nicht an ihrem Platz.

Inge Kranzmeier hatte schon fast den Ausgang erreicht, als Hajo zu ihr aufschloss. »Wart einen Moment.«

Sie blieb stehen. Bienzle erschien in der Tür zum Saal und näherte sich den beiden.

»Wenn du weißt, wo das Testament ist, sag's. Und wenn du's vernichtet hast, gib's zu. Sonst hast du keine frohe Minute mehr in deinem Leben!«, zischte Hajo Schmied.

»Die Polizei ermittelt wegen dem Testament. Die werden schon rausfinden, wie's gewesen ist«, sagte sie und wandte sich wieder der Ausgangstür zu.

»Inge, pass auf. Ich will ja nicht, dass du leer ausgehst. Wir däten dir schon was abgeben. In irgendeiner Form … Ich würd das übernehmen. Du bist ja jetzt allein, und wir zwei … also, mir g'fällst du ja scho lang … Ich denk, wenn man da ein Arrangement treffen könnt … Eine kleine Wohnung in der Stadt drin … Ich mein, du und ich … Man hat ja alles Mögliche gehört … Ich mein, dass es der Albert nimmer so gebracht hätt …«

»Du meinst, ich könnte deine Geliebte werden?«

»Wenn du's so ausdrücken willst …«

Ansatzlos schlug Inge Hajo ins Gesicht. Margret Schmied beobachtete den Vorgang genauso wie Bienzle und war zunächst wie versteinert.

Bienzle ging zu Inge. »Müssten Sie mir vielleicht noch irgendetwas sagen?«

»Nein, warum?« Sie machte auf dem Absatz kehrt und verließ den Gasthof.

Frau Schmied vertrat ihrem Mann den Weg. »Was war jetzt des?«, wollte sie wissen.

Hajo ballte die Faust. »Das Luder will uns um unser rechtmäßiges Erbe bringen. Aber die soll sich vorsehen!«

»Und das war alles?«, fragte seine Frau spitz.

»Was soll denn sonst noch g'wesen sein?«

Margret funkelte Hajo an. »Ja, das frag ich dich ja grad!«

Aber ihr Mann ging in den Saal zurück und verwickelte sofort einen Jagdkameraden in ein Gespräch.

»Komm du mir bloß hoim«, zischte Margret leise.

Schildknecht stand am Büfett und bediente sich. Um ihn herum trieb das Fest seinem Höhepunkt zu. Der junge Kriminalassistent hatte grade zufrieden festgestellt, dass die jungen Frauen hier zum großen Teil eigentlich seine Aufmerksamkeit verdient hätten.

Da trat Bienzle zu ihm. »Der Winfried Horrenried muss observiert werden. Er trifft sich etwa in einer Stunde mit der Frau, die mit dem Ermordeten zusammengelebt hat. Irgendwo in einer Hütte.«

»Und das wollen Sie nicht selber machen?«

Bienzle überhörte die Frechheit. »Und ich will noch heut Abend Ihren Bericht.«

Schildknecht stellte den Teller, den er grade mit allen ländlichen Köstlichkeiten gefüllt hatte, wieder hin und machte sich auf den Weg. Kaum hatte er den Saal verlassen, nahm sich Bienzle den Teller. Geschmack hatte er, der junge Jurist mit dem Drang zur großen Polizeikarriere, das musste man ihm lassen. Er hatte genau das Richtige ausgesucht.

Winfried Horrenried trat zehn Minuten später aus dem »Gasthof zum Weißen Ross«. Schildknecht saß bereits wartend in seinem Dienstwagen und beobachtete den Eingang. Als Winfried mit seinem Motorrad startete, hängte sich Schildknecht dran.

Der junge Horrenried schien es eilig zu haben. Nicht weit vom Sägewerk bog er in ein kleines Bergsträßchen ein und stoppte dann bei einem schmalen Waldweg, der nach links abzweigte. Schildknechts Wagen glitt vorbei und rollte hinter der nächsten Kurve aus. Hier bot eine kleine Ausbuchtung einen behelfsmäßigen Parkplatz. Schildknecht sprang aus dem Wagen, schloss ihn ab und spurtete zurück. Das Motorrad stand unter einem dichten Gebüsch. Schildknecht folgte dem schmalen Waldweg bergauf. Nach etwa vierhundert Metern trat er auf eine Lichtung hinaus. Am gegenüberliegenden Waldrand stand zwischen zwei mächtigen Eichen, deren Silhouetten sich deutlich gegen den Nachthimmel abzeichneten, eine Hütte. Das einzige Fenster wurde durch warmes Kerzenlicht erhellt.

– 40 –

Inge ging ruhelos in dem engen Raum auf und ab. Immer wieder trat sie vor den fleckigen Spiegel, der neben dem Bett an der Wand hing, und prüfte ihr Aussehen. Endlich hörte sie draußen Schritte. Sie ging zum Fenster, warf einen Blick hinaus. Winfried war gekommen. Inge riss die Tür auf und fiel ihrem Liebhaber um den Hals. Sie küsste ihn leidenschaftlich, drängte sich gegen ihn. »Endlich, endlich, endlich – du hast mir so gefehlt!«

Winfried stand steif da, schob Inge sanft von sich, ging dann zum Bett und setzte sich, während sie die Tür schloss.

Inge lehnte sich mit dem Rücken gegen die Türfüllung. »Wie geht's denn jetzt mit uns weiter? Das stürmt alles so auf mich ein. Ich blick überhaupt nicht mehr durch.«

»Wieso, läuft doch alles prima. Morgen ist mein Vater wegen des Testaments beim Notar.«

»Aber es gibt doch gar keins.«
»Auch das muss vor dem Notar geklärt werden. Das ist alles bloß eine Formalität. Mein Vater erbt – kein Thema!«
Das war der erste Satz, den Schildknecht hörte, der sich draußen bis an das Fenster der Hütte herangepirscht hatte.
Inges Stimme war noch besser zu verstehen als die des jungen Mannes. »Da kann er ja bei Gelegenheit ruhig mal danke zu mir sagen.«
»Wieso?« Winfrieds Stimme bekam nun einen harten Klang. »Du kriegst deinen Scheck – ich hab so an fünfzig Mille gedacht –, und der Fisch ist geputzt!«
»Einen Scheck, aber du hast doch gesagt, später gehört uns sowieso alles.«
»Uns?«
»Ja, dir und dann auch mir.« Aber diese Worte sprach sie mit immer weniger Kraft. Sie ahnte, was hinter Winfrieds plötzlicher Kälte steckte, nur glauben konnte sie's noch nicht.
Winfried antwortete sichtlich gelangweilt: »Ja, ja, das hab ich vielleicht mal gesagt.«
»Heißt das, jetzt gilt mit einem Mal alles nicht mehr?«
»Jetzt pass mal auf. Du bist wirklich große Klasse im Bett, aber …«
Inge schrie plötzlich unkontrolliert: »Du willst nichts mehr von mir wissen? Ja oder nein! Antwort!«
Winfried stand vom Bett auf, aber als Inge einen Schritt auf ihn zumachte, wich er aus. »*Ja*, ich will nichts mehr von dir wissen. *Nein*, ich will nicht weiter mit dir zusammen sein. Ist das klar genug? Du weißt doch am besten, wie das ist: Die Liebe kommt, die Liebe geht. Die Gefühle ändern sich.«
Inge starrte ihn aus weit aufgerissenen Augen an. »Das ist nicht wahr. Das bist nicht du. Das ist ein anderer. Mein Winni würde so etwas Gemeines nie sagen.«

»Nimm's, wie es ist, es war ja auch für mich eine ganz schöne Zeit.«
»Und wenn ich jetzt zur Polizei gehe?«
Schildknechts Körper spannte sich, und er rückte noch näher an die Wand der Hütte heran.
»Hab ich das Testament verbrannt oder du?«, fragte Winfried Horrenried und ging langsam zur Tür.
»Aber du hast mir doch gesagt, ich soll's verbrennen!«, schrie Inge Kranzmeier.
»Das leugne ich ab.« Er lachte. »Du, da schwör ich jeden Meineid.«
Inge ging ihm nach, fasste nach seiner Hand. »Winni, bitte, sag, dass das nicht wahr ist, sag, dass es ein blöder Scherz ist und weiter nichts. Das kann doch gar nicht sein. Ich kann mich doch nicht so in dir getäuscht haben!«
»Mach's gut, Inge!«
Damit war er schon an der Tür. Als er sie öffnete, sprang Schildknecht mit ein paar schnellen Sätzen in ein nahes Gebüsch hinter einer der Eichen, wobei er sich einen Triangel in seine Edeljeans riss.
Winfried Horrenried kam heraus. Und schlug sofort die Tür hinter sich zu.
Aber kaum war er ein paar Schritte gegangen, da wurde sie wieder aufgerissen. Inge kam heraus wie eine Furie. Sie schrie: »Du bist ja kein Haar anders als der Albert! Du bist genauso hinterhältig und gemein! Und dir wird's mal genauso gehen wie ihm. Verrecken sollst du, ja, verrecken – genau wie er! Und das versprech ich dir: Genauso wird es kommen. Genauso!«
Dabei krümmte sie sich vor Wut und Schmerz. Sie ließ sich auf die Stufe vor der Tür fallen und begann hemmungslos zu schluchzen.
Schildknecht war ratlos. Sollte er hingehen und sie trösten?

Oder musste man sie nun verhören? Vielleicht wäre es besser, Winfried Horrenried zu folgen und ihn durch die Mangel zu drehen. Was hätte Bienzle jetzt getan? Wahrscheinlich war es ohnehin besser, ihm erst einmal alles zu erzählen.

– 41 –

In dem großen Konferenzraum des Polizeipräsidiums, der als Lagezentrum der Sonderkommission diente, waren nur noch Gollhofer, der Präsident, Staatsanwalt Roller und Günter Gächter. Patrick war inzwischen in die Obhut einer Kinderpsychologin im Olga-Hospital gegeben worden.
Roller durchmaß mit wippenden Schritten, die Hände auf dem Rücken verschränkt, den länglichen Raum von der Rückseite bis zur Front und wieder zurück, erneut nach vorne und wieder nach hinten. Er hatte den schmalen Kopf eines Windhundes. Die blonden Haare waren straff nach hinten gekämmt und lagen dicht an seinem länglichen Schädel an. Die Nase war spitz. Eine randlose Brille ließ die wassergrauen Augen größer erscheinen, als sie waren. Zwei steile Falten zogen sich fast von den Augenwinkeln bis zum Kinn hinunter. Gächter schätzte ihn auf Anfang dreißig. Er konnte aber auch noch jünger sein.
»Wir haben es hier mit einer Amtsanmaßung ohne Beispiel zu tun«, sagte er mit schneidender Stimme und ging dann Gächter direkt an: »Sie haben Richter Dr. Hasenblatt und mich ganz bewusst in die Irre geführt.«
Gächter sagte nichts, er schaute Roller nur an, und seine Gedanken kreisten darum, was er wohl tun würde, wenn sie ihn jetzt suspendierten. Er war nicht zum ersten Mal in so einer Situation. Als er damals in einer Überreaktion an der Grenze bei Konstanz den Fahrer eines illegalen Fleischtransportes

erschossen hatte, stand er vor einem ganz ähnlichen Problem. Aber da hatte er Bienzle an seiner Seite gehabt. Der war zwar auch stinksauer auf ihn gewesen, hatte ihm aber am Ende doch beigestanden, als es um seinen Job ging. Trotzdem war Gächter jetzt ruhiger als damals. Die Tatsache, dass der kleine Patrick gerettet war, hatte Vorrang vor allem. Und wenn sie ihn tatsächlich rausschmissen, dann würde er es als Herausforderung betrachten, sein Leben auch ohne den Polizeidienst zu meistern.
»Hören Sie mir überhaupt zu?«, herrschte ihn der Staatsanwalt an.
»Ich versuch's«, sagte Gächter, und ein leises Lächeln huschte über sein Gesicht.
»Und? Was haben Sie zu Ihrer Verteidigung zu sagen?«
»Ich höre mir vielleicht zuerst Ihre Anklagerede zu Ende an«, gab Gächter zurück. Er stand, wie es auch sonst oft seine Art war, an ein Fensterbrett gelehnt und schaute Roller an, als ob er sagen wollte: Nur weiter, Sie sind so schön in Fahrt!
Roller wendete sich an den Präsidenten. »Ich kann doch wohl davon ausgehen, dass der Mann sofort beurlaubt wird und dass ein Dienststrafverfahren gegen ihn eingeleitet wird.«
»Sie können davon ausgehen, dass ich meine Dienstaufsicht ernst nehme«, sagte der Präsident vorsichtig, »meine Dienstaufsicht und meine Fürsorgepflicht gegenüber meinen Beamten.«
»Das klingt verdächtig, so, als hielten Sie schon nach einem Schlupfloch Ausschau.«
Gollhofer war das alles peinlich. Er versuchte sich zu beschäftigen, trug herumliegende Papiere zusammen, ordnete sie, stieß sie an den Rändern zu handlichen Päckchen auf und sortierte sie in akkuraten kleinen Stapeln, die sich auf den Millimeter genau nebeneinanderreihten.
»Lassen Sie das doch, Sie machen einen ja nervös«, fuhr ihn Roller an.

Und nun sagte der Kommissar Gollhofer, der nie den Mund aufmachte, wenn er sich nichts davon versprach: »Ich finde, wir sollten froh sein, dass es so ausgegangen ist.«
»Was ist los?« Roller, der sich schon abgewandt und seine Wanderung wiederaufgenommen hatte, fuhr herum und starrte den Polizeibeamten perplex an.
»Ich hab mir grade überlegt«, sagte Gollhofer, »ob Sie auch bereit gewesen wären, die Geldübergabe zu übernehmen.«
»Ich verstehe nicht, was Sie damit sagen wollen.«
»Ich will damit sagen, dass hier ein Polizeibeamter für den anderen ein Risiko eingegangen ist. Das ist nicht selbstverständlich. So etwas geschieht meiner Meinung nach nur, wenn eine Truppe funktioniert, ich meine, wenn ein gewisser Kameradschaftsgeist herrscht und einer für den anderen einsteht. Das ist bei uns so. Gott sei Dank.« Und dann fügte er noch ein wenig verlegen in Richtung Präsident hinzu: »Entschuldigung.«
»Aber ich bitte Sie«, tönte der Chef mit seiner sonoren Stimme. »Da hätte jedes Wort auch von mir sein können, bester Gollhofer.«
»Das heißt aber dann nichts anderes, als dass die ganze – wie sagten Sie? –, die ganze Truppe einer Prüfung unterzogen werden muss. Offenbar halten Sie ja unisono für unbedenklich, was sich der Kommissar Gächter geleistet hat.«
Der Präsident zündete sich eine seiner teuren Zigarren an. Bedächtig sagte er: »Auch das Verhältnis zwischen Staatsanwaltschaft und unserer Behörde ist bisher immer sehr gut, ja, fast könnte man sagen: im Zweifelsfalle solidarisch gewesen. Das hatte damit zu tun, dass wir immer großes Verständnis für die Probleme der jeweils anderen Seite aufgebracht haben.«
»Erteilen Sie mir jetzt Noten?«, schnappte der Staatsanwalt.
»Nein, aber ich stelle in Rechnung, dass Sie erst seit einem halben Jahr mit von der Partie sind. Ich bin ein alter Fuhr-

mann, das können Sie mir glauben. Und ich habe viel erlebt. Trotzdem: Wenn Gerry Adler nicht hinreichend verdächtig gewesen wäre, hätte Kommissar Gächter ihn nicht festnehmen dürfen.«

»Jetzt kommt's«, dachte Günter Gächter.

»Aber nach Prüfung aller Unterlagen *war* dieser Adler hinreichend verdächtig. Herr Gächter hat keine falschen Indizien oder Beweismittel herangezogen ...«

»Er hat verschwiegen, dass alles darauf hindeutete, dass diese Mascha Niebur die Täterin war«, fuhr Roller dazwischen.

»Stimmt, aber auch das sprach nicht für eine Fortdauer der Haft von Johannes Keller, es sei denn, man wollte ihn in eine Art Sippenhaft nehmen.«

Roller ließ nicht locker. »Das Paar hat gemeinsam gehandelt. Man hätte Keller niemals freilassen sollen, dann hätte man Frau Niebur fassen und beide hinter Schloss und Riegel bringen können.«

Der Präsident stieß eine Rauchwolke aus. »Hätte, wäre, wenn ... Wissen Sie, was der Bienzle jetzt sagen würde, wenn er da wäre?«

»Ach, lassen Sie mich doch mit Ihrem Bienzle in Ruhe ...«

Unbeirrt fuhr der Präsident fort und fiel sogar ein wenig ins Schwäbische: »Wenn der Hund net g'schissa hätt, hätt er den Hasen gefangen.«

Gollhofer hatte Mühe, ernst zu bleiben. Gächter grinste in sich hinein. Diese Stunde würde er dem Präsidenten nie vergessen.

Roller straffte die Schultern, drückte das Kreuz durch und ging zur Tür. »Jedenfalls lasse ich die Sache nicht auf sich beruhen.« Grußlos ging er hinaus. Die Tür fiel laut hinter ihm ins Schloss.

»So«, sagte der Präsident, »und glaubt ja nicht, dass sich die Sache nun erledigt hat. Immerhin ist einer unserer Kollegen an-

geschossen worden, und Bienzle war in richtiger Lebensgefahr. Wir werden das alles genau untersuchen, aber das machen wir so, wie's im Dienstrecht steht, und nicht, wie's ein karrieregeiler Staatsanwalt gerne haben möchte. Herr Gächter, Sie halten sich in den nächsten Tagen zur Verfügung.«
Gächter nickte. Er war nun doch wieder sehr ernst geworden. Der Präsident erhob sich, tätschelte seine Schulter und sagte: »So schlimm wird's nicht werden. Und jetzt besuchen Sie Ihren Neffen. Vielleicht dürfen Sie ihn ja auch schon mit nach Hause nehmen.«
Das durfte Gächter allerdings nicht. Die Kinderpsychologin hielt es für besser, den Jungen noch ein paar Tage zu betreuen. Natürlich sei er stark traumatisiert, sagte sie. Aber er sei auch stabil und vital und werde damit fertig werden.
Der Kommissar schaute in das Zimmer hinein. Patrick schlief tief und fest. »Kein Wunder nach all den Strapazen«, sagte die Psychologin.
Als Gächter nach Hause kam, war er froh, dass Kerstin auf ihn gewartet hatte. Sie versprach, über Nacht und auch noch ein paar Tage länger zu bleiben, wenn er es wünschte.

– 42 –

Bienzle hatte die Speisen, die sich Schildknecht zusammengestellt hatte, mit großem Genuss verdrückt. Jetzt trank er zur besseren Verdauung einen Quittenschnaps an der Bar, die sich im Untergeschoss des Gasthofs befand.
Dort fand ihn Schildknecht, der vor lauter Aufregung kaum sprechen konnte. »Das ist sensationell, sag ich Ihnen. Der junge Horrenried und die Inge Kranzmeier haben das Ding gemeinsam gedeichselt.«

Schildknecht konnte das Gespräch zwischen Inge und Winfried nahezu wortgetreu wiedergeben. Bienzle imponierte das. So etwas lernte man wohl, wenn man für sein Juraexamen all die Paragraphen und Entscheidungen paukte, um am Ende erfolgreich zu sein. Und erfolgreich war man ja nur, wenn man eine Note zwischen eins und zwei erreichte. Vor Gericht jedenfalls würde Schildknecht einen guten Zeugen abgeben.

Als Inge Kranzmeier zum Sägewerk zurückkehrte, hatte ihr Gesicht einen entschlossenen Ausdruck angenommen. Sie ging schnurstracks ins Schlafzimmer, zog die Koffer vom Kleiderschrank herunter und begann, ihre Sachen zu packen. Sie würde keine Stunde länger als nötig in diesem Haus, in diesem Dorf, in dieser Gegend verbringen.

Um die gleiche Zeit verließen Bienzle und Schildknecht den Gasthof. Bienzle hatte nicht einmal Gelegenheit gehabt, sich über sein Zimmer zu ärgern, und er war sich jetzt schon sicher, dass er es in dieser Nacht wohl kaum brauchen würde.
Schildknecht wiederholte gerade: »Und dann hat er doch tatsächlich gesagt: ›Das leugne ich, da schwör ich jeden Meineid.‹«
»Ja, ja«, sagte Bienzle, »so debil bin ich noch nicht, dass Sie mir alles zweimal sagen müssen, auch wenn ich Sie grade g'lobt hab für Ihre Merkfähigkeit!«
Damit stiegen sie in Schildknechts Dienstwagen. Bienzle war bekannt dafür, dass er nur selber fuhr, wenn es gar nicht anders ging.

Inge Kranzmeier hatte zwei ihrer Koffer schon in die Garage geschleppt. Sie stellte die Gepäckstücke neben ihrem Auto ab und wuchtete einen Zehn-Liter-Benzinkanister vom Regal an der Garagenwand. Sie trug ihn zur Tür und stellte ihn draußen ab. Danach fuhr sie ihr Auto heraus und stellte es abfahrbereit vor die Haustür. Die Gepäckstücke hob sie in den Kofferraum und schlug den Deckel zu.

Ihr nächster Weg führte sie zur Werkhalle des Sägewerks. Sie schloss auf und schob das Rolltor zur Seite. Das Licht machte sie nicht an. Sie holte den Benzinkanister, schraubte ihn auf und begann ihn auszugießen, aber schon nach kurzer Zeit rutschte er ihr aus der Hand und kullerte über den Boden. Das Benzin verbreitete sich in einer Lache, die sich bis zu einem Haufen Sägespäne hinzog, der am anderen Morgen abgesaugt werden sollte. Langsam kehrte sie zu dem Punkt zurück, wo die Benzinspur begann. Sie richtete sich noch mal auf, drückte ihre flachen Hände ins Kreuz und versuchte ein letztes Mal, alles in sich aufzunehmen: die Halle, die Nebengebäude, die Holzstapel, den Laufkran, das Mühlrad, das schöne Haus am Hang.

Es war eine sternenklare Nacht. Der Mond hielt sich noch hinter den Tannen am gegenüberliegenden Hang versteckt. Aber es war auch ohne ihn hell genug für das, was sie vorhatte. Irgendwo im Dorf heulte ein Hund. Und im Wald schrien zwei Käuzchen um die Wette.

Inge nahm aus der kleinen Außentasche ihrer Lederjacke eine Streichholzschachtel. Das erste Streichholz zerbrach, als sie es anreißen wollte, das zweite erlosch auf dem Weg zum Boden. Inge ging in die Hocke und nahm ein drittes Hölzchen aus der Schachtel.

Das Streichholz flammte auf. Inge Kranzmeier brachte es ganz nahe an den Beginn der Benzinspur.

Ein Auto kam das Talsträßchen herabgefahren. Einen Herzschlag lang dachte sie, es könnte Winni sein. Wenn er jetzt käme und sagen würde, dass alles nur ein schlechter Scherz

gewesen sei. Oder, noch besser, dass er eingesehen habe, was er verlöre, wenn er sich von ihr trennte. Inge lachte auf: Da kam ein Auto, und Winfried kam immer mit dem Motorrad.
Der Wagen bog auf die Brücke über den Mühlbach ein und fuhr auf den Holzplatz des Sägewerks.
Das Flämmchen erreichte ihre Finger und verbrannte die Haut. Inge ließ das brennende Streichholz in die schimmernde Flüssigkeit fallen. Eine Feuerzunge zischte hoch und versengte ihre Hände und Haare.
»Haben Sie das gesehen?«, schrie Bienzle und sprang aus dem Auto. Er rannte los. Schildknecht überholte Bienzle schon nach wenigen Schritten.
Das Feuer lief auf die Halle zu. Inge stand da und konnte sich nicht bewegen. Doch dann stieß sie plötzlich einen gellenden Schrei aus. Ihr Kleid hatte Feuer gefangen.
Bienzle erreichte in diesem Moment den Eingang. Er erinnerte sich, dass gleich neben dem Tor ein Feuerlöscher hängen musste, entdeckte ihn und riss ihn aus der Halterung.
Schildknecht rannte auf Inge zu. Er riss noch im Laufen seine Jacke herunter, warf sie auf die Frau, stürzte zusammen mit ihr hin und erstickte die Flammen.
Bienzle richtete den Schaumstrahl des Feuerlöschers auf die schmale Flammenbahn, die rasch auf den Haufen mit den Sägespänen zulief. Er schaffte es gerade noch, das Feuer zu löschen, ehe es die große Lache erreichte, die sich rund um den offenen Benzinkanister gebildet hatte.

Derselbe Arzt, der Albert Horrenrieds Leiche kurz nach dessen Tod im Sägemehl untersucht hatte, versorgte Inge Kranzmeiers Brandwunden. Bienzle saß auf einem Stuhl. Schildknecht lehnte am Fenster. Am Boden standen noch zwei halbgefüllte Koffer.

»Wahrscheinlich kriegen Sie jetzt irgendeinen Feuerwehrorden«, knurrte der Doktor.
»Ich lege keinen Wert auf Orden und Ehrenzeichen«, gab Bienzle zurück.
Der Arzt packte seine Tasche zusammen. »Ja, das war's dann erst mal ... Wenigstens muss ich dieses Mal keinen Totenschein ausstellen.« Er ging zur Tür. Dort drehte er sich noch mal um. »Haben Sie denn jetzt den Täter?«
»Bald«, sagte Bienzle.
»Na dann – viel Erfolg. Die Brandwunden sind nicht so schlimm. Zum Glück ist ja rechtzeitig Hilfe gekommen«, sagte er zu Inge Kranzmeier und ging hinaus.
»Das ist vielleicht ein Gemütsathlet«, sagte Bienzle. »Haben Sie einen Schnaps im Haus?«
»Im Kühlschrank.« Inge sprach mit unsicherer Stimme.
Während sich Bienzle bediente und auch für die beiden anderen einen Schnaps einschenkte, fragte Schildknecht Inge Kranzmeier: »Warum wollten Sie eigentlich so schnell weg?«
»Ich hab kein Glück«, sagte sie dumpf.
Bienzle reichte ihr den Schnaps. »Die Asche, die man bei Ihnen gefunden hat, das war normales Briefpapier.«
Inge sah ihm in die Augen. »Und was ist draufgestanden?«
Das gefiel Bienzle, dass sie selbst in dieser Situation noch eine so kesse Antwort gab. Er lächelte ihr zu und sagte: »Vielleicht ›Testament‹ oder ›Mein letzter Wille‹.«
Inge gab die Antwort, die sie sich schon zurechtgelegt hatte: »Nein, es war so eine Art Abschiedsbrief. Ich hab den Albert verlassen wollen. Heut wollt ich weg. So wie er mich in letzter Zeit behandelt hat, war das nicht mehr auszuhalten.«
Bienzle nickte. »Und weil Sie sich mit dem Brief belastet hätten, haben Sie ihn verbrannt?«
»Ja, genau.«

»Klingt plausibel, auch wenn's nicht wahr ist«, sagte Bienzle noch immer lächelnd.
Schildknecht wollte nicht so schnell aufgeben. »Hat Winfried Horrenried Ihnen gesagt, Sie sollen das Testament verbrennen?«
»Was geht mich der Winfried Horrenried an?«
»Immerhin war er eine Zeitlang Ihr heimlicher Liebhaber.«
Inge versuchte es mit Ironie: »Was Sie alles wissen ...«
»Leider wissen wir eben nicht alles«, sagte Bienzle. »Zum Beispiel würde ich gern erfahren, warum Sie das Sägewerk anzünden wollten.«
Inge schwieg.
Bienzle fuhr unbeirrt fort: »Nachdem Sie alles für den jungen Horrenried getan hatten, hat er Sie fallenlassen. Und so was tut verdammt weh.«
»Sie reimen sich da weiß Gott was zusammen.«
»Sie haben gedacht, wenn er mich schon abschießt, dann zünde ich ihm wenigstens sein Erbe an«, sagte Schildknecht.
Inge verschränkte die Arme vor der Brust. »Ich sag dazu nichts mehr!«
Bienzle wandte sich an Schildknecht: »Vielleicht kochen Sie uns mal einen Kaffee ...?«
»Ich?«
»Darf er?«, fragte Bienzle die Hausherrin.
Inge machte eine Geste, die besagte: Von mir aus.
»Ja, dann.« Bienzle sah den Kriminalassistenten auffordernd an. »Sie werden sich schon zurechtfinden.«
Schildknecht ging wütend in die Küche.
Bienzle zog einen Stuhl heran und setzte sich dicht vor Inge Kranzmeier. Er redete jetzt eindringlich mit ihr: »Ich versteh Sie nicht. Der Winfried behandelt Sie wie den letzten Dreck, und Sie schützen ihn noch immer.«

»Wenn ich ihn jetzt verrate, dann würd ich unsere Liebe doch genauso wegschmeißen wie er«, sagte sie kaum hörbar.
»Ja, das kann ich verstehen. Aber Sie haben gar keine andere Wahl, Inge! Mein Kollege hat alles gehört, was Sie in der Waldhütte mit Winfried gesprochen haben. Er hat Ihnen gesagt, Sie sollen das Testament verbrennen. Wann war das?«
Inge schwieg verstockt. Bienzle stieß, jedes Wort betonend, noch mal nach. »Wann war das?«
»Am nächsten Morgen.«
»Und vorher haben Sie nicht telefoniert?«
»Doch. Nach dem Streit mit dem Albert. Da hab ich zu Winni gesagt: ›Hol mich hier raus, ich halt's nicht mehr aus … so wie der mit mir umgeht …‹ Der Albert ist in die Halle runter und nicht mehr zurückgekommen. Da hab ich mich eben gefürchtet.«
»Und wann war das?«
»Das war lange nach elf.«
»Ist Ihnen Albert Horrenried auf das Verhältnis mit Winni gekommen?«
Inge schniefte nur und nickte.
»Womöglich genau an dem Abend?«
Wieder nickte und schniefte Inge.
»Und daraufhin hat er sein Testament geschrieben?«
»Ja.«
»Und das haben Sie dem Winni am Telefon auch gesagt?«
»Ja.«
»Und weiter?« Er dachte nicht daran, lockerzulassen.
»Am andern Morgen, wie der Albert tot war, hab ich wieder den Winni angerufen.«
»Und da hat er Ihnen dann gesagt, Sie sollen das Testament vernichten?«
»Ja!« Inges Widerstand war nun völlig zusammengebrochen.

»Der Mann, der die Maschinen kaputtgemacht und den Albert niedergeschlagen hat, war sein Bruder Martin, Winnis Vater. Zwei Stunden später hat jemand den Bewusstlosen gefunden und im Sägemehl erstickt. Das könnten Sie gewesen sein!«
Inge starrte ihn ungläubig an. »Ich? Das glauben Sie doch nicht im Ernst?!«
Bienzle fuhr unbeirrt fort: »Es könnte auch Winfried gewesen sein. Erst hat er seinen Onkel umgebracht, und dann hat er Sie angestiftet, das Testament verschwinden zu lassen.«
»Das glaube ich nicht«, erwiderte Inge.
Schildknecht kam mit einem Tablett herein, auf dem er drei Kaffeetassen platziert hatte.
»Wir können uns Klarheit verschaffen«, sagte Bienzle. »Sie müssten allerdings mitspielen. Und ich halte Sie dafür aus allem raus.«
»Das geht nicht!«, sagte Schildknecht.
»Wenn ich sag, dass es geht, dann geht das auch«, gab Bienzle unwirsch zurück. Er wandte sich wieder Inge zu. »Und jetzt erkläre ich Ihnen genau, wie wir das machen …«

– 43 –

Winni schlief fest. Als das Telefon klingelte, kam er nur mühsam zu sich. Er sah auf seinen Wecker. Fünf Uhr. Er war erst gegen zwei Uhr in der Nacht nach Hause gekommen. Nach seiner Begegnung mit Inge in der Waldhütte war er noch mal ins »Weiße Ross« zurückgegangen. Meinert hatte auf ihn gewartet. Der Mann vom Holzkontor. Sie hatten dann noch lange in der Bar gesessen und alles besprochen. Später waren zwei Mädchen dazugekommen. Meinert hatte sich für die Blonde entschieden. Er selbst war mit der Schwarzen abgezogen. Ein Quickie im Auto. Nichts Besonderes, aber ganz lustig. Für den Abend waren sie wieder verabredet. Irgendwo musste er ihre Telefonnummer haben.

Als er nach Hause gekommen war, hatte sein Vater im Wohnzimmer auf ihn gewartet. Nachts um zwei! »Warum bist du denn noch auf?«, hatte er ihn gefragt.

»Ich muss mit dir reden.«

Winni war in sein Zimmer gegangen. Auf dem Weg sagte er: »Das beruht nicht auf Gegenseitigkeit. Es ist alles g'schwätzt.«

Dieses Scheißtelefon hörte nicht auf zu klingeln. Er nahm ab und meldete sich mit müder, verschlafener Stimme.

»Ich bin's.« Das war unverkennbar Inges Stimme.

Winfried schlug die Hand vor die Augen. »Ich hab dir doch klar und deutlich gesagt ...«

Inge unterbrach ihn kühl: »Ich habe dich in der Mordnacht gesehen.«

»Was? Was heißt das, du hast mich gesehen? Und warum sagst du das erst jetzt?«

»Wenn du mir nicht den Laufpass gegeben hättest ... Aber so ... Ich geh zur Polizei und sage alles, mir ist ganz egal, was dann mit mir passiert!«

Bienzle, der eine Mithörmuschel am Ohr hatte, nickte Inge anerkennend zu.

Winfried Horrenried war plötzlich hellwach. »Was heißt denn da den Laufpass gegeben ...?« Seine Gedanken rotierten. Jetzt bloß keinen Fehler machen. »So war das doch gar nicht gemeint! Ich bin halt auch nervös und durcheinander gewesen ... Aber du würdest doch nie zur Polizei gehen ... Pass auf, ich komm zu dir, wir reden noch mal über alles.«

Inge deckte die Sprechmuschel ab und flüsterte Bienzle panisch zu: »Er will hierherkommen!«

Bienzle, der das ja genauso gut gehört hatte wie sie, flüsterte zurück: »Ist doch gut!«
Aber das hatte Inge gar nicht richtig aufgenommen. Sie redete schon wieder aufgeregt ins Telefon: »Nein, nicht hier … Du kannst nicht hierherkommen. Der Albert ist noch nicht mal unter der Erde … Lass uns woanders … Wir können uns doch in der Hütte treffen wie immer.« Dabei sah sie Bienzle fragend an.
Der Kommissar nickte und machte mit seiner freien Hand eine zustimmende Geste. Dabei fegte er aus Versehen einen Aschenbecher vom Tisch, der polternd zu Boden fiel.
Winni hatte das Geräusch offenbar gehört. Er fragte misstrauisch: »Ist jemand bei dir?«
»Nein, nein, mir ist nur was runtergefallen …«
»Was denn?«, wollte Winfried wissen.
»Ist doch jetzt egal … Der Aschenbecher.«
Winfried Horrenried schien sich zu beruhigen. »Also gut. Jetzt pass auf … hör mir zu … Wir treffen uns in einer Stunde in unserer Hütte, und da schauen wir uns in die Augen und reden miteinander … Ich hab vielleicht … ich hab sogar ganz bestimmt einen Fehler gemacht, aber das kriegen wir wieder hin, wir zwei beide. Ich mach das alles wieder gut, ganz bestimmt. Ich hab dich doch lieb, Inge, aber ich bin halt auch ein bisschen überfordert gewesen …«
»Wenn du meinst …«, sagte Inge und schaltete das Telefon ab. Sie hielt das Gespräch nicht länger aus. Jetzt sah sie die beiden Beamten an. »Er sagt, er macht alles wieder gut!« Ein klein wenig Hoffnung schwang in ihrer Stimme mit.
»Er war also tatsächlich in der Nacht da«, sagte Bienzle nüchtern.
»Das hat er nicht gesagt.«
»Würde er sonst kommen?«

Eine knappe Stunde später traten Bienzle, Inge und Schildknecht aus dem Haus. Inges Auto stand noch dicht bei der Tür. Bienzle sagte: »Sie müssen keine Angst haben. Wir haben genügend Beamte zu der Hütte beordert. Und wir fahren jetzt auch hinter Ihnen her.«
»Und für alle Fälle habe ich ein Mikro in Ihrem Wagen versteckt. Sie können also jederzeit Kontakt zu uns aufnehmen«, ergänzte Schildknecht.

– 44 –

Bienzle ließ Inges Wagen passieren und folgte ihm dann im Abstand von knapp fünfzig Metern. Schildknecht hatte es übernommen, das Funkgerät zu bedienen.
Inge fuhr langsam über die Brücke, bog nach links ab und folgte zwei Kilometer dem Sträßchen, das an der Steinach entlangführte. Wie oft war sie diese Strecke mit dem Fahrrad gefahren, um ihren heimlichen Geliebten zu treffen. Die Stelle, an der sie rechts abbiegen musste, kam in ihr Blickfeld. Sie setzte den Blinker und schaltete herunter.
»Nicht rechts ab. Gradeaus, Inge!« Die Stimme kam aus dem Fonds ihres Autos. Sie erschrak so heftig, dass sie das Steuer verriss und um ein Haar im Graben gelandet wäre. Aus den Augenwinkeln sah sie, wie sich Winfried ein wenig aus dem Fußraum hinter den Vordersitzen hochstemmte – nur so weit allerdings, dass man ihn aus dem nachfolgenden Wagen nicht durch die Heckscheibe sehen konnte.
»Ganz ruhig weiterfahren, aber gradeaus, ja?«, ertönte die Stimme wieder von hinten.
»Was macht die denn? Die muss doch hier rechts ab«, schrie Bienzle.

»Vielleicht weiß sie einen kürzeren Weg«, ließ sich Schildknecht hören, der heftig daran arbeitete, den Funkkontakt zu dem vorausfahrenden Wagen herzustellen.
»Du fährst jetzt genau nach meinen Anweisungen.« Das war der erste Satz, den Schildknecht endlich einfangen konnte.
»Das ist doch der Winfried Horrenried!« Bienzle schaltete einen Gang herunter, ging aufs Gas und beschleunigte. »Wir müssen uns den sofort schnappen.«
Dort, wo die Steinach in die Roth mündete, stieß auch das kleine Talsträßchen auf eine gut ausgebaute Landstraße. Zuvor aber führte es über einen Bahnübergang. Das rote Licht begann just in diesem Moment zu blinken.
»Dort vorne kriegen wir ihn«, rief Bienzle. Die Schranke senkte sich bereits.
Winfried Horrenried zwängte sich zwischen den Sitzlehnen nach vorne, packte Inges rechten Fuß, der vom Gaspedal zur Bremse wechselte, mit der linken Hand und drückte gleichzeitig das Gaspedal mit seiner rechten Hand voll durch.
Inges Auto schlingerte in der allerletzten Sekunde unter dem sich senkenden Schrankenbalken hindurch. Bienzle trat voll auf die Bremse. Mit rauchenden Reifen schob sich der Wagen auf den Schrankenbalken zu und touchierte ihn noch leicht. Bienzle stieß einen langen Fluch aus.
In Inges Auto turnte Winfried Horrenried über die Lehne des Beifahrersitzes nach vorne und ließ sich neben Inge fallen. Inge warf ihm einen ängstlichen Blick zu.
»Wir fahren jetzt immer Richtung Schwäbisch Gmünd und dann gerade nauf auf d'Alb.« Winni schien richtig gute Laune zu haben. Er sah Inge an. »Also, du hast mich gesehen in der Nacht? Oder ist das ein Bluff? Willst du Druck machen?« Er fasste zu ihr herüber, nahm ihr Kinn zwischen Daumen und Zeigefinger und drehte kurz ihren Kopf zu sich. »Ich war da,

stimmt, aber ich glaube nicht, dass du mich gesehen hast. Also, was willst du von mir?«

Bienzle und Schildknecht hörten jedes Wort mit. Doch nun hatte Bienzle das Autotelefon an sich gerissen. Er konnte seine Stimme nur mit Mühe beherrschen, als er hineinsprach. »Bienzle an Zentrale. Ringfahndung. Sofort! Gesucht wird der Wagen WN-YK 4327, grauer Golf. Zuletzt gesichtet am Bahnübergang Oberweißach.«

Gleichzeitig war über Funk Inge Kranzmeiers Stimme zu hören: »Wir haben doch so schöne Pläne gehabt. Ich hab alles für dich getan, Winni … alles!«

Schildknecht war völlig von der Rolle. Er schlug mit der Faust aufs Armaturenbrett und schrie ein ums andere Mal: »Der Drecksack hat uns gelinkt!«

»Ruhe!«, herrschte ihn Bienzle an. Aber jetzt war ohnehin eine Zeitlang nichts zu hören. Ein Güterzug ratterte vorbei. Bienzle starrte trostlos vor sich hin. »Haben Sie gewusst, wie lang so ein Güterzug sein kann?«, fragte er.

Endlich war der letzte Wagen vorbei. Quälend langsam hob sich die Schranke.

»Wo ist er jetzt, können Sie ihn orten?«, fragte Bienzle, wollte hastig anfahren und würgte prompt den Motor ab.

Schildknecht schrie: »Quatsch! Das Gerät ist nur zum Mithören. Das ist doch kein Peilsender!«

Man hörte Horrenried giftig lachen. »Du wolltest mich also tatsächlich hinhängen.«

»Ich …« Inges Stimme versagte.

Bienzle hatte den Wagen neu gestartet und bog nun auf die Landstraße ein. Er ließ sein Seitenfenster herunter und haute das Blaulicht aufs Dach. »Einschalten«, rief er Schildknecht zu.

Sie hörten Winfried sagen: »Ist doch klar: Du wolltest dich

rächen … Und dazu hast du sogar allen Grund, meine Schöne! Nachdem du mich an dem Abend angerufen hast, bin ich tatsächlich los. Ich hab gedacht, wenn der Albert nicht heimgekommen ist, können wir uns vielleicht gleich das Testament unter den Nagel reißen und es vernichten. Aber dann hab ich gesehen, dass das Tor offen war. Und da hat er gelegen. Er hat geröchelt, aber er war nicht hin.«
Inge schrie entsetzt: »Hör auf!«
»Ich hab Arbeitshandschuhe angezogen, die da rumlagen, hab ihn an den Schultern gepackt und in die Sägespäne gedrückt. Und dann hab ich ihn zugeschüttet. Immer weiter zugeschüttet, Schaufel für Schaufel, bis nichts mehr von ihm zu sehen war. Dort vorne fahren wir rechts.«
»Wo willst du überhaupt hin?«, fragte Inge mit zitternder Stimme.
»Irgendwohin, wo wir uns in Ruhe unterhalten können …«
Währenddessen lief der Polizeiapparat schon auf vollen Touren. Zwei Hubschrauber starteten. In der Zentrale kreisten Beamte das Gebiet ein. Schildknecht gab nun laufend ihre Position durch. Aber er wusste ja nicht, ob sie die gleiche Strecke fuhren wie Inge und Horrenried.
Bienzle, der sich in der Gegend halbwegs auskannte, sagte: »Wahrscheinlich fahren sie über Gschwend.«
»Du willst dich in Ruhe unterhalten?« Inge lachte hysterisch. »In Ruhe? Wir werden abgehört. Die Polizei hat eine Wanze ins Auto eingebaut.«
Das schien Winfried nun richtig zu amüsieren. »Da hast du dir ja was ganz Cleveres einfallen lassen … Wo ist denn die Wanze?« Er suchte ein bisschen herum, aber er nahm den Hinweis nicht wirklich ernst.
Sie erreichten ein kleines Dorf. In der Mitte stand ein kleines, sauber herausgeputztes Fachwerkhaus: Rathaus und Polizei-

station. Die Straße machte einen Bogen um das Gebäude und den kleinen Platz davor. Ein Polizeiwagen parkte schräg vor dem Haus.

Polizeiobermeister Wachter trat aus der Wache. Er hatte die Meldungen der Einsatzzentrale gehört und wollte sich an der Suche beteiligen. Inges Wagen huschte an ihm vorbei. Wachter blinzelte. »Ja, jetzt kann i gar nimmer«, sagte er zu sich selber, rannte zu seinem Streifenwagen und riss das Funkmikro aus der Halterung. Seine Stimme überschlug sich, als er meldete: »Polizeiobermeister Wachter hier, Polizeiposten Lensingen. Der gesuchte graue Golf ist grade hier durchgefahren.«

»Dranbleiben und ständig Position durchgeben«, sagte der Beamte in der Zentrale mit ruhiger Stimme.

»Jawoll, wird gemacht!« POM Wachter sprang in seinen Wagen.

»Lensingen? Da können wir abkürzen, vorne links ab«, sagte Bienzle zu Schildknecht. »Hinter Lensingen gibt es einen berühmten Steinbruch, in dem man noch immer alte Versteinerungen findet – im Schiefer!«

Schildknecht interessierte das keinen Deut.

Bienzle nahm das Mikro. »Hier Bienzle. Alle zur Verfügung stehenden Kräfte …«

Die ruhige Stimme aus der Einsatzzentrale ließ sich hören. »Sie sind hier nicht weisungsbefugt, Kollege Bienzle.«

»Das ist mir scheißegal. Und wenn ihr nicht spurt, könnt ihr was erleben, das versprech ich euch!«, brüllte Bienzle.

»Wir machen doch sowieso alles, was nötig ist, auch ohne Sie«, sagte die Stimme.

»'tschuldigung«, nuschelte Bienzle.

»Macht doch nix – bei dem Stress …«

Darüber hörte man wieder Winnis Stimme. Schildknecht kroch förmlich in das Gerät hinein, um zu hören, was er sagte.

»Ich versteh euch Weiber nicht. Ich an deiner Stelle hätt die fünfzig Mille genommen und wär verschwunden. In Heimerbach kriegst du doch sowieso keinen Fuß mehr auf den Boden … Jetzt links!«
Schildknecht, der nun eine Karte auf den Knien hatte, versuchte nachzuvollziehen, wo das sein könnte, wurde aber nicht fündig. »Da ist nach links keine Straße eingezeichnet.«
»Ein Feldweg tut's ja vielleicht auch, aber dafür bräucht man eine Wanderkarte«, antwortete Bienzle.
»Aber dass du mich verraten wolltest …« Das war wieder Winfried Horrenrieds Stimme.
»Ich würde dich nie verraten«, sagte Inge, »aber …«
Winni unterbrach sie mit einem hässlichen Lachen.
»… aber ein Leben lang erpressen, wie? Tu dies, tu das, oder ich geh zur Polizei. Dort vorne rechts.«
»Ich fahr nicht weiter.« Inges Stimme klang panisch. Sie ging vom Gas und setzte den Fuß auf die Bremse.
Blitzartig hatte Winfried ein Messer in der Hand und hielt es ihr an die Kehle. »Du tust genau, was ich dir sage. Los, fahr!«
Der Golf holperte einen ausgefahrenen Feldweg entlang, der zu einer kleinen Anhöhe führte. Auf der Kuppe stand ein Schlehengebüsch.
»Jetzt stopp!« Winfried klappte das Messer zusammen.
»Was hat der bloß vor?«, fragte Schildknecht verzweifelt.
»Pssst«, machte Bienzle.
Aber jetzt war nur noch ein kurzer Schlag und ein Aufstöhnen zu hören.
Inge war in sich zusammengesackt. Leblos hing sie hinter dem Steuer. Winfried Horrenried stieg auf der rechten Seite aus, ging um den Wagen herum und öffnete die Fahrertür. Hinter ihm, drunten auf der Fahrstraße, raste ein Polizeiauto mit Blaulicht und Martinshorn vorbei.

In dem Polizeiwagen saß POM Wachter. Schon nach wenigen hundert Metern kam ihm ein Zivilwagen mit Blaulicht entgegen. Die beiden Fahrzeuge stoppten. Bienzle und Wachter ließen ihre Fenster herunter.
»Bienzle«, »Wachter«, stellten sie sich vor.
»Haben Sie ihn verloren?«, fragte Bienzle.
»Er muss aber hier langgefahren sein«, sagte Wachter.
»Aber dann wäre er uns doch entgegengekommen«, rief Schildknecht aus dem Wagen heraus.
»Das Letzte, was er gesagt hat, war: dort vorne rechts«, erinnerte sich Bienzle. »Geht da irgendwo noch ein Feldweg oder so was ab?«
»Ja, etwa anderthalb Kilometer von hier. Der führt aber zum alten Steinbruch …«
Bienzle schaltete in den ersten Gang und raste los.
Auf der Rückseite der Kuppe mit dem Schlehengebüsch senkte sich der Weg sanft zu einem gesicherten Parkplatz oberhalb des Lensinger Steinbruchs. Links und rechts davon erstreckten sich Wiesenflächen. Die Bauern hatten das Ömd, wie hier die zweite Heuernte hieß, schon eingebracht. Glatt und kurzgeschoren präsentierte sich die Grasfläche.
Winfried löste die Handbremse, schaltete auf Leerlauf und drehte am Lenkrad. Am Ende der Wiese brach das Gelände abrupt ab. Die senkrechte Steinbruchwand war nur durch einen fragilen Lattenzaun gesichert. Der junge Horrenried drückte die Fahrertür zu und ging zum Kofferraum. Mit seiner ganzen Kraft stemmte er sich gegen den Wagen. Er musste drei- oder viermal ansetzen, ehe sich die Räder zögernd bewegten. Aber sie begannen dann doch zu rollen – langsam nahm das Auto Fahrt auf. Winfried rannte noch mal nach vorne, riss die Fahrertür auf und drehte das Steuer, um die Räder gerade zu richten.
In diesem Augenblick schoss Bienzles Dienstwagen an dem

Schlehengebüsch vorbei über die Kuppe. Winfried fuhr herum und begann zu rennen. Die Fahrertür des Golfs blieb offen.
»Da, dort läuft er!«, schrie Schildknecht.
»Den könnet die andere fange«, gab Bienzle zurück. Er hatte sich weit über das Lenkrad gebeugt, sein Gesicht war verzerrt vor lauter Konzentration. Er beschleunigte.
»Mein Gott, das geht schief«, rief Schildknecht.
»Was soll ich denn sonst machen?«, schrie Bienzle zurück.
Inges Wagen rollte immer schneller auf den Abgrund zu.
»Das ist doch Wahnsinn! Stopp, Mann!« Schildknecht bekam panische Angst. »Das geht schiiiiiief!«
Bienzles Fahrzeug schoss an Inges Wagen vorbei. Der Kommissar riss nur wenige Meter vor dem jäh abstürzenden Felsgestein das Steuer nach links. Schildknecht kauerte sich zusammen und schloss die Augen. Inges Golf krachte in die Fahrerseite des Polizeiwagens und schob ihn über das glatte Gras vor sich her. Der Lattenzaun brach. Plötzlich stand alles still.
Der Kriminalassistent richtete sich vorsichtig auf und wagte einen Blick aus dem Beifahrerfenster. Das rechte Vorderrad hing über dem Abgrund. Wäre Schildknecht ausgestiegen, wäre er sofort vierzig Meter tief gestürzt. Mit weit aufgerissenen Augen starrte er in die Tiefe.
Bienzle schaute über ihn hinweg und hatte nun auch den Blick in den Steinbruch hinab. »Au«, sagte er, »des war jetzt fascht a bissle knapp!«
Vorsichtig kletterten sie nacheinander auf der Fahrerseite hinaus. Über die Kuppe kamen zwei Polizeibeamte. Sie hatten Winfried in ihrer Mitte.
Bienzle ging zu der Fahrertür von Inges Wagen und öffnete sie. Die junge Frau kam zu sich. Benommen schaute sie direkt in Bienzles Gesicht.
»Was ist passiert?«, fragte sie.

»Hmm – nichts weiter, kaum der Rede wert«, sagte Bienzle.
Nun näherten sich ihnen noch mehr Polizeifahrzeuge und auch ein Notarztwagen. Die beiden Polizisten brachten Winfried Horrenried. Bienzle richtete sich auf und ging der kleinen Gruppe ein paar Schritte entgegen. Er blieb vor Horrenried stehen.
»Wenn Sie in dem Auto gesessen wären, hätt ich's bestimmt nicht aufgehalten!«, sagte er. »Wir nehmen Sie fest. Sie werden beschuldigt, Ihren Onkel Albert Horrenried ermordet zu haben …« Winfried wollte etwas sagen, aber Bienzle ließ ihn nicht dazu kommen: »Ich selber hab jedes Wort gehört, das Sie im Auto zu Frau Kranzmeier gesagt haben.«
»Und? Welche Beweiskraft hat das?«
»Frau Kranzmeier wird alles bezeugen. Übrigens, der Mordversuch an ihr kommt noch dazu, und den können wir bezeugen, mein Kollege und ich. Abführen!«
Der Notarzt kümmerte sich inzwischen bereits um Inge Kranzmeier.
Schildknecht trat zu Bienzle. »Die Frau wird man jetzt wohl kaum festnehmen können – in diesem Zustand.«
Bienzle sah den jungen Kollegen verständnislos an. »Ja, warum auch?«
»Wenn es sich beweisen lässt, dass das Geld eigentlich für die Jäger gedacht war, und sie hat das Testament beseitigt?«
Bienzle legte seine Hand auf den Arm des jungen Kollegen. »Ach, Schildknecht, wer will denn jetzt au des beweisen?«

– 45 –

Bis Bienzles Wohnung vollends renoviert und eingerichtet war, vergingen noch Wochen. Im Polizeipräsidium war längst

der Alltag wieder eingekehrt. Gächter kam mit einer Rüge davon. Bei Winfried Horrenrieds Prozess sagten Schildknecht und Bienzle aus. Das Urteil lautete »lebenslänglich«.
Patrick erholte sich rasch und wollte nun einen Krimi über seine Erlebnisse schreiben. Zwei Schulhefte hatte er schon mit seinen abenteuerlichen Erlebnissen gefüllt. Gächters Schwester freilich war fest entschlossen, den Jungen nie mehr alleine zu ihrem Bruder zu schicken. Das erzählte sie Bienzle beim Einweihungsfest für die neue Wohnung. Gächter hatte gefragt, ob er die Verwandten mitbringen könne, die um diese Zeit grade in Stuttgart waren.
Gegen zehn Uhr klingelte es noch an der Wohnungstür. Hinter einem großen Blumenstrauß tauchte das Gesicht von Inge Kranzmeier auf. Sie lebte jetzt in Stuttgart und arbeitete in der Kantine einer Schraubenfabrik. Manchmal traf sie sich mit Schildknecht. Martin Horrenried hatte ihr, nachdem er sein Erbe angetreten hatte, zehntausend Mark angeboten. Sie hatte die Geldzuwendung abgelehnt.

– ENDE –

Bienzle im Reich des Paten

Die Hauptpersonen

Ernst Bienzle	Erster Hauptkommissar im Landeskriminalamt Stuttgart.
Günter Gächter	Hauptkommissar und Bienzles Freund.
Hannelore Schmiedinger	Bienzles Lebensgefährtin.
Norbert Maletzke	Leiter der 7. Mordkommission im LKA Berlin, mit dem Bienzle im Zuge der Amtshilfe zusammenarbeiten soll und der ihm rasch sympathisch wird.
Meffert	Maletzkes cooler Kollege, zuständig für den Bereich Waffenhandel, Falschgeld.
Matthias Neiberg	ehemaliger Stuttgarter Kollege von Bienzle, der jetzt im Berliner LKA arbeitet und Bienzle schon immer auf die Nerven ging.
Bernhard (Berni) Stelzer	ein kleiner Stuttgarter Ganove, der Bienzle ans Herz gewachsen war.

Barbara Stelzer	Bernis Schwester, der Bienzle in Berlin wiederbegegnet.
Stefan Seyboldt	gilt an der Spree als seriöser Kaufmann, in Stuttgart war er einer der übelsten Kunden Bienzles.
Saskia Seyboldt	Seyboldts Frau, die aussieht wie eine Barbie-Puppe, aber das kann täuschen.
Josef Serkiniadse	wird in Stuttgart beinahe Stefan Seyboldts Opfer und in Berlin sein Geschäftspartner.
Michail Polnikow	soll Stefan Seyboldts größter Rivale gewesen sein, was ihm möglicherweise nicht gut bekommen ist.
Irina Polnikowa	ist seine trauernde Witwe und sieht das alles ganz anders.
Henriette Kimmich	betreibt ein florierendes Übersetzungsbüro und scheint in der Hauptstadt Gott und die Welt zu kennen.
Hans Keuerleber	ist Bundestagsabgeordneter und ein – für seine Branche – ungewöhnlich geradliniger Mensch. Auch einer, den Bienzle sympathisch findet.

Erster Tag

Bienzle reiste mit kleinem Gepäck. Deshalb musste er auch nicht am Gepäckband auf seine Koffer warten, als er auf dem Flughafen Tegel eingetroffen war. Er trat in die Halle hinaus und quetschte sich durch eine Reihe wartender Passagiere, die am Nebenschalter abgefertigt wurden. Als er das letzte Mal in Berlin gewesen war, hatte die Mauer noch gestanden. Die Stadt hatte damals etwas Idyllisches gehabt in ihrer Eingeschlossenheit. Das war jetzt fünfzehn Jahre her.

Die Busfahrer waren offenbar die Gleichen geblieben. Als Bienzle einstieg und fragte: »Fahren Sie über den Adenauerplatz?«, antwortete ihm der Fahrer: »Det hatte ick eijentlich vor.« Bienzle grinste ihn freundlich an und reichte ihm einen Fünfeuroschein. »Dann hätt ich gern einen Fahrschein bis dahin, bitte.«

Stumm deutete der Fahrer auf ein handgeschriebenes kleines Schild: *Fahrpreis bitte passend bereithalten.*

»Und wenn ich's nun nicht passend habe?«

»In zwanzig Minuten fährt wieder ein Bus«, gab der Fahrer zurück.

Bienzle kramte in den Tiefen seiner Jacken- und Hosentaschen.

»Was kostet's denn nun?«, fragte er währenddessen.

»A/B eben!«

»Zwo zehn«, kam ihm ein Fahrgast, der in der zweiten Reihe saß, zu Hilfe. Bienzle prüfte, was außer ein paar Papierschnipseln, grauen Stoffflusen und einem Fetzen Stanniolfolie von einer Kaugummipackung auf seiner Handfläche lag. Es reichte.

»Warum nicht gleich so?«, brummte der Busfahrer und riss ei-

nen Fahrschein aus seinem kleinen Drucker neben dem Schalthebel.
Bienzle entschied sich für einen Platz ganz vorne. Mit einem leisen Seufzer ließ er sich auf das harte Polster sinken.
Jetzt hatte es ihn also nach Berlin verschlagen. Ausgerechnet ihn, der am liebsten in seiner Heimat lebte und arbeitete – dort, wo ihm die Menschen und die Landschaften vertraut waren. Hier war ihm alles fremd. Und nur weil ein Schwabe, den er eigentlich eher beiläufig kennengelernt hatte, jetzt in Berlin den großen Zampano spielte, sollte er nun hier in Berlin ermitteln. Amtshilfe nannte man das. Bienzle versuchte sich zu erinnern, wann das letzte Mal ein Berliner Kollege in seiner Abteilung zu Gast war, aber es fiel ihm nicht ein. Rechts tauchte der Charlottenburger Schlosspark auf. Wenn ich Zeit hab, dachte Bienzle, geh ich mal in eine Ausstellung im Schloss.
Der Bus fuhr durch die Kaiser-Friedrich-Straße. Graue Häuser links und rechts, kleine Geschäfte. Alle zehn Meter parkte ein Auto in der zweiten Reihe und behinderte den Verkehr. Niemand schien das tragisch zu nehmen, nicht einmal der Busfahrer, der sein Fahrzeug souverän und ohne die Geschwindigkeit zu vermindern durch die schmalsten Lücken manövrierte.

Stefan Seyboldt war vor vier Jahren nach Berlin gezogen. Nichts Besonderes in jenen Tagen; Künstler taten es, Journalisten, Politiker, Lobbyisten. Auch einem Mann, der seine Geschäfte jenseits der Legalität machte, bot sich hier ein interessantes Feld. In Stuttgart hatte er die Prostitution beherrscht und einen Teil des Rauschgiftgeschäftes, aus dem ihn die Albaner dann aber verdrängt hatten. In Berlin war er ins Waffengeschäft gewechselt. Es galt als offenes Geheimnis, dass er mit den gewaltigen Beständen aus alten Waffenlagern der sowjetischen Armee und der aufgelösten NVA weltweit im großen Stil Geschäfte

machte, ohne sich allzu sehr durch das deutsche Kriegswaffenkontrollgesetz behindern zu lassen. Die Währungen, in denen er sich bezahlen ließ, so hieß es, seien neben Dollar und Euro auch Kokain und Heroin. Aber das alles konnte man ihm so wenig beweisen, wie sich der Verdacht erhärten ließ, dass eine Mordserie, die in den vergangenen Monaten Berlin in Angst und Schrecken versetzt hatte, auf sein Konto ging.
Bienzle war der Einzige, dem es bisher gelungen war, Seyboldt dingfest zu machen. Dessen Verhaftung und Verurteilung galt als einer der großen Erfolge des schwäbischen Kommissars. Dabei hatte er damals eigentlich in einem Mordfall ermittelt, und Seyboldt konnte er nur wegen Bestechung, Steuerhinterziehung und Betrug überführen. Den Mord freilich hatte er ihm nie nachweisen können, und das wurmte Bienzle bis heute.

Norbert Maletzke saß in einem kurzärmeligen Hemd hinter seinem Schreibtisch, die nackten Arme lagen auf der Tischplatte, die Hände hatte er ineinander verschränkt, die Ellbogen weit ausgestellt. Seine dunklen Augen sahen Bienzle wach, aber ohne eine Spur von Arroganz an. Die leicht vorgebeugten Schultern wirkten wuchtig. Jetzt löste er die Hände, stemmte sich an der Schreibtischkante hoch und reichte dem Gast aus Stuttgart die Rechte. Sein Händedruck war zupackend und fest.
»Sie haben die Akte Seyboldt gelesen?« Bienzle nickte. »Und Sie kennen den Mann?«
Wieder nickte Bienzle. Eine seltsame Situation. Kaum hatte er das Büro des Ersten Kriminalkommissars Norbert Maletzke betreten, sah er sich dessen Fragen ausgesetzt wie ein Tatzeuge. Aber da änderte sein Berliner Kollege auch schon den Ton. Er seufzte.

»Hätten Sie ihn doch in Stuttgart behalten.«
»Bei uns war ihm die Welt zu klein.«
Bienzle setzte sich auf den harten Holzstuhl vor Maletzkes Schreibtisch. Eine Sitzecke gab es hier nicht. Offenbar musste man in Berlin noch mehr sparen als in Stuttgart. Klar, man las es ja in den Zeitungen. Berlin war arm. Die Stadt hatte fast ein halbes Jahrhundert lang bezahlten Urlaub vom Kapitalismus gemacht, und die Verantwortlichen hatten zu spät gemerkt, wie sehr sie über ihre Verhältnisse lebten.
»Kommen Sie, gehen wir ein Bier trinken!« Maletzke angelte seine Jacke von der Lehne seines Stuhls.
Als sie auf die Straße hinaustraten, hatte der Nieselregen aufgehört, die Wolkendecke war aufgerissen, über Berlin zeigte sich ein Stück blauer Himmel.
»Na herrlich«, sagte Maletzke, »da kann man ja draußen sitzen.«
Bienzle sah seinen Kollegen verständnislos an. »Bei den Temperaturen? Wer stellt denn da seine Stühl 'naus?«
»Jeder Wirt, der vor seinem Laden einen Quadratmeter Trottoir ergattern kann.«
Sie gingen zum Stuttgarter Platz, dessen Name Maletzke Bienzle zuliebe voll aussprach, obwohl er sonst wie alle Berliner nur Stutti sagte.
Eine seltsame Mischung war das. Vor einem heruntergekommenen gelben Haus, das sich als »Hotel Astor« ausgab, saßen dunkelhäutige Asylbewerber auf den Treppenstufen und rauchten dumpf und schweigend vor sich hin. Auf der anderen Straßenseite promenierten vier oder fünf Nutten. Dann plötzlich ein nobles italienisches Feinkostgeschäft, eine Kneipe, vor der Alt-Achtundsechziger hinter ihrer »taz« saßen, ein kleines Kino und ein Bistro, dessen Bedienung nun auch Tische und Stühle auf dem breiten Gehsteig aufstellte.

Maletzke setzte sich an einen der Tische, zog seine Jacke aus und hängte sie über einen zweiten Stuhl. Bienzle ließ sich ebenfalls nieder, zog seinen Mantel dichter um die Schultern und drückte den Hut fest auf den Kopf. Ein unangenehmer Wind pfiff durch die Straße und trieb welke Laubblätter, Zeitungsfetzen und bunte Papierschnipsel vor sich her.

Bevor er nach Berlin geflogen war, hatte sich Bienzle über Maletzke informiert. Ein junger Staatsanwalt, der in Berlin studiert hatte, war als Praktikant bei der Mordkommission 7 gewesen, der Maletzke vorstand. In seiner Stimme klang Bewunderung mit, als er sagte: »Maletzke ist in erster Linie ein analytischer Denker, aber er kann auch ausgesprochen geschickt seine Intuition einsetzen.«

Der Berliner Kommissar kam ohne große Vorrede zur Sache. »Am Sonntagmorgen haben zwei Männer mit Maschinenpistolen einen Russen namens Michail Polnikow erschossen, als er mit seiner Frau aus der russisch-orthodoxen Kirche kam. Polnikow hatte zwei Bodyguards dabei, aber einer küsste grade den Ring des Priesters, und der andere war schon zum Wagen vorausgegangen. Und Frau Polnikowa stieg in den Wagen und fuhr davon, ohne sich noch mal nach ihrem verblutenden Mann umzusehen, gerade so, als sei etwas Erwartetes eingetreten.«
»Könnt ja sein«, sagte Bienzle. Er hatte eine grüne Berliner Weiße bestellt und ärgerte sich jetzt, als er an dem Strohhalm nuckelte und das süße Zeug seinen Gaumen verklebte. »Ich hab ganz vergessen, wie scheußlich das schmeckt«, sagte er.
»Polnikow war Seyboldts größter Rivale«, sagte Maletzke. »Wir sind sicher, dass Seyboldt dahintersteckt.«
»Kann man ihn nicht unter irgendeinem Vorwand festnehmen und ihm dann richtig einheizen?«

Maletzke lachte unfroh. »Der Mann hat es hier in Berlin zu hohem Ansehen gebracht. Der spielt mit einem Staatssekretär Golf, geht zum gleichen Prominentenfriseur wie der Regierende Bürgermeister. Und er hat eine hohe Funktion bei der Industrie- und Handelskammer. Bei Ihnen mag er ja noch ein Zuhälter gewesen sein. Hier ist er ein Kaufmann, der sehr viel Geld verdient und der Stadt eine Menge Steuern zahlt.«
Bienzle nickte. Er konnte sich das durchaus vorstellen. Mit spitzen Fingern schob er das Glas mit der Bierbrause von sich. »Kann man hier auch einen ordentlichen Wein kriegen?«
»Einen Gavi gibt's, also das, was vor einem Jahr der Soave war, davor der Pinot Grigio und da davor der Frascati.«
»Schon verstanden«, sagte Bienzle und bestellte einen halben Liter Gavi.
Die Bedienung versicherte sich: »Haben Sie einen halben Liter gesagt?«
Bienzle nickte nur. Er hatte am Nebentisch gesehen, dass der Wein in 0,1-Gläsern serviert wurde.
Maletzke bestellte sich noch ein Bier. Aus seiner Jackentasche zog er eine kurze Pfeife und steckte sie in den Mund, ohne sie zuvor gestopft zu haben. »Ich hab mir das Rauchen abgewöhnt«, sagte er und sah Bienzle an, als ob er sich dessen Gesicht einprägen müsste. »Ich freue mich, dass Sie nach Berlin gekommen sind.« Maletzke kaute auf seinem Pfeifenmundstück herum. »Manchmal hat ja jemand von außen einen ganz anderen Blick auf die Dinge, und vielleicht bringt uns das endlich weiter.«
»Ich weiß nicht. Seyboldts letztes Opfer in Stuttgart war ein Mitgefangener in Stammheim, den ich gut gekannt habe. Bernhard Stelzer. Ein Kleinkrimineller. Ich habe den Fehler gemacht, ihn als Spitzel auf Seyboldt anzusetzen, und das verzeih ich mir nie.«

»Wollen Sie's mir erzählen?«
Bienzle knöpfte seinen Mantel auf. Die Sonne wärmte ihn nun doch. Er stieß den Hut mit dem Zeigefinger ein wenig aus der Stirn und streckte die Beine weit von sich. »Ich müsst aber a bissle ausholen.«

Bienzle hatte Berni Stelzer immer wieder mal besucht, wenn er im Gefängnis zu tun hatte, und den zierlichen kleinen Mann ins Herz geschlossen. Bernhard Stelzer war gelernter Feinmechaniker. Aber was er dabei an Wissen erworben hatte, setzte er im Wesentlichen ein, um Schlösser aufzubrechen: Spindschlösser in den Umkleidekabinen des örtlichen Tennisvereins, Schlösser von Wochenendhäusern, kleinen Werkstätten oder von Autos, in denen verlockende Dinge lagen.
Berni selbst hielt sich für einen Gentleman. Nie hätte er Ausweispapiere der Bestohlenen weggeworfen. Er fand immer einen Weg, sie den Eigentümern zurückzugeben. Persönliche Notizen oder private Briefe ignorierte er. Drang er in eine Wohnung ein, achtete er darauf, dass er die Asche in einem Aschenbecher abstreifte. Die Kippe drückte er sorgfältig aus.
Aber Berni Stelzer machte auch Fehler. Zum Beispiel, als er eines Nachts in die Villa eines Richters einbrach. Er wurde von einem Nachbarn beim Verlassen der Wohnung überrascht und gestellt.
Ein Kollege des bestohlenen Richters führte den Strafprozess gegen den kleinen Mann mit aller Härte und ging sogar über das vom Staatsanwalt geforderte Strafmaß hinaus. Hauptkommissar Bienzle hatte den Prozess damals verfolgt, weil Berni Stelzer einer seiner Informanten aus dem Milieu war.
Als der Richter verkündete, Berni müsse für drei Jahre ins Gefängnis, entfuhr es Bienzle laut: »Ja, da könnt dr doch dr Arsch schwätza!« Und so bekam auch er gleich noch sein Fett weg, in

Form einer Ordnungsstrafe über 200 Mark (das alles war lange vor der Eurozeit). Prompt fühlte er sich solidarisch mit dem kleinen Gentleman aus Sebastiansweiler.

Manchmal, wenn der Kommissar nach einer Vernehmung ein bisschen mehr Zeit hatte, setzte er sich mit Berni auf den harten Stühlen in der Raucherecke des Knasts zusammen, dort, wo zwei graublättrige Gummibäume Gemütlichkeit signalisieren sollten, tatsächlich aber die Tristesse des Raumes nur noch verstärkten, der durch ein Quadrat aus Glasbausteinen in der Mauer nur ein diffuses Licht erhielt. Berni hielt seine Zigarette zwischen den Kuppen von Daumen und Zeigefinger und ließ seinem Redefluss freien Lauf. Der Kommissar unterbrach den kleinen Mann nur, um zwischendurch am Automaten ihre Pappbecher mit neuem Kaffee zu füllen.

Berni Stelzer war kein junger Mann mehr. Seine schütteren Haare wurden von grauen Strähnen durchzogen. Seine gelbliche Gesichtsfarbe glich der aller Gefangenen, die ja viel zu wenig an die Luft kamen. Die tiefliegenden Augen waren von einem wässrigen Grau. Aber sie schauten hellwach unter den dünnen Augenbrauen hervor. Und zahllose kleine Fältchen, die wie Fächer um die Augenwinkel standen, gaben dem Gesicht ein listiges Lächeln. Berni sprach hochdeutsch beziehungsweise das, was er dafür hielt. Schließlich war er in der Welt herumgekommen.

»Mit sechzehn hat mich mein Vater hinausg'schmissen. Er hat gesagt, in der Natur sei es auch so, dass man das unnützeste Tier aus dem Rudel raustue!« Bienzle schüttelte fassungslos den Kopf, aber Berni bemühte sich sofort, seinen Vater in Schutz zu nehmen. »Er hat ja recht g'habt!«

»Muss ein richtiger Gemütsathlet gewesen sein, Ihr Vater.« Bienzle hatte sich nie darauf eingelassen, Berni Stelzer zu du-

zen, obwohl er ihn nur mit dem Vornamen anredete. »Herr Stelzer« wäre ihm dann doch etwas unpassend vorgekommen.
»Na ja, wir sind sieben Kinder gewesen, mein Vater hat seine Stütze in der Regel versoffen, und meine Mutter war da schon zu ihrer Mutter gezogen, nach Bodelshausen 'nüber. Aber viel Zeit hat sie nicht mehr gehabt. Sie ist kurz drauf gestorben. Wahrscheinlich hat sie längst gewusst, dass sie Krebs hatte. Nur geredet hat sie nicht darüber.«
»Und Ihr Vater, lebt der noch?«
»Ja sicher. Heut ist er fromm, liest jeden Morgen 's Abrissblättle vom Neukirchener Kalender, und sonntags singt er so laut in der Kirch, dass er alle anderen drausbringt.«
Bienzle musste unwillkürlich lächeln. »Haben Sie noch Kontakt mit ihm?«
Berni schüttelte den Kopf. »Das erzählt mir alles meine jüngste Schwester, die Bärbel. Sie besucht mich manchmal. Also natürlich nicht hier drin im Knast, bloß wenn ich zufällig amal wieder eine Weile draußen bin.«
»Verstehen Sie sich gut mit ihr?«
»Sie war immer die Einzige, die zu mir g'halten hat. Immer! Egal, was passiert ist.« Seine Augen leuchteten plötzlich. »Wir waren unzertrennlich. Und wie mich mein Vater rausgeschmissen hat, ist sie auch gegangen.«
»Und warum besucht die Bärbel Sie nicht hier im Knast?«
»Sie kriegt Platzangst, Atemnot, ich weiß net, es gibt irgend so einen Fachausdruck dafür …«
Bienzle nickte. »Klaustrophobie.«
»Ja, genau. – Dabei bin ich ja auch wegen ihr hier drin.«
»Wie bitte?«
»Ja meinen Sie, ich hätt das alles bloß für mich gemacht? Die Diebstähle, die Einbrüch' und das alles. Wie die Bärbel ihr

Kind gekriegt hat, hab ich gesagt, ich helf dir, und das hab ich auch gemacht.«

»Aber mit Ihrem bissle Beute und den paar Mark, die Sie von uns für Ihre Informationen gekriegt haben ...«

»Zum Glück seid ihr Bullen ja net ganz so clever, wie ihr immer tut!« Plötzlich wirkte Berni fast schon selbstgefällig.

Bienzle hob abwehrend beide Hände. »Genauer möcht ich's bitte gar nicht wissen.« Sein Handy klingelte, er meldete sich, hörte zu, machte Berni gegenüber eine bedauernde Geste und sagte schließlich, nachdem er das Telefon abgeschaltet hatte: »Ja, tut mir leid, ich muss ganz schnell weg. Des war mein Kollege Gächter. Wir sind da an einem ganz kniffligen Fall.«

Berni war seine Enttäuschung anzusehen, als er nun aufstand. Er hätte gerne noch ein bisschen über sich, seine Schwester und das Leben geredet. Und Bienzle bekam prompt ein schlechtes Gewissen, hatte er doch Gächter extra gebeten, ihn anzurufen, damit er einen Vorwand hatte, von Stelzer loszukommen.

Als der Kommissar durch das Stahltor hinausging, zog sich das Licht über der Stadt schon zurück. Die dichten Stacheldrahtreihen über der Betonmauer hoben sich schwarz vor dem hellgrauen Himmel ab. Es war ein grauer Novembertag. Vom Himmel nieselte ein so feiner Regen, dass man ihn nicht einmal sehen konnte.

Die Glocke rief zum Abendessen. Berni reihte sich in den Strom seiner Mitgefangenen ein und ließ sich auf den Speisesaal zutreiben. Plötzlich war ein Mann neben ihm, der ihn um einen Kopf überragte und dessen Oberarmmuskeln die Ärmel des T-Shirts bis zum Äußersten spannten. »Das war doch gerade der Bienzle von der Kripo, mit dem du da geredet hast.« Berni musste zu dem großflächigen Gesicht des anderen hinaufsehen. Natürlich wusste er, wer ihn da angesprochen hatte. Carl de

Winter rangierte in der Knast-Hierarchie ziemlich weit oben. Berni zog es vor, erst mal gar nichts zu sagen.
»Kennst du ihn gut?«
»Geht so!«
»An meinem Tisch wär noch ein Platz frei«, sagte de Winter.
Berni sah den anderen überrascht an. Dort waren die Platzhirsche versammelt. So einer wie er durfte allenfalls an den Tisch, um ihn sauberzumachen und das Geschirr abzutragen.
»Ist das eine Einladung?«, fragte Berni.
»Es gäb was zu besprechen.«
Berni registrierte sehr wohl, wie ihn jene Gefangenen, mit denen er sonst am Tisch saß, misstrauisch beäugten, als er nun neben Carl de Winter Platz nahm.
Zunächst wurde nicht gesprochen. Berni genoss es, dass er mit einem Mal zu den Ersten gehörte, die ihr Essen bekamen. Es war sogar noch richtig warm, die Portionen waren größer, und überrascht schmeckte er den Tee, der offensichtlich durch einen ordentlichen Schuss Rum veredelt worden war. Ihm gegenüber saß Rocky. Sie nannten ihn hier so, weil er ein erfolgreicher Boxer gewesen war. Aber Rocky war nicht wichtig. Er diente Stefan Seyboldt nur als Bodyguard.
Seyboldt, der draußen eine richtig große Nummer gewesen war, galt hier als der Chef im Ring. Carl de Winter war seine rechte Hand, Rocky hielt ihm die Knackis und die Vollzugsbeamten vom Hals, und dann war da noch der Professor, der in Wirklichkeit zwar nur einen Doktorgrad besaß, für Seyboldt aber unentbehrlich zu sein schien.
Der Professor war ein Rechengenie und betrieb hier drin ein gutgehendes Geschäft mit Wetten. Er hatte lebenslänglich bekommen, weil er seine Frau umgebracht hatte, nachdem sie die Festplatte seines Laptops komplett gelöscht hatte.
Seyboldt selbst saß wegen aktiver Bestechung, Betrug und

Steuerhinterziehung, und jeder wusste, dass ihn die Staatsanwaltschaft nur deshalb wegen dieser Delikte vor Gericht gebracht hatte, weil sie ihn wegen seiner schlimmeren Verbrechen nicht anklagen konnte. Bienzle hatte ihn wegen des Verdachts festgenommen, den Besitzer eines illegalen Spielsalons ermordet zu haben. Aber diese Tat war ihm nicht nachzuweisen gewesen.

Vier Jahre hatte er kassiert. Zweieinhalb waren um, und in den nächsten Wochen sollte er wegen guter Führung entlassen werden.

»Was erzählt dir denn der Bienzle so?«, wollte Seyboldt wissen.

»Er hört mir eher zu.«

»Vielleicht interessierst du dich nicht genug für das, was bei ihm so läuft.«

»Und an was denkst du da so?«

»Frag ihn halt mal, welcher Fall ihn zurzeit am meisten beschäftigt«, sagte Seyboldt.

»Na ja, das weiß ich schon.«

»Und?«

»Der Mord an einem Bilderhändler ...«

»Galeristen«, korrigierte der Professor.

»Und du meinst wirklich, er kommt nur wegen dir ...?«

»Deinetwegen«, korrigierte der Professor.

»Hat er dich nie nach mir gefragt?«

»Bis jetzt nicht.«

»Na, umso besser. Was erzählt er denn über den Mord an dem Galeristen?«

»Es sei gar nicht um dem seine Bilder gegangen.«

»Sondern?«

»Die Bilder seien nur Transportmittel gewesen für – was weiß ich? – Rauschgift oder Schwarzgeld. Hat mich nicht so interessiert. Warum willst du das alles wissen?«

»Weil ich neugierig bin. Und eines noch: Wenn du willst, dass es dir hier drin weiter gutgeht, redest du keinen Ton mit dem Bullen über unsere kleine Unterhaltung.«
»Ist das klar?«, schob Rocky nach und ließ die Fingergelenke bedrohlich knacken.

In der Nacht darauf fand Berni Stelzer kaum Schlaf. Stundenlang starrte er zu dem streifendurchzogenen Lichtfeld hinauf, das von den grellhellen Bogenlampen durch das vergitterte Fenster in die Zelle geworfen wurde. Sollte er Bienzle von dem Gespräch erzählen? Was hatte Seyboldt für ein Interesse an dem Tod des Bilderhändlers? Berni war nicht so naiv zu glauben, dass ein Mann wie Seyboldt im Knast daran gehindert werden könnte, seinen Geschäften nachzugehen. Und auch wenn er draußen einen umlegen wollte, fand er garantiert immer einen Weg. Er durfte sich Seyboldt auf keinen Fall zum Feind machen.
Prompt fiel ihm Horst Sablewski aus der Gefängniswäscherei ein. Der hatte Seyboldts Rauschgiftgeschäfte hier im Knast auffliegen lassen. Am andern Tag starb er in der Trommel der größten Waschmaschine, und es konnte nie geklärt werden, wie er da reingekommen war. Auch Seyboldts Drogengeschäfte schienen plötzlich niemanden mehr zu interessieren.

Zwischen Bienzles Besuchen bei Berni Stelzer lagen oft mehrere Wochen. Diesmal aber kam er schon am übernächsten Tag wieder.
Er brachte Berni Stelzer eine Stange Zigaretten und einen Roman von Jürgen Alberts mit.
Bienzle spürte sofort, wie angespannt Berni war. »Ist was passiert?«, fragte der Kommissar.
»Nee, warum … na ja, ich schlaf ein bisschen schlecht die letzten Nächte.«

Sie hatten noch kaum zwischen den tristen Gummibäumen Platz genommen, als nacheinander der Professor und Rocky vorbeistrichen. Bienzle beobachtete die beiden aus den Augenwinkeln heraus. Rocky lehnte sich ein Stück den Korridor hinunter gegen die Wand, sah ungeniert zu ihnen herüber und zündete sich eine Zigarette an.
»Sieht so aus, als gäb's ein Problem«, sagte Bienzle. »Soll ich versuchen, ob Sie verlegt werden können, Berni?«
Berni schüttelte stumm den Kopf und sah auf die abgestoßenen Spitzen seiner Schuhe hinab.
»Sie sind auch schon mal gesprächiger gewesen«, meinte Bienzle.
»Kann schon sein.«
Bienzle beugte sich weit vor und legte seine Unterarme auf seine gespreizten Knie. »Der dort drüben«, sagte er leise, »ist doch der Geherda vom Seyboldt.«
Berni lachte kurz auf. »›Geherda‹, das hab ich jetzt auch schon lang nimmer g'hört.«
»Ich will's Ihnen offen sagen, ich bin heut mehr wegen des Seyboldt da als wegen Ihnen.«
Bernis Kopf fuhr ruckartig hoch. In seinen Augen stand Panik. Er hatte sowieso von Anfang an Mühe gehabt, sich zu beherrschen. »Scheiße!«, zischte er leise.
Bienzle begriff. »Hat's der Seyboldt also geahnt?«
»Ich weiß nicht. Jedenfalls bin ich für ihn auf einmal 'ne wichtige Nummer!«
»Tja, ich fürchte, das haben Sie unserer Freundschaft zu verdanken.« Bienzle rückte etwas näher und sprach nun noch leiser. »Morgen wird hier der Josef Serkiniadse eingeliefert. Er ist Georgier, lebt aber schon lange in Deutschland. Serkiniadse steht unter dem dringenden Tatverdacht, den Galeristen Müllerschön umgebracht zu haben.«

»In Seyboldts Auftrag?«, presste Berni heraus.
Bienzle machte eine unbestimmte Bewegung.
Berni Stelzer war plötzlich kalt. Er zog die dünne graue Anstaltsjacke enger um die Schultern. »Aber die U-Häftlinge sind in einem anderen Trakt.«
»Ja, aber der ist überfüllt. Zwei, drei Tage lang muss der Serkiniadse hier untergebracht werden. Er kommt in die Zelle neben Ihnen.«
»Ich soll ihn aushorchen?«
»Mit ihm reden, wenn sich's ergibt. Wenn nicht, lassen Sie's!«
Bienzle fühlte sich nicht wohl bei seinem Spiel. »Übrigens, Sie kommen in vierzehn Tagen raus. Wegen guter Führung!«
»Was nützt mir das, wenn ich tot bin«, sagte Berni.

Am nächsten Morgen geschah nichts, obwohl Berni in jeder Minute damit rechnete. Erst beim Hofgang schloss Carl de Winter plötzlich zu ihm auf. Nachdem er zwei Runden stumm neben Berni gegangen war, sagte er: »Deine Schwester heißt Bärbel, stimmt's?« De Winter erwartete keine Antwort. »Sie soll ziemlich hübsch sein«, fuhr er fort.
Berni sagte nichts.
»Und wir wollen doch auch, dass es so bleibt, oder?«
Jetzt nickte Berni.
»Und du weißt, was du dafür tun musst?«
»Ich hab keine Ahnung!«
»Gut, dann erklär ich's dir: Du sollst für den Bullen Josef Serkiniadse aushorchen, und wenn du etwas erfährst, es ihm dann brühwarm mitteilen, stimmt's?«
»Davon hat er kein Wort gesagt.«
De Winters Ellbogen schoss blitzartig zur Seite und traf Berni knapp unter dem ersten Rippenbogen. Berni knickte ein und japste nach Luft.

»Lüg nicht«, zischte de Winter.
»Kann ja sein, dass er das noch von mir verlangt.«
»Das hört sich schon besser an.«
»Und, was soll ich sagen?«
»Erst soll mal der Bulle dir was sagen. Du musst doch wissen, warum du Serkiniadse aushorchen sollst.«
»Verstehe!«
»Na, prima!«
Als sie vom Hofgang zurückkamen, bezog Josef Serkiniadse gerade die Zelle neben Berni Stelzer. Er war ein schlanker, hochgewachsener Mensch und hob sich von den anderen Männern im Trakt 4 des Gefängnisses nicht nur wegen des eleganten Anzugs ab, den er als U-Häftling weiter tragen durfte, sondern auch durch die selbstverständliche Art, wie er sich bewegte.

Bienzle war unruhig. Deshalb fuhr er, entgegen seinem ursprünglichen Plan, nach Stammheim. Er ließ sich Berni Stelzer in einer Verhörzelle vorführen. In den wassergrauen Augen des Gefangenen lag eine Härte, die der Kommissar bisher noch nie bei ihm gesehen hatte.
»Was ist mit Ihnen?«, fragte Bienzle.
»Jeder meint immer nur, er könne mich benutzen. Das war schon immer so. Mein Vater hat das gedacht, meine großen Geschwister, mein Meister, als ich in der Lehre war. Und ich hab auch immer gedacht, es wäre am besten, man gewöhnt sich daran.« Dann fuhr sein Zeigefinger nach vorne. »Aber ich lass mich nicht mehr benutzen. Von niemand!«
Bienzle horchte auf. »Hat Seyboldt es versucht?«, fragte er.
Aber Berni ging nicht darauf ein. »Kümmern Sie sich um meine Schwester. Alles andere mach ich selber.«
»Mann, gegen Seyboldt und seine Leute haben Sie doch keine Chance. Ich sorge dafür, dass Sie heute noch verlegt werden.«

»Nee, ich verdrück mich nicht. Ich bin oft genug davongelaufen.«
»Menschenskind, Berni, Sie können doch hier nicht den Helden spielen!«
»Ist Serkiniadse ein Komplize von Seyboldt?«
»Um ehrlich zu sein, ich weiß es nicht. Vielleicht war er's mal und hat ihn jetzt geleimt. Vielleicht spielen sie aber auch zusammen. An Josef Serkiniadse komm ich nicht ran.«
»Und da haben Sie gemeint, ich könnte das schaffen?«
»Hier drin sind die Verhältnisse anders, Berni!«
»Ja, nur Sie kennen sie nicht. Sie glauben zwar, dass Sie Bescheid wüssten, aber im Grunde haben Sie keine Ahnung. Wenn Serkiniadse Seyboldt geleimt hat, wird er hier drin keine Minute seines Lebens mehr froh!« Berni Stelzer ging zur Tür und schlug mit der flachen Hand dagegen.
Bienzle war verzweifelt. »Warten Sie!«
»Lassen Sie mich in Ruhe. Sie sind auch so einer, der's gut meint und sich daran selber aufgeilt.«
Ein Vollzugsbeamter hatte die Tür geöffnet. Der kleine Strafgefangene ging hinaus.

»Wenn ihm was passiert, bin ich schuld«, sagte Bienzle eine halbe Stunde später zu seinem Kollegen Gächter. Der Kommissar ging ruhelos in seinem Büro auf und ab. Der Regen vor den Fenstern war in nassen Schnee übergegangen, der an den Scheiben sofort schmolz und in dicken Schlieren herunterlief.
»Es ist doch noch gar net Winter«, maulte Bienzle. »Was ist mit der Schwester von Berni Stelzer?«
»Die mauert!«
»Aber die Frau muss bedroht worden sein.«
»Wenn, dann gibt sie's nicht zu.«

Der Platz, auf dem Berni tags zuvor beim Abendessen gesessen hatte, war leer. Seyboldt hatte zwar versucht, Serkiniadse an seinen Tisch zu bekommen, aber die Regel, dass Strafgefangene und Untersuchungsgefangene keinen Kontakt miteinander haben dürfen, wurde plötzlich eisern eingehalten. Die Schließer achteten auch im Zellentrakt darauf, dass Serkiniadse isoliert blieb.

Nach dem Essen kam Rocky bei Berni vorbei. »Du gehst heute zur Abendandacht«, sagte er.

Berni nickte. »Wenn der Seyboldt will, werd ich auch noch fromm!«

In der Kapelle saßen etwa zwei Dutzend Gefangene und sangen »Großer Gott, wir loben dich«, als Berni den Raum betrat. Seyboldt saß alleine in der letzten Bank und gab ihm ein Zeichen, er solle sich zu ihm setzen.

Plötzlich berührte Stefan Seyboldts rechte Hand Bernis Hüfte. Berni sah an sich hinab. Seyboldts Faust öffnete sich. Zum Vorschein kam ein kleines braunes Fläschchen. »Da, nimm!«

»Was ist das?«

»Trink ein Glas Wein mit Serkiniadse. Die Flasche ist schon in deiner Zelle. In sein Glas kommt das Zeug da. Aber alles, verstehst du, sonst wirkt es nicht.«

»Ich bin doch kein Mörder!«

»Entweder du tust es, oder deine Schwester ist dran. Und du auch!«

Als Berni zu seiner Zelle zurückging, lehnte Serkiniadse in seiner Tür und rauchte. Seltsamerweise war kein Schließer da, der darauf achtete, dass der Untersuchungsgefangene nicht mit anderen Häftlingen in Berührung kam. Berni ignorierte Serkiniadse und ging in seine Zelle, deren Tür, wie immer, bis zum abendlichen Einschluss offen stand.

Kaum hatte er seine Zelle betreten und sich auf sein Bett gesetzt, da trat Serkiniadse über die Schwelle. Er drückte die Tür zu und lehnte sich dagegen.
»Mein Name ist Josef Serkiniadse«, sagte er.
»Ich weiß«, antwortete Berni.

Vor dem Frühstück pflegte Stefan Seyboldt in den Leseraum zu gehen. Ein eifriger Vollzugsbeamter hatte, wie jeden Tag, die Zeitungen für ihn zurechtgelegt. Seyboldt blätterte als Erstes die beiden Stuttgarter Tageszeitungen durch. Serkiniadses Verhaftung wurde nur in einer kleinen Meldung erwähnt. Plötzlich stand Berni am Tisch. Seyboldt schaute auf. »Bring uns erst mal einen Kaffee.«
Berni ging die fünf Meter zum Kaffeeautomaten und schob einen Pappbecher unter die Fülldüse. Seyboldt war weiterhin in seine Zeitung vertieft.
Als er an den Tisch zurückkam, zog Berni lässig einen Stuhl heran und setzte sich. Er stellte den Kaffee vor Seyboldt hin und sagte: »Ruf deine Leute an, sie sollen meine Schwester in Ruhe lassen.«
Seyboldt starrte Berni an. »Dein Ton passt mir nicht.«
»Deiner hat mir noch nie gepasst. Trotzdem hab ich alles erledigt, was du von mir verlangt hast. Jetzt will ich, dass auch du dein Wort hältst.«
»Serkiniadse?«
Berni nickte nur.
Seyboldt sah sich um, und als er feststellte, dass sie unbeobachtet waren, zog er ein Handy aus der Tasche. Er wählte und sagte schon nach kurzem Warten: »Ja, ich bin's … Ihr lasst jetzt die kleine Stelzer in Ruhe, alles klar?«
Blitzschnell riss ihm Berni das Telefon aus der Hand und hielt es ans Ohr. Seyboldt hatte die Zeitansage angerufen.

»Scheißkerl«, sagte Berni.
Rocky und Carl de Winter traten aus dem Schatten eines Metallschrankes hervor, in dem das Putzzeug untergebracht war. Seyboldt stand auf, musste sich aber am Tischrand festhalten, weil ihm plötzlich schwindlig wurde. »Nehmt ihn euch vor, der Typ ist fällig!«
»Den kannst du mir allein überlassen. Wenn ich mit ihm fertig bin, passt der in 'ne Schuhschachtel!« Rocky baute sich vor Berni auf.
»Bei Horst Sablewski hast du's aber nicht alleine geschafft.« Berni grinste Rocky an, der im gleichen Moment zuschlug. Die Faust ging ins Leere.
Berni hatte sich blitzschnell weggeduckt, einen schnellen Ausfallschritt nach links gemacht, und jetzt schlug er einen harten rechten Haken auf die Leber des Exboxers.
Rocky schnappte nach Luft und schaute seinem kleinen Gegner überrascht und einen Augenblick zu lange ins Gesicht. Im gleichen Moment traf ihn dessen linke Gerade am Kinn.
»Bist du zu blöd, oder was?«, rief Seyboldt mit einer seltsam gepressten Stimme.
Rocky schlug jetzt unkontrolliert und wild nach Berni. Der tanzte jeden der Schläge aus, machte dann einen Satz nach vorne und landete eine ganze Serie kurzer Körperhaken. Der Exboxer umklammerte nun die Schultern des Angreifers, und als der ihm seine rechte Faust auf die Halsschlagader donnerte, rutschte er an Berni hinunter zu Boden und blieb bewusstlos liegen.
Carl de Winter hatte das Geschehen völlig konsterniert verfolgt. Hinter ihm schrie Seyboldt: »Carl!« Es klang wie ein Hilfeschrei. Carl de Winter fuhr zu ihm herum. Seyboldt saß auf dem Boden, den Rücken gegen den Kaffeeautomaten gelehnt, sein Gesicht war weiß wie Kreide, seine Lippen zitterten, und

der Schweiß lief ihm in Strömen übers Gesicht. Jetzt näherten sich auch die ersten Vollzugsbeamten.
Seyboldts Blick erfasste eine kleine Gruppe im Hintergrund. Zwei Polizeibeamte führten Serkiniadse in Handschellen zum Ausgang der Justizvollzugsanstalt. Niemand sah, wie Berni Stelzer schnell ein kleines braunes Fläschchen in der Jackentasche des bewusstlosen Exboxers versenkte.
Fünf Minuten später war Seyboldt auf der Krankenstation. Zwei Ärzte kümmerten sich um ihn, stabilisierten zuerst seinen Kreislauf und pumpten ihm dann den Magen aus.

»Berni Stelzer haben sie am anderen Morgen erhängt in seiner Zelle gefunden. Natürlich glaube ich nicht, dass er das selber war«, schloss Bienzle seinen Bericht. »Aber Seyboldt, der noch zwei Wochen auf der Krankenstation lag, und seinen Bodyguards konnte man nichts nachweisen.«
»Und woher wissen Sie, wie das alles abgelaufen ist – das mit dem Gift und so, meine ich.«
»Berni Stelzer hat mir geschrieben. Sein Brief endet mit dem Satz: ›Und wenn ich morgen tot bin, bin ich's nicht selber gewesen!‹«
»Josef Serkiniadse«, sagte Maletzke versonnen, nachdem sie eine Weile geschwiegen hatten, »der ist jetzt auch in Berlin. Er ist – soweit ich weiß – die rechte Hand von Seyboldt.«
Bienzle sah seinen Kollegen an. »Das ist doch vielleicht ein Ansatzpunkt.«

Die Berliner Polizeiverwaltung hatte Bienzle in einer kleinen Pension in der Wielandstraße untergebracht. Sie lag im zweiten Stock eines Jugendstilhauses. Zum Kurfürstendamm waren es nur ein paar Schritte. Bienzle wollte essen gehen und blieb vor dem nächstgelegenen Lokal stehen, um die Speisekarte zu

studieren. Kopfschüttelnd wandte er sich ab. 24 Euro für Geflügelleber auf Spaghetti war er nicht bereit zu bezahlen.
Ein paar Straßen weiter traf er auf einen Bratwurststand, der halb überdacht war und um den Stehtische mit roten Wachstuchdecken gruppiert waren. Erst sehr viel später erfuhr er, dass dieser Stand der bekannteste Berliner Geheimtipp war.
Die Currywurst schmeckte wunderbar, und Bienzle verdrängte wieder einmal alles, was er über BSE, Antibiotika im Fleisch und die Maul- und Klauenseuche gehört hatte. Hannelore hatte ihre Ernährung längst auf biologisch einwandfreie Produkte umgestellt. Aber Hannelore war weit. So weit dann allerdings auch wieder nicht, dass er das Angebot einer ausgesprochen hübschen dunkelhäutigen Prostituierten in Erwägung gezogen hätte.
Ins Bett wollte er noch nicht. Ins Kino ging er nicht gerne alleine. Für das letzte Bier – und mehr wollte er sich nicht mehr genehmigen – war es noch zu früh. Bienzle zog den kleinen Notizblock aus seiner Manteltasche, auf dem er notiert hatte, wo Serkiniadse wohnte. Lassenstraße in Grunewald, eine noble Adresse, wie ihm gesagt worden war.
Routiniert verlangte Bienzle vom Busfahrer der Linie 119: »Einmal A/B.«
Das Haus Serkiniadses hockte weit hinten in einem parkähnlichen Garten. Es war im französischen Landhausstil gebaut, neun tiefgezogene Fenster gliederten die einstöckige Fassade. Die beiden mittleren dienten offenbar als Terrassentüren. Den Eingang erreichte man auf der nördlichen Giebelseite über einen Stichweg, der an dem Gartengrundstück entlangführte. Zwei große Hunde begleiteten ihn bellend hinter dem Zaun, als er zum Gartentor ging. Dort fand er die dezenten schmiedeeisernen Initialen J. S. Bienzle klingelte.
Eine junge Frau, die er auf achtundzwanzig bis dreißig Jahre schätzte, kam aus dem Haus und musterte ihn. Sie trug Jeans

und einen Pulli und war im Begriff, sich einen leichten Mantel überzuziehen. Offenbar wollte sie gerade aus dem Haus gehen.
»Ja, bitte?« Die Hunde liefen zu ihr hin, und sie tätschelte sie, während sie mit Bienzle sprach.
»Ich möchte zu Herrn Serkiniadse.«
»Der ist verreist.« Schon diese drei Worte verrieten ihm, dass die junge Frau Schwäbin war.
»Und wisset Sie, wann er wiederkommt?«
»Morgen.«
»Sie sind aber au net von hier.« Bienzle lächelte sie an.
»Nein, ich komm genauso aus Schwaben wie Sie!«
»Ja, ja«, sagte Bienzle lachend, »ich hab's schon g'hört, nach den Türken sind die Schwaben die größte ethnische Minderheit in Berlin.«
»Kann ich dem Herrn Serkiniadse was ausrichten?«
»Das Beste wird sein, ich komm morgen noch amal vorbei.«
»Ja, machet Sie des.« Sie schloss sorgfältig die Haustür ab und kam über den schmalen Gartenweg aus Granitplatten auf ihn zu.
»Habet Sie grad Feierabend?« Für Bienzle war es von Anfang an keine Frage gewesen, dass die junge Frau eine Hausangestellte oder Putzhilfe war.
»Ja«, antwortete sie.
»Dann kann ich Sie ja vielleicht noch a Stückle begleiten.«
Auf dem kurzen Stück zur Bushaltestelle gelang es ihm, sie zu einem gemeinsamen Abendessen zu überreden. Die Currywurst, fand er, war zu vernachlässigen. Die junge Frau schlug das »Landhauscafé Dahlem« vor. »Wenn's a bissle wärmer wär«, sagte sie, »könnte man da sogar draußen sitzen unter den wunderschönen Kastanienbäumen.«
Tatsächlich saßen auch ein paar Gäste an den langen Tischen

im Freien unter den Lampengirlanden, die sich von Baum zu Baum schwangen. Doch Bienzle wollte lieber hineingehen. Als sie sich gesetzt hatten, zog seine Begleiterin ein Handy heraus und wählte. »Ich komm heut a Stunde später. Ist d'Tante Dorle noch da? Gibst sie mir grad amal. Und bist du auch brav?« Sie erklärte dann Dorle, dass es nicht lange dauern werde, aber sie habe einen Landsmann getroffen. Offenbar machte die Frau am anderen Ende der Leitung eine entsprechende Bemerkung, denn die junge Frau antwortete: »Quatsch, es ist ein sehr seriöser älterer Herr.« Bienzle schaute an sich hinunter, als ob er prüfen wollte, ob man so etwas wirklich über ihn sagen konnte. Die junge Frau legte auf.
»Ich glaub, wir sollten uns vorstellen. Bienzle mein Name.«
»Barbara Stelzer«, erwiderte sie und sah ihn dann mit großen Augen an. »Habet Sie jetzt grad ›Bienzle‹ g'sagt?«
»Und Sie, saget Se jetzt bloß net, Sie seien die Bärbel Stelzer, Bernis Schwester?«
Sie nickte heftig.
»Und wie kommen Sie ausgerechnet zu Serkiniadse?«
»Er hat sich von dem Tag an um mich gekümmert, wo er wieder draußen war.«
»Das muss dann vor viereinhalb Jahren gewesen sein.«
»Ja. Er ist ja zum Glück freigesprochen worden.«
»Aus Mangel an Beweisen«, sagte Bienzle finster.
Eine polnische Bedienung fragte sie mit deutlichem Akzent nach ihren Wünschen. Bärbel bestellte Wiener Schnitzel mit einem halbwarmen Kartoffel-Gurken-Salat. Bienzle schloss sich an und bestellte einen halben Liter Grauburgunder.
Die Leute aus dem Garten kamen fröstelnd herein und bevölkerten die Tische im Lokal.
Bienzle sagte: »Der Berni hat mir in der Nacht vor seinem Tod noch geschrieben. Wissen Sie denn, wie er gestorben ist?«

»Er hat sich selber umgebracht. Von Ihnen hat er immer gesagt, Sie seien ein guter Freund. Fast so wie der Hotte, der Horst Sablewski, den er im G'fängnis kennengelernt hat.«
Bienzle beschloss, Bärbel Stelzer in ihrem Glauben zu lassen, dass ihr Bruder Selbstmord begangen habe.
»Vier Jahre sind zwar eine lange Zeit«, Tränen schossen ihr in die Augen, »aber es tut halt immer noch weh. Er war so ein herzensguter Kerle, der Berni, obwohl er auch schlimme Sache g'macht hat.«
Bienzle winkte begütigend ab. »Gemessen an dem, was andere machen …« Er ließ den Satz in der Luft hängen.

In der Nacht darauf schlief Bienzle schlecht. Es war nicht der Autolärm, der ihn wach hielt, den konnte er ausblenden. Bienzle trieb die Frage um, warum Serkiniadse, den Seyboldt hatte umbringen wollen, nunmehr für ihn arbeitete. Dass sich Serkiniadse um Bärbel Stelzer kümmerte, verstand er. Serkiniadse revanchierte sich offensichtlich dafür, dass Berni damals Seyboldts Mordauftrag nicht ausgeführt hatte.

Zweiter Tag

Das Frühstück war gut und reichlich. Trotzdem nahm sich Bienzle nichts vom Büfett. Er war aufgeregt. Und unsicher. Eigentlich hatte er sich vorgenommen, den Stier bei den Hörnern zu packen und heute bei Stefan Seyboldt vorbeizuschauen. Aber jetzt waren ihm die größten Zweifel gekommen, ob das denn so richtig war. Er beschloss, erst einmal das Terrain zu sondieren.

Einer der beiden Besitzer der Pension – die beiden jungen Männer waren ersichtlich ein Paar – fragte Bienzle, ob er ihm ein Rührei machen solle oder ob er sonst einen Wunsch habe. Ein Gast, der nicht richtig frühstücke, sei ihm unheimlich.

»Das hol ich alles nach«, sagte Bienzle. Er stand auf und verließ das Haus.

Seyboldt bewohnte eine Villa in Pankow. Von Maletzke hatte sich Bienzle tags zuvor noch sagen lassen, dass da früher die DDR-Bonzen gewohnt hätten. Lotte Ulbricht hatte hier noch bis zu ihrem Tod im Jahr 2002 gelebt. Majakowskiring hieß die Straße. Bienzle gefiel das Viertel. Es war nicht so großkotzig wie das Areal im Grunewald, wo sich Serkiniadse niedergelassen hatte.

Ein feiner Regen ging nieder. Heute würden nicht mal die Berliner draußen sitzen. Das grobe Pflaster glänzte, und als Bienzle einmal den Ring überquerte, um auf der anderen Straßenseite weiterzuschlendern, spürte er, wie glitschig die Straße war.

Während er geruhsam den Ring abschritt, der sich nach gut anderthalb Kilometern wieder schloss, donnerten mehrere Flugzeuge über ihn hinweg. Er sah ihnen kopfschüttelnd nach.

Ein Mann, der seinen Hund spazieren führte, blieb bei Bienzle stehen. »Det sind allet die Flieger nach Tejel. Wenn se erst mal Schönefeld ausjebaut haben, wird det hier besser.«
»Ja, aber dann werden die Leute dort sich beklagen.«
»Ja, logisch«, gab der Berliner zurück. »Wissen Se denn, vor wat fürn Haus Se da stehen?«
Bienzle las eine Tafel: »Literaturbrücke«.
»Det jilt schon wieda nich mehr. Erst hat da der Grotewohl drin jewohnt, denn, nach der Wende, war det Literaturhaus drin, und nu jehört's wieder der Familie, der's schon früher jehört hat.«
»Da kann mr amal seha, wie sich die Zeiten ändern«, sagte Bienzle.
»Bei Ihnen ja weniger«, gab der Berliner zurück. »Oder kommen Se nich aus Schwaben?«
»Doch, Sie haben recht, und zwar in beiden Fällen.« Bienzle tippte mit dem Zeigefinger an die Krempe seines Hutes und ging weiter. Der Berliner pfiff nach seinem Hund und verschwand in einem der Häuser.
Bienzle nahm die Runde ein zweites Mal in Angriff. Nach gut dreihundert Metern war er angelangt. Unschlüssig blieb er vor dem Grundstück stehen. Die Villa stammte wohl aus den dreißiger Jahren. Der Eingang, zu dem drei breite Stufen hinaufführten, war von zwei mächtigen Säulen flankiert.
Während die meisten Häuser in der Nachbarschaft in einem undefinierbaren Olivton gestrichen waren, glänzte dieses Gebäude in strahlendem Weiß.
Bienzle ging ein paar Schritte weiter bis zur Garagenauffahrt. Die war gut sieben Meter breit und ersichtlich erst vor kürzerer Zeit entstanden. Vor der Garage, die sicher drei Autos Platz bot, parkte ein dunkelgrüner Jaguar. Von der Ausfahrt aus konnte man einen Blick in einen Wintergarten werfen. Bienzle kniff

die Augen zusammen. Seyboldt, der dicker geworden war, sich aber sonst kaum verändert hatte, saß in einem Korbsessel und las eine Zeitung, ihm gegenüber eine junge Frau mit langen, weit über die Schultern hinabreichenden hellblonden Haaren. Zwei Kinder, die Bienzle auf drei und fünf Jahre schätzte, sprangen um die beiden herum. Während die junge Frau nachsichtig lächelte, schien sich Seyboldt gestört zu fühlen. Er stand abrupt auf, faltete die Zeitung zusammen, ging um den Tisch zu seiner Frau und küsste sie flüchtig auf die Stirn. Dann nahm er eine Aktentasche vom Boden auf und verließ den Wintergarten.
Bienzle zog sich zurück. Er ging eilig die Garagenauffahrt hinunter, überquerte den Majakowskiring und verbarg sich hinter einem Wohnmobil, das unter einer Platane geparkt war. Er hörte, wie die Haustür ging. Kurz darauf wurde der Motor des Jaguars gestartet.
Ein Motorrad kam ihm auf der Straße entgegen. Der Fahrer lenkte die Maschine nur mit einer Hand. In der anderen hielt er einen Gegenstand, den man auf die Entfernung nicht genau definieren konnte.
Bienzle wurde plötzlich kalt. Schweiß trat auf seine Stirn. Er roch förmlich die Gefahr. Unschlüssig machte er einen Schritt hinter dem Wohnmobil hervor, trat auf die gepflasterte Straße hinaus und winkte mit beiden Armen, um den Fahrer des Jaguars zu stoppen.
Verwundert registrierte Seyboldt im Rückspiegel den Mann im grauen Mantel. Sekundenbruchteile später erkannte er ihn. »Was will der denn hier?«, entfuhr es ihm. Er gab Gas, und der Wagen schoss in einem eleganten Bogen rückwärts auf die Fahrbahn. Da sah er aus den Augenwinkeln den Motorradfahrer, der direkt auf ihn zukam. Seyboldt bremste scharf. Der Wagen schlingerte auf dem nassen Pflaster. Im gleichen Moment hatte der Motorradfahrer die Limousine erreicht.

Aus einer Maschinenpistole jagte er eine Garbe auf das Auto. Seyboldt, der sich noch ducken wollte, fiel nach vorne auf das Lenkrad. Die Hupe gab einen Dauerton von sich.
Das Motorrad raste davon. Bienzle versuchte noch das Nummernschild zu entziffern, aber das war nach oben gebogen. Er eilte zu dem Jaguar und riss die Fahrertür auf. Seyboldt fiel ihm blutüberströmt entgegen. Aus dem Haus kam die blonde Frau gerannt.
Seyboldt sah Bienzle aus glasigen Augen an. »Was … was machen Sie hier?«
»Wer war das? Wer steckt dahinter?«, fragte Bienzle und wunderte sich darüber, wie routiniert er sich verhielt.
Seyboldt sah seine Frau kommen. »Sie weiß nichts«, stieß er hervor.
»Wer steckt dahinter?«, wiederholte Bienzle.
Ein Schwall Blut quoll aus Seyboldts Mund. Er sackte in den Armen Bienzles zusammen. Als seine Frau den Jaguar erreichte, war Seyboldt schon tot.

Bienzle saß auf dem Randstein und fühlte sich unendlich müde. Die Straße vor ihm war voller Leute: Sanitäter, Ärzte, uniformierte Polizisten, Neugierige, Männer und Frauen der Spurensicherung in weißen Schutzanzügen.
Plötzlich stand Maletzke vor Bienzle. Bienzle versuchte aufzustehen. Maletzke reichte ihm die Hand und half ihm auf.
»Ich hab's saumäßig im Kreuz«, sagte Bienzle.
Frau Seyboldt saß hoch aufgerichtet und steif in einem der Korbsessel und starrte geradeaus. Ihre Hände hatten sich um die Armlehnen verkrampft. Bienzle sah sie an. Er hatte noch nie eine Frau mit einem so schönen Hals gesehen. Er ertappte sich dabei, dass er sich fragte, ob man dazu wohl Schwanenhals sagte. Im Nebenzimmer hörte man die Kinder weinen.

»Haben Sie eine Ahnung, wer hinter dem Anschlag stecken könnte?«, fragte Maletzke.
Frau Seyboldt schüttelte nur den Kopf.
Bienzle, der im Unterschied zu Maletzke immer noch stand, beugte sich weit vor: »Was machte denn Ihr Mann beruflich?«
»Er ist Kaufmann.«
»Wissen Sie, was für Geschäfte er machte?«
»Dafür habe ich mich nie interessiert.«
Bienzle nickte.
»Er war so ein guter Mensch!«, sagte Frau Seyboldt.
Bienzle hätte am liebsten geantwortet: »Na ja, wie man's nimmt«, sagte dann aber nur: »Für Sie und die Kinder, meinen Sie?«
Sie sah ihn zum ersten Mal an. Bienzle fielen ihre blauen Augen auf. »Ja, natürlich!«
Maletzke meldete sich. »Ihr Mann war polizeibekannt, wie man so sagt. Hat er Ihnen wirklich nie davon erzählt?«
»Nein, und ich will das auch gar nicht wissen!«
Bienzle nickte Maletzke zu. Er hätte es dabei belassen. Aber Maletzke war aus anderem Schrot und Korn als der Schwabe.
»Er hat eine ganze Reihe von Vorstrafen, und nach unseren gesicherten Erkenntnissen betreibt er, Entschuldigung, handelte er illegal mit Rauschgift und Waffen.«
Jetzt sah Frau Seyboldt Maletzke direkt an. »Warum sagen Sie so etwas?«
»Ich sagte, wir haben gesicherte Erkenntnisse!«
»Da kann es sich nur um Verleumdungen handeln.« Frau Seyboldt richtete sich noch ein bisschen steiler auf. »Ich würde mich jetzt gerne um meine Kinder kümmern.«
Bienzle nickte Maletzke auffordernd zu. Die beiden verließen die junge Witwe.
»Die weiß tatsächlich nichts«, sagte Bienzle, als sie auf die Stra-

ße hinaustraten. Der Regen war stärker geworden, und Bienzle spürte, dass er einen nassen Hintern hatte. Das kam davon, wenn man sich bei diesem Wetter auf den Bordstein hockte.
Maletzke sah auf die Uhr. »Zeit, was zu essen!«
Bienzle nickte. Arbeit hatte ihn schon immer hungrig gemacht.
»Wir halten unterwegs an der Schönhauser Allee bei »Konnopke«. Da gibt's 'ne gute Currywurst«, sagte sein Berliner Kollege.
Wieder nickte Bienzle. »Und danach geh ich zu Serkiniadse. Ich hoffe, ich bin der Erste, der ihm die Todesnachricht überbringt.«

Und so war es dann auch. Bärbel Stelzer ließ den Kommissar aus Stuttgart herein. Serkiniadse war von seiner Haushälterin davon unterrichtet worden, dass Bienzle ihn schon gestern hatte sprechen wollen.
»Kommen Sie doch bitte herein. Ich kann mir zwar offen gestanden nicht erklären, was Sie zu mir führt …« Der Georgier wirkte noch soignierter und eleganter als damals in Stuttgart.
»Sie waren in Geschäften unterwegs?«, fragte Bienzle.
»Ja.« Serkiniadse deutete auf einen bequemen Sessel.
Bienzle setzte sich. »Darf man fragen, in was für Geschäften?«
Serkiniadse lächelte ihn an. »Nein, tut mir leid. Wollen Sie etwas trinken? Einen Trollinger habe ich allerdings nicht im Haus.«
»Um diese Zeit keinen Alkohol«, sagte Bienzle. »Sie arbeiten mit Stefan Seyboldt zusammen?«
»Wir sind Partner, ja.« Serkiniadse nahm Bienzle gegenüber Platz und zündete sich eine Zigarette an.
»Jetzt nicht mehr«, sagte Bienzle.
»Aber ja doch. In zwei Stunden treffe ich mich mit ihm.«

Bienzle schüttelte den Kopf. Er ließ Serkiniadse keine Sekunde aus den Augen. »Das wird wohl nichts!«
»Soll das heißen, Sie haben ihn verhaftet?«
»Warum hätte ich das tun sollen?«
Serkiniadse biss sich auf die Unterlippe. Er war in Bienzles Falle getappt, und man sah ihm an, wie sehr er sich darüber ärgerte. »Na ja, Sie sind Polizist, und alles, was Sie tun, läuft doch darauf hinaus!«
Bienzle nickte. »Ja, da ist was dran. Ich hätte ihn tatsächlich gerne verhaftet, sehr gerne; denn ich bin nach wie vor sicher, dass er am Tod von Berni Stelzer schuldig ist. – Warum haben Sie sich eigentlich so um Bernis Schwester Bärbel gekümmert?«
»Sie ist die beste Haushälterin, die ich finden konnte.«
»Berni hatte damals von Seyboldt den Auftrag, Sie zu vergiften.«
Serkiniadse wiegte den Kopf hin und her. Aber er schwieg. Schließlich sagte er: »Was haben Sie denn gemeint, als Sie sagten, wir seien jetzt keine Partner mehr, Seyboldt und ich?«
»Können Sie sich das nicht denken?«
Serkiniadse sprang auf. Schlagartig wurde ihm klar, was Bienzles Andeutungen meinten. »Halten Sie das für fair, wie Sie mit mir reden?«, herrschte er ihn an.
Der Stuttgarter Kommissar streckte die Beine weit von sich, hakte die Daumen in den Hosenbund, wie es seine Art war, und sagte fast gemütlich: »Ja, es hat ihn erwischt. Direkt vor seinem Haus. Ich bin zufällig Zeuge geworden. Ein Motorradfahrer mit einer Uzi.«
»Mein Gott, hatte er denn seine Leute nicht dabei?«
»Seine Bodyguards? Nein, er war ganz allein.«
Wenn es Serkiniadse getroffen hatte, versuchte der mit aller Gewalt, es nicht zu zeigen. Er drückte seine Zigarette aus und

zündete sich sofort eine neue an. Bienzle entging nicht, dass seine Hände leicht zitterten.

»Ich bin sofort zu Ihnen gekommen, weil ich dachte, Sie können mir vielleicht am ehesten sagen, wer dahinterstecken könnte.«

Serkiniadse breitete beide Arme aus. »Ich kann es Ihnen beim besten Willen nicht sagen.«

»Das glaube ich Ihnen nicht, Herr Serkiniadse.«

»Das ist zwar bedauerlich, lässt sich aber wohl kaum ändern.«

»Wer beerbt ihn denn?«

»Seine Frau, nehme ich an.«

»Das meine ich nicht. Ich meine geschäftlich.«

»Nun, ich werde sicher zunächst die Firmen weiterführen.«

»Wenn es um Waffen- und Rauschgifthandel geht ...«

»Lassen Sie doch diese Unterstellungen«, fuhr ihm Serkiniadse in die Parade. »Wie kommen Sie dazu? Wie kommen Sie überhaupt dazu, als Stuttgarter Kripobeamter hier zu ermitteln?«

»Vorübergehend bin ich der Berliner Kripo zugeteilt. Sie sehen, es hat alles seine Richtigkeit.« Bienzle erhob sich. »Wir werden also vermutlich in nächster Zeit noch öfter das Vergnügen haben.«

»Das möge Gott verhüten!« Serkiniadse brachte ihn zur Tür.

Als Bienzle in das Gebäude des Landeskriminalamtes in der Keithstraße kam, tagte bereits eine Sonderkommission. Überraschend war die Leitung nicht Maletzke übertragen worden, sondern einem Kriminalrat Dr. Tiefenbach, einem fülligen älteren Beamten, der seinem weichen Gesicht durch einen üppigen Schnauzbart Konturen zu geben versuchte. Tiefenbach stand am Kopfende eines großen Konferenztisches, als Bienzle den Raum betrat. »Ich gebe dem Kollegen Neiberg das Wort.«

Bienzle setzte sich neben Maletzke und sagte etwas zu laut: »Was macht denn der Matthias Neiberg bei euch?«
Neiberg sah herüber, lächelte und rief: »So sieht man sich wieder, Ernst!«
Bienzle hatte den Kollegen schon vor ein paar Jahren aus den Augen verloren. Damals, als sie alle mit ganzer Kraft versucht hatten, Seyboldt zu überführen, war Neiberg in Stuttgart stellvertretender Leiter der Abteilung Rauschgift und Falschgeld gewesen. Niemand hatte sich so recht erklären können, warum die beiden Bereiche zusammengelegt worden waren. Vielleicht weil man auf beiden Deliktfeldern mit verdeckten Ermittlern arbeitete. Neiberg hatte da große Erfolge vorzuweisen gehabt. In diesem Bereich schien er sich ausgesprochen wohlzufühlen. Aber das hatte Bienzle öfter beobachtet, dass Täter und Verfolger ähnliche Qualitäten haben mussten.
»Hallo, Matthias«, grüßte Bienzle zurück.
Neiberg hielt seinen Vortrag. Er war, wenn möglich, noch eloquenter geworden, als Bienzle ihn in Erinnerung hatte. Gut, zugegeben, Neiberg war ein Selbstdarsteller, aber das konnte man ihm nicht übelnehmen, denn er war dabei ausgesprochen unterhaltsam.
»Seyboldt hat, so nehmen wir an, den Fehler gemacht, sich in die Geschäfte von Capelli und Polnikow einzumischen.«
»Polnikow hat er immerhin beerbt«, warf Maletzke ein.
»Ganz recht, nachdem er ihn hat beseitigen lassen. Jedenfalls nehmen wir das an.«
»Was hat Polnikow für Geschäfte gemacht?«, fragte Bienzle.
»Autos gegen Frauen!«, rief Neiberg über den Tisch.
»Hä?«, machte Bienzle.
»Er hat gestohlene Luxuskarossen nach Russland geflogen und auf dem Rückflug junge Frauen mitgebracht, die hier in die Prostitution eingeschleust werden. So lohnt sich jeder Flug

doppelt. Die Maschinen starten und landen nachts von irgendwelchen längst verlassenen Militärflughäfen der einstigen Sowjetarmee.«
»Was denn, dreizehn Jahre nach der Wende?«
»Du gehst von der falschen Voraussetzung aus, dass sich in den dreizehn Jahren wirklich etwas gravierend verändert hat, Bienzle.«
Tiefenbach meldete sich: »Ich schlage vor, unsere beiden Stuttgarter Kollegen tauschen sich heute Abend, nach der Dienstzeit, aus. Jetzt erwarte ich, dass der Herr Neiberg ohne Unterbrechung weiter berichten kann.«
Bienzle breitete die Arme aus und steckte den Rüffel lächelnd weg.
Es war alles so wie früher in Stuttgart. Neiberg redete die Leute schwindlig, und am Ende ergab sich nur ein unklares Bild. Immerhin begriff Bienzle, dass die Hauptstadt Berlin inzwischen insoweit eine internationale Metropole geworden war, als auch hier ein durchstrukturiertes organisiertes Verbrechen agierte, gegen das die Polizeibehörden machtlos waren. Es wurde von wenigen Figuren beherrscht, die sich gegenseitig ihre Claims streitig machten. Seyboldt war in diesen Kreisen offenbar ein Aufsteiger gewesen. Als er nach Berlin gekommen war, hatten Polnikow, der Russe, und Capelli, der Urberliner, dessen Vorfahren freilich aus Italien stammten, das Sagen gehabt.
Seyboldt, der über unerschöpfliche Finanzmittel zu verfügen schien und ein ausgesprochen kreativer Kopf war, hatte aber rasch Boden gutgemacht. »Sein Vorteil war nicht nur seine Finanzkraft«, sagte Neiberg, »er war auch skrupelloser als alle anderen. Der Tod ist in Berlin billig zu haben, und keiner hat das so gnadenlos ausgenutzt wie Stefan Seyboldt. Von dem haben sogar die Russen noch was lernen können!«

Als die Sitzung zu Ende war, kam Neiberg auf Bienzle zu und drückte ihm kräftig die Hand. »Mensch, ich freu mich!«
»Seit wann bist du denn in Berlin?«, fragte Bienzle.
»Seit 95. Weischt, die Stadt ist einmalig. Stuttgart bietet doch nix!«
»Mir langt's eigentlich«, sagte Bienzle.
»Allein die Theater!«
»Wie oft gehst du denn ins Theater?«
»Allein die Möglichkeit!«, tönte Neiberg. »Jeden Abend kannst du in vierzig verschiedene Vorstellungen gehen.«
»Ich wär ja froh, wenn ich in Stuttgart in alle g'wesa wär!«
Bienzle verabschiedete sich etwas überhastet von Neiberg und schloss zu Maletzke auf, der den Korridor hinunterging.
»Zum Glück sind nicht alle Schwaben so«, sagte Maletzke.
»Wie?«
»Tüchtig, aber unangenehm!«

»Ich frag mich, was ich hier eigentlich noch soll«, sagte Bienzle, als sie Maletzkes Büro betraten. »Ich war auf Seyboldt angesetzt, aber das hat sich ja jetzt erledigt.«
»Zum Glück haben Sie nicht ›elegant erledigt‹ gesagt«, brummte Maletzke. »Neiberg hätte es bestimmt so ausgedrückt.«
Bienzle grinste: »Man merkt schon, Sie sind dem Kollegen in herzlicher Abneigung zugetan.«
»Besser könnte man's nicht ausdrücken.«
»Trinken wir heut Abend ein Bier zusammen?«
Maletzke schüttelte bedauernd den Kopf. »Ich hab leider Chorprobe.«
»Sie singet im Polizeichor?«
»Nein, im Motettenchor St. Elisabeth, schon seit siebzehn Jahren.« Als Bienzle ihn überrascht ansah, fuhr Maletzke fort, als ob er sich entschuldigen müsste: »Manchmal, wenn's bei uns

gar zu dicke kommt, ist mir das wie eine … ja, wie eine Lebenshilfe. Kann ick ruhig ma so sagen.«
»Das gefällt mir«, sagte Bienzle.
Sie nahmen auf den harten Stühlen an Maletzkes Schreibtisch Platz. »Mein letzter Fall, das war so einer. Da hat eine Frau, die eigentlich gerade den Sonntagsbraten am Tisch tranchieren wollte, ohne Vorankündigung ihrem Gatten das Messer in die Brust gestoßen. Er hatte sie zwanzig Jahre lang nur drangsaliert. Danach rief sie uns an. Ich bin hingefahren und hab neben ihr auf dem Sofa gesessen und ihre Hand gehalten. Sie hat die ganze Zeit geweint, und zum Schluss hat sie gesagt: ›Ich bin so froh, dass ich endlich den Mut gehabt habe!‹«

Bienzle traute seinen Augen nicht, als er den dunklen Raum des Lokals »Diener« betrat, der wohl seit fünfundzwanzig Jahren oder länger keinen Malerpinsel mehr gesehen hatte. An einem runden Tisch gegenüber der Theke saß ein Mann, der, wie er wusste, Kriminalromane und TV-Krimis schrieb.
Noch ein Schwabe in Berlin. Bienzle hatte in der Zeitung gelesen, dass der bodenständige Schriftsteller, der so gut mit der Mundart umgehen konnte, in die Hauptstadt übergesiedelt sei. Und er hatte es nie verstanden.
Überrascht hob der Schreiber den Kopf, als Bienzle sagte: »Ist es gestattet?«
»Ja, jetzt kann i gar nimmer. Der Herr Bienzle. Kommet Se, setzet Sie sich her.«
»Sind Sie allein?«
»Mei Frau kommt nachher noch. Sie ist mit einem befreundeten Ehepaar im Kino.«
Bienzle setzte sich und sah sich um. An den Wänden hingen unzählige Fotos bekannter Schauspieler. Und alle hatten eine spezielle Widmung fürs Haus oder den Wirt Rolf. Größen wie

Billy Wilder waren hier gewesen, längst verblichene Schauspieler wie O. E. Hasse oder Martin Held, aber auch aktuelle Stars.

»Richtig voll wird's erst, wenn die Kinos und die Theater aus sind«, sagte der Schriftsteller. Er musterte Bienzle. »Sie haben auch ziemlich Haare verloren, seitdem wir uns das letzte Mal gesehen haben. Wie lang ist das jetzt her?«

»Zehn Jahr? Zwölf Jahr? Genau weiß ich's nimmer. Jedenfalls war's in Grab im ›Rössle‹.«

»Genau, und wir haben damals drüber diskutiert, ob man im Kriminalroman das schreiben könnt, was Sie jeden Tag erleben.«

»Nicht immer, aber manchmal«, sagte Bienzle und dachte an den Fall, den er gerade am Wickel hatte.

»Und was treibt Sie nach Berlin?«, fragte der Autor.

»Des verträgt's Schnaufe net«, gab der Kommissar zurück. »Gibt's hier einen Wein, den man trinken kann?«

»Rolf«, rief sein Gegenüber. »Bringst du dem Herrn Bienzle a Viertele Trollinger.«

»Mach ich doch gern«, sagte der, »ist das der, über den du immer schreibst?«

»Er ist es a bissle, aber halt bloß a bissle.«

Bienzle grinste: »Das möchte ich Ihnen aber auch geraten haben. Wissen Sie noch, dass wir damals über ein Buch vom Peter Bichsel geredet haben?«

»Ja sicher, das Gespräch können Sie inzwischen sogar in einem meiner Romane nachlesen.«

»Oh, du liabs Herrgöttle von Biberach«, entfuhr es Bienzle.

Und der Schreiber ergänzte: »Wie hent di d' Mucka verschissa.«

Bienzle zitierte aus dem Gedächtnis: »In Langnau im Emmental, da gab es ein Warenhaus, das hieß Zur Stadt Paris. Ob das eine Geschichte ist?«

Der Schriftsteller nickte. »Überschrieben mit dem Titel ›Sehnsucht‹.«
»Hier in Berlin kriegt des glei a ganz andere Bedeutung«, meinte Bienzle. »Da ist die Großmannssucht alltäglich. Sie haben übrigens auch weniger Haar, wenn's auch noch langt. Und Ihr Bart ist ja fast weiß!«
»Ja, nicht amal an mir geht die Zeit spurlos vorüber«, sagte der Schriftsteller.
Der Wirt brachte den Trollinger und sagte zu Bienzle: »Wissen Sie, was ein berühmter Berliner Kollege über Ihren Freund geschrieben hat …?«
»Also Freund find ich a bissle übertrieben«, wandte Bienzle ein.
Aber Rolf ließ sich nicht irritieren. »Er schreibt Fernsehstücke wie andere Leute Einkaufszettel.«
Bienzle nickte: »Ja, fleißig ist er immer gewesen.« Und dann zu dem Schreiber: »Könnt's sein, dass Ihr Kollege a bissle neidisch ist?«
»Der Ky? Also des glaub ich jetzt weniger, obwohl …« Statt den Satz zu vollenden, prostete der Schriftsteller Bienzle zu.
Später war dann die Frau des Schreibers in Begleitung eines jüngeren Ehepaars dazugekommen – eine zierliche Erscheinung mit wachen, leicht überschnittenen Augen, die Bienzle an Hannelore erinnerten. Sie verfügte über einen feinen Hang zur Ironie. Ohne Umschweife gab sie zu, sie sei es gewesen, die ihren Mann dazu gebracht habe, nach Berlin zu ziehen. Seine Familie nehme ihr das heute noch übel.
»Und wahrscheinlich net nur die«, sagte der Kommissar.
»Schon der Thaddäus Troll hat g'sagt, es gebe zwei Sorten Schwaben, die weltläufigen und die verhockten«, sagte der Schriftsteller. »Und ich hab fünfzig Jahr lang zu den verhockten gehört.«

»Und Sie meinet im Ernst, jetzt seien Sie weltläufig?« Bienzle konnte darüber nur den Kopf schütteln.
»Jedenfalls fühl ich mich sehr wohl in Berlin«, gab der Schreiber fast trotzig zurück.
»Wir sind auch von Ulm hierhergezogen, wenn auch auf Umwegen«, sagte der Mann des jüngeren Ehepaars. Es stellte sich heraus, dass seine Frau und er ebenfalls schrieben. Und so sahen sie auch aus. Vor allem die Frau.
»Und, wie lebt sich's so?«, wollte Bienzle wissen.
»Na ja«, sagte die Frau des Schriftstellers, »wenn man mal gelernt hat, genauso frech zu antworten, wie die Berliner einem entgegenkommen …«
»Und das nehmen die einem dann auch kein bisschen krumm«, ergänzte die jüngere Frau. »Und sie sind so hilfsbereit. Kaum steht man irgendwo mit einem ratlosen Blick, kommt sofort jemand und fragt: ›Kann ick Ihnen helfen?‹«
»Ja, nur meistens kann er eben nicht!«, warf der Schriftsteller ein.
»Aber er tut's trotzdem«, sagte seine Frau. »Ein Berliner würde niemals zugeben, dass er etwas nicht weiß, lieber schickt er einen in die total falsche Richtung.«
»Soll ich Ihnen den Unterschied zwischen Schwaben und Berlinern erklären«, meldete sich nun wieder der Schriftsteller. »In Kurzform: Schwaben schwätzet langsam und schaffet schnell. Und bei den Berlinern ist es genau umgekehrt.«
»Und wie geht die Langform?«, wollte Bienzle wissen, dem es in diesem Kreis immer besser gefiel.
»Also: Wir haben hier vor zehn Jahren unsere erste Wohnung bezogen. Die musste aber noch renoviert werden. Als wir mit dem Möbelwagen ankamen, funktionierte alles ganz ordentlich, nur das Klo war noch nicht eingebaut. Zufällig war der Installateur im Haus. Ich habe ihn sofort darauf angesprochen.

›Keen Problem‹, sagte der, ›det mach ick Ihnen doch ratzfatz!‹ So, Herr Bienzle, jetzt sagen Sie mir mal, wie das in Schwaben gewesen wäre?«
Bienzle zuckte die Achseln. »Vielleicht hätt der da statt ›ratzfatz‹ ›ruck, zuck‹ gesagt.«
»Nein, der hätt gsagt: ›Ja brauchet Sie des denn so dringend? Deshalb fahr ich doch nicht extra her. Da ist doch nix dran verdient. Könnet Sie net bei Ihre Nachbarn solang aufs Klo gange, bis mir sowieso wieder amal en dr Gegend sind ...‹«
»Ja, kann schon sein«, gab Bienzle zu.
»Aber er wär dann doch in den nächsten zwei, drei Tagen gekommen und hätte das Klo montiert!«
»Und Ihr Berliner Installateur?«
»Bei dem hat's noch ein Vierteljahr gedauert, und jedes Mal, wenn wir angefragt haben, hat er gesagt: ›Keen Problem, mach ick Ihnen sofort, in een, zwee Tagen haben Sie det Ding!‹«

Als Bienzle in seine Pension zurückkam, hatte er die nötige Bettschwere, zumal er die drei- oder vierhundert Meter von der Grolmann- in die Wielandstraße zu Fuß gegangen war. Er rief zu Hause an, aber Hannelore meldete sich nicht. Schade, er hätte ihr so gern von dem Wiedersehen mit dem Schriftsteller erzählt, der ihm so ähnlich war.

Dritter Tag

Bienzle war schon früh aufgestanden und frühstückte als erster der Gäste. Und im Unterschied zum Vortag ließ er sich's schmecken.
Als er auf die Straße hinaustrat, erschrak er fast vor der grellen Sonne. Kein Wölkchen war am Himmel. Durch die Straße pfiff zwar ein kalter Wind, aber Bienzle hatte doch das Gefühl, es könnte ein richtiger Sommertag werden.
Um neun Uhr war er mit Neiberg verabredet. Aber er war noch nicht in seinem Büro, als Bienzle auf die Minute pünktlich eintrat. Eine freundliche Sekretärin bot ihm Kaffee an. Bienzle setzte sich und griff gedankenlos nach einer Zeitschrift, die auf dem Schreibtisch lag. Sie befasste sich ausschließlich mit Yachten. Neben einigen der abgebildeten Boote war mit Filzstift ein dickes rotes Kreuz gemalt. Keines kostete weniger als 20 000 Euro.
Die Sekretärin stellte den Kaffee vor Bienzle hin. »Milch, Zucker?«, fragte sie.
»Schwarz«, antwortete er.
Die junge Frau deutete auf die Zeitschrift. »Das ist das Hobby von unserem Chef.«
»Auch nicht gerade billig«, sagte Bienzle.
»Wenn man sonst keine Hobbys hat«, tönte es von der Tür her. »Ich steck jeden Cent da rein. Seit drei Jahren schon spar ich auf dieses Boot da.«
Neiberg nahm Bienzle das Blatt aus der Hand und ließ die Seiten durch die Finger laufen. Dann legte er das aufgeschlagene Magazin vor Bienzle auf die Tischplatte. »Da! Schau dir das an!«

Es war ein ausgesprochen elegantes Schiff, zwölf Meter lang, mit drei Kabinen, Bad, Dusche und WC, Kombüse, großem Wohnraum. Schnell, absolut hochseetüchtig. Neupreis 64 000 Euro.
»Ein absoluter Traum«, schwärmte Neiberg.
»Und den willst du dir erfüllen?«
»Andere leisten sich ein Sportauto oder ein Wochenendhaus am Müggelsee, für mich kommt nur das da in Frage.«
»Was passiert denn jetzt im Mordfall Seyboldt«, fragte Bienzle, auch um den Kollegen von dessen Lieblingsthema abzulenken.
Neiberg winkte ab: »Der Mordfall«, sagte er geringschätzig, »jetzt geht's drum, wie werden die Karten neu gemischt hier in Berlin? Wer reißt sich Seyboldts Laden unter den Nagel? Capelli fehlt die notwendige Infrastruktur. Viel gefährlicher ist Joseph Cyslak, der Albaner. Und Ismail Polnikow, der seit zwei Wochen in der Stadt ist und vermutlich seinen Bruder rächen will.«
»Womöglich hat er das ja schon getan?«
»Kann sehr gut sein. Dagegen spricht allerdings die Uzi. Polnikow hätte Seyboldt mit Sicherheit mit einer Kalaschnikow erschossen.«
Bienzle seufzte. »Es geht doch nichts über einen Mordfall, bei dem ein eifersüchtiger Kerle seinen Rivalen ersticht oder ein gequälter Sohn seinen Vater erschlägt oder umgekehrt. Ich hasse diese Chicago-Geschichten.«
»Leider haben wir halt gerade die immer mehr in unserer Stadt.«
»Was kann ich tun?«, fragte Bienzle und hasste sogleich die Frage. Er war gewohnt, dass er den anderen sagte, was sie tun sollten.
»Du könntest dich noch mal mit der Witwe unterhalten. Krieg raus, wie viel sie von den Geschäften ihres Mannes gewusst

hat. Da muss eine ziemlich große Sache gelaufen sein. Ich kann mir nicht vorstellen, dass sie keine Ahnung davon hat. Du bist doch so einer, bei dem kommen die Weiber ins Reden!« Neiberg schob eine Dienstmarke und einen Berliner Polizeiausweis über den Tisch.
»Wie kommt ihr denn zu dem Bild von mir?«, fragte Bienzle.
»Hab ich mir per E-Mail aus Stuttgart rüberschicken lassen.«

Den Weg kannte er ja schon. Er nahm wieder die U-Bahn nach Pankow, dann die Straßenbahn und ging den Rest zu Fuß. Vor Seyboldts Haus standen drei schwere Wagen. Bei jedem der Autos standen zwei muskelbepackte junge Männer, deren Profession man leicht erahnen konnte.
Bienzle notierte sich die Nummern der Autos und beschloss, erst einmal zu warten. Das konnte er wie kein anderer. Er wurde nicht ungeduldig oder nervös. Er suchte sich einen Platz, lehnte sich gegen eine der Platanen am Straßenrand und schaltete sein Gefühl für die Zeit aus. Früher hatte er manchmal gesagt, er sei nur zur Kripo gegangen, weil man da so oft nur rumstehen oder rumsitzen und warten müsse. Das sei eine wunderbare Gelegenheit, seinen Gedanken nachzuhängen. Aus den gleichen Gründen hatte er als Bub Fernfahrer werden wollen. Er hatte sich das so vorgestellt, dass man Stunden um Stunden über die Autobahnen rollen und seine Gedanken spazieren schicken konnte. Als er dann zwei Jahre lang bei der Verkehrspolizei arbeiten musste, hatte er diese Einschätzung gründlich revidiert.
Tatsächlich wusste er nicht, wie viel Zeit vergangen war, als drei schwarzgekleidete Herren das Seyboldt'sche Haus verließen. Bienzle zog eine kleine Digitalkamera aus der Manteltasche und fotografierte sie. Offenbar waren die Konkurrenten Seyboldts zu einem Kondolenzbesuch bei der Witwe gewesen.

Nachdem die Limousinen den Majakowskiring hinuntergerollt waren, trat Bienzle ans Gartentor des Anwesens und klingelte. Über die Gegensprechanlage hörte er Frau Seyboldts Stimme: »Ja, bitte?«

»Hauptkommissar Bienzle. Wir haben uns schon gestern kurz unterhalten.«

»Jetzt nicht, bitte!«

»Ich möcht's Ihnen halt ersparen, dass Sie aufs Präsidium vorgeladen werden.«

Prompt ertönte der Summer, und Bienzle drückte das Gartentor auf.

Als er die Haustür zwischen den beiden Säulen erreichte, öffnete sich die Tür. Auf der Schwelle erschien Josef Serkiniadse.

»Hallo, Herr Kommissar«, sagte er. »Noch immer in Berlin?«

Bienzle sparte sich die Antwort. »Die drei Herren, die gerade weggegangen sind, wer waren die?«

»Freunde des Hauses.«

»Polnikow, Capelli und Cyslak«, sagte Bienzle aufs Geratewohl.

»*Wie* lange sind Sie in Berlin?«, fragte Serkiniadse erstaunt.

»Das nehm ich als Zustimmung.« Bienzle trat ins Haus. Frau Seyboldt, von der er inzwischen wusste, dass sie Saskia mit Vornamen hieß, eine geborene Siebeneicher war und bis vor fünf Jahren als Star des erotischen Films gegolten hatte, kam ihm in einer enganliegenden schwarzen Hose und einem schlichten Pulli in der gleichen Farbe entgegen. Sie trug hochhackige Schuhe und hatte ihr langes blondes Haar zu einem Pferdeschwanz zusammengebunden. »Darf ich Sie fragen, wo Ihre Kinder sind?«, sagte Bienzle, nachdem er sie begrüßt hatte.

»Wir halten es für besser, wenn das niemand weiß«, sagte Serkiniadse.

»Was wollten die drei Herren, die gerade Ihr Haus verlassen haben, Frau Seyboldt?«

»Bitte, Herr Bienzle …«, meldete sich wieder Serkiniadse.
»Josef, bitte«, herrschte ihn Saskia Seyboldt unvermittelt an, »ich kann sehr gut für mich selber sprechen!«
Bienzle sah Serkiniadse an, eine plötzliche Röte überzog dessen Gesicht.
»Es waren Geschäftsfreunde meines Mannes«, nahm Frau Seyboldt wieder das Wort.
»Die Sie aber zuvor nie gesehen haben!«
»Ganz recht. Ich sagte Ihnen schon, dass ich mich um die Arbeit meines Mannes nie gekümmert habe.«
»Hübsch«, sagte Bienzle, »dass Sie die Geschäfte Ihres Mannes mit dem schönen Begriff ›Arbeit‹ bezeichnen.« Frau Seyboldt schenkte es sich, darauf zu antworten. »Ich habe Ihren Mann länger gekannt als Sie, Frau Seyboldt«, fuhr Bienzle fort.
»Aber bestimmt nicht besser.« Sie zauberte ein überraschendes Lächeln auf ihr Gesicht.
»Da haben Sie wohl recht.« Bienzle lächelte zurück.
»Ich lasse uns einen Kaffee machen«, sagte die Hausherrin.
»Vielen Dank, der wird mir guttun. Aber die Fortsetzung des Gesprächs macht für mich nur Sinn, wenn wir es unter vier Augen führen.« Er wandte sich an Serkiniadse: »Ich nehme an, Sie verstehen das.«
An Serkiniadses Stirn trat eine Ader hervor. »Ich glaube nicht, dass das gut wäre, Saskia.«
»Mein Mann und Josef waren Partner«, sagte Frau Seyboldt, »aber er ist nicht mein Rechtsbeistand.«
»Ich dränge mich niemandem auf.« Serkiniadse nahm eine teure Ledertasche von einem Stuhl und schickte sich an, das Haus zu verlassen – zögernd, wie jemand, der erwartet, zurückgerufen zu werden.
»Wann kann ich noch mal mit Ihnen reden«, fragte ihn Bienzle, »auch unter vier Augen.«

»Ich bin sehr beschäftigt!«
»Sie wissen ja, wie's in einem Mordfall ist, Herr Serkiniadse. So ein Gespräch kann man polizeilicherseits jederzeit erzwingen.« Bienzle strahlte den Georgier an, als er dies sagte.
Josef Serkiniadse ging wortlos hinaus.
Saskia Seyboldt rief Richtung Küche: »Sara, machen Sie uns bitte einen Kaffee!« Dann wandte sie sich Bienzle zu. »Ich glaube, vor Ihnen muss man sich in Acht nehmen.«
»Wenn Sie das glauben, erleichtert mir das womöglich die Arbeit«, sagte der Kommissar und setzte sich unaufgefordert in einen der Korbstühle. Die Fenster, durch die er tags zuvor noch von der Garageneinfahrt her hatte hereinsehen können, waren jetzt dicht verhängt.
Saskia Seyboldt nahm ihm gegenüber Platz. Bienzle musterte sie unverhohlen. Seit ihrem ersten Zusammentreffen am Tag zuvor hatte er sich immer wieder gefragt, an wen sie ihn erinnerte. Jetzt fiel es ihm ein. Die Barbie-Puppe musste nach dem Vorbild dieser jungen Frau angefertigt worden sein.
»Ich mag's nicht, wenn man mich so anstarrt«, sagte sie.
»Entschuldigen Sie«, Bienzle schmunzelte. »Ich hab mir nur gerade überlegt, an wen Sie mich erinnern.«
»Und?«
»Es ist mir nicht eingefallen«, log Bienzle. Von der Küche her breitete sich ein köstlicher Duft nach Kaffee aus. »Wird Herr Serkiniadse die Geschäfte weiterführen?«, fragte Bienzle.
»Zuerst muss ich mir ein Bild machen.«
»Hoppla!«
Saskia Seyboldt lachte. »Ja, Sie trauen mir das auch nicht zu, stimmt's?«
»Schön, dass Sie schon wieder lachen können«, entgegnete der Kommissar.
»Sie haben meinen Mann gekannt. Seit Jahren, wie Sie sagen.

Was glauben Sie wohl, was das für eine Ehe war zwischen ihm und mir?«
Bienzle wurde verlegen, ohne sich selbst genau erklären zu können, warum. »Keine Ahnung«, sagte er.
»Stefan war sehr reich. Sein Geld verdiente er auf sehr spezielle Weise, wie ich vermute. Aber er brauchte eine Insel, auf der er leben konnte, ohne an seine Geschäfte erinnert zu werden. Hier war seine heile Welt. Die Kinder und ich. Er konnte fuchsteufelswild werden, wenn irgendetwas von außen hier eindrang. Stefan war absolut perfekt darin, die beiden Welten zu trennen.«
»Und Sie?«
»Wenn Sie wüssten, wo ich herkomme!«
»Aber trotzdem müssen Sie sich doch gefühlt haben wie in einem Gefängnis.«
Saskia sah ihn offen an. »Genauso!«
Eine junge Schwarze brachte den Kaffee.
»Ich gehe davon aus, dass Sie einschätzen können, wie gefährlich Polnikow, Capelli und der Albaner sind. Vor allem, solange sie gemeinsame Sache machen.«
Saskia Seyboldt antwortete nicht gleich. Sie wartete, bis das Mädchen serviert hatte und hinausgegangen war.
»Ich sagte Ihnen doch, ich arbeite mich erst ein.«
»Wollen Sie etwa in diesem Haifischbecken mitschwimmen?«
»Das habe ich noch nicht entschieden.«
»Das Risiko ist zu groß, Frau Seyboldt. Die anderen wollen das Erbe Ihres Mannes unter sich aufteilen. Und die werden keine Rücksicht auf Sie nehmen. In dieser Welt sind die Spielregeln so einfach wie auf jedem Schulhof.«
»Ja, wahrscheinlich haben Sie recht!«
Bienzle nippte an seinem Kaffee und sah die junge Frau über den Tassenrand an. Sie war also ein Erotik-Star gewesen. Das

verstand er nicht. Was um Himmels willen fanden Zuschauer an so einer Frau erotisch? Ihre Fassade war so glatt, dass alles an ihr abzuperlen schien.
Unwillkürlich musste er an die beiden Frauen denken, denen er am Abend zuvor im »Diener« begegnet war. Jede von denen hatte im Augenwinkel mehr Erotik als diese junge Frau am ganzen Körper.
»Was denken Sie?«, fragte Saskia Seyboldt, der die Pause zu lang geworden war.
»Ich denke, ich bin der falsche Mann am falschen Ort«, sagte Bienzle mit einem schiefen Lächeln. »Sind Sie jemals in Schwaben gewesen?«
»O ja, mein Mann hat doch ein ›Gütle‹ in Bodman am Bodensee.«
»Was hat der?«
»Kennen Sie Bodman?«
»Ob ich Bodman kenne? Ich hab einen Freund, der hat da ein altes Fachwerkhaus ausgebaut. Eigenhändig. Und immer wenn ich komm, hab ich da eine kleine Einliegerwohnung ganz für mich allein. Man glaubt's ja nicht! Der Seyboldt!« Bienzle konnte sich gar nicht beruhigen.
»Was irritiert Sie denn daran so?«
»Kennen Sie die Geschichte von dem Schwaben aus Tuttlingen, der weltweit Geschäfte gemacht hat? Mit komplizierten Medizingeräten, wenn i's recht woiß. Und der in Australien am Freitagabend sein Flugzeug versäumt hat?«
Saskia schüttelte verständnislos den Kopf.
»Die nächste Maschine war ausgebucht, und dann hat er erst wieder eine am Montag gekriegt.«
»Ja und?«
»Jetzt wartet Se doch, die Gschicht ist ja no net aus. Wie er dann am Dienstagmorgen wieder daheim war, hat er seinem

Prokuristen ganz verzweifelt erzählt: ›Jetzt bin i das ganze Wochenende in Sidney g'hockt, und daheim hätt mr d'Bäum spritza müssa!‹«
»Ich versteh nicht«, sagte Saskia.
»Der hat genauso ein Gütle g'habt wie Ihr Stefan. Ihr Mann war genauso oiner wie seller Tuttlinger. Bloß dass seine Geschäfte halt bei weitem net so ehrenhaft waren wie die von dem.«
Saskia stand auf. »Ich glaube, wir haben alles besprochen.«
Bienzle stemmte sich aus seinem Sessel heraus. »Vertrauen Sie dem Josef Serkiniadse?«, fragte er.
»Ich denke, vorerst ist es am besten, wenn ich niemandem vertraue.«
»Nur eine Frage noch, Frau Seyboldt. Wer, glauben Sie, ist für den Tod Ihres Mannes verantwortlich?«
»Ich habe keine Ahnung. Mir ist das alles ein absolutes Rätsel. Und ich fürchte, Ihnen geht es nicht anders.«
»Ja, so ist's am Anfang meistens«, sagte Bienzle und reichte ihr die Hand. »Vielen Dank für den Kaffee. Ich glaub, ich hab in meinem ganzen Leben keinen besseren getrunken.«
»Ich werde es Sara ausrichten.«

»Kalt wie Hundeschnauze! Kalt wie Hundeschnauze!!« Bienzle stapfte mit langen, schnellen Schritten den Majakowskiring hinunter. Ein undefinierbarer Zorn hatte ihn erfasst. Was glaubte diese Frau eigentlich. Wollte sie es wirklich mit der gesamten Berliner Mafia aufnehmen, falls man Capelli und Konsorten überhaupt so nennen konnte? Die Sonne hatte sich endgültig durchgesetzt. Ein paar flache Pfützen dampften am Straßenrand.

Maletzke und Neiberg fand er in der Polizeikantine, wenn auch an zwei verschiedenen Tischen. Als er sah, was es da zu essen

gab, beschloss Bienzle, dass sein Frühstück bis zum Abend vorhalten würde. Er setzte sich zu Maletzke und winkte Neiberg, er solle doch rüberkommen.
Widerstrebend erhob sich der Kollege, nahm seine Bierflasche und sein Glas und setzte sich zu den beiden anderen.
»Es kann ja sein, dass der Seyboldt seine Frau aus allem rausgehalten hat, aber jetzt will sie voll rein«, sagte Bienzle übelgelaunt.
»Kannst du mal ein bisschen deutlicher werden?«, fragte Neiberg.
»Sie macht gerade eine Bestandsaufnahme, und danach überlegt sie sich, ob sie den Herren Polnikow, Capelli und dem Albaner … wie heißt der noch mal?«
»Joseph Cyslak«, warf Neiberg ein.
»Also, sie überlegt sich, ob sie's mit den dreien aufnehmen kann.«
»Das glaubst du doch selber nicht!«
»Frauen sind unberechenbar«, sagte Maletzke.
»Die drei haben übrigens einen Kondolenzbesuch gemacht. Gemeinsam! Ich hab ihre Autokennzeichen aufgeschrieben und sie fotografiert.« Bienzle schob die kleine Digitalkamera auf den Tisch.
Eine Viertelstunde später stöpselte Neiberg die Digitalkamera an seinen Computer. Alle drei Kommissare starrten auf den Bildschirm.
»Klasse«, sagte Neiberg, »das sind sie. Alle drei! Wenn wir mal Fahndungsfotos brauchen …«
»Sag bloß, die habt ihr noch nicht?«
»Nee, da musste erst ein Hauptkommissar aus Stuttgart kommen, und natürlich musste erst der Vierte in diesem miesen Quartett sterben, damit wir die mal vors Rohr bekommen.«
Neiberg druckte die Fotos aus und notierte die Kennzeichen der Autos.

»Man kann sogar die Bodyguards erkennen«, sagte Maletzke. »Die vergleichen wir mal mit der Kartei!«

»Serkiniadse war übrigens bei ihr«, sagte Bienzle. »Sieht so aus, als wolle er Seyboldts Geschäfte so schnell wie möglich übernehmen. Aber sie lässt ihn nicht ran!«

»Wo lässt sie ihn nicht ran?«, feixte Neiberg. »An sich oder an die Geschäfte?«

»An die Geschäfte«, sagte Bienzle und verstand immer besser, warum Maletzke Neiberg nicht leiden konnte.

An diesem Abend hatte Maletzke Zeit für ein Bier. Ins »Diener« wollte er aber nicht. »Da trifft man zu viele Leute, die man kennt«.

»Sieht so aus«, sagte Bienzle und dachte an den vergnügten Abend tags zuvor. »Andererseits, wann hat man in unserem Beruf schon mal die Chance, Leute zu einem normalen Gespräch zu treffen?«

Später, als sie Ecke Kantstraße und Savignyplatz im »Zwiebelfisch« saßen, kam Maletzke noch mal auf das Thema: »Wenn du Rufbereitschaft hast und es passiert ein Mord, sind alle Verabredungen hinfällig.« Er nahm einen Schluck aus dem Bierglas. Maletzke trank dunkles Hefeweizen aus Bayern. »Und wenn du dann vor dem Opfer stehst.« Sein Blick wurde auf einmal stumpf. »Wie ich neulich. Die junge Frau war vergewaltigt und danach erdrosselt worden. Gar nicht weit vom Grunewaldsee. Und dann musst du die Nachricht den Eltern überbringen. Der Vater bricht zusammen, die Mutter erstarrt zu Eis. Und du ahnst, viele glückliche Momente werden die zwei nicht mehr haben in ihrem Leben. Wenn du da niemand hast, mit dem du reden oder mit dem du schweigen kannst …«

Bienzle nickte und dachte an Hannelore.

»Eine feste Beziehung ist das Wichtigste«, fuhr Maletzke fort. »Irgendwer, auf den du dich verlassen kannst.«
»Bist du verheiratet?«, fragte Bienzle und merkte gar nicht, dass er zum Du überging.
»Ja, Gott sei Dank. Wenn ich das höre: Der Kommissar als einsamer Wolf. Das hält doch keine Sau aus!«
Bienzle legte seine Hand auf den Arm des Kollegen. »Du hast recht!« Nun fiel es ihm doch auf, dass er Maletzke duzte, und sofort entschuldigte er sich dafür.
Aber Maletzke sagte nur: »Wenn du magst, bleiben wir dabei.«
»Gern!« Bienzle freute sich.

Vierter Tag

Saskia Seyboldt hatte mit ihren Kindern telefoniert, ehe sie im Untergeschoss des Hauses in den Pool gesprungen war. Da außer ihr nur Sara im Haus war, schwamm sie nackt. Ihre Züge waren kräftig und blieben es auch noch nach mehr als dreißig Bahnen. Sie hatte Kraft und zeigte Ausdauer. Als es an der Haustür klingelte, stieg Saskia aus dem Becken und zog einen flauschigen schwarzen Bademantel an, sie schüttelte ihre nassen Haare und schlüpfte in hochhackige Pantoffeln. Auf der breiten marmornen Treppe, die zum Erdgeschoss hinaufführte, kam ihr Josef Serkiniadse entgegen.

»Hab ich dich rufen lassen?«, fragte Saskia in herrischem Ton.

Serkiniadse packte ihr Handgelenk. »Lass endlich diese Spielchen, Cinderella!«

Cinderella, so hatte sie Stefan Seyboldt immer genannt. Und selbst von ihm hatte sie sich das nur höchst ungern gefallen lassen. Sie entriss dem Georgier ihren Arm. »Lass das gefälligst!«

Serkiniadse hob abwehrend beide Hände. »Du willst der Boss sein? Gut! Ich akzeptiere. Aber ich fürchte, du weißt nicht, was auf dem Spiel steht. Noch in dieser Woche tagt im Bundestag der Kriegswaffenkontrollausschuss, und uns fehlt noch immer eine Stimme.«

»Ich mach das schon«, sagte Saskia. Sie stieg die Treppe hinauf.

Serkiniadse folgte ihr, und wieder trat die markante Ader auf seiner Stirn blaurot hervor. Er ballte die Fäuste.

»Trinken wir einen Kaffee zusammen?«, rief Saskia vom oberen Treppenabsatz zu ihm herab.

»Ja, gern!«
Saskia drehte sich zu ihm um. »Und nenn mich nie wieder Cinderella!«

Bienzle klingelte um die gleiche Zeit am Gartentor der Villa Serkiniadses in der Lassenstraße. Bärbel Stelzer öffnete. »Er ist leider schon weg«, sagte sie.
»Macht nix, dann schwätzet mir zwoi a bissle mitnander, wenn Sie Zeit haben.«
Hinter dem Haus befand sich eine Terrasse, die nach Süden ging und mit einer Eibenhecke eingefriedet war. Dort setzten sie sich in zwei hochlehnige Holzsessel.
Bärbel schenkte Kaffee ein. Dann nahm sie aus einem Eiskübel eine Flasche Champagner, die schon halb geleert, aber mit einem silbernen Verschluss luftdicht verschlossen war. Sie schenkte Bienzle ein.
»Dürfen Sie das denn?«, fragte Bienzle.
»Ich soll sogar, sagt mein Chef. Er mag's, wenn ich lustig bin und bei der Arbeit a bissle sing!«
»Ja, so einen Chef kann man suchen«, Bienzle nippte an dem Glas. Der Champagner war von erlesener Qualität. »Also meiner dät nie auf die Idee kommen.«
Bärbel quittierte Bienzles Ausspruch mit einem glucksenden Lachen. »Des kann i mir vorschtella«, sagte sie in breitestem Schwäbisch.
Bienzle räusperte sich. »Sie müssen mir jetzt nicht antworten, wenn Sie nicht wollen. Aber können Sie mir erklären, warum Stefan Seyboldt den Herrn Serkiniadse zu seinem Vertrauten gemacht hat? In Stammheim hat er noch versucht, ihn zu ermorden.« Er schenkte es sich, Barbara Stelzer zu erklären, wie das geschehen sollte.
»Über so was spricht der Herr Serkiniadse doch nicht mit

mir!« Bärbel empörte sich förmlich. »Ich hab allerdings amal g'hört – ganz zufällig, nicht dass Sie denken, ich hätt gehorcht ...«

Bienzle winkte ab. »So was würd ich doch niemals von Ihnen denken.«

»Also damals ist er ziemlich aufgeregt gewesen. Richtig laut ist er geworden ...«

Bienzle atmete bewusst und zwang sich zur Ruhe, um der jungen Frau Zeit zu lassen. Aber sie redete nicht weiter. »Um was ist es denn gegangen?«, fragte der Kommissar.

»Die Waffen werden nicht über Dänemark trans...portiert ... oder so, es ist aber ein anders Wort gewesen.«

»Transferiert«, bot Bienzle an.

»Ja genau, das war's. Also, er hat gesagt: ›Du weißt genau, sie können nur Teil einer normalen Lieferung sein.‹ Und dann hat er noch gesagt: ›Also wenn's nach mir geht, lassen wir Polnikow draußen.‹ Das ist mir nur eingefallen, weil doch der Polnikow jetzt umbracht worde ischt.«

Bienzle sah die Haushälterin aus schmalen Augen an. So unbedarft, wie die tat, war sie garantiert nicht.

»Und dann hat er noch gesagt, dass nur er den Keuerleber dazu bringen könnt, den Waffenlieferungen zuzustimmen.«

»Keuerleber?« Bienzle wusste, dass es einen württembergischen Bundestagsabgeordneten gab, der so hieß. Er wusste allerdings nicht, welcher Partei der angehörte. Aber so war das ja heute. Austauschbare Funktionierer waren das, die das Volk im Bundestag vertraten.

Bienzle trank noch ein Glas von Serkiniadses vorzüglichem Champagner und schaute in den blauen Berliner Himmel hinauf. Das Licht hier war anders als zu Hause: heller, klarer und viel durchsichtiger.

Saskia Seyboldt und Josef Serkiniadse saßen im Wintergarten der Villa am Majakowskiring.
»Ich habe mich damals für deinen Mann entschieden. Ich hatte auch andere Angebote«, sagte Serkiniadse.
»Tut mir leid. Von dem allem weiß ich nichts. Stefan hat mich ja ganz gezielt aus allem rausgehalten.«
»Jedenfalls lass ich mich jetzt nicht rausdrängen«, sagte Serkiniadse.
»Wer will das denn?«
»Ja, wer wohl?« Ein aasiges Lächeln überzog Serkiniadses Gesicht. »Aber glaube ja nicht, dass dir das gelingt. Dafür weiß ich zu viel.«
»Vielleicht wusste Polnikow auch zu viel«, sagte Saskia, ohne eine Miene zu verziehen. »Und Polnikow ist tot. Was nützt ihm sein Wissen jetzt?«
Serkiniadse sah die junge Frau überrascht an. Das waren Töne, die er noch nie aus ihrem Mund gehört hatte.
»Was weißt du über Polnikow?«
»Nichts! Bis jetzt. Aber ich glaube nicht, dass Stefan ihn umbringen ließ.«
»Und du hast dir vorgenommen, dich darum zu kümmern?«, fragte Serkiniadse.
»Aber ich bitte dich, Josef. Wie kommst du denn auf so was? Du wirst doch nicht im Ernst glauben, dass ich mich in eure Spiele einmische.«
»Spiele nennst du das. Saskia, das ist blutiger Ernst!«
»Das ist es ja gerade: Ihr lasst euch auf Dinge ein, die ihr irgendwann einmal nicht mehr beherrschen könnt.«
»Vielleicht hast du recht. Aber das sollte dir dann auch eine Lehre sein.«
»Ich habe keine Ahnung, worüber du redest.« Sie erhob sich. »Tut mir leid. Ich hab noch wahnsinnig viel zu tun.«

Bienzle hatte inzwischen einen eigenen Schreibtisch in der Keithstraße. Er war mit der Längskante gegen Maletzkes Tisch gestellt worden. Hier saß Bienzle nun, die Beine weit von sich gestreckt, die Lehne des Stuhls schräg gegen die Wand gekippt und seine Daumen in den Hosenbund gehakt. Die Augen hatte er geschlossen.

Die Tür wurde so forsch aufgerissen, dass er sofort wusste, das konnte nicht Maletzke sein. Ohne die Augen zu öffnen, sagte Bienzle: »Na, Matthias, was Neues?«

»Wir haben einen Hinweis, dass heute Nacht ein Flugzeug mit Fracht aus Russland kommt«, sagte Neiberg.

»Großeinsatz?« Bienzle hielt die Augen immer noch geschlossen.

»Ja, was denn sonst?«

»Der Maletzke hat's ja g'sagt. Wenn du in Bereitschaft bist, kannst du keine privaten Verabredungen treffen.«

»Hast du denn welche getroffen?«

»Ja, mit dem Schriftsteller, aber des lauft mir ja net davon!« Er öffnete die Augen. »Kennst du eigentlich die Frau Seyboldt?«

»Nein. Wir haben sie nie einvernommen.«

»Schad!«

»Warum?«

»Vielleicht hättest du einschätzen können, ob die imstand ist und den Job ihres verstorbenen Mannes macht.«

»Ausgeschlossen!«

»Der Schriftsteller hat mir eine Geschichte erzählt. Ein Freund von ihm, ein Serbe oder Kroate oder Serbokroate, was weiß ich …«

»Du mit deinen Geschichten!«

»Der Mensch braucht Geschichten, wie soll er sich sonst sein eigenes Leben erzählen, sagt der Peter Bichsel. Also pass auf. Der Mann ist Dokumentarfilmer. Er wollt einen Film über den Chinesenmarkt in Budapest drehen.«

»Was ist denn das?«
»Der zentrale Umschlagplatz für alle Schwarzmarktgeschäfte auf dem Balkan. Und den hat ein einziger Mann beherrscht. Dieser Mann ist eine Woche bevor der Dokumentarfilmer ankam, umgebracht worden. Er hatte ihm aber noch die Genehmigung erteilt, dort filmen zu dürfen.«
»Ja, und?«
»Jetzt wart halt! Seine Witwe hatte von nichts eine Ahnung. Die hat er im goldenen Käfig gehalten, mitsamt seinen Kindern. Die Familie war überzeugt davon, dass er nur seriöse Geschäfte machte. Und jetzt kommt der Filmemacher dort an, findet seinen Gönner nicht mehr vor, und die Frau sagt eiskalt: Sie müssen jetzt mit mir verhandeln, und ich gebe Ihnen keine Dreherlaubnis auf dem Chinesenmarkt, es sei denn, Sie zahlen mir 20 000 Dollar!«
»Und wie viel hatte ihr Mann verlangt?« Neiberg schien nun doch interessiert zu sein.
»Nichts!«
»Und was sagt uns das?«
»Ich weiß nicht. Du kennst ja die Frau Seyboldt nicht. Sagt dir der Name Keuerleber etwas?«
»Wenn du Hans Keuerleber meinst: CDU-Abgeordneter aus Biberach oder Ravensburg.«
»Mitglied des Kriegswaffenkontrollausschusses«, ergänzte Bienzle.
»Und wie kommst du jetzt grad auf den?«
»Er hat Seyboldt wohl Schwierigkeiten gemacht. Bei irgendeinem Waffengeschäft.«
»Sagt wer?«
»Die Barbara Stelzer hat das zufällig mitgekriegt.«
»Und du meinst, das ist für uns von Interesse?«
»Ich versuch mal, dahinterzukommen.«

Neiberg verließ genauso eilig das Zimmer, wie er es betreten hatte. Bienzle kippte seinen Stuhl wieder gegen die Wand, streckte die Beine aus und schloss die Augen.

Als zehn Minuten später Maletzke hereinkam, sagte Bienzle: »Wir sollten alles über die Frau Seyboldt in Erfahrung bringen.«
»Da haben wir eine junge Kollegin, die macht so was klasse. Miriam Köhler. Die wird dir gefallen.«
Miriam Köhler war knapp eins sechzig groß und ein bisschen pummelig. Trotzdem trug sie sehr knappe Jeans und eine etwas zu enge Bluse. Als sie Bienzles Blick bemerkte, sagte sie: »Ja, ist ja gut. Immer denk ich, ich nehm doch noch mal ab, und dann pass ich da super rein!«
Bienzle lachte: »Oh, das kenn ich. Und wie ich das kenn! In meinem Schrank hänget a Haufe Sache, die mir erst wieder passen, wenn ich amal in einer sechswöchigen Schlankheitskur mindestens fünfzehn Kilo abgenommen hab. Aber wer genehmigt mir eine sechswöchige Kur?«
Die junge Kollegin lächelte ihn an, und mit diesem Lächeln hätte sie sogar noch ein paar Kilo mehr wiegen dürfen, fand Bienzle.
»Ich war beim Einwohnermeldeamt. Das ist ja alles nicht mehr so einfach mit dem Datenschutz.«
»Ja, ich kenn das. Eine richtige Kugelfuhr!«
»Eine was?«
»Nicht so wichtig. Ich vergess immer wieder, dass ich ja in Berlin bin. Vor allem dann, wenn ich so eine sympathische Kollegin treffe wie Sie.«
»Also«, Miriam war nicht besonders beeindruckt, »Saskia Seyboldt ist eine geborene Siebeneicher und stammt aus Furtwangen im Schwarzwald.«
»Das weiß sie aber ganz schön zu verbergen.«

»Warum?«
»Weil sie ihren heimischen Dialekt komplett abgelegt hat.«
»Muss ja nicht verkehrt sein«, sagte Miriam Köhler.
»Wenn wir mal ein bisschen Zeit haben, diskutieren wir darüber«, gab Bienzle zurück.
»Okay, machen wir. Sie wollte eigentlich Abitur machen, aber da hat sie irgendein Sexfilmer entdeckt.«
»In Furtwangen??«, fragte Bienzle ungläubig.
»Nein, in Cannes. Sie ist da hingefahren, hat sich am Strand ausgezogen, wie ein paar Dutzend anderer Mädchen auch, und kostenlos das geile Nacktmodell für eine Horde von Fotografen gespielt.«
»Wie kommt a Mädle aus Furtwangen bloß auf so was?«
»Keine Ahnung. Jedenfalls hat sie so ein Typ aus Holland abgeschleppt und ein paar typische Waschküchenfilme mit ihr gemacht. Softporno. Ohne Penetration, alles gespielt. Später aber …«
»So genau will ich's gar nicht wissen«, sagte Bienzle. »Und überhaupt: Erfährt man so was beim Einwohnermeldeamt?«
»Nee, da muss man schon ein bisschen recherchieren. Erst findet man einen Film im Internet, dann ermittelt man den Regisseur. Der mauert, aber rückt am Ende doch den Namen eines Produktionsleiters raus. Der kennt den Kameramann, der drei Jahre lang mit Saskia Vermeer alias Siebeneicher alias Seyboldt gearbeitet hat. Und der ist stinksauer auf sie, weil sie just mit diesem Seyboldt abgehauen ist, und erzählt prompt alles über sie, was er weiß.
Bienzle sagte begeistert: »Also, Sie sind wirklich klasse!«
»Sie aber auch«, antwortete Miriam Köhler.
»Warum, wer sagt das?«
»Matthias Neiberg sagt das, der erzählt ja wahre Wunderdinge über Sie!«

»Ach, der Neiberg. Der hat schon immer übertrieben.«
»Offenbar können Sie mit Lob auch nicht viel besser umgehen als ich«, sagte Miriam und zeigte wieder ihr umwerfendes Lächeln.

Der Flugplatz, auf dem der russische Flieger landen sollte, lag etwa sechzig Kilometer nördlich von Berlin, in der Nähe von Eberswalde. Die Kripo-Einsatzgruppe unter Führung von Matthias Neiberg erreichte den Standort kurz nach Mitternacht.
Das klare Wetter hatte angehalten. Die Temperaturen waren allerdings nach Einbruch der Nacht drastisch gesunken. Kein Wunder bei dem klaren Himmel und der scharfen östlichen Luftströmung, die über das flache Land hinwegzog.
Der ehemalige Flugplatz war mit Wällen umgeben, die den Männern des Einsatzkommandos ideale Deckung boten. Im Licht des Mondes sah man drei langgezogene, flache Baracken, dahinter die Piste, die sich nach Norden in der Dunkelheit verlor.
Bienzle spürte ein seltsames Kribbeln in der Magengegend. Wann war er das letzte Mal bei solch einem Einsatz dabei gewesen? Das war Jahre her.
Ihm fiel die Panne am Grenzübergang Lindau ein. Damals war er der Einsatzleiter gewesen. Es ging um illegale Fleischtransporte nach Ungarn und zurück. Sie wurden hin- und hergekarrt, und jedes Mal kassierte der Ex- und Importeur Subventionen aus Brüssel. Der Zugriff war klar durchgesprochen gewesen. Und ausgerechnet sein bester Freund, der Kollege Günther Gächter, hatte durchgedreht und ohne Not geschossen. Ein harmloser Lastwagenfahrer musste sterben. Das war genau der Fall, bei dem er den Schriftsteller zum ersten Mal getroffen hatte. Und der hatte dann auch noch die Stirn gehabt, einen Kriminalroman daraus zu machen.

Bienzle war froh, dass er die Gedanken daran verdrängen konnte, weil just in diesem Augenblick das dumpfe Brummen einer Propellermaschine zu hören war. Hinter den Baracken loderten plötzlich giftig gelbe Flammen aus alten Benzinfässern auf. Offenbar markierten die Hilfskräfte so die Landebahn.
Neiberg sprach halblaute Anweisungen in sein Walkie-Talkie. Ein paar der Männer sprangen über den Kamm des Walls und näherten sich geduckt den Baracken. Ihre Waffen hatten sie im Anschlag. Aus den Augenwinkeln sah Bienzle, wie die Mannschaftswagen, die unter Bäumen versteckt waren, ihre Motoren anließen. Die Auspuffrohre stießen graue Wölkchen aus. Die Triebwerke der einschwebenden Antonow übertönten bereits jedes andere Geräusch.
Jetzt sah man auch schon die Scheinwerfer des Flugzeugs, die helle Keile in die Dunkelheit zeichneten. Die Umrisse der Maschine waren zu erkennen. Noch hundert Höhenmeter vielleicht, bis sie aufsetzen würde, achtzig, sechzig ... »Zugriff!«, schrie Neiberg in sein Funksprechgerät. Die Einsatzwagen rollten aus ihren Verstecken und auf das offene Flugfeld hinaus. Gegen das gelbe Licht der Benzinfeuer sah man die schwarzen Umrisse der Männer, die geduckt auf die Rollbahn zuliefen.
Bienzle ließ sich Zeit. Die Hände auf dem Rücken verschränkt, stand er auf dem Wall und sah, wie das Flugzeug aufsetzte. Die Piste war uneben. Die Maschine holperte über die Bahn und wurde nun schon von zwei Mannschaftswagen der Polizei eskortiert.
Ein Trupp des Einsatzkommandos nahm die Männer fest, die das Flugzeug erwartet hatten. Keiner leistete Gegenwehr. Die Übermacht war zu groß. Die perfekt ablaufende Aktion der Polizei hätte noch ganz andere Leute eingeschüchtert. Das musste man Neiberg lassen, wenn er so etwas plante, überließ er nichts dem Zufall.

Die Transportmaschine kam kurz vor dem Ende der Rollbahn zum Stillstand. Die Tür öffnete sich, eine Leiter wurde herausgeschoben. Ein hagerer Mann in einer Lederjacke mit dickem Pelzkragen, offenbar der Pilot, stieg als Erster heraus. Als er den Boden erreichte, flammten die Scheinwerfer der Polizeifahrzeuge auf. Das ganze Szenarium war plötzlich hell erleuchtet. Ein geradezu unwirkliches Bild, fand Bienzle. Irgendwie sah das nach Kino aus.
Nacheinander kletterten sechzehn junge Frauen aus dem Flugzeug und wurden von den Beamten in einen Bus begleitet, der sie in die Stadt bringen sollte. Um die beiden Piloten kümmerte sich Neiberg persönlich.
Die Baracken waren in einem trostlosen Zustand. Zwei wurden offensichtlich schon seit Jahren nicht mehr benutzt. In der dritten standen ein paar Feldbetten, ein großer Tisch, vier Stühle, und um eine alte Munitionskiste herum ein paar durchgesessene Autositze. Es roch nach kaltem Rauch und abgestandenem Bier. Das Licht kam von einer nackten Glühbirne, die von der Decke herabhing. In einem runden Käfig von gut einem Meter Durchmesser saß ein Rabe und beobachtete die Menschen mit schiefgelegtem Kopf. Sobald jemand etwas sagte, begann er zu krächzen. Es stellte sich heraus, dass der Vogel Pjotr gehörte, einem etwa fünfunddreißigjährigen Russen, der nur Trainingshosen, Turnschuhe und ein Tank-Top trug. Er hatte die Figur eines Bodybuilders, der sein Training schon seit Jahren übertrieb. Pjotr war der Einzige, der deutsch sprach.
Miriam Köhler notierte die Daten aus den Pässen der Russen, die nun in einer Reihe auf den Stühlen saßen, die Neiberg eigenhändig dicht an der Wand aufgereiht hatte. Der Polizeifotograf lichtete die Männer ab.
Bienzle schaute den Festgenommenen nacheinander ins Ge-

sicht. An Pjotr blieb sein Blick hängen. Bienzle trat neben Neiberg und sagte leise: »Der dort war gestern vor Seyboldts Haus dabei. Einer der Bodyguards. Auf den Fotos werden wir ihn wiedererkennen.«
»Sehr gut«, gab Neiberg zurück.
Die Verhöre hatten nur wenig ergeben. Neiberg und Bienzle waren danach in Neibergs Dienstwagen in die Stadt zurückgefahren. Von Osten her breitete sich eine diffuse Helligkeit aus. Vorahnung der Dämmerung. Flaches Land rundum. Als Bienzle darauf hinwies, lachte Neiberg. »Märkische Heide, märkischer Sand ... Wer die Schwäbische Alb und den Schwarzwald liebt, kann hier nur schwermütig werden. Dabei gibt es so wunderbare Seen rund um Berlin.«
Ob er denn manchmal dazu komme, hier zu wandern, fragte Bienzle.
»Nie! Ich fahre lieber mit dem Schiff über die Havel oder die Kanäle hinauf bis zur Ostsee.«
Auf dem Ku'damm hielt Neiberg vor einem Café. »Komm, lass uns frühstücken!« Sie betraten einen riesigen hohen Raum, der mit roten Plüschstühlen und -bänken ausgestattet war und einen Hauch von Wiener Kaffeehaus verströmte. An den Wänden hingen moderne Bilder. Nur an wenigen der schwarzen Holztische saßen Menschen. Die dominierenden Sprachen schienen Polnisch und Russisch zu sein.
»Woher wusstest du denn, wo und wann die Maschine landen würde?«, fragte Bienzle.
»Ein Tipp!«
»Von wem?«
Neiberg zündete sich eine Zigarette an, blies den Rauch in die Luft und schwieg.
»Du hast gute Kontakte«, sagte Bienzle.
»Kann man so sagen.«

Die Bedienung brachte zwei Schalen Milchkaffee. Bienzle genoss den ersten Schluck.
»Du hast doch gesagt, das Geschäft mit den Prostituierten aus Russland ...«
»Das sind keine Prostituierten, die werden erst dazu gemacht. Man nimmt ihnen die Pässe weg, sperrt sie ein, und ein paar besonders harte Burschen reiten sie dann zu.«
Bienzle schauderte. Wie konnte einer nur so reden.
»Aber du hast gesagt, das war Polnikows Geschäft.«
»Ja.«
»Aber Polnikow ist tot!«
»Die andern leben noch. Man muss jetzt nur wissen, wer seine Geschäfte übernommen hat. Capelli, der Albaner oder der junge Polnikow.«
»Der Typ mit dem Raben. Der hat – wenn ich mich recht erinnere – vor Seyboldts Haus den Schlag für Ismail Polnikow geöffnet. Auf den Bildern können wir das sehen.«
»Das würde bedeuten, dass der jüngere Polnikow nahtlos eingestiegen ist.«
»Hältst du das für möglich?«
»Nur wenn Capelli und Cyslak zugestimmt haben. Das sind ja auch nicht die großen Deals. Da kann man in diesen Kreisen schon mal großzügig sein.«
»Und was sind die großen Deals?«
»Waffen. Möglichst unter einem legalen Deckmantel.« Neiberg bestellte einen doppelten Korn. »Nach soner Nacht brauch ich das. Da haben nach meinen Infos Seyboldt und Polnikow zusammengearbeitet.«
»Und trotzdem – glaubst du – hat Seyboldt den älteren Polnikow umbringen lassen?«
»Es kommt immer der Punkt, wo einer denkt, jetzt kann er das Geschäft alleine machen.«

Neiberg kippte den Schnaps. »Wir kommen voran«, sagte er danach. »Je unsicherer die werden, je mehr sie sich misstrauen, umso besser. Entweder sie erledigen sich selber, oder wir kriegen sie schließlich klein!«
»Klingt, als würdest du Krieg führen gegen die.«
»Ja sicher, die führen doch auch Krieg gegen uns!«
»Wen – uns?«
»Die zivilisierte Gesellschaft. Was glaubst du denn, von wem die Terroristen rund um die Welt ihre Waffen kriegen?«
Bienzle gähnte. »Wenn man denkt, was du in Stuttgart noch für ein friedlicher Zeitgenosse gewesen bist!«

Fünfter Tag

Maletzke hatte Besuch, als Bienzle drei Stunden später in sein Büro trat. Ein hagerer Mann um die fünfzig mit dünnem blonden Haar und einem bleichen Gesicht, das von mehreren senkrechten Falten durchzogen war, lehnte am Aktenschrank. Er hatte eine Zigarette im Mundwinkel, die er aber nicht angezündet hatte. Er deutete mit dem Zeigefinger darauf und sagte: »Maletzke zuliebe. Sie müssen Bienzle sein.«

»Mein Kollege Meffert«, stellte Maletzke vor. »Waffenhandel, Falschgeld.«

»Sie haben neulich gegenüber dem Kollegen Neiberg den Namen Keuerleber erwähnt. Kennen Sie den Bundestagsabgeordneten näher?«

»Überhaupt nicht!«

»Sie sollten ihn aber kennenlernen.«

»So? Und warum?«

»Sie sind doch auch Schwabe.«

Bienzle grinste. »Das allein kann kein Grund sein.«

»Sie kommen bestimmt besser an ihn heran als jeder von uns.«

»Neiberg ist auch Schwabe.«

Maletzke und Meffert schwiegen unisono.

»Gut. Sagen Sie mir dann auch noch, worum's geht?«

»Der zuständige Bundestagsausschuss und der Sicherheitsrat müssen einem Waffentransfer zustimmen, den Seyboldt eingefädelt hat. Wir sind sicher, dass die Waffen, die da auf der Liste stehen, nur von den interessanten Sachen ablenken sollen.«

»Klingt a bissle kompliziert.«
»Ist aber im Grund ganz einfach. Wir wissen, was die Abnehmer am dringendsten wollen: neue elektronische Leitsysteme für Lenkwaffen. Viel genauer als alles, was es bisher gab.«
»Ich versteh immer noch nichts!«
»Wir können leider nicht mehr ganz ausschließen, dass Seyboldt sich einen Prototyp beschafft hat. Wenn nicht gar Kopien der Konstruktionsunterlagen.«
»Hausdurchsuchung!«, knurrte Bienzle.
»Vergiss es!« Zum ersten Mal mischte sich Maletzke ein. »Oder hast du eine Vorstellung, wo er das Zeug versteckt haben könnte?«
»Komm, Norbert, lass uns a paar ganz normale Mordfäll klären!«
»Der Tod von Stefan Seyboldt ist unser Mordfall.«
»Gut, dass du mich wieder dran erinnerst. Fragen wir uns wie immer: Wem hat sein Tod genutzt, wer hatte ein Motiv, und wer hatte die Gelegenheit?«
»Wenn's immer so einfach wäre«, meldete sich Meffert.
»Wer hat g'sagt, dass des einfach ist. Aber übersichtlicher ist es meistens schon.«
»Wir gehen davon aus«, sagte Meffert, »dass der Mord an Seyboldt kein Racheakt eines Konkurrenten war. Auch eine Eifersuchtstat der Ehefrau schließen wir aus.«
»Ich auch, seitdem ich sie kennengelernt habe«, warf Bienzle ein. »Was ist mit Polnikows Bruder?«
»Nehmen wir mal an, Polnikow musste sterben, weil er an das neue Steuersystem für die Lenkwaffen heranwollte.«
»Neiberg behauptet, Polnikow und Seyboldt hätten beim Waffenhandel gemeinsame Sache gemacht, wenigstens eine Zeitlang.«
»Das deckt sich mit unseren Erkenntnissen«, sagte Meffert.

»Also kann man doch davon ausgehen, dass Polnikow das Geschäft alleine machen wollte und deshalb sterben musste.«
»Oder umgekehrt: Seyboldt wollte das Geschäft alleine machen und hat deshalb Polnikow aus dem Weg geräumt«, meldete sich Maletzke.
»Oder es war ganz anders.« Meffert zog ein Feuerzeug aus der Tasche. »Ich muss jetzt eine rauchen. Tut mir leid.« Er hatte schon die Hand auf der Türklinke, als Bienzle sagte: »Und Serkiniadse? – In der Stuttgarter Vollzugsanstalt hat Seyboldt den Auftrag erteilt, ihn umzubringen. Später haben sie sich versöhnt, und Serkiniadse arbeitete für Seyboldt. Aber einer wie der spielt so ein Spiel lang und gut und wartet auf die richtige Gelegenheit.«
»Dann hätte Serkiniadse jetzt den Zugriff auf das System, meinen Sie?« Meffert schien diesem Gedanken etwas abgewinnen zu können.
Bienzle zitierte aus dem Gedächtnis: »Und dann hat er noch gesagt, dass nur er den Keuerleber dazu bringen könnt, den Waffenlieferungen zuzustimmen.«
Meffert fuhr herum. »Was war das?« Er schob das Feuerzeug in die Hosentasche zurück.
»Das war eine wörtliche Aussage der Hausangestellten Barbara Stelzer mir gegenüber. Und gemeint hat sie ihren Chef, den Herrn Serkiniadse. – Komisch, solche Sätz kann i mir merken, aber die einfachsten Namen entfallen mir von jetzt auf nachher, Herr … äh …«
»Meffert«, sagte Meffert.
Maletzke schmunzelte.
»Ja, dann werd ich mir den Herrn Keuerleber doch amal ansehen«, sagte Bienzle.

»Sie glauben auch immer noch: Gott ist gut, und auf der Welt müsste es gerecht zugehen.« Der CDU-Abgeordnete Andreas Leitner sah mitleidig lächelnd auf seinen Begleiter hinab. Die beiden gingen über die großräumige Rasenfläche auf das Reichstagsgebäude zu. Sie hatten ihre Jacken über dem Arm und die Krawatten gelockert. Der Mann neben Leitner war höchstens 1,70 Meter groß, er hatte schütteres rotblondes Haar und ging mit leicht ausgestellten Füßen, wobei er seinen Bauch, über den sich eine buntgemusterte Weste spannte, nach vorne schob. Aus dem runden Gesicht blitzten hinter dicken Brillengläsern zwei listige hellblaue Augen.
Den Tag über waren die Temperaturen immer weiter gestiegen. Jetzt näherte sich das Thermometer der 30-Grad-Marke. Hans Keuerleber zog ein Stofftaschentuch aus seiner Hosentasche und wischte sich den Schweiß ab. »Diese Berliner Sommer«, stöhnte er, »entweder man erkältet sich, oder es ist gleich so heiß, dass man jeden Moment einen Hitzschlag kriegen kann.«
»Sie wären wohl auch lieber in Bonn geblieben.«
»Hundertprozentig. Dieser ganze Osten gefällt mir nicht.«
»Na ja, Sie sind katholisch und dann auch noch Schwabe«, sagte Leitner. Er war über eins neunzig groß und sehr schlank. Dürr, wie Keuerleber fand. Zudem rachitisch. Diese Haltung schon. Die Brust wölbte sich nach innen, und die Schultern fielen nach vorne. Dass Leitner bei jedem Schritt auf den Zehen zu wippen schien, hatte Keuerleber schon mal zu der Beschreibung verleitet: »Der kommt daher wie der Storch im Salat.«
»Ich bin ein christlicher Abgeordneter«, sagte Keuerleber jetzt.
»Genau wie ich. Sie wissen doch aber auch, dass wir mit diesen Konflikten leben müssen.«
»Leben, aber wir müssen sie nicht auch noch schüren. Nur da-

mit ein paar Rüstungsbetriebe ihren Reibach machen können, geb ich doch nicht meine Zustimmung für Waffenverkäufe in Regionen, wo unschuldige Menschen damit getötet werden könnten!« Keuerleber war stehen geblieben. Er gehörte zu den Menschen, die nie zwei Dinge auf einmal tun können. Entweder er ging, oder er argumentierte.

»Wenn wir's nicht tun, tun's andere«, wendete sein Parteifreund ein, »nehmen Sie den Iran …«

»Ja, eben«, unterbrach ihn der Schwabe. »Von dort aus werden doch alle diese fundamentalistischen Gruppen versorgt. Denken Sie nur einmal an Algerien. Und wie das in Afghanistan genau war, wissen wir bis heute nicht. Und da wollen Sie Ihre Stimme dazu hergeben?!«

Leitner verdrehte die Augen. »Der gute Mensch aus Biberach …! Sie wissen aber schon, dass Sie da im Widerspruch zu unserer ganzen Fraktion stehen?«

»Wenn's net anders geht …!«

Die beiden zogen ihre Krawatten gerade, schlüpften in ihre Jacken und verschwanden im Reichstagsgebäude.

Auf einer Bank unter einer Kastanie mit Blick auf die Freitreppe vor dem Reichstagsgebäude saß Saskia Seyboldt. Neben ihr eine Frau Mitte dreißig, die ihr volles schwarzes Haar straff nach hinten gekämmt und in einem Knoten zusammengefasst hatte, wie man das von Balletttänzerinnen kannte. Ihre Gesichtsfarbe war ungewöhnlich hell, die dunklen Augen über den hohen Wangenknochen kontrastierten mit dem Weiß der Haut, das sie durch ihr Make-up noch unterstützte.

Henriette Kimmich besaß ein Übersetzungsbüro und vermittelte Dolmetscher und vor allem Dolmetscherinnen, die auf Wunsch auch ausländischen Besuchern als Begleiterinnen durch Berlin zur Verfügung standen. Frau Kimmich legte aber

größten Wert darauf, dass ihre Dienstleistungen absolut seriös blieben. Wenn ein Gast andere Wünsche hatte, kooperierte sie mit einer Agentur, die auch Partnerinnen für eine Liebesnacht bereithielt.
»Der im Zweireiher ist Dr. Andreas Leitner von der CDU. Wir haben zusammen studiert«, sagte Henriette Kimmich.
»Dann sind die Informationen von ihm?«
Henriette zog es vor, nicht darauf zu antworten. Stattdessen sagte sie: »Und der andere ist Keuerleber.«

Dr. Leitner und Keuerleber durchschritten die Gänge des Reichstagsgebäudes zu dem Saal, in dem ihr Ausschuss tagen sollte. Hier drin schuf die Klimaanlage eine angenehme, wohltemperierte Kühle.
»Mir ist zu Ohren gekommen«, sagte Keuerleber und blieb schon wieder stehen, »dass der Waffenhändler, der das Geschäft abwickeln will, ein mehrfach vorbestrafter Mensch ist.«
»Er ist Schwabe wie Sie«, feixte Leitner und ruckte seine hängenden Schultern ein wenig in die Höhe.
»Lompa gibt's überall!«
»Im Übrigen ist der Mann überraschend verstorben. Vorgestern.«
»Ach was?! – Herzinfarkt?«
»Maschinenpistole – getroffen von sieben Schüssen!«
»Freut Sie des?« Keuerleber schaute Leitner von schräg unten ins Gesicht.
»Ich denke, wir können jetzt alles in seriösere Bahnen lenken, und Sie werden es dann auch leichter haben, genauso zuzustimmen wie die ganze restliche Fraktion.«
Die Tür vor ihnen wurde von einem Saaldiener des Bundestags geöffnet. Sie schritten gemeinsam hindurch.

Saskia Seyboldt und Henriette Kimmich hatten sich von der Parkbank erhoben. Sie reichten sich die Hand und gingen in zwei verschiedene Richtungen davon. Frau Seyboldt lief fast in Bienzle hinein, der mit seiner kleinen Digitalkamera den Reichstag ablichtete.

Er war leicht in die Knie gegangen und hatte den Kopf weit nach hinten gelegt. Offensichtlich wollte er nur die Kuppel fotografieren.

»Herr Bienzle, was machen Sie denn hier?«, fragte Frau Seyboldt.

»Na ja, ich werd hier nimmer gebraucht. Den Rest schaffet meine Kollegen auch ohne mich. Aber mein Flieger geht erst am Samstag. Jetzt mach ich a bissle den Touristen, und das alles auf Spesen. Ist doch nicht schlecht.«

Frau Seyboldt lachte. »Sie sind ein typischer Schwabe!«

»Na ja, Sie müsset's ja wissen!«

»Warum ich, ach, Sie denken, wegen meinem Mann?«

»Oder liegt Furtwangen schon im Badischen?«, fragte Bienzle.

»Guten Tag!« Frau Seyboldt ließ ihn stehen und ging rasch auf das Reichstagsgebäude zu. Aus lauter Übermut knipste Bienzle nun auch noch ihre Rückenansicht. Bilder von vorne hatte er schon genug. Auch von der Dame, mit der sich Frau Seyboldt unterhalten hatte. Und wieder fiel ihm auf, wie wenig ihn eine so makellose Figur beeindruckte.

»Ich kann nur sagen, wir können unsere iranischen Partner nicht mehr länger hinhalten.« Fraktionschef Seliger, ein wuchtiger Kerl um die vierzig mit einem viereckigen Gesicht, verlor langsam die Geduld.

»Und unsere Arbeitnehmer auch nicht«, warf Leitner ein, »bitte, ich habe hier eine Studie, wie viele Arbeitsplätze von dieser Lieferung abhängen …«

Keuerleber beugte sich zu Biggi Beutler von den Grünen hinüber. »Ich hab's ja gewusst: ein heimliches Arbeitsbeschaffungsprogramm ... Aber so hab ich's mir nicht vorg'stellt!«
Ein PDS-Mann, dessen Namen sich Keuerleber nicht merken konnte, rief dazwischen: »Die Haltung meiner Fraktion ist klar. Wir lehnen die Lieferung schwerer Waffen in Krisengebiete grundsätzlich ab.«
»Ja, das wissen wir ja nun«, kam es gleich von mehreren Abgeordneten.
Der Ausschuss war eigentlich gut besetzt. Die meisten Mitglieder hielten ihre Profilsucht im Zaum. Aber es kam doch immer wieder zu Situationen, in denen jeder um den kleinsten Platzvorteil rangelte. Gerade jetzt, wo der CDU-Entwurf auch von drei SPD-Abgeordneten unterstützt wurde. Man munkelte, dass deren plötzlicher Sinneswandel nicht allein ihrem Gewissen geschuldet war, und machte dabei mit Daumen und Zeigefinger eine vielsagende Geste.
Leitner, der im Ausschuss eine wichtige Stimme hatte, meldete sich: »Nun würde ich Persien nicht gerade als Krisengebiet bezeichnen, da gibt es andere ...«
»Und die werden dann von Persien aus beliefert«, sagte Keuerleber.
Der SPD-Abgeordnete Johannes Baltrup klingelte sacht mit der Glocke des Vorsitzenden. »Meine Damen und Herren, auf jeden Fall müssen wir heute zustimmen oder ablehnen. Von unserem Beschluss hängen die Lieferungen schließlich ab!« Dann wandte er sich an Keuerleber: »Und Ihre Fraktion hat sich doch bereits positiv zu den Lieferungen geäußert!«
Keuerleber ruckte nervös auf seinem Stuhl herum. »Ich fühle mich in dieser Sache nicht an den Fraktionszwang gebunden!«
»Darüber reden wir noch«, bellte Fraktionschef Seliger.

»Gern«, sagte Keuerleber, »vielleicht kann ich Sie ja überzeugen.«
An dieser Stelle stand später im Protokoll: »Allgemeine Heiterkeit.«

Manchmal war ja auch ein Polizeiausweis nützlich. Bienzle war ohne weiteres in den Reichstag gelassen worden, als er ihn vorgezeigt hatte. Ihm gefiel es hier drin, obwohl er sich ein paarmal verlaufen hatte. Immerhin gelangte er so auch in die Gänge, in denen die Graffiti der russischen Soldaten, die den Reichstag 1945 erobert hatten, noch erhalten oder wiederhergestellt worden waren.
Eine Schrift in gleichmäßigen kyrillischen Buchstaben hatte es ihm besonders angetan. Womit hatte der Mann sich da verewigt? Mit einem Stück Kohle? Eine ältere Dame in einem Strickkostüm hatte sich neben Bienzle gestellt. Jetzt sagte sie: »Maria, jetzt werd ich bald wieder bei dir sein!«
Bienzle drehte sich um. Die Frau hatte ein feines Gesicht, das von vielen Fältchen durchzogen war. Junge Augen sahen ihn an. Der volle Mund lächelte. »Schön, nicht wahr?«, sagte sie. »Er hat in dieser Stunde des Triumphs nur an eines gedacht – an seine Liebe.«
Bienzle wollte noch etwas sagen, schaffte es aber nicht. Die Frau ging weiter. Er sah ihr nach. Selten hatte er jemanden eleganter gehen sehen.
»Des lernt die Seyboldt nie«, sagte er zu sich selber, »und wenn sie hundert Jahr alt wird!«
Die Dame drehte sich um: »Haben Sie etwas gesagt?«
Bienzle nickte, lächelte. »Danke für die Übersetzung!«
Als er weiterging, beschloss er, so bald wie möglich Hannelore anzurufen.
Bienzle erreichte den Wandelgang über eine breite Treppe. Der

Ausschuss hatte eine Pause eingelegt. Die Abgeordneten standen in Grüppchen zusammen. Einen Mann, der allein an einer Säule stand und offenbar Probleme mit der Atmung hatte, sich aber gleichwohl eine lange Zigarre anzündete, fragte Bienzle: »Welcher ist denn der Herr Keuerleber?«
Der Asthmatiker lachte keuchend. »Der, den der Seliger gerade ins Gebet nimmt.«
»Und welcher ist der Seliger?«
»Das Großmaul mit der Intellektuellenbrille.«
Für einen Kriminalkommissar wie Bienzle war das eine absolut hinreichende Personenbeschreibung. Bienzle schlenderte zu den beiden hinüber und sah sich dabei aufmerksam ein Bild an, das dicht hinter Seligers Kopf hing und so etwas wie die brodelnde, rotglühende Lava im Krater eines Vulkans darstellte.
Bienzle hörte, wie Seliger auf Keuerleber einredete: »Es hängt nur noch an Ihrer Stimme. Von mir aus werden Sie krank.«
Keuerleber schien nicht besonders beeindruckt zu sein. »Ja, das dät Ihne so passe!«
Seligers Gesicht färbte sich gefährlich rot. »Menschenskind, Herr Keuerleber, andere NATO-Länder liefern auch.«
»Aber in anderen NATO-Ländern trage ich keine Verantwortung, Herr Seliger.«
Damit ließ er ihn stehen und ging zu ein paar anderen Abgeordneten.
Seliger machte eine hilflose Geste: »Ich hab geredet mit ihm wie mit einem kranken Gaul! Seit dreizehn Jahren ist das ein unauffälliger Hinterbänkler, und jetzt macht er sich auf einmal wichtig. Also, wenn wir gut beraten sind, kriegt der das nächste Mal keinen sicheren Listenplatz ...« Dann ging auch er rasch den Korridor hinunter.
Bienzle folgte Seliger und registrierte überrascht, dass dieser

plötzlich vor Saskia Seyboldt stand, die er mit einem vollendeten Handkuss begrüßte. Diesmal war es schwieriger, in Hörweite zu kommen. Schließlich kannte ihn die junge Frau. Als er es endlich geschafft hatte, hörte er, wie Seliger sagte: »Das Bild hängt jetzt in meinem Arbeitszimmer – ich habe jeden Tag meine Freude daran und bedauere es unendlich, dass ich Ihrem Mann nicht mehr dafür danken kann!«

Saskia lächelte und wischte sich gleichzeitig mit der Kuppe ihres kleinen Fingers eine Träne aus dem Augenwinkel. »Perfekt«, dachte Bienzle bei sich.

»Hatten Sie eine gute Sitzung?«, fragte Seyboldts Witwe.

»Na ja, er dort«, Seliger nickte zu Keuerleber hinüber, »macht uns ein bisschen Probleme – so ein hartleibiger Schwabe. Aber wir schaffen das schon, keine Sorge. Grüßen Sie auf jeden Fall Herrn Serkiniadse ganz herzlich von mir.«

»Das werde ich gerne machen.« Frau Seyboldt legte ihre Hand kurz in einer vertraulichen Geste auf Seligers Arm und wandte sich dann abrupt ab.

Bienzle hatte es geschafft, das Tête-à-tête mit seiner kleinen Kamera festzuhalten.

Als der Ausschuss nach der Pause wieder zusammentrat, erklärte Baltrup ohne lange Vorrede, man werde die Entscheidung noch einmal vertagen.

Bienzle hatte sich nicht weit von der Tür zu dem kleinen Konferenzsaal auf eine Bank gesetzt, die Augen halb geschlossen. Er fand es ein bisschen schade, dass die Tür zu dem Saal so schnell wieder aufging und die Ausschussmitglieder schon nach knapp zehn Minuten herauskamen. Sein Blick begegnete dem des Abgeordneten Keuerleber.

Der wurde freilich just in diesem Augenblick von der Frau angesprochen, die Bienzle noch vor einer guten Stunde neben

Saskia Seyboldt auf der Bank gesehen hatte. Keuerleber sah die elegante Erscheinung überrascht an. Es war offensichtlich, dass er sie nicht kannte.
Ächzend erhob sich Bienzle und schlenderte in die Richtung der beiden, aber es war unmöglich, auf Hörweite an sie heranzukommen, ohne Aufmerksamkeit zu erregen.
Keuerleber musterte die Frau, die ihn angesprochen hatte, durch seine dicken Brillengläser. »Kennen wir uns?«
»Noch nicht, aber wir sind ja gerade dabei, das zu ändern.«
»Ich hab's net so mit den Lobbyisten«, sagte Keuerleber.
Henriette Kimmich lachte. »Trotzdem würde ich Ihnen gerne ein Angebot machen.«
»Aha?« Keuerleber sah sie fragend an.
»Es geht um die Waffenlieferung in den Iran.«
»Also doch!« Keuerleber schüttelte ungnädig den Kopf.
»Na ja, es sind natürlich Interessen im Spiel. Es geht um sehr viel Geld.«
»Das ist mir klar.«
»Es gibt doch sicher Dinge, die Ihnen am Herzen liegen … Projekte, politische Vorhaben, soziale Initiativen …«
»Sicher!«
»Und die kosten doch alle auch Geld.«
Keuerleber machte mit Daumen und Zeigefinger die Geste des Geldzählens. »Ja no, wo du nicht bischt, Herr Jesu Chrischt …«
»Ich bin bevollmächtigt, mit Ihnen über eine größere Summe zu sprechen.«
»Größere – ja wie groß?«
»Bei welchem Betrag wären Sie bereit, Ihre Entscheidung noch mal neu zu überdenken.«
»Ja was jetzt? Überdenken oder abändern?«
»Die Leute, die ich vertrete, legen großen Wert darauf, dass die Kommission endlich gewisse Barrieren aus dem Weg räumt.«

»Des habet Se jetzt aber nett ausgedrückt.«
»Also, nennen Sie einen Betrag«, sagte Henriette Kimmich forsch.
»Klingt a bissle nach Bestechung, gell. Frau äh …??«
»Kimmich. Henriette Kimmich.«
Der Abgeordnete Keuerleber nahm seine Brille ab und putzte sie mit seinem Taschentuch. Seine Augen wirkten plötzlich viel kleiner. »Also mit mir lauft so was net, Frau Kimmich!«
Er setzte seine Brille wieder auf, wandte sich abrupt ab und stapfte den Gang hinunter. Er kam an Bienzle vorbei.
»Herr Keuerleber?« Der Kommissar trat ihm in den Weg.
»Ja, was isch jetzt scho wieder?«
»Mein Name ist Bienzle, ich komm aus Stuttgart …«
»Nicht mein Wahlkreis.«
»Ich bin Kriminalhauptkommissar und zurzeit nach Berlin delegiert. Ich hätte gern kurz mit Ihnen gesprochen.«
Keuerleber versuchte einen Scherz. »Meine Immunität ist aber noch gar net aufgehoben.«
Bienzle ging nicht darauf ein. »Es geht um ein eher informelles Gespräch … Vielleicht können wir irgendwo eine Kleinigkeit miteinander essen.«
»Haben Sie einen Vorschlag?«
»Ich bin ziemlich fremd in der Stadt.«
»Habet Sie ein Auto?«
»Nein, aber genug Spesen für ein Taxi.«
»Dann fahren wir nach Prenzlauer Berg und gehen in die ›Restauration 1900‹. Da kann man draußen sitzen.«
Das Lokal lag am Käthe-Kollwitz-Platz und ging um die Ecke in die Husemannstraße hinein. Die habe man seitens der DDR-Führung als Vorzeigestraße hergerichtet, wusste Keuerleber zu berichten. »Man hat sie dann nach der Wende aber noch amal generalüberholt.«

Sie suchten sich auf dem breiten Gehsteig einen Tisch, über dem ein viereckiger Schirm für genügend Schatten sorgte. Keuerleber bestellte einen Riesling aus Meißen.
»Ich denk, da gibt's bloß Porzellan«, sagte Bienzle.
»Ja, ja, die Ignoranz der Westler gegenüber dem Osten. Jetzt sind dreizehn Jahr rum seit der Wende, und es wird immer noch nicht besser!« Sie studierten die Speisekarte und entschieden sich beide für Leber Berliner Art. Dann erst fragte der Abgeordnete den Kommissar: »Und? Um was geht's jetzt?«
»Um einen Landsmann von uns. Stefan Seyboldt.«
»Ja, ich hab schon gehört, dass er ermordet worden ist.«
»Haben Sie ihn gekannt?«
»Wie kommet Sie denn da drauf?«
»Wenn unsere Informationen stimmen, wollte er das Geschäft abwickeln, über das Sie gerade in Ihrem Ausschuss beraten.«
»Ihre Informationen stimmen.« Keuerleber hob sein Glas. Sie prosteten sich zu.
Bienzle nahm den Faden wieder auf. »Die Dame, die Sie im Reichstag angesprochen hat …«
»Ja, die hat auch damit zu tun. Kimmich heißt se, wenn Sie des brauchen können. Henriette Kimmich. Da, ich hab sogar eine Visitenkarte von ihr. Die können Sie behalten. Sie hat mir Geld angeboten.«
»Einfach so?«
»Net einfach so, ich müsst dann schon für die Waffenlieferungen stimmen.«
»Hat sie das so offen gesagt?«
»Natürlich net, aber auch kaum versteckt.«
Das Essen kam. Die beiden begannen zu essen. Das Püree war aus frischen Kartoffeln, die Leber genau richtig gebraten, und die Apfel- und Zwiebelscheiben schmeckten frisch und knackig.

»Hätt bloß noch gefehlt, dass sie mir einen unterschriebenen Scheck zugeschoben und gesagt hätte: ›Tragen Sie die Summe selber ein‹«, mümmelte Keuerleber mit vollem Mund.
»Also eine Versuchung ist das ja schon, oder?«
Keuerleber schüttelte den Kopf. »Ich hab mein Auskommen. Mehr brauch ich net. Daheim hab ich eine Zaunfabrik, die ganz gut lauft. Und eine tüchtige Frau, die alles z'ammehält … Und wenn Sie mich jetzt noch zum Essen einladen …?«
Bienzle musste lachen. Der Mann gefiel ihm in seiner einfachen Art, bei der es sich ganz offensichtlich um ein bewusstes Understatement handelte. »Geht in Ordnung, Herr Keuerleber.« Er legte sein Besteck auf den Teller. »Diese Frau Kimmich hab ich ungefähr eine Stunde vorher zusammen mit der Frau des ermordeten Stefan Seyboldt gesehen. Direkt beim Reichstag. Es sieht so aus, als ob sie von der ihre Direktiven bekommen hätte.«
»Der Leitner sagt, nachdem der Seyboldt gestorben sei, käme der Handel jetzt in ein seriöseres Fahrwasser.«
»Ob er das selber glaubt?«, fragte Bienzle.
»Gute Frage!« Keuerleber lachte. »Bestelle mr no en Kaffee?«
Bienzle orderte den Kaffee und schrieb auf einen Bierdeckel seine Handy-Nummer, die Nummer seines Hotels und die Nummer von Maletzkes Dienstapparat. »Da, wenn Ihnen noch irgendetwas einfällt oder wenn etwas passiert, unter einer dieser Nummern erreichen Sie mich.«

Irina Polnikowa wohnte am Schwanenwerder zwischen Havel und Großem Wannsee. Ihr verstorbener Mann hatte die Villa mit Seegrundstück erst ein halbes Jahr vor seinem überraschenden Ableben gekauft. Bienzle war mit der S7 gefahren und hatte den kurzen Weg bis zu dem imponierenden Anwesen zu Fuß zurückgelegt. Jetzt blieb er am Zaun stehen und wischte

sich den Schweiß von der Stirn. Es war schwül geworden. Das Atmen fiel schwer. Von Westen her zog eine schwarze Wolkenwand mit scharf gezackten Kanten herauf. Ein leises Grollen war zu hören. Vielleicht würde das Gewitter ja für etwas frischere Luft sorgen.
Der Kommissar meldete sich über die Gegensprechanlage. Das Tor öffnete sich. Über einen breiten, sauber geharkten Sandweg schritt er auf das rotgeklinkerte Haus zu. Sechs Sandsteinstufen führten zu der schweren Holztür hinauf, die mit Halbreliefs verziert war. Auf der obersten Stufe stand eine stämmige kleine Frau, die er auf höchstens ein Meter sechzig Körpergröße schätzte. Sie trug ein einfaches schwarzes Kleid. Ihr großflächiges Gesicht war braungebrannt. Die grauen Haare hatte sie hochgesteckt.
»Tut mir leid, wenn ich Sie störe«, sagte Bienzle.
»Kommen Sie rein.«
Sie durchschritten eine Halle, die mit Mosaiksteinen ausgelegt war. Links und rechts führten dunkle Holztreppen mit fein gedrechselten Handläufen zu einer Galerie im ersten Stock hinauf. Tageslicht strömte durch hohe Verandatüren, die auf eine breite Terrasse hinausgingen. Dort standen auf Marmorfliesen edle Teakholzgartenmöbel. Frau Polnikowa ging voraus und deutete mit einer einladenden Geste auf einen hochlehnigen Holzstuhl, der mit buntbezogenen Daunenkissen ausgepolstert war. Das Muster erinnerte Bienzle an die russischen Matrjoschkapuppen aus bemaltem Holz.
»So schön kann man wohnen – mitten in Berlin«, sagte er staunend. Der Blick ging über eine sanfte Böschung hinunter zu einer niedrigen Bruchsteinmauer, gegen die die sanften Wellen des Wannsees schlugen. Der Rasen war makellos. Zierkirschen bildeten eine kleine Allee, die zu einem Rondell führte. Im Wasser schaukelte eine kleine Motoryacht.

»Mein Beileid«, sagte Bienzle. »Wir werden versuchen, den Mörder Ihres Mannes zu finden.«
Frau Polnikowa nickte kaum merklich. »Ich werde nach St. Petersburg zurückgehen«, sagte sie.
»Und Ihr Schwager?«
»Ismail bleibt hier.«
»Übernimmt er die Geschäfte Ihres Mannes?«
»Das weiß ich nicht. Es ist nicht Sache der Frau, sich darum zu kümmern.«
»Saskia Seyboldt scheint das anders zu sehen.«
Irina Polnikowas Gesicht veränderte sich schlagartig. Blanker Hass stand in ihren Augen. »Ich will den Namen dieser Frau nicht mehr hören!«
Bienzle lächelte. »Ich werde versuchen, ihn zu vermeiden. Wie war denn das Verhältnis zwischen Ihrem Mann und Stefan Seyboldt?«
»Sie waren gute Freunde!« Das kam schlicht und überzeugend.
»Wirklich?«, fragte Bienzle überrascht.
»Sie haben vieles gemeinsam gemacht. Vorletztes Wochenende sind sie noch zusammen mit dem Boot unterwegs gewesen.« Sie deutete zu der Motoryacht hinunter. »Nur sie beide. Auch ihre Golfreisen nach Portugal haben sie gemeinsam gemacht.«
»Es gibt Leute, die dennoch der festen Überzeugung sind, dass Seyboldt hinter dem Anschlag auf Ihren Mann steckte.«
Entschieden schüttelte sie den Kopf. »Nein. Nicht Seyboldt!«
»Wer dann?«
»Ich weiß es nicht. Aber mein Mann und Stefan standen gemeinsam vor einem wichtigen Geschäftsabschluss.«
»Und worum ging es da?«
»Ich weiß es nicht. Ich weiß nur, dass mein Mann danach alles hier seinem Bruder übergeben wollte. Er hat ein schönes Haus

in St. Petersburg gekauft. Dort wollten wir künftig leben, und er wollte nur noch seinen Hobbys nachgehen.«

»Was waren denn das für Hobbys?«

»Die Jagd und das Sammeln alter Filme. Er hat hier ein kleines Kino im Untergeschoss, und genau das gleiche Kino hat er sich auch in St. Petersburg einbauen lassen.«

»Ein Zeuge hat ausgesagt, Sie seien nach den Schüssen auf Ihren Mann in den Wagen gestiegen und davongefahren, ohne sich noch einmal nach ihm umzudrehen, gerade so, als sei etwas Erwartetes eingetreten.«

Frau Polnikowa nickte. »Ich habe immer damit gerechnet.«

»Also wussten Sie, in welcher Welt sich Ihr Mann bewegte?«

»Eine Frau wie mich kann man nicht so leicht hinters Licht führen – nicht nach so vielen gemeinsamen Jahren.«

»Sind Sie denn Russin?«, fragte Bienzle. »Sie sprechen akzentfrei deutsch.«

»Ich bin Russin, aber aufgewachsen bin ich in Berlin. In Ostberlin. Mein Vater war Armeegeneral. Er war ein sehr strenger Vater. Als unsere Truppen Anfang der neunziger Jahre abzogen, war ich schon mit Michail verheiratet. So habe ich fast mein ganzes Leben bisher in Deutschland verbracht. Und ich habe Deutsch studiert. Für das Lehramt.«

»Sie sind Lehrerin?«

»Ja. In St. Petersburg werde ich wieder unterrichten. Deutsch ist dort jetzt die bevorzugte Fremdsprache.«

Bienzle sah ihr in die Augen. Sie waren sehr dunkel, fast schwarz. »Ich bin froh, dass Sie so offen mit mir reden«, sagte er.

»Ich weiß nicht viel, und ich habe auch nichts zu verbergen.« Wenn sie lächelte, bildeten sich in beiden Wangen Grübchen.

»Und warum haben Sie einen solchen Hass auf Stefan Seyboldts Witwe?«

»Sie ist eine Frau ohne Gewissen und ohne Moral. Andere

Frauen verachtet sie. Wenn wir alle vier zusammen waren, hat sie kein einziges Mal das Wort an mich gerichtet oder eine Frage von mir beantwortet. Eiskalt ist sie, und sie akzeptiert nur Männer.«

»Glauben Sie, dass Stefan Seyboldt seine Frau in seine Geschäfte eingeweiht hat?«

»Nein, aber ich denke, sie hat trotzdem über alles Bescheid gewusst.«

»Wie denn das?«

»Durch Serkiniadse.«

»Und ihr Mann sollte nichts davon geahnt haben?«

»So misstrauisch er sonst war, so vertrauensselig war er seiner Frau gegenüber.«

Die schwarzen Wolken standen nun schon über dem See. Einzelne Blitze zuckten über den dunklen Himmel. Am westlichen Horizont war ein feiner Regenvorhang zu sehen. Frau Polnikowa hatte Bienzle nichts angeboten.

Der Kommissar beugte sich weit vor und legte die Unterarme auf seine Knie. »Ihr Mann hat mutmaßlich gestohlene Luxusautos nach Russland verschoben und junge Frauen von dort nach Deutschland gebracht, um sie der Prostitution zuzuführen. Was wissen Sie darüber?«

Die dunklen Augen Irina Polnikowas wurden hart. »Ich bitte Sie zu gehen.«

»Wir haben Zeugen dafür. In der vergangenen Nacht haben wir sechs Männer festgenommen.«

Frau Polnikowa war aufgestanden und ging nun mit kurzen, festen Schritten durch die Halle zur Haustür, die sie schon erreicht hatte, als sich Bienzle endlich aus seinem bequemen Gartenstuhl herausstemmte. Er warf einen letzten Blick auf den parkähnlichen Garten und den See, dann durchschritt auch er die Halle.

»Kennen Sie einen jungen Mann namens Pjotr?«, fragte er an der Tür.
»Ich habe einen Neffen, der so heißt. Pjotr Iwanow, der Sohn meines Bruders.«
»Ich danke für Ihre Gastfreundschaft«, sagte Bienzle mit leiser Ironie. »Und ich wünsche Ihnen für Ihre Zukunft zu Hause in St. Petersburg alles Gute.«
Irina Polnikowa nickte Bienzle zum Abschied nur zu und hatte sich schon abgewandt, als er die Tür nach draußen öffnete.
»Diese Frauen«, sagte Bienzle leise zu sich selber, während er über den Sandweg zum Gartentor ging, »diese Frauen allein in ihren großen Häusern.«

Der Verhörraum war ein Büro am Ende des Korridors. Bienzle nahm das gelbe Schild mit der schwarzen Schrift, auf dem *Vernehmung, bitte nicht stören* stand, und hängte es an den Haken an der Außenseite der Tür, bevor er den Raum betrat. Ein Tisch, zwei Holzstühle. Der graue Teppichboden dämpfte die Geräusche.
Irina Polnikowa war eine geborene Iwanow. Das hatte Miriam Köhler recherchiert. Als Bienzle den Verhörraum betrat, war Pjotr schon da.
»Herr Iwanow?« Der Kopf des Inhaftierten fuhr herum.
Bienzle lächelte. »Ihre Tante Irina lässt Sie grüßen.«
Pjotr sah den Kommissar aus zusammengekniffenen Augen an, sagte aber nichts.
»Sie hat Ihnen doch Deutsch beigebracht«, fuhr Bienzle fort. »Also reden Sie mit mir!«
In einem kleinen Nebenraum saßen Miriam und Maletzke und hörten über Lautsprecher mit. »Nicht schlecht«, sagte Maletzke.

»Sie hat mir gesagt, sie wolle nach St. Petersburg ziehen. Gehen Sie mit?« Das war wieder Bienzles Stimme.

»Nein!«

»Sie arbeiten also weiter für Ismail?«

Pjotr starrte den Kommissar nur an.

»Das wird nicht mehr viel werden.« Bienzle zog den zweiten Stuhl etwas vom Tisch weg und setzte sich. »Ismail Polnikow ist inzwischen auch verhaftet. Mein Kollege Neiberg hat ihn in der Mangel. Ich glaube, es wird nicht schwer sein, ihm und seinem verstorbenen Bruder diesen hässlichen Menschenhandel nachzuweisen. Und vielleicht wissen Sie ja, wie es im Deutschen heißt: Mitgefangen, mitgehangen.«

»Ich nur kleiner Handlanger«, das war der erste zusammenhängende, wenn auch unvollständige Satz des Russen.

»Ja, das sehe ich auch so. Aber der Staatsanwalt wird uns das vielleicht nicht glauben, wenn Sie uns nicht ein bisschen was über Ihre Arbeit erzählen.«

Pjotr schwieg.

»Ihre Tante lässt Ihnen sagen, Sie sollen mit mir reden. Sie hat es auch getan. Und Irina Polnikowa weiß bestimmt, was gut für Sie ist.«

Und mit einem Mal ließ sich der Russe auf ein Gespräch mit Bienzle ein. Seine Tante habe ihn schon vor sieben Jahren nach Berlin kommen lassen. Es stimme, sie habe ihm Deutsch beigebracht. Und bei ihrem Mann sei er dann untergekommen. Meistens sei er als Beschützer mit ihm unterwegs gewesen. Aber er habe auch selbständige Arbeiten übernommen. Pjotr wusste, wer der Abnehmer für die jungen Frauen war. Matthias, genannt Matze, Handke. »Ein typischer Deutscher«, sagte Pjotr, »eingebildet und immer kommandieren.«

Kurz darauf ging die Tür auf. Maletzke kam herein. Er nickte Pjotr freundlich zu.

»Niemand wird erfahren, dass wir's von Ihnen wissen«, sagte Bienzle zu dem Russen.
»Aber möglicherweise brauchen wir Herrn Iwanow als Zeugen«, warf Maletzke ein.
»Nein, das muss auch anders gehen.« Bienzle legte Pjotr kurz die Hand auf die Schulter. »Versprochen ist versprochen.«
»Handke kennen wir übrigens«, sagte Maletzke.
»Hätt mich auch g'wundert, wenn's anders gewesen wär«, gab Bienzle zurück.
Sie ließen Pjotr Iwanow wieder in seine Zelle bringen.
Maletzke ging zur Tür. »Ich geb das Band von deinem Verhör an Neiberg weiter, damit er dem Polnikow richtig einheizen kann. Und ich lasse Handke festnehmen.«

Bienzle verließ das Polizeigebäude. Das Gewitter war schnell über die Stadt hinweggezogen. Jetzt regnete es nur noch schwach. Bienzle ging in seine Pension. Er rief Hannelore an und erzählte ihr, was er alles erlebt hatte, aber er merkte bald, dass sie ihm nicht richtig zuhörte. Sie wolle in die Oper und sei ein wenig in Eile, sagte sie.
»Allein?«, fragte er.
»Nein, nein«, antwortete Hannelore, aber sie sagte ihm nicht, wer sie begleitete.
Bienzle legte sich aufs Bett und spürte, wie die Eifersucht in ihm aufstieg. Um sich abzulenken, ging er in Gedanken den Fall noch einmal durch. Irina Polnikowa war keine Lügnerin, das spürte er. Man sollte ihr glauben, dass ihr Mann und Stefan Seyboldt Freunde und Partner waren. Aber hätte das Seyboldt davon abgehalten, Michail Polnikow umbringen zu lassen? Ganz sicher nicht, vor allem dann nicht, wenn die beiden den ganz großen Waffendeal vorhatten und wenn Seyboldt eine Chance sah, das Geschäft alleine zu machen. So weit war

Bienzle in seinen Gedanken gekommen, als ihn der Schlaf übermannte. Er hatte eine lange Nacht und einen harten Tag hinter sich, und er war ja auch keine vierzig mehr.

Etwa um die gleiche Zeit schlenderte der Bundestagsabgeordnete Hans Keuerleber ziellos durch das Viertel um die Oranienburger Straße. Er liebte es, sich an den Abenden einfach treiben zu lassen. Wie immer trug er seine alte, abgeschabte Ledertasche bei sich. In seinem Apartment wollte er sich später noch mal in die Akten vertiefen. Eine Straßenprostituierte sprach ihn an, ein Mädchen, kaum älter als siebzehn, in hochhackigen Schaftstiefeln, über deren oberem Rand zehn Zentimeter nacktes Fleisch blitzten. Drüber trug sie einen violetten Tanga. Keuerleber winkte ab. Er bog kurz hinter der Synagoge in die Krausnickstraße ein und bummelte weiter bis zur Sophienstraße. Vor einer kleinen Eckkneipe las er auf einer Schiefertafel »frische Buletten mit Kartoffel-Gurken-Salat«. Er ging hinein, fand aber keinen Platz.
Als er wieder auf die Straße trat, stand plötzlich eine Frau auf einem Bein vor ihm. In einer Art Reflex hielt sie sich mit der linken Hand an seiner Schulter fest. In der rechten hatte sie einen Schuh. »Entschuldigung!«, stammelte sie.
Keuerleber stützte sie am Ellbogen. »Da brauchen Sie sich doch nicht zu entschuldigen. You are welcome, wie der Engländer sagt.«
»Schauen Sie sich das an.« Sie hielt ihm den Schuh hin. Der Absatz hing nur noch lose an einem dünnen Nägelchen.
Keuerleber nahm ihr den Schuh aus der Hand, betrachtete ihn von allen Seiten und stellte fest, dass die anderen Nägel noch da waren, aber keine Verbindung zu dem Absatz mehr hatten. Spitz stachen sie aus der Sohle heraus. Er drückte den Absatz in seine ursprüngliche Lage zurück, hob einen Stein auf und

klopfte ihn damit, so gut es ging, wieder fest. »Bis zum nächsten Taxi kommen Sie damit.«
Die Frau schlüpfte in den Schuh und ließ Keuerleber los. »Sie sind aber geschickt.«
Keuerleber nickte. »Handwerklich begabt seit frühester Jugend.«
»Auf den Schreck muss ich erst mal etwas trinken. Kann ich Sie auf einen Drink einladen?«
»Wenn ich mir was zu essen dazu bestellen darf. Auf meine Kosten natürlich.«
Sie landeten in einem Zwischending zwischen Bar und Bistro ein Stück die Sophienstraße hinauf und setzten sich in eine Nische. Keuerleber stellte seine Tasche neben seinen Stuhl. Inzwischen hatte er Zeit gehabt, seine Begleiterin näher zu mustern. Sie war fast einen Kopf größer als er. Selbst wenn sie flache Schuhe getragen hätte, hätte sie ihn noch überragt. Ihre blonden Haare glichen einer Löwenmähne, und sie hatte ein schönes, ebenmäßiges Gesicht mit einer kleinen geraden Nase und einem vollen, etwas zu grell geschminkten Mund. Beim Gehen schob sie die Hüften ein wenig vor. Sie trug einen kurzen Lederrock und darüber einen engsitzenden ärmellosen Pulli.
»Und Sie sind wirklich Bundestagsabgeordneter?«, fragte sie und nippte an ihrem Campari Orange. Keuerleber hatte sich Vitello Tonato und einen Riesling aus dem Elsass bestellt.
»Na ja, so was B'sonders ischt des ja dann au wieder net.«
Die junge Frau, die sich inzwischen als Simone Schmidt vorgestellt hatte, erzählte, sie sei Fitnesstrainerin und habe ein eigenes kleines Institut nicht weit von hier in der Rosenthaler Straße. Aber wahrscheinlich werde sie dort nicht bleiben können, weil die Mieten förmlich explodierten. »Da sollten Sie mal was dagegen machen, Herr Abgeordneter!« Früher habe

sie als Animateurin in verschiedenen Robinson-Klubs gearbeitet. Und aus jener Zeit hatte sie eine ganze Reihe Histörchen auf Lager. Nach zweieinhalb Stunden und drei oder gar vier Gläsern Wein, Keuerleber hatte aufgehört zu zählen, saßen sie noch immer in der Nische.

»Bestellen wir noch ein Glas?«, fragte Simone.

Keuerleber wiegte den Kopf hin und her. »Ich hab morgen einen schweren Tag, allzu spät darf es nicht werden.«

»Keine Bange, ich pass auf Sie auf!« Sie rückte ein wenig näher an ihn heran. »Bundestagsabgeordneter – Sie sind ja ein richtiger Prominenter. Wenn ich mir all die interessanten Leute vorstelle, die Sie da kennenlernen …«

Keuerleber konnte da nur lachen. »O Jessas, wenn Sie wüssten. Haben Sie sich schon amal darüber Gedanken gemacht, wie einsam unsereiner so ist – abends allein in Berlin! Auf hoher See, vor Gericht und als Abgeordneter in Berlin bist du in Gottes Hand. Aber der hat ja so viele andere, um die er sich kümmern muss.«

»Sie fühlen sich nicht wohl in Berlin?«

»Berlin find ich super! Trotzdem hab ich dagegen gestimmt.«

»Warum das denn?«

»Weil ich nicht gerne fliege und weil Bonn viel näher an Biberach ist!« Er spürte nun doch den Wein. Er registrierte, dass er betrunken wurde, aber er gehörte zum Glück zu den Leuten, die dann eher klarer werden. Zumindest bildete er sich das ein. »So, dieses Glas noch, und dann mach ich den Schirm zu!«

Die junge Frau machte einen Schmollmund. »Und was wird dann mit mir?«

»Sie gehen heim zu Ihrer Mama oder zu Ihrem Mann. Suchen Sie sich's aus. Ich bin gleich wieder da. Erst muss ich amal zur Abteilung für gebrauchte Getränke.«

Er stand auf und schwankte der Tür mit der Aufschrift »Toilette« zu. Simone wartete, bis er verschwunden war, öffnete dann ihre Handtasche, holte ein Fläschchen heraus und schüttete ein paar Tropfen in Keuerlebers Glas.

Sechster Tag

Ich kenn halt sonst niemand, dem ich mich in einer solchen Situation anvertrauen könnte.« Keuerleber stand kurz nach halb acht vor Bienzles Frühstückstisch. »Zum Glück hab ich den Zettel mit Ihren Nummern und der Anschrift hier noch im Hemdetäschle g'habt.« Er sah erbarmungswürdig aus. Sein Gesicht war kreidebleich, seine Unterlippe zitterte, dicke Tränensäcke hingen unter seinen Augen, und er trug eine Ersatzbrille, die viel zu groß war für sein kleines, rundes Gesicht. »Tut mir leid!«

»Das ist schon in Ordnung«, sagte Bienzle. Er bestellte einen Kaffee für seinen Gast und nötigte ihn, wenigstens ein Brötchen mit Butter zu essen.

»Und Sie erinnern sich an gar nichts mehr?«, fragte der Kommissar den Abgeordneten, nachdem der in abgehackten Sätzen seine Situation geschildert hatte.

»Nein. Einen solchen Filmriss hab ich mein Leben lang noch nicht gehabt.«

»Sie wissen also auch nicht, seit wann Sie Ihre Aktentasche vermissen ...?«

»Vor allem vermisse ich, was drin war – alle geheimen Akten eines Antrags auf Kriegswaffenlieferungen nach Persien. Ich trag des Zeug ja nicht umsonst immer mit mir rum. Im Hotel könnt's ja wegkommen.«

»Woanders auch, wie wir jetzt wissen!«

Keuerleber schlug mit der flachen Hand auf den Tisch, dass die wenigen anderen Frühstücksgäste erschrocken herüberschauten. »Entschuldigung!«, sagte der Abgeordnete in den

Raum hinein, ohne jemanden anzusehen. Und dann zu Bienzle: »Menschenskind, in drei Stunden fängt die entscheidende Sitzung an!«
»Ja, dann aber nichts wie los«, sagte der Kommissar.

Das Letzte, woran sich Keuerleber noch erinnerte, war die Situation vor der Eckkneipe an der Sophienstraße, wohin er mit dem Kommissar von dessen Pension aus gefahren war. »Ich bin hier rausgekommen, und da stand dieses Mädle, also diese junge Frau, auf einem Bein wie der Storch im Ried.«
»Wissen Sie noch, wie die hieß?«
»Vielleicht fällt mir's irgendwann wieder ein, aber so ad hoc ... tut mir leid.«
»Und Sie sind zu Fuß in die Bar gegangen?«
»Ja freilich. Und die kann deshalb auch gar net weit sein von hier. Des Mädle ... die Frau hat ja nimmer richtig laufe könne in ihre anderthalb Schuh! Warten Sie, wir sind da ums Eck und dann diese Straße 'nauf ...« Er zeigte in die Sophienstraße hinein.
»Ja, dann machen wir das jetzt auch.«
Vor dem Bistro blieb Keuerleber stehen, schnaufte ein paarmal schwer und sagte dann: »Also wenn mich nicht alles täuscht, war's das da!«
Das Bistro in der Sophienstraße bot auch Frühstück an. Als Bienzle und Keuerleber dort eintrafen, war ungefähr jeder zweite Tisch besetzt. Die meisten der Gäste waren junge Männer. Business-Typen, die sich stärkten, bevor sie sich ins tägliche Rennen um die besten Plätze begaben.
»Ja, das ist es. Hundertprozentig«, sagte Keuerleber, als sie eintraten. »Dort hinte habet mir g'sesse, und ich hab gar nicht so viel getrunken g'habt.« Keuerleber ging zu der Nische und rief plötzlich: »Ja, des glaubst doch net. Da steht mei Tasch. Genau

da, wo ich sie hingestellt hab. Da kannst amal sehe, wie ehrlich die Berliner sind!« Überglücklich presste er die Tasche an sich.
»Schauen Sie mal nach, ob alles da ist.«
Keuerleber öffnete die abgeschabte Aktentasche und untersuchte den Inhalt. »Alles da!« Er strahlte über das ganze runde Gesicht. »Allerdings …« Plötzlich stand er da wie versteinert.
»Ja?«
»Wissen Sie, ich bin ein penibler Mensch. Manche Leut machet sich zwar gern drüber lustig, aber ich brauch nun amal diese Ordnung!«
»Ja, und?«
»Die Akten sind bei mir immer der Reihe nach in die Tasche eingeordnet, aber jetzt ist da alles durcheinander.«
»Sie wollen sagen: Es ist zwar alles da, aber anders geordnet?«
»Ja, genau das!« Keuerleber nahm die Akten heraus und legte sie auf dem Tisch aus.
Bienzle griff sich einen Schnellhefter und blätterte ihn auf. Plötzlich hielt er inne. »Haben Sie die Seiten irgendwann mal kopiert?«
»Ich? Nein, wieso sollt ich?«
»Und wo kommt dann dieser Falz her?«
»Hä?«, machte Keuerleber.
»Da sehen Sie den Knick … den hat jede Seite. So ein Falz entsteht, wenn man die Seiten umknickt, um sie zu fotokopieren, ohne sie extra herauszunehmen.« Er machte es vor.
»Ja heiligs Blechle. So was dät ich nie und nimmer merke! Wenigstens nicht nach so einer Nacht!«
»Eins steht jedenfalls fest: Ihre Akten waren heute Nacht in den falschen Händen.«
Keuerleber war entsetzt: »Um Gottes willen, wenn das jemand erfährt!«
»Keine Angst, von mir erfährt das niemand. Aber Sie sollten

vielleicht in Zukunft etwas vorsichtiger mit Ihren Notizen sein.«
»Warum das denn? Was haben Sie auf einmal mit meinen Notizen?« Bienzle blätterte eine Seite auf. »Na ja, hier zum Beispiel. Da steht handschriftlich neben dem Zitat Ihres Kollegen Schorrenstein: ›Der ist doch blöder als mei Geißbock!‹ Haben Sie denn einen daheim?«
»Was denn?«
»Einen Geißbock.« Bienzle wartete die Antwort nicht ab. »Und das da bezieht sich auf den Ausschussvorsitzenden Baltrup. Da steht Arschloch.«
»Ja, wenn er halt auch eins ist. Außerdem: Für die Öffentlichkeit ist das ja auch net direkt bestimmt! Übrigens hab ich tatsächlich einen Geißbock, er heißt Helmuth und ist ein wirklich kapitales Tier.«

Keuerleber kam eilig die Treppe herauf und eilte den Gang entlang. Er schaute auf die Uhr. Am Ende des Gangs wurde die Tür zum Sitzungssaal geschlossen. Keuerleber beschleunigte seinen Schritt nochmals. Sein Atem ging kurz. Seine alte, abgeschabte Ledertasche drückte er eng an sich.
Plötzlich trat ihm Seliger in den Weg. »Ich muss Sie einen Augenblick sprechen.«
»Das geht jetzt nicht!«
Die Tür zum Versammlungssaal öffnete sich. Der Ausschussvorsitzende Baltrup trat heraus. »Das wird sich nicht vermeiden lassen, Herr Kollege.« Er hatte ein DIN-A4-Kuvert und hob es mit bedeutungsvoller Miene hoch.
Keuerlebers Blicke gingen zwischen Seliger und Baltrup hin und her. Was hatten die beiden vor? Hatte das mit scinen Erlebnissen in der vergangenen Nacht zu tun?
»Aber die Sitzung?«, sagte Keuerleber schwach.

»Ohne uns können die da drin ja nicht anfangen.«
Keuerleber, Seliger und Baltrup traten in ein kleines Büro, das sonst von den Stenographen genutzt wurde. Sie versammelten sich um den einzigen Schreibtisch im Raum. Baltrup ließ aus dem Kuvert ein paar Fotos auf die Tischplatte rutschen und schob sie dann mit spitzen Fingern auseinander.
Seliger beugte sich vor. »Also nein!!«, entfuhr es ihm.
»Unglaublich, nicht wahr«, sekundierte Baltrup.
Keuerlebers fleischige Hand griff nach den Bildern. Da lag er selbst, wie ein gepellter Frosch auf einem großflächigen Bett, das wohl mit schwarzer Satinwäsche überzogen war. Auf seinen Hüften saß die lediglich mit sehr wenig Reizwäsche bekleidete Simone Schmidt. Keuerleber sagte: »Ich glaub, ich sollt a paar Kilo abnehmen.«
»Mehr fällt Ihnen dazu nicht ein?«, schnappte Baltrup atemlos.
Seliger ruckte in den Schultern. »Ich bin entsetzt, Herr Keuerleber! Sie als christlicher Politiker. Die Bilder können morgen schon in der Zeitung erscheinen.«
Keuerleber schaute aufmerksam vom einen zum andern, dann sah er sich die Bilder noch mal an. Er schien nicht sonderlich beunruhigt zu sein.
»Sie können sich in Ihrem Wahlkreis nicht mehr blicken lassen«, sagte Seliger.
Baltrup sah auf die Uhr. »Ich denke, wir werden die Sitzung vertagen!«
Keuerleber sah ihn verständnislos an. »Aber warum?«
»Na erlauben Sie mal. Sie haben wohl noch gar nicht realisiert, was das da alles nach sich ziehen kann.«
Er eilte zur Tür, aber Keuerleber stoppte ihn auf halbem Weg mit dem Satz: »Das ist doch lächerlich.«
Baltrup fuhr herum. »Was ist das??«
»Die Leut werden sagen: Schaut euch den Keuerleber an. Was

das für ein Mannsbild ist. Kriegt noch ein solches Weib ins Bett.«
Baltrup und Seliger schüttelten die Köpfe.
»Und Ihre Familie?«, rief Seliger.
»Mit meiner Frau besprech ich das. Die glaubt mir mehr als der Zeitung, verlassen Sie sich drauf! In der Fraktion könnten wir ja dann mal offensiv diskutieren, wer mit wem wie oft und so … Der ganze Bundestag-Sexreport halt.«
Seliger herrschte ihn an: »Sie müssen den Verstand verloren ha…«
Aber Keuerleber fuhr ihm plötzlich ernst und scharf in die Parade: »Ich weiß es, und Sie wissen es: Man hat mich reingelegt. Das ist eine ganz gezielte Aktion gewesen. Die Tatsache, dass ich das Votum des Ausschusses unter Umständen entscheidend beeinflussen könnte, lässt gewisse Interessenten offenbar vor nichts zurückschrecken … Aber wenn Sie sich dafür nicht zu gut sind, ist das Ihre Sache. Ich jedenfalls lasse mich durch so etwas nicht beirren. Grüß Gott, meine Herren!« Er griff sich ziellos ein paar der Fotos und verließ den Raum. Seliger und Baltrup schauten sich sprachlos an.

Bienzle war am Ufer der Spree entlang vom Reichstag bis zum Bahnhof Friedrichstraße gegangen. Er hatte die S-Bahn bis Bahnhof Zoo genommen und den restlichen Weg in die Keithstraße zu Fuß zurückgelegt. Maletzke saß mit tiefgefurchter Stirn über den Vernehmungsprotokollen des letzten Tages. Ohne aufzusehen, sagte er: »Da war ein Anruf von Keuerleber. Du sollst ihn möglichst bald auf seinem Mobiltelefon zurückrufen. Die Nummer hättest du.«
Bienzle nickte, zog den Telefonapparat heran und setzte sich halb auf die Schreibtischecke. Maletzke hatte die Tische so weit an die Wand geschoben, dass für Bienzle kein Platz mehr war.

»Bienzle hier«, meldete er sich, »ich sollte Sie anrufen, Herr Keuerleber.«
Der Abgeordnete erzählte, wie ihn Seliger und Baltrup bedrängt hatten.
»Ja, und was machen Sie jetzt? Wann ist die Abstimmung?«, fragte Bienzle.
»Morgen Vormittag um zehn«, antwortete Keuerleber.
»Und Sie bleiben bei Ihrer Meinung?«
»Jetzt erst recht!«
»Respekt!«, sagte Bienzle.
»Was Bessers fällt mir nicht ein, Herr Bienzle.«
Keuerleber saß in einem Coffee-Shop Unter den Linden und hatte einen doppelten Espresso vor sich. »In der Sitzung werde ich als Erstes eine persönliche Erklärung abgeben. Und dann möchte ich sehen, ob die dem Waffengeschäft noch zustimmen.« Er hob den Blick, und seine Augen begegneten denen von Henriette Kimmich. »Diese Frau Kimmich steckt da mit drin«, sagte er unvermittelt. »Henriette Kimmich. Offenbar verfolgt und beobachtet die mich. Jetzt steht sie da vorne an der Theke.«
Bienzle rutschte unwillkürlich von der Ecke des Schreibtisches herunter. »Passen Sie auf sich auf. Wo kann ich Sie gegen Abend treffen? Okay, wie heißt das? ›Elsässer Weinstuben‹ am Savignyplatz. Ja, ich bin um 19 Uhr 30 da.« Er legte auf.
»Der Wirt heißt Yves«, sagte Neiberg. »Ein wunderbarer Typ. Elsässer. Du musst unbedingt den Wein trinken, den er dir empfiehlt.«
»Kann ich den auch bezahlen?«
»Schränkst dich halt woanders a bissle ein«, sagte Bienzles Landsmann. »Was hat er denn so Wichtiges gehabt, der Herr Abgeordnete?«
Bienzle erzählte die ganze Geschichte.

Sozusagen im Gegenzug lieferten Maletzke und Neiberg einen Report über die Verhöre. Handke hatten sie gegen eine Kaution wieder freilassen müssen. »Aber das nützt ihm nicht viel«, sagte Neiberg genüsslich. »Wir haben Razzien in allen seinen Läden durchgeführt. Ohne Ankündigung. Zeitgleich! Endlich hat man uns mal die richterlichen Durchsuchungsanordnungen unbürokratisch und schnell genug ausgestellt. Wir haben siebenunddreißig Frauen ohne Pässe angetroffen, die wie Sklavinnen gehalten wurden.«
»Und trotzdem ist der wieder auf freiem Fuß?«
»Höchstens bis zur Gerichtsverhandlung.«
»Und? Wird's zu der kommen?«
»Wenn der Handke bis dahin nicht verschwunden ist. Aber das wird er dann wohl sein.«
Ismail Polnikow und Pjotr Iwanow blieben in Haft. Man hatte gegen Polnikow genügend Beweismaterial gefunden. Als ein Beamter Irina Polnikowa eine Vorladung überbringen wollte, war sie abgereist. Und niemand konnte die Frage beantworten, ob und wann sie wieder nach Deutschland kommen würde.
Bienzle sagte: »Davon werden ein paar Schüler in St. Petersburg profitieren.«
Neiberg vertrat die Theorie, dass der Fall so gut wie abgeschlossen sei. Seyboldt habe Michail Polnikow vor der russisch-orthodoxen Kirche erschießen lassen. Polnikows Bruder habe Rache geübt und seinerseits Seyboldt ins Jenseits geschickt.
»Es könnte aber auch ganz anders gewesen sein«, sagte Maletzke.
Neiberg grinste: »Ich hab mit dem Oberstaatsanwalt gesprochen. Ihm gefällt meine Theorie.«
»Ja, das glaub ich«, warf Bienzle ein. »Der würde lieber heute als morgen die Ermittlungen abschließen und Anklage erheben.«
»Das wird er auch, verlass dich drauf!«

»Bei der Beweislage?«
»Wir haben Indizien genug. Man muss sie nur richtig bewerten.«
»Und dann kommt womöglich der Falsche wegen des Mordes an Seyboldt hinter Gitter«, warf Maletzke ein.
»Der Polnikow hat genug Dreck am Stecken. Ich sag dir ganz ehrlich, mir ist egal, warum der im Knast verschwindet. Hauptsache, er ist aus dem Verkehr gezogen«, sagte Neiberg. »Wir wissen doch, was diese Mafiatypen alles treiben, und können's ihnen doch nicht beweisen. Meistens wenigstens. Al Capone haben sie am Ende auch nur wegen Steuerbetrugs drangekriegt.«
»Noch ist Berlin nicht Chicago«, sagte Maletzke.
»Ja, dann lass uns aber auch dafür sorgen, dass es nicht Chicago wird!« Neiberg ging hinaus und warf die Tür hinter sich zu.
»Starker Auftritt, was?«, sagte Maletzke.
Bienzle winkte nur ab. »In Stuttgart hat er eine Zeitlang den Spitznamen ›Django‹ gehabt.«
Sie gingen gemeinsam aus dem Bürogebäude in der Keithstraße. »Wenn du nichts dagegen hast, komm ich mit«, sagte der Berliner Kommissar.
»Ich freu mich«, gab Bienzle zurück.

Die »Elsässer Weinstuben« lagen am Rande des Savignyplatzes. Maletzke hatte überraschend einen Parkplatz in der Knesebeckstraße gefunden. Jetzt gingen sie unter den S-Bahn-Bögen hindurch und erreichten den kleinen runden Park, der durch die Kantstraße in zwei gleiche Teile geteilt wurde. Auf der anderen Straßenseite hielt ein Bus. Als er weiterfuhr, tauchte der Abgeordnete Hans Keuerleber auf dem Gehsteig auf. Er schaute nach links und rechts. Der Verkehr floss gleichmäßig. Aber jetzt sprangen die Ampeln vor und hinter dem Platz gleichzeitig auf Rot. Man konnte die Fahrbahn deshalb auf dem Zwischenstück gefahrlos überqueren. Keuerleber machte ein paar Schritte auf die Fahrbahn. Im gleichen Augenblick scherte ein Wagen aus einer Parkbucht aus und raste, obwohl die Ampel noch immer Rot zeigte, auf Keuerleber zu. Ein dumpfer Aufprall. Der kleine, rundliche Körper Keuerlebers wurde hochgeschleudert, schlug auf der Motorhaube des Wagens auf und wurde dann auf den Asphalt geworfen. Bewegungslos blieb er auf der Fahrbahn liegen. Der Wagen beschleunigte die Kantstraße hinunter. Bienzle rannte auf Keuerleber zu. Maletzke reagierte professionell. Er merkte sich Wagentyp, Farbe und Kennzeichen des Autos. Er gab die Details sofort durch und rief einen Notarztwagen. Dann erst ging er zu Bienzle und Keuerleber hinüber.

Keuerleber lag bewegungslos da, hatte aber die Augen offen und bewegte die Lippen. »Das … das hab ich nicht verdient …«, sagte er.

»Nicht sprechen jetzt«, sagte Bienzle. »Der Notarztwagen muss gleich da sein.«

Doch das hörte der Abgeordnete schon nicht mehr.

Siebter Tag

Bienzle wachte gegen acht Uhr morgens auf. Er war erst lange nach Mitternacht eingeschlafen. Nachdem er und Maletzke alle Formalitäten erledigt hatten, waren sie in eine kleine Eckkneipe gegangen. Maletzke hatte das Gefühl, seinen Kollegen trösten zu müssen, und so war es auch.

»Seit fünfundzwanzig Jahren versuche ich Morde aufzuklären. Aber noch nie ist einer direkt vor meinen Augen verübt worden«, sagte Bienzle. »Und wir haben ihn nicht verhindern können.«

»Wie denn auch?« Maletzke nuckelte an einer kalten Pfeife. »Ich hab ja nicht mal eine Waffe bei mir.«

Bienzle trank zu schnell. Zwischendurch versuchte er immer mal wieder, Hannelore zu erreichen. Sie ging nicht an den Apparat. Maletzke beobachtete ihn aus den Augenwinkeln. »Sie geht doch sonst kaum amal abends weg«, sagte Bienzle, »ich mein, wenn sie allein ist.«

»Meistens gibt es eine ganz einfache Erklärung für so was«, sagte Maletzke.

»Ja, aber das könnt auch eine sein, vor der ich mich fürchte«, meinte Bienzle nachdenklich.

Sie waren in der Kneipe geblieben, um gemeinsam auf den Anruf des Kommissars vom Dienst zu warten. Kurz vor zehn Uhr kam er. Der Wagen, der Keuerleber überfahren hatte, sei gefunden. Das Fahrzeug war in der Konstanzer Straße abgestellt worden. Es gehörte einem Zahnarzt aus Prenzlau. Ein Beamter hatte unter der Telefonnummer angerufen und die Mutter des Fahrzeugbesitzers erreicht. So hatte man erfahren, wo der in

Berlin wohnte. Und der Portier im Hotel wusste dann, dass der Zahnarzt samt Gattin mit der S-Bahn nach Berlin-Mitte gefahren sei, um in die Komische Oper zu gehen, wo heute Abend »La Traviata« gegeben wurde. Er selbst, der Portier, habe die Karten bestellt und dem Ehepaar erklärt, wie es dort hinkomme. Das Auto war offenbar vom Hotelparkplatz gestohlen worden.

»Was heißt des eigentlich, ›La Traviata‹?«, fragte Bienzle seinen Kollegen.

»Keine Ahnung. Det, wat man so Bildung nennt, ha ick nich!«

Ein Mann, der am Nebentisch saß, beugte sich herüber und sagte: »Die vom Weg Abgekommene.«

»Hä?«, machte Bienzle überrascht.

»La Traviata heißt die vom Weg Abgekommene, auch die Verirrte. Kommt von traviare: vom Weg ablenken«, ergänzte der Mann etwas ungnädig und schickte dem Satz einen leisen Rülpser hinterher.

»Sache gibt's!«, sagte Bienzle.

»Sprechen Sie Italienisch?«, fragte Maletzke den Mann am Nachbartisch.

»Nein, ich bin Musikwissenschaftler.«

Der Nachbar, der billige, abgewetzte Jeans und einen dünnen, aus der Form geratenen roten Pullover trug, rückte an ihren Tisch. Und eine Stunde später wussten sie, wie das war, wenn man im Osten vor einer großen Karriere gestanden hatte, ja sogar für die Leitung der Musikredaktion des Radios vorgesehen war, und was es für so einen bedeutete, als gleich nach der Wende die Wessis kamen und viele von ihren Posten und Ämtern verdrängten, die eine wunderbare Zukunft vor sich gehabt hätten: Schauspieler, Lektoren, Übersetzer, Universitätsprofessoren, Juristen, Verwaltungsbeamte.

»Wohnen Sie denn trotzdem hier in der Gegend?«, fragte Maletzke. »Wir sind hier in Charlottenburg, und das ist ja nu man tiefster Westen, wenn ick ma so sagen darf.«
»Ich habe einen kleinen Lehrauftrag an einer Jugendmusikschule – zum Leben zu wenig, zum Sterben zu viel. Und deshalb hab ich mir eine kleine Wohnung gesucht, viel zu teuer in der Miete, aber ich muss nicht jeden Morgen von Marzahn hier rüber.«
»Also sind Sie wenigstens nicht ganz arbeitslos«, warf Bienzle ein.
»Ja, aber fragen Sie mich nicht, was besser wäre. Finanziell meine ich.«
Bienzle bestellte dem Mann noch ein Bier und verabschiedete sich. Maletzke wollte dem Musikwissenschaftler noch ein wenig Gesellschaft leisten. Das verstand Bienzle nicht. Der Kollege hatte doch eine Frau zu Hause, mit der er sich so gut verstand. Er selbst hätte Gott weiß was dafür gegeben, wenn er jetzt hätte nach Hause fahren, mit Hannelore noch eine Flasche Wein trinken und über alles reden können. So aber ging er, die Hände auf dem Rücken verschränkt, den Kopf leicht vorgeschoben, mit gleichmäßigen, weit ausholenden Schritten die Mommsenstraße hinauf. Im Schaufenster einer Kunsthandlung sah er eine kleine Plastik, kaum zehn Zentimeter hoch – ein Hund, der sich offenbar nach dem Schlafen dehnte, die Vorderpfoten weit vor- und den Hintern nach oben gestreckt. Er erinnerte den Kommissar an seinen eigenen Hund Balu, den man wegen einer Knochenkrankheit viel zu früh hatte einschläfern müssen. Vielleicht wäre die Bronzefigur ein Geschenk für Hannelore.
Bienzle wählte seine eigene Nummer in Stuttgart. Hannelore meldete sich. »Bist daheim?«, rief Bienzle erfreut.
»Ja, aber ich hab jetzt keine Zeit, Bienzle, ich hab Besuch.«

»Wer ist denn da?«
»Ein alter Bekannter aus München. Wir kennen uns noch aus der Studienzeit.«
»Schade, ich hätt gern a bissle mit dir geredet.«
»Morgen früh, hmm?«
»Ja, ich will ja auch nicht stören«, sagte Bienzle mit einem bitteren Zug um den Mund. »Gut Nacht!«
Er schaltete sein Handy aus und blieb nachdenklich stehen.
Ein junger Mann rempelte ihn an. »Steht hier rum und träumt«, knurrte er ihn an. Er trug Armeehosen, eine Lederjacke und hochgeschnürte Stiefel. Drei weitere von seiner Sorte begleiteten ihn. Alle vier hatten ihre Köpfe kahlgeschoren.
»Entschuldigung«, sagte Bienzle. Ihm war nicht nach einer Auseinandersetzung, schon gar nicht nach einer, bei der er garantiert den Kürzeren gezogen hätte.
»Du kannst uns ein Bier ausgeben.«
Bienzle zog aus seinem äußeren Jackentäschchen einen schmal zusammengefalteten Zehneuroschein, reichte ihn dem Glatzkopf und ging seines Wegs, ohne weiter auf die jungen Männer zu achten. Er war nicht zornig, eher traurig. Der arme Musikwissenschaftler und diese vier Jungs, das passte irgendwie alles zusammen.

Bienzle richtete sich in seinem Hotelbett auf und schwang die Füße über den Rand. Doch dann blieb er erst mal sitzen. Hannelore war so anders gewesen am Abend zuvor, so fremd. Und er selbst war sich auf dem nächtlichen Nachhauseweg völlig verlassen vorgekommen, wie jemand, der in die Welt hinausgeworfen wurde und keinen Halt fand. Er fühlte sich müde und ausgelaugt. Was hätte er darum gegeben, wenn er sich in den nächsten Zug oder Flieger hätte setzen und nach Stuttgart zurückkehren können.

Stattdessen stand er auf, zwang sich, kalt zu duschen, trank einen starken Kaffee, ohne etwas dazu zu essen, und verließ die Pension in der Wielandstraße.
La Traviata, die vom Weg Abgekommene … Wie wohl die männliche Form, »der vom Weg Abgekommene«, hieß? Il Traviatus?
Es war schwül. Die Luft schien zwischen den Häusern zu stehen und sich unablässig zu erwärmen. Irgendwann würde sie so dick sein, dass man nicht mehr atmen konnte.
Henriette Kimmich. Bienzle hatte Miriam Köhler gebeten herauszufinden, wie viele Frauen dieses Namens es in Berlin gab. Die junge Kollegin berichtete ihm schon nach erstaunlich kurzer Zeit am Telefon, dass es drei Frauen mit diesem Namen gab. »Aber wenn Sie mich fragen, ist es die, die in der Linienstraße ein Dolmetscher- und Übersetzungsbüro hat. Auf Wunsch vermittelt sie auch ausländischen Besuchern Begleiterinnen durch Berlin, legt aber ganz großen Wert darauf, dass ihre Dienstleistungen absolut seriös sind. Wenn ein Gast andere Wünsche hat, schickt sie ihn zur Agentur ›Aurora‹, die auch Partnerinnen für etwaige erotische Wünsche bereithält.«
Bienzle sah Miriam vor sich, wie sie dabei stillvergnügt vor sich hin grinste.
»Linienstraße, wie find ich die?«
»U-Bahn zum Oranienburger Tor, und dann sind's fünf Minuten zu Fuß.«
»Also, ich geh jetzt da hin. Und Sie sind bitte so nett und schauen sich mal bei der Agentur – wie heißt die?«
»›Aurora‹ wie Morgenröte.«
»Gut, schauen Sie doch mal, ob Sie dort die Frau finden, die mit dem Keuerleber fotografiert worden ist.«
»Und wenn die mich dort abwerben? Die zahlen nämlich garantiert besser als die Polizei.«

»Ja no, wenn Sie ein Angebot kriegen, müssen Sie sich's halt gut überlegen.« Bienzle lachte.

Eine halbe Stunde später stand er vor einem gelben Klinkerbau. Auf einem Schild neben dem Torbogen las er: Übersetzungsbüro Kimmich, Aufgang 2 im Hof, vier Treppen.
Bewundernd blieb Bienzle in dem großen Hof stehen. Auch hier war alles hell geklinkert. Die Fassade bildete ein Sechseck und wurde durch tiefgezogene, weißgerahmte Fenster gegliedert. In der Mitte des Hofs stand eine Linde.
Einen Aufzug gab es nicht, und als Bienzle im vierten Stock ankam, stand ihm der Schweiß auf der Stirn. Er betrat einen hellen Vorraum, in dem eine Art Theke stand, wie man sie von Arztpraxen her kannte. Eine junge Frau in enganliegenden schwarzen Hosen und einem knappen Oberteil, das den Bauchnabel frei ließ, fragte Bienzle, was er wünsche. Im gleichen Augenblick öffnete sich in ihrem Rücken eine Tür.
»Anja, wenn Herr Serkiniadse anruft …«, sagte eine weibliche Stimme. Und dann stand Frau Kimmich auf der Schwelle. Sie unterbrach ihren Satz und starrte Bienzle an.
»Grüß Gott«, sagte Bienzle und nahm seinen Hut ab.
»Ja, bitte?« Henriette Kimmich sah ihn an wie einen Menschen, den man schon mal gesehen hat, von dem man aber nicht weiß, wo man ihn hintun soll.
»Ich hätte Sie gerne gesprochen, Frau Kimmich. Hauptkommissar Bienzle, zurzeit Kripo Berlin.«
»Ja gerne, aber ich weiß nicht, was wir miteinander zu tun haben könnten.«
»Das wird sich zeigen. Wir sind ja noch ganz am Anfang.«
Henriette Kimmich bat ihn in ihr Arbeitszimmer. Es lag eine Treppe höher und wurde innerhalb der Büroräume über eine Wendeltreppe erreicht. Sie kamen in einen hellen, gut fünfzig

Quadratmeter großen Raum. Die bodentief gezogenen Fenstertüren standen offen und führten auf eine Terrasse hinaus, die einen schönen Blick über die Dächer bot.
Das Büro selbst war eine seltsame Mischung aus Arbeits- und Wohnzimmer. An der Fensterfront stand ein riesiger weißer Schreibtisch, auf dem der Bildschirmschoner des Computermonitors in bunten Farben flimmerte, hinter dem Tisch ein eleganter Bürostuhl in weißem Leder. Den Raum teilte eine halbhohe Küchen- und Barzeile. An der Wand, die dem Fenster gegenüberlag, waren eine Couch und mehrere Sessel um einen niedrigen Glastisch gruppiert, der auf einem dezent gemusterten Orientteppich stand.
»Wollen wir uns raussetzen?«, fragte Frau Kimmich.
»Wie Sie meinen.« Bienzle legte seinen Hut auf einen der Sessel.
Auf der Terrasse standen mehrere bequeme Stühle, wie er sie auch schon bei Serkiniadse gesehen hatte, um einen polierten Lattenholztisch.
Henriette Kimmich nahm aus einem Kühlschrank, der in Griffhöhe in einer der Seitenwände versenkt war, einen Glaskrug mit Saft. »Frisch gepresst«, sagte sie, »Orangen, Zitronen und Pampelmusen.« Sie goss in zwei hohe Gläser ein, gab aus einem automatischen Eisspender gestoßenes Eis dazu und trug die Getränke ins Freie. »Nehmen Sie doch Platz.« Sie selbst setzte sich in einen der bequemen Stühle und schlug ihre nackten Beine übereinander.
Bienzle kramte aus seiner Brieftasche eine Visitenkarte heraus und reichte sie Frau Kimmich. »Hier!«
»Das ist meine eigene, wo haben Sie die denn her?«
»Die hat mir der Abgeordnete Keuerleber gegeben. Er hat gemeint, er selber brauche sie nicht mehr. Und das stimmt ja jetzt auch auf besonders grausame Weise.«

»Ich verstehe kein Wort.«
»Er wurde gestern Abend vor meinen Augen ermordet. Und der letzte Satz, den er zu mir gesagt hat, beschäftigte sich mit Ihnen.«
»Mit mir?« Frau Kimmich lachte.
»Er hat mich aus einem Café oder so was Ähnlichem angerufen. Unter den Linden. Und da hat er wörtlich gesagt: ›Diese Frau Kimmich steckt da mit drin – Henriette Kimmich. Offenbar verfolgt und beobachtet die mich. Jetzt steht sie da vorne an der Theke.‹«
»Was ist denn das für ein Unsinn?«
Unbeirrt fuhr Bienzle fort: »Und vorgestern haben Sie ihn im Reichstagsgebäude angesprochen.«
»Was Sie nicht sagen?«
»Es gäbe doch sicher Dinge, die ihm am Herzen liegen, haben Sie zu ihm gesagt. Projekte, politische Vorhaben, soziale Initiativen, und Sie seien bevollmächtigt, ihm Geld anzubieten, wenn er sein Abstimmungsverhalten bei der Frage, ob die Waffenexporte in den Iran genehmigt werden sollen, ändern werde.«
»Ich verstehe kein Wort.«
»Der Herr Keuerleber hat das alles bei uns zu Protokoll gegeben«, sagte Bienzle hart, und es kümmerte ihn einen Dreck, dass das nicht ganz der Wahrheit entsprach. »Und sagen Sie jetzt bitte nicht, dass Sie gar nicht im Reichstagsgebäude gewesen seien. Ich selbst habe Sie dort gesehen.«
»Da müssen Sie mich leider mit jemandem verwechselt haben.«
»Dann kennen Sie sicher auch Frau Seyboldt nicht?«
»Wen?«
»Saskia Seyboldt.«
»Nein, tut mir leid. Wer soll das sein?«
Bienzle zog zwei Ausdrucke seiner Digitalfotos aus der Tasche und legte sie auf den Tisch. »Die Frau, mit der Sie auf der Park-

bank vor dem Reichstag sitzen. Das Datum und die Uhrzeit sind automatisch vermerkt.«

Frau Kimmich schluckte.

»Und schauen Sie«, fuhr Bienzle fort, »auf dem Bild da sind Sie achtundzwanzig Minuten später mit Hans Keuerleber zu sehen.« Er hielt das Foto hoch, das sie mit dem Abgeordneten in den Wandelgängen des Reichstagsgebäudes zeigte.

Henriette Kimmich war bleich geworden. Als sie jetzt ihr Glas auf den Tisch stellte, zitterte ihre Hand.

»Und dass Sie gerade eben gegenüber Ihrer Mitarbeiterin Herrn Serkiniadse erwähnten – einen alten Bekannten von mir übrigens –, ist ja wohl kaum ein Zufall.«

Frau Kimmich biss sich auf die Unterlippe.

»Also, was sagen Sie zu dem allem?«

»Nichts!«

»Nichts ist a bissle wenig«, schwäbelte Bienzle.

»Tut mir leid.«

»Es wäre sicher besser, wenn Sie jetzt nicht mauern.« Bienzle lächelte sie an. »Die Fakten stimmen nun mal. Und wenn ich einem verständigen Staatsanwalt die Zusammenhänge schildere, kann der auf jeden Fall einen Haftbefehl gegen Sie erwirken.«

»Sie drohen mir?«

»Ja sicher, wenn ich Sie anders nicht dazu bringen kann, meine Fragen zu beantworten.«

»Gut, fragen Sie.«

»Wer hat Sie bevollmächtigt, Herrn Keuerleber Geld anzubieten.«

»Dazu kann ich Ihnen nichts sagen.«

Bienzle zog nun eines der Fotos heraus, die den erkennbar paralysierten Keuerleber nackt mit der Frau zeigten, die sich Simone Schmidt nannte.

»Meine Kollegen ermitteln gerade bei der Agentur ›Aurora‹,

mit der Sie ja gelegentlich zusammenarbeiten. Was meinen Sie, kennt man die Dame dort?«

Wieder biss sich Henriette Kimmich auf die Unterlippe. »Ich habe mit dem Tod von Keuerleber nichts zu tun, das müssen Sie mir glauben.«

»Ich glaub erst amal gar nix«, sagte Bienzle grob. »Kennen Sie die Frau?« Er hämmerte mit der Kuppe seines Zeigefingers auf dem Bild herum.

»Nein!«

Wie auf Kommando düdelte Bienzles Mobiltelefon. Am anderen Ende meldete sich Miriam Köhler. »Der Kandidat hat einen Kanonenofen gewonnen«, juxte sie.

»Hä?«, machte Bienzle.

»Volltreffer. Die Frau heißt Annette Langlott, arbeitet für ›Aurora‹, befindet sich aber auf einer Auslandsreise, und niemand weiß so genau, wann sie wieder zurückkommt.«

»Weiß man, wer ihr den Auftrag erteilt hat?«

»Die Besitzerin hier macht auf Daten- und Kundenschutz.«

»Der Kollege Neiberg soll eine Hausdurchsuchung beantragen. Er leitet die Ermittlungen.«

»Hab ich auch vorgeschlagen«, sagte Miriam am anderen Ende der Leitung. »Aber er will nicht.«

»Was?«

»Er sagt, das wäre mit Kanonen auf Spatzen schießen und würde nur die Leute aufscheuchen, die er weiter in Ruhe beobachten wolle.«

»Am besten bleiben Sie dort und beobachten, wer kommt und geht«, sagte Bienzle zum Abschluss. Während des ganzen Telefongesprächs hatte er die schöne Frau Kimmich nicht aus den Augen gelassen.

»Sie scheinen ein hartnäckiger Typ zu sein«, sagte sie, nachdem er sein Handy ausgeschaltet hatte.

»Mir war der Keuerleber sympathisch. Von der Sorte Abgeordneter sollten wir ein paar mehr haben. Leute mit einer eigenen Meinung und einer guten Portion Zivilcourage.«
»Haben Ihre Kollegen die Frau auf dem Foto gefunden?«
»Sie haben rausgekriegt, wer es ist und dass sie von ›Aurora‹ vermittelt wurde. Und jetzt sagen Sie mir, was Sie damit zu tun haben!«
»Ich muss nachdenken.« Frau Kimmich war aufgestanden und ging nun auf der Terrasse auf und ab.
»Ja, machen Sie das, aber möglichst schnell.«
»Ich melde mich dann bei Ihnen.«
»Nein, ich bleibe hier, bis ich weiß, was ich wissen will.«
»Das erlaube ich nicht!« Sie stand jetzt direkt vor ihm.
»Frau Kimmich.« Bienzle versuchte seiner Stimme einen beruhigenden Klang zu geben. »Ich glaube, Sie haben den Ernst Ihrer Lage noch immer nicht verstanden. Ich kann Sie festnehmen. Ich kann eine Hausdurchsuchung in ihrem Büro und in Ihren Privaträumen veranstalten. Ich kann dafür sorgen, dass kein Hund mehr ein Stück Brot von Ihnen nimmt, und so wie sich's jetzt für mich darstellt, wäre das alles durchaus berechtigt. Es sei denn, Sie können irgendetwas zu Ihrer Entlastung sagen.«
Henriette Kimmich holte tief Luft. »Ich bekomme meine Aufträge von Parteien, von Ministerien, von ausländischen Botschaften, manchmal auch aus der Wirtschaft. Und in jedem Fall ist Diskretion eine wesentliche Voraussetzung meiner Geschäftsbeziehungen.«
»Ja, das verstehe ich. Aber wir haben es hier mit einem Mord zu tun, wahrscheinlich sogar mit drei Morden, die in einer Beziehung zueinander stehen.«
»Gut, jemand hat mich beauftragt, Herrn Keuerleber anzusprechen und auszuloten, was es kosten würde, ihn zu einer Zustimmung zu den Waffenlieferungen zu bewegen.«

»Endlich mal ein klares Wort.«

»Ich kann Ihnen aber unmöglich sagen, wer das war. Derselbe Mann fragte mich dann, als meine Mission ziemlich kläglich gescheitert war, was man denn nun noch unternehmen könne.«

»Und da haben Sie vorgeschlagen, den Abgeordneten zu betäuben, ihm eine Prostituierte ins Bett zu legen und das alles zu fotografieren, um ihn mit den Bildern zu erpressen.«

»Nein, das war nicht meine Idee.«

»Sondern?«

»Mein Gesprächspartner kam wenig später mit diesem Plan zu mir. Und ich nannte ihm die Agentur ›Aurora‹, und ich gebe es zu, auch den Namen Annette Langlott, die dafür … na ja, die am ehesten über die Fähigkeiten für so eine Aktion verfügte.«

»Und dabei hatten Sie keine moralischen oder doch wenigstens menschlichen Bedenken?«

»Natürlich hatte ich die, aber der … also mein Gesprächspartner ist außergewöhnlich wichtig für mich.«

»Er ist also in einer hohen Position.«

»Er hat Einfluss«, verbesserte ihn die Übersetzerin.

»Und was hat Frau Seyboldt damit zu tun?«

»Nichts, warum?«

»Sie ist nur eine alte Bekannte, eine Klassenkameradin vielleicht, die Sie ganz zufällig vor dem Reichstag getroffen haben?« Bienzles Stimme hatte nun einen ironischen Ton.

»Nein, auch sie wollte an Keuerleber herankommen.«

»Und warum?«

»Mein Gott, Sie wissen doch Bescheid. Es geht um ein Waffengeschäft in Milliardenhöhe. Herr Seyboldt und andere wollten dieses Geschäft machen. Ich weiß das, weil wir bei einigen Gesprächen mit iranischen Vertretern gedolmetscht haben. Und

natürlich wollten auch die Geschäftsleute, die da eingebunden sind, wissen, wer denn den Beschluss verhindern wollte.«
»Sie haben also auf Keuerleber gezeigt und zu Saskia Seyboldt gesagt: ›Das da ist der böse Bube‹?«
»So ungefähr.«
»Und danach haben Sie Ihren Besuch bei seinem Parteifreund Seliger gemacht, auf den übrigens zutrifft, was Sie vorhin gesagt haben.«
»Was meinen Sie?«
»Er ist ein einflussreicher Mann.«
»Denken Sie, was Sie wollen. Aber von ihm habe ich keinerlei Aufträge erhalten.«
»Sie haben recht: Ich denk, was ich will.« Bienzle stemmte sich aus dem Sessel heraus, man saß bequem, aber ein wenig zu tief darin. »Jetzt weiß ich wenigstens, dass Saskia Seyboldt tatsächlich voll in die Geschäfte ihres verstorbenen Mannes eingestiegen ist.«
»Dazu kann ich nichts sagen.«
Henriette Kimmich begleitete ihn die Wendeltreppe hinunter. »Schade, dass wir uns nicht unter anderen Umständen getroffen haben«, sagte sie.
»Sagen Sie bitte nicht, wir hätten Freunde werden können.«
»Warum nicht? Sie sind ein interessanter Mann.«
»Ja, dann glaub ich das halt au no«, sagte Bienzle.
»Lassen Sie mich jetzt observieren?«, fragte die Übersetzerin.
»Ich kenn die Personalsituation der Berliner Polizei nicht so genau, aber wenn sie so ist, wie ich denke, haben Sie da wenig zu befürchten.«
Die junge Frau aus dem Empfangsbüro öffnete die Eingangstür. Jetzt sah er, dass sie eine Perle im Bauchnabel hatte. Frau Kimmich war auf der letzten Stufe der Wendeltreppe stehen geblieben. Sie sah sehr elegant aus, wie sie da stand, die rechte

Hüfte ein wenig nach vorne geschoben, den rechten Fuß ausgestellt und den Kopf leicht in den Nacken zurückgelegt. Ihr Blick hatte etwas Hochmütiges, und um ihre Lippen spielte ein überlegenes Lächeln.

Bienzle marschierte los, kam in die Tucholskystraße, erreichte den Monbijouplatz und suchte nach einer Parkbank. Es war jetzt kurz vor zwölf, die Sonne stand hoch am Himmel und verwandelte die Stadt in einen Backofen. Nicht weit von einem Kinderspielplatz fand Bienzle eine Bank. Auf einem Steinplattenfeld spielten ein paar Mädchen Himmel und Hölle. Sie mochten acht, neun oder zehn Jahre alt sein. Bei Kindern hatte Bienzle kein Gespür fürs Alter.

»Draufgetreten«, schrie eines der Mädchen.

»Gar nicht!«, schrie die zurück, die gerade auf einem Bein von Quadrat zu Quadrat hüpfte.

»Immer betrügst du«, maulte die Erste.

»Das behauptest du immer nur, weil du nicht verlieren kannst«, gab die andere zurück.

Bienzle fiel ein Spruch seiner Mutter ein: »Streitet nur weiter so, bis am End einer heult.« Das wollte er nicht erleben. Deshalb stand er wieder auf, ging bis an den Rand des Parks. Auch hier fand er eine schattige Bank, wenn auch in einem unwirtlichen Umfeld. Leere Bierdosen, Papierreste, eingeschrumpelte Präservative lagen herum, und es roch nach Urin. Kopfschüttelnd wandte er sich ab. Mitten auf dem Rasen stand ein schäbiger Plastikstuhl, daneben lag ein Mann auf einer Decke und schnarchte. Er hielt eine Bierdose fest umklammert. Sein Kopf ruhte auf einem Rucksack, in dem er vermutlich alle seine Habseligkeiten hatte. Bienzle ging zu ihm hinüber, packte den Stuhl an der Lehne und stieß den schnarchenden Mann, der ganz offensichtlich ein Nichtsesshafter war, leicht mit der Fuß-

spitze an. Der Penner verschluckte einen Schnarcher, hustete, richtete sich kurz auf und sah Bienzle aus glasigen Augen an.
»Was'n los?«
»Kann ich mir den Stuhl für ein paar Minuten ausleihen?«, fragte der Kommissar höflich.
»Aber bring ihn zurück.«
Bienzle nickte, und der Mann am Boden schlief wieder ein.
Der nochmalige Ortswechsel hatte sich gelohnt. Bienzle stellte den Plastikstuhl unter eine Kastanie, die großflächig Schatten spendete. Zudem wehte hier ein leichter Windhauch. Bald schon befand er sich in einem seltsamen Zustand zwischen Wachen und Träumen. Warum, fragte er sich, wollte Neiberg die Hausdurchsuchung bei der Agentur »Aurora« nicht? Dass er keine schlafenden Hunde wecken wollte, hielt Bienzle für eine Ausrede. Jeder wusste, dass die Polizei nach den Morden an Polnikow, Seyboldt und Keuerleber auf vollen Touren arbeitete.
Und wer die Aktivitäten der Beamten zu fürchten hatte, war längst im Alarmzustand. Kein Wunder also, dass man von Capelli und dem Albaner nichts mehr gehört hatte.
Plötzlich tauchte vor Bienzles innerem Auge die Szene des gestrigen Abends wieder auf. Keuerleber, der tot auf der Straße lag. Der Fahrer des Mordautos musste ihm aufgelauert haben. Der gestohlene Wagen hatte nur fünfzig Meter von der Bushaltestelle gestanden, mit laufendem Motor. Also hatte der Mann am Steuer Keuerleber erwartet. Er wusste, wann der Abgeordnete hier auftauchen würde. Unwillkürlich richtete sich Bienzle auf. »Verdammte Scheiße!«, sagte er laut. Wer wusste von ihrer Verabredung? Gut, Keuerleber konnte es irgendwem erzählt haben. Möglicherweise hatte auch jemand in dem Coffee-Shop sein Telefongespräch mit Bienzle mitgehört. Aber auch bei ihm selbst hatten ja zwei Leute zugehört. Maletzke und Neiberg.

Alles in Bienzle sträubte sich gegen den Gedanken, dass ein Kollege mit der anderen Seite zusammenarbeiten könnte. Aber das war natürlich auch schon vorgekommen.

Neiberg hatte so lange als Undercoveragent gearbeitet, dass manch einer im Stuttgarter Polizeipräsidium vermutet hatte, das Leben auf der anderen Seite gefalle ihm besser als der Polizeialltag.

Das hätte ja auch sein können. An die Rauschgiftdealer und Geldwäscher wäre er nicht herangekommen, wenn er nicht ein stinkteures Penthouse bewohnt und einen Luxus-Sportwagen gefahren hätte. Die Rolex gehörte genauso zu seiner Ausstattung wie die Armani-Klamotten. Als Undercovermann verkehrte er in den teuersten Diskos, den feinsten Restaurants und – ganz selbstverständlich – in den Spielbanken des Landes.

Und was kam danach? Im Präsidium teilte er sich ein muffiges Büro mit einem Kollegen. Der Blick ging auf den Polizeiparkplatz hinaus.

Er tippte Berichte auf einem veralteten Computer, wertete Akten aus, langweilte sich bei Haftprüfungsterminen und ekelte sich bei Leichenöffnungen in der Gerichtsmedizin.

Bienzle fiel die teure Motoryacht ein, die Neiberg kaufen wollte. Andererseits: Auf Neibergs Ermittlungen ging der Schlag gegen die Polnikow-Leute auf dem Flughafen vor den Toren Berlins zurück. Ein Erfolg, auf den die Polizei der Hauptstadt lange hatte warten müssen. Nur, woher hatte Neiberg seine Erkenntnisse? Er hielt sich bedeckt, wollte seine Informanten nicht nennen. Angenommen, er arbeitete mit Capelli, Cyslak oder Serkiniadse, wenn nicht gar mit Saskia Seyboldt zusammen …?

Bienzle hörte das ferne Grollen eines Donners. Er blinzelte zum Himmel hinauf. Der schmale Ausschnitt, den er über sich sehen konnte, zeigte sich in makellosem Blau. Er schob die

Gedanken an Neiberg beiseite. Dessen Erfolge beruhten ja gerade darauf, dass er sich besser als jeder andere in seine Gegner hineindenken konnte. Es war gefährlich, ihm deshalb gleich zu unterstellen, dass er die Seite wechseln könnte.
Das Donnergrollen kam näher und weckte den Penner aus seinem Schlaf. Er rappelte sich mühsam auf, griff nach seinem Rucksack und warf die Riemen über seine Schultern. Dann kam er zu Bienzle herüber. Er deutete mit dem Daumen nach hinten. Bienzle sah ihn verständnislos an.
»Da wird der Stuhl eingehängt!«
Bienzle entdeckte links und rechts an dem Rucksack zwei Schlaufen. Er stand auf, hob den Stuhl und schob die beiden Hinterbeine hindurch. »Sitzt, passt, wackelt und hat Luft«, sagte er.
»Ja, wenn i was mach, no funktioniert's au!«, gab der Penner in unverfälschtem Schwäbisch zurück.
»A Landsmann!«, rief Bienzle überrascht.
»Gell, da guckscht! Und wenn du jetzt noch a bissle Geld rüberwachse lasse dätescht …«
Bienzle gab ihm reichlich. Der Mann dankte höflich und trollte sich, und der Kommissar kämpfte mit seiner Enttäuschung. Warum bildete er sich bloß immer so viel darauf ein, Schwabe zu sein?

Über die Dächer der Häuser schob sich die schwarze Gewitterwand, und der Donner war nun deutlich und bedrohlich nahe zu hören. Bienzle sah auf die Uhr. Es war kurz nach eins. Er durfte also etwas essen, zumal er ja zum Frühstück nur einen Kaffee getrunken hatte.
Er ging zur Oranienburger Straße hinüber. Gleich neben der Synagoge, deren goldene Kuppel von den letzten Strahlen einer schon halb verdeckten Sonne beschienen wurde, sah er den

Eingang zum »Oren«, einem jüdischen Lokal, das ihm schon von einigen Kollegen empfohlen worden war. Er musste an mehreren uniformierten Kollegen vorbei, die das Gotteshaus bewachten, und trat in den Torbogen, der geradeaus zu einem Lokal im Hof führte. Links ging es in das Restaurant hinein. Bienzle wählte einen Tisch auf einer kleinen Empore, eher einer Art Podest, zu dem drei Stufen hinaufführten. Er studierte die Karte mit den durchweg koscheren Speisen und entschied sich für Gefilte Fisch. Als er die Karte weglegte und den Blick hob, entdeckte er an der Eingangstür Josef Serkiniadse. Bienzle weigerte sich, dies für einen Zufall zu halten, obwohl er genau wusste, dass es mehr solcher Zufälle gab, als man sich eingestehen wollte. Einmal in seinem Leben war er in New York gewesen, zusammen mit Hannelore. Sie wohnten in der Nähe des Broadway und gingen jeden Abend in ein anderes Theater. Am ersten Abend trafen sie mitten auf der Straße Ron Sebnitz, einen Kollegen aus dem Diebstahlsdezernat, Arm in Arm mit Charlotte Regner aus der Zentralverwaltung. Nach Bienzles Erinnerung war er keinem der beiden jemals irgendwo in Stuttgart außerhalb des Präsidiums begegnet. Zusammen hatte er sie überhaupt noch nie gesehen.
Und als er sich eines Tages in Frankfurt nach langen inneren Kämpfen endlich einmal entschlossen hatte, in einen Saunaklub zu gehen, weil er sicher war, dass er da niemanden treffen würde, den er kannte, begegnete er an der Eingangstür einem Stuttgarter Richter, vor dem er erst in der Woche davor hatte als Zeuge aussagen müssen. Schwer zu sagen, wer mehr erschrak. Jedenfalls reagierte der Richter schneller und erstaunlich souverän. »So, au do?«, sagte er, stieg die vier Staffeln zur Straße hinunter und rief von dort: »Ja dann, viel Vergnügen!«
Bienzle war schließlich doch nicht hineingegangen.
Serkiniadse entdeckte den Kommissar und kam zu ihm her-

über. »Das ist ja eine Überraschung«, sagte er aufgeräumt. »Gestatten Sie?« Er wies auf einen Stuhl an Bienzles Tisch.
»Bitte!«
»Ich kann Ihnen Gefilte Fisch empfehlen.«
»Wollt ich gerade bestellen.« Bienzles Überzeugung wuchs, dass Serkiniadse dieses Treffen gezielt herbeigeführt hatte. Die Frage war nur, wie?
»Ich wohne hier um die Ecke«, sagte der Georgier, »und esse fast jeden Mittag hier. Zu dem Fisch empfehle ich Ihnen einen leichten Weißwein aus Israel.«
Bienzle entschloss sich zu einem Frontalangriff: »Sie haben ja sicher schon gehört, dass ich heute Vormittag bei Henriette Kimmich war.«
Serkiniadse senkte seinen edlen Kopf ein wenig, was man als Zustimmung deuten konnte.
»Sie arbeiten mit ihr zusammen?«, fragte Bienzle.
»Wenn es sich ergibt.«
»Hat sich's bei der schmutzigen Intrige gegen Hans Keuerleber ergeben?«
»Ich habe davon gehört, aber das ist nicht mein Stil!« Serkiniadse war weit davon entfernt, beleidigt zu sein.
Bienzle bestellte und wandte sich dann sofort wieder Serkiniadse zu: »Führen Sie denn nun die Firmen Stefan Seyboldts weiter?«
»Nein, ich bin dabei, sie möglichst geordnet zu übergeben.«
»An Saskia Seyboldt?«
»Ja. Aber können Sie den Kommissar nicht mal für ein paar Minuten ruhen lassen?«
»Fällt mir schwer, aber ich kann's versuchen.«
Es trat eine Pause ein. Nach einer Weile lachte Bienzle leise auf. »Sie sehen, es fällt mir nichts anderes ein.«
»Wie geht's Frau Schmiedinger?«, fragte Serkiniadse.

»Hannelore? Ja woher kennet Sie jetzt meine Frau?«
»Ich kenne sie eigentlich nicht. Aber wir haben in Stuttgart natürlich immer versucht, alles über unsere Gegner in Erfahrung zu bringen.«
»Gegner – damit meinen Sie mich, nehme ich an?«
»Ja, bei anderen hätte ich vielleicht ›Feind‹ gesagt.«
Bienzle nickte.
»Übrigens«, sagte der Georgier, »der Mann, mit dem sich Hannelore Schmiedinger während Ihrer Abwesenheit häufig trifft, heißt Patrick Leotat.«
Bienzle war es, als fahre ihm ein Messer mit einer glühenden Klinge in den Brustkorb. Es kostete ihn große Mühe zu sagen: »Ja, ja, der Patrick. Sie kennt ihn seit ihrer Studienzeit. Wir sind beide mit ihm befreundet.« Kläglich war das, und an Serkiniadses Miene konnte er erkennen, dass er das genauso empfand. Ein ohnmächtiger Zorn stieg in Bienzle auf, ein Hass gegen diesen geschniegelten Kerl aus Tiflis. Der hatte sich mit diesem überheblichen Getue keinen Gefallen getan, dafür würde er schon sorgen.
»Schön für Sie«, sagte Serkiniadse und wendete sich einer kleinen Vorspeise zu, welche die Bedienung als Gruß aus der Küche vor beide hingestellt hatte.
Draußen ging jetzt ein gewaltiges Gewitter nieder. Der schwere Regen prasselte gegen die Fensterscheiben. Gäste, die hereinkamen, schienen jedes Mal einen Schwall Wasser mitzubringen.
»Dieses Waffengschäft mit dem Iran geht jetzt ja wohl durch«, sagte Bienzle.
»Sind wir also doch wieder beim Thema. Ja, ich glaube, die Entscheidung fällt in diesen Minuten.«
Bienzle sagte: »Ich kann mir richtig vorstellen, wie der Ausschuss nach einer kurzen Gedenkminute für Hans Keuerleber

den Deal absegnet. Was ist eigentlich so Besonderes an dem Geschäft?«
»Na ja«, Serkiniadse tupfte seine Mundwinkel mit der Stoffserviette ab und nahm einen Schluck Weißwein, »bisher waren es meistens gebrauchte Waffen, die geliefert wurden. Alte NVA-Bestände, ausgemusterte Panzer und Geschütze der Bundeswehr, kaum einmal Boden-Boden-Raketen. Diesmal geht es um neue Produkte.«
»Verdient wenigstens unsere Industrie etwas daran?«
»Um die würde ich mir keine Sorgen machen, Herr Bienzle.«
»Und um was für neue Produkte geht es?«
»Stellen Sie sich vor, die Kampfgruppen extremer Islamisten in Afghanistan, Pakistan und den angrenzenden Ländern kämen endlich – auf welchen Wegen auch immer – an moderne Lenkwaffen heran, mit denen sie in die Lage versetzt würden, Kampfhubschrauber, Bomber und Beobachtungsflugzeuge auch aus großer Höhe vom Himmel zu holen ...«
»Da würde doch kein westlicher Politiker zustimmen.«
»Sie haben recht.« Serkiniadse zog eine goldene Spitze aus dem Brusttäschchen seines Jacketts und steckte eine Zigarette auf. Im gleichen Augenblick wurde ihnen der Gefilte Fisch serviert.
»Sehen Sie«, Serkiniadse lächelte, »der alte Trick: Sobald man anfangen will zu rauchen, kommt das Essen.«
Bienzle zwang sich zu kosten, wie der Gefilte Fisch schmeckte, denn seine Gedanken kreisten unablässig darum, was Serkiniadse gesagt hatte – keine gute Voraussetzung, um ein neues Gericht zu probieren.
Sein Kollege Meffert fiel ihm ein. Die Regierung und der zuständige Ausschuss solle einem Waffentransfer zustimmen, den Seyboldt eingefädelt habe. »Wir sind sicher, dass die Waffen, die da auf der Liste stehen, nur von den interessanten Sachen ablenken sollen«, hatte Meffert gesagt, und dann hatte er er-

klärt: »Es geht um ein nagelneues elektronisches System für Lenkwaffen. Viel exakter und mit einer viel größeren Reichweite als alles, was es bisher gab.« Meffert hatte vermutet, dass Seyboldt sich einen Prototyp beschafft hatte, wenn nicht gar Kopien sämtlicher Konstruktionsunterlagen.

»Was haben Sie denn? Schmeckt der Fisch nicht?«, fragte Serkiniadse.

Bienzle entschloss sich zum Angriff: »Sie wollen sich zurückziehen, obwohl jetzt das ganz große Geld verdient werden kann?«

»Na ja, über die Größenordnung des Geschäfts kann niemand etwas sagen.«

»Aber wenn's um ein funkelnagelneues elektronisches System zur Steuerung von Lenkwaffen geht, wenn der Verkäufer über einen Prototyp verfügt und die ganzen Konstruktionsunterlagen?«

Serkiniadse fiel das Fischmesser aus der Hand. Er starrte Bienzle an. »Wie kommen Sie darauf ...?«

Er holte tief Luft, aber Bienzle ließ ihn nicht weiterreden. »Man hat Sie abserviert. Frau Seyboldt hat Ihnen den Laufpass gegeben. Sie will nicht mit Ihnen teilen. Und nun sind Sie zu mir gekommen, um mich vorsichtig darauf zu bringen, was hinter diesem unappetitlichen Waffendeal wirklich steckt.«

»Stecken könnte. Niemand weiß das genau. Keiner hat den Prototyp je gesehen.«

»Mit wem arbeitet Frau Seyboldt zusammen?«

»Gute Frage.« Serkiniadse hatte längst wieder das Visier vor dem Gesicht.

»Cyslak? Capelli?«

Serkiniadse wiegte zweifelnd den Kopf hin und her. »Das sind Unterwelttypen. Die handeln mit Rauschgift und Frauen, betreiben illegale Spielhöllen, schleusen Emigranten ins Land oder verdealen gestohlene Luxuskarossen nach Russland und in den Vorderen Orient. Aber so ein Geschäft … Da fehlt denen einfach der Durchblick.«

»Wenn einer von denen clever wäre, würde er doch Sie engagieren.«

Serkiniadse hatte sich längst wieder in der Gewalt. Er lächelte. »Ich sage doch: Kein Format!«

»Sie nehmen's ziemlich gelassen.«

»Im Vertrauen, Herr Bienzle: Frau Seyboldt hat mich anständig abgefunden.«

»Trotzdem könnten Sie ihr Gift geben, wie's damals der Stefan Seyboldt bei Ihnen versucht hat.«

»Der scharfe Blick des alten Kommissars. Ihnen macht man nicht so leicht was vor.«

»Ja, so was in der Art hat heut schon mal jemand zu mir gesagt. Der Fisch ist übrigens ganz wunderbar.«

Als sie auf die Oranienburger Straße hinaustraten, hatte der Regen aufgehört. Die Sonne schien milchig weiß, die Straßendecke dampfte. Bienzle sagte: »Eins würde mich doch noch interessieren. Warum haben Sie sich mit Seyboldt arrangiert, obwohl er sogar versucht hat, Sie umzubringen?«

»Ich hatte mit den Ikonenschiebereien nichts zu tun. Und wie Sie wissen, geht auch der Mord an dem Kunsthändler in Stuttgart nicht auf meine Rechnung. Als Seyboldt das kapiert hatte, war er sehr darum bemüht, mit mir wieder ins Reine zu kommen.«

»Billig war das garantiert nicht für ihn.«

Serkiniadse lächelte. »Nein, aber am Ende hat auch er davon profitiert. Eine Tatsache, die Cinderella völlig falsch einschätzt.«

»Cinderella?«

»So hat Seyboldt seine Frau immer genannt. Sie hat es nie gerne gehört.«

Einen Augenblick lang sah es so aus, als wolle Serkiniadse Bienzle die Hand reichen, aber er ließ es dann lieber doch.

Maletzke saß tief in Gedanken an seinem Tisch und kaute auf einer kurzen gebogenen Pfeife herum. »Dass du dich auch mal wieder sehen lässt«, empfing er Bienzle. Er zog seinen Tisch zu sich heran. Bienzle schob den seinen nach und zwängte sich auf den Bürostuhl.
»Der Kollege Meffert hat recht gehabt. Es geht um ein neues Lenkwaffensystem.« Bienzle warf seinen Hut auf den Tisch. »Wenn mir das einer gesagt hätt, dass ich amal mit so was zu tun krieg.«
Maletzke wählte eine dreistellige Nummer und sagte dann ins Telefon: »Komm mal rüber. Bienzle weiß was.«
Bienzle überlegte, ob er die kurze Zeit, bis Meffert kam, nutzen sollte, um mit Maletzke über seinen Verdacht gegen Neiberg zu sprechen, aber da sagte Maletzke schon: »Pjotr Iwanow und Ismail Polnikow haben umfassende Geständnisse abgelegt.«
»Bei wem?«
»Bei mir. Neiberg hat nicht so viel Geduld.«
»Und?«
»Polnikows Bruder wurde beauftragt, eine Firma in der Schweiz zu gründen, um als eine Art Zwischenhändler oder Relaisstation zwischen Seyboldt und den Iranern zu wirken.«
»Was macht denn das für einen Sinn?«
»Vielleicht kommen wir noch drauf.«
»Und der Mord an Polnikow?«
»Seyboldt hatte das Waffengeschäft Michail Polnikow gegenüber kleingeredet. Aber Polnikow ist ihm draufgekommen, dass es um einen dreistelligen Millionenbetrag gehen sollte. Er forderte einen angemessenen Anteil. Ich frage mich nur, was so viel wert ist …?«

»Elektronische Steuerungen für Lenkwaffen, die am Ende an die Al Qaida, die Hisbollah und ähnliche Organisationen gehen sollten!«
Maletzke sah seinen Stuttgarter Kollegen erstaunt an.
Meffert kam herein. Er setzte sich auf die Fensterbank und ließ die Absätze in unregelmäßigen Abständen gegen die Holzverschalung der Heizung bumsen. Bienzle berichtete knapp von seinen Begegnungen mit Henriette Kimmich und Josef Serkiniadse. Als er fertig war, stieß sich Meffert von der Fensterbank ab und sprang auf den Boden. »Gut! Sehr gut!«, rief er. »Am besten, ihr ruft gleich die Sonderkommission zusammen.«
»Ich möchte damit noch einen oder zwei Tage warten.«
Maletzke und Meffert sahen Bienzle verständnislos an. »Warum?«, fragten sie wie mit einer Stimme.
»Ich kann's gar nicht so genau sagen.«
»Also das geht nicht.« Meffert schüttelte entschieden den Kopf. »Die Bundesregierung hat der Lieferung heute zugestimmt. Wir brauchen so schnell wie möglich eine richterliche Durchsuchungsanordnung. Aber dafür müssen alle Karten auf den Tisch.«
»Durchsuchung, wo?«, fragte Bienzle.
»In allen Räumen des Im- und Exportunternehmens Seyboldt GmbH und Co. KG.«
»Ach, das ist 'ne GmbH?«
»Hast du das nicht gewusst?«
»Und wer ist der Co.?«
»Seine Frau, wer sonst? Stille Teilhaberin. Mindestens hat's bisher so ausgesehen.«
»Wisst ihr, was die Abkürzung GmbH auch noch bedeutet?«
Die beiden schauten ihn fragend, aber auch ungeduldig an. Jetzt musste sofort etwas passieren, und der Schwabe kam mit irgendwelchen Spielchen. »Sag schon«, knurrte Maletzke.

»›Gehste mit, biste hin.‹ Und irgendwie stimmt das ja auch.« Maletzke schlug mit der flachen Hand auf den Tisch. »Ich geh jetzt zu Tiefenbach.«
»Jetzt wart halt!« Bienzle beugte sich über den Tisch und nahm unwillkürlich Maletzkes Haltung ein: die Hände gefaltet, die Ellbogen weit ausgestellt. Er blies die Backen auf und sagte schließlich: »Ich weiß selbst, dass es ungeheuerlich klingt, aber wir müssen davon ausgehen, dass es hier im Präsidium einen Maulwurf gibt.«
»Ausgeschlossen«, sagte Meffert.
»Du denkst an Neiberg«, sagte Maletzke.
Bienzle nickte. »Er wusste, dass wir den Abgeordneten Keuerleber treffen wollten. Er wusste auch, wo und wann.«
Maletzke und Meffert sahen sich betroffen an. Leise, fast tonlos sagte Meffert: »Das würde allerdings einiges erklären.«
»Okay.« Maletzke stemmte sich an der Tischplatte hoch. »Was hast du vor?«
»Man muss Cinderella konfrontieren mit dem, was wir wissen.«
»Und wer ist das?«, fragte Meffert.
»Frau Seyboldt … nehm ich doch an«, sagte Maletzke. »Übrigens, Bienzle: Der Mord an Seyboldt ist auch aufgeklärt. Ismail Polnikow hat zugegeben, Seyboldt erschossen zu haben.«
»Du meinst, eigentlich hab ich Feierabend hier in Berlin?«
»Im Grunde schon, du würdest uns aber einen Gefallen tun, wenn du dir Saskia Seyboldt noch vorknöpfen würdest. Vielleicht erfährst du von ihr etwas über das geplante Waffengeschäft.«

Bienzle traf sie in Seyboldts ehemaligem Büro, das sich im ersten Stock eines repräsentativen Gebäudes am Olivaer Platz befand. Sie trug einen eleganten schwarzen Hosenanzug mit einem silbergrauen Shirt darunter, dazu halbhohe Schuhe und eine randlose Brille, die er nie zuvor an ihr gesehen hatte. Die langen blonden Haare hatte sie sich kürzen lassen. Sie lagen gefällig in lauter kleinen Locken um ihren Puppenkopf. Jede ihrer Bewegungen schien genau überlegt zu sein. Auch die Geste, mit der sie Bienzle aufforderte, sich zu setzen, wirkte einstudiert.

»Ich habe wenig Zeit!«

»Es hängt von Ihnen ab, wie schnell wir fertig werden.« Bienzle lehnte sich gemütlich auf dem Ledersessel zurück und machte die Beine lang. »Wir wissen nun, wer Ihren Mann ermordet hat.«

»Ach ja?«

»Scheint Sie nicht besonders zu interessieren.«

»Das macht ihn ja auch nicht wieder lebendig!«

»Es war Ismail Polnikow. Er hat seinen Bruder gerächt. Und der musste offenbar sterben, weil Ihr Mann ein großes Waffengeschäft, das er gemeinsam mit Michail Polnikow in die Wege geleitet hatte, alleine machen wollte. Ohne seinen Partner.«

»Sie verdächtigen meinen Mann, einen Mord begangen zu haben?«

»Einen? Wenn Sie wüssten, wessen ich ihn sonst noch verdächtige.«

»Ich hab keine Zeit, mir Ihre Geschichten anzuhören.«

Bienzle war nicht beeindruckt. »Und Serkiniadse? Was ist mit Serkiniadse? In Stammheim hat Ihr Mann den Auftrag erteilt, ihn umzubringen. Später haben die beiden sich versöhnt, und Serkiniadse hat sogar für Stefan Seyboldt gearbeitet. Aber so einer wie Serkiniadse vergisst nichts und verzeiht nichts.«

Saskia Seyboldt schauderte. Und als Bienzle dies wahrnahm, kam er auf eine Idee.

»Sie haben ihn rausgeschmissen. Daraufhin hat er uns genauso

viel verraten, wie wir wissen müssen, um einen höchst begründeten Verdacht gegen Sie aufzubauen. Also werden wir Sie keine Sekunde mehr aus den Augen lassen. Genau wie Serkiniadse sich das wünscht.«
»Und was soll ihm das nützen?«
»Michail Polnikow und Seyboldt sind tot. Sie und Serkiniadse leben. Wer als Erster an das elektronische Leitsystem für Lenkwaffen herankommt, wird es den Iranern verkaufen. Und damit ist der erste Schritt getan, um den radikalen Islamisten einen gewaltigen Kriegsvorteil gegen die Amerikaner und ihre Verbündeten zu verschaffen.«
Saskia Seyboldt starrte Bienzle aus ihren weitaufgerissenen wasserblauen Augen an, sagte aber nichts.
Bienzle drehte seinen Hut auf den Knien und sagte, ohne aufzusehen: »Weiß Serkiniadse, wo Ihre Kinder sind?«
Saskia Seyboldt begann zu zittern. »Was wollen Sie damit andeuten?«
»Ich finde, es wäre besser, er wüsste es nicht. Serkiniadse ist zu jedem Verbrechen in der Lage, glauben Sie mir.«
»Sie wollen mir Angst machen!«
»Ich? – Der Gedanke an Serkiniadse macht Ihnen Angst. Sie haben den Fehler gemacht, sich nicht mit ihm zu verbünden.«
»Woher wollen Sie das überhaupt wissen?«
»Er hat es mir gesagt.«
»Josef … Josef Serkiniadse hat Ihnen das gesagt?«
»Ich weiß sogar, dass Ihr Mann Sie Cinderella genannt hat.«
Saskia Seyboldt sprang auf, sie hastete ziellos im Raum hin und her. Plötzlich hatte sie ihre kühle Beherrschung völlig verlassen. Sie war aufgewühlt. Ihre Arme bewegten sich in flatternden Bewegungen auf und ab.
»Rufen Sie an«, sagte Bienzle.
»Wen?«

»Na dort, wo Ihre Kinder sind. Vielleicht sollte man die Menschen warnen, die sie betreuen. Ich würde Ihnen das jedenfalls raten.«

Saskia griff zum Telefon. »Warten Sie bitte draußen.«

»Ich denk ja net dran!« Er warf den Hut auf einen Sessel neben sich und schlug die Beine übereinander.

Saskia wählte. Als sie Verbindung hatte, sagte sie: »Ich bin's, Saskia. Wie geht es Mark und Amelie?« Sie hörte zu und atmete auf.

Bienzle sagte: »Vielleicht sollten wir Polizeischutz für die beiden organisieren.«

Saskia rief ins Telefon: »Nein, auf keinen Fall sollen sie zur Beerdigung kommen. Sobald ich hier ein bisschen Luft habe, komm ich zu euch. Nein, nein, ich brauch keine Hilfe hier. Ich komm hier sehr gut zurecht.«

Bienzle sagte leise vor sich hin: »Mama!«

Saskia rief ins Telefon: »Gib ihnen einen Kuss von mir!«

Sie legte auf, und wieder sagte Bienzle: »Mama!«

»Was soll das?«

»›Nein, nein, ich brauche keine Hilfe hier, Mama. Gib ihnen einen Kuss von mir, Mama.‹ Ich hab nur Ihre Sätze vervollständigt. Die Kinder sind bei Ihrer Mutter. Und die lebt immer noch in Furtwangen.«

Saskia fuhr herum und funkelte Bienzle böse an, ihre Augen wirkten jetzt wieder wie aus Granit. »Sie haben das Ganze nur inszeniert, um aus mir herauszuholen, wo meine Kinder sind?«

»Mein Gott«, sagte Bienzle, »Ihre Eltern wohnen in Furtwangen in der Bachgasse 17. Meinen Sie, wir hätten das nicht längst ermittelt? Jeder Dorfpolizist kann für mich nachsehen, ob Ihre Kinder dort sind. Und genauso leicht wie ich kommt auch jeder andere auf den Gedanken, Mark und Amelie dort zu vermuten. Wenn Sie selber bis jetzt nicht so weit gedacht haben, sollten sie tunlichst Ihre Finger von den Geschäften lassen, die Ihr Mann bis zu seinem Tod betrieben hat.«

Bienzle wuchtete sich aus dem Sessel heraus und griff nach seinem Hut.

»Dieser Verkauf hat nichts Kriminelles.« Saskia Seyboldt hatte sich verdammt schnell wieder in der Gewalt. »Es handelt sich um Waffen, die mein Mann völlig legal aus Bundeswehrbeständen und aus neuer Fabrikation angekauft hat. Die Liste lag dem zuständigen Bundestagsausschuss vor. Es gibt keine Einwendungen. Ich verbitte mir die Unterstellung, dass ich etwas Ungesetzliches …«

»Oh, verhebet Se's«, fuhr ihr Bienzle in breitem Schwäbisch in die Parade, »und tun Sie net so, als ob Sie Babynahrung oder Wolldecken nach Persien verkaufen wollten.«

»Raus!«, zischte Saskia Seyboldt.

»Noch so ein Unterschied«, sagte Bienzle, »der Serkiniadse verliert niemals die Contenance. Frau Kimmich übrigens auch nicht. Irgendwie sind Sie no a bissle arg neu im Geschäft!«

»Sie Scheißkerl!« Saskia war den Tränen nah, und zum ersten Mal, seitdem er sie kannte, kam Bienzle diese junge Frau nicht wie eine Puppe vor. Er ging zur Tür.

Dort drehte er sich noch mal um. »Der junge Polnikow hat in der Schweiz ein Handelsunternehmen gegründet, über das der Waffendeal abgewickelt werden sollte. Existiert die Firma noch?«

»Kriegen Sie's raus!«

»Worauf Sie sich verlassen können!«

Bienzle fuhr in einem Taxi zum Gefängnis nach Moabit. Er ließ sich durchschließen bis zu Ismail Polnikows Zelle. Der Vollzugsbeamte sagte: »Er kommt nur zu den Essenszeiten heraus.

Sonst sieht man ihn nie. Er verweigert sogar den Hofgang.« Nachdem er aufgeschlossen hatte, trat der Beamte einen Schritt zurück und sagte: »Bitte!« Bienzle öffnete die Tür. Ismail Polnikow hing am Gitter des Zellenfensters. Er hatte sein Betttuch in Streifen gerissen und daraus eine Schlinge geformt – er oder der, der ihn aufgehängt hatte.
Bienzle veranlasste routinemäßig das Notwendige. In solchen Situationen funktionierte er quasi automatisch, seine Anweisungen kamen überlegt und präzise, obwohl er mit seinen Gedanken längst ganz woanders war. Als die Spurensicherer eintrafen und ein junger Kollege der Mordkommission 3 sich als Ermittlungsführer vorstellte, nickte Bienzle nur und schritt den langen Gefängnisgang hinunter. Er registrierte nicht, dass ihm immer wieder eine Gittertür aufgeschlossen wurde, bedankte sich dennoch automatisch und ging mit steifen Schritten auf den Ausgang zu. Er sah zu der verglasten Kanzel hinauf, aus der ein Vollzugsbeamter grüßte, indem er mit dem Zeigefinger an der Stirn salutierte. Bienzle fror plötzlich. Und er war froh, als sich das Gefängnistor hinter ihm schloss.

An einem Kiosk kaufte er sich eine Flasche Korn und zwei Flaschen Bier. Er ging in die Pension und verschwand in seinem Zimmer, ohne dass er jemandem begegnet wäre, setzte sich auf sein Bett und gurgelte die halbe Flasche Schnaps leer. Dann rief er Hannelore an.
»Du bist's?«, sagte sie, als er sich meldete.
»Ja, ich, ich bin's, nicht der Patrick Leotat.«
»Wer?«
»Komm, sei so gut!« Er nahm einen Schluck aus der Pulle.
»Bist du betrunken?«
»Noch nicht, aber bald.«
»Wer ist Patrick Leotat?«, fragte Hannelore.

Schlagartig begriff Bienzle. »Dieser Scheißkerl, dieses Schwein …«
»Hör auf! Über wen redest du überhaupt?«
»Über Josef Serkiniadse, einen Gentleman aus Georgien. Vergiss es bitte, Hannelore, er hat mich so was von reingelegt. Und ich hab auch noch so getan, als würde ich den Kerl kennen.«
»Wen um Gottes willen?«
»Patrick Leotat, einen alten Studienkollegen von dir, mit dem ich mich auch angefreundet habe.«
»Ruf mich bitte wieder an, wenn du nüchtern bist, ja?!«
Hannelore legte auf.
»Ich Rindvieh!«, sagte Bienzle und öffnete jetzt erst eine der Bierflaschen.

Achter Tag

Mann, ist mir schlecht!«, stöhnte Bienzle, als er sich aus dem Bett quälte. Wie er hineingekommen war, wusste er nicht mehr. Dass er ein Unterhemd und Strümpfe anhatte und sonst nichts, irritierte ihn zusätzlich.

Als er den Frühstücksraum betrat, brachte ihm der Diensthabende der beiden Wirte ungefragt ein Glas Wasser und warf eine Alka-Seltzer hinein. Dann servierte er ihm zwei Rollmöpse und dazu sehr dunkles Brot, das er fürsorglich mit Butter bestrichen hatte. Bienzle nickte zustimmend und sagte: »Mir ist gar nicht gut!«

»Kann man ja verstehen.« Der Wirt war einer, der a priori alles verstand.

»Ich bin zu alt für so was«, schob der Kommissar nach.

»Neulich hatte ich einen Gast, der sagte: Alter ist nun mal nichts für Weichlinge! Aber so weit ist es bei Ihnen ja noch lange nicht, Herr Bienzle.«

Der Kommissar aß die Rollmöpse, trank rabenschwarzen, extra starken Kaffee und schüttete auch noch das Glas Sekt hinunter, das ihm der Wirt brachte. Als er vom Frühstückstisch aufstand, hatte er Mühe, das Gleichgewicht zu finden.

»Können Sie nicht einen Tag freimachen?«, fragte der Wirt besorgt.

»A anders Mal vielleicht«, antwortete Bienzle und verließ die Pension.

Der Wirt sah ihm voller Mitleid nach. »Armer Kerl. Schwerer Job«, sagte er leise und begann den Tisch abzuräumen.

Es war schwül in den Straßen von Berlin. Bienzle ging mit schleppendem Gang die Wielandstraße Richtung Ku'damm entlang, wich einem kackenden Hund aus, der ein grellrotes Schleifchen in den Kopfhaaren hatte und dessen Frauchen in einem rosafarbenen Morgenrock und Pelzpantöffelchen mit ihm auf die Straße gegangen war. In Stuttgart wäre so jemand aufgefallen, hier beachtete niemand das seltsame Paar. Bienzle fand das gut. Er war froh, dass auch ihn niemand beachtete.
Er ging bis zum Bratwurststand Ku'damm 195, wo er am ersten Tag seines Berlin-Besuchs gegessen hatte. Das war so ein Tag, da würde er ständig Hunger haben, egal, was er aß. Er bestellte sich eine Currywurst und stellte sich an einen der runden Tische.
Sein Blick fiel auf die Tafel über dem Bratwurststand. Currywurst mit allem, las er, 3 Euro 90. Dann folgten die anderen Speisen, die Biere, die Säfte, Mineralwasser, und schließlich las er: Dom Perignon, 150 Euro. Vielleicht gab es tatsächlich Leute, die hier eine Currywurst aßen und den teuersten Champagner dazu tranken.
Eine Frau gesellte sich zu ihm. Sie hatte ein wächsernes Gesicht, das einmal schön gewesen sein musste. Aber es war aus der Form geraten, wirkte teigig, die unteren Partien ihrer Wangen bildeten kleine Säckchen. Sie biss in eine Thüringer Bratwurst und sagte: »Starren Sie mich nicht so an, das ist das Cortison!«
Bienzle musste lachen.
»Was ist denn?«, fragte die Frau.
»Ihr Berliner kommt immer gleich zur Sache. Wenn ich mir vorstelle, wie lange das in Stuttgart gedauert hätte, bis jemand diesen Satz gesagt hätte …«
»Sie kommen aus Stuttgart?«
»Ja, aber heut komm ich direkt aus meinem ganz persönlichen Chaos!«

»Das kenn ich«, sagte die Frau, »oh, wie ich das kenne!«
Sie aßen eine Weile schweigend, dann sagte sie: »Müssen Sie nicht zur Arbeit, oder sind Sie arbeitslos?«
»Ich bin Beamter, da wird man nicht so leicht arbeitslos.«
Die Frau sah auf die Uhr. »Wenn Sie Beamter sind, haben Sie ja noch ein bisschen Zeit.«
»Wieso?«
»Na, Sie sind gut, versuchen Sie mal in Berlin vor zehn Uhr einen Beamten in seinem Büro zu erreichen.«
»Und was machen Sie?«, fragte Bienzle.
»Ich schlage mich so durch. Meistens als Komparsin beim Film. Irgendwie mögen die meine Visage.«
»Sie sehen ja auch ein bisschen aus wie Simone Signoret.«
Im Gesicht der Frau ging die Sonne auf. Ihre Züge schienen sich zu straffen. »Ja, das stimmt. Das hat mir schon mal jemand gesagt. Und ohne dieses Scheißcortison …!« Sie winkte ab und ließ den Satz in der Luft hängen.
»Und Sie können nicht darauf verzichten?«
»Nee, dann kann ich vor lauter Schmerzen nicht mehr gehen. Aber warum erzähle ich Ihnen das alles?«
»Ach, machen Sie sich nichts draus. Ich bin der Typ. Mir erzählen die Leute immer mehr, als sie wollen, und davon lebe ich.«
»Sind Sie Therapeut?«
»Nein, aber manchmal a bissle was in der Art.«
»Ob wir noch einen Sekt trinken?« Die Frau lehnte sich über den Tisch, und Bienzle roch, dass das nicht ihr erster Alkohol an diesem Morgen gewesen wäre. Aber konnte er sich in seinem augenblicklichen Zustand darüber erheben? Er ging an den Tresen und kam mit zwei Pikkolo und zwei Gläsern wieder.
»Haben Sie keinen Drehtag heute?«, fragte er, als er eingoss.
»Doch, am Nachmittag. In Babelsberg bei ›Gute Zeiten,

Schlechte Zeiten‹ in einer Szene im Bistro. Ich sitze an einem Tisch und trinke mit einem feinen Herrn Kaffee – wahrscheinlich.«
Bienzle fiel eine Kabarettszene mit Helmut Qualtinger ein, und er fragte: »Und wie legen Sie die Rolle an?«
Die Frau erinnerte sich offensichtlich an dieselbe Szene und antwortete prompt: »Hintergründig!«
Beide lachten, und beide empfanden plötzlich eine enorme Sympathie füreinander.
»Schade«, sagte die Frau.
»Was ist schade?«
»So einen wie Sie trifft man nicht oft.«
»So eine wie Sie aber auch nicht«, sagte Bienzle.
»Ja, dann könnte man das ja wiederholen.« Ihre Augen leuchteten.
»Ja, schon, aber ich bin morgen, spätestens übermorgen wieder in Stuttgart«, sagte Bienzle. »Hoffentlich!«
Das Strahlen in den Augen der Frau erlosch. »Ich hab kein Glück. In meinem ganzen Leben hatte ich noch nie Glück, aber ich find es noch. Ganz bestimmt. Ich finde es noch!«
»Hundertprozentig«, sagte Bienzle und griff nach ihrer Hand. Dann ging er zum Tresen, bezahlte, und als er wieder an dem Stehtisch vorbeikam, war die Frau verschwunden. »Vielleicht«, dachte er, »vielleicht schau ich morgen früh noch mal vorbei, ob sie wieder da ist.« Aber irgendwie ahnte er schon, dass es dazu nicht kommen würde.

Als er im Präsidium erschien, hatte er sich etwas erholt. Zwar plagte ihn immer noch ein leichter Schwindel, aber er fühlte sich wenigstens so, dass er den Tag in Angriff nehmen konnte.
Maletzke war nicht in seinem Büro. Auf dem Tisch lag ein Zet-

tel: »Sitzung der Sonderkommission Konferenzraum 7. Bitte so schnell wie möglich kommen!«

Als Bienzle die Tür zu dem Konferenzraum aufstieß, schlug ihm ein wildes Stimmengewirr entgegen. Er drückte die Tür etwas zu laut zu. Plötzlich verstummten alle und starrten ihn an.

»Guten Morgen«, sagte Bienzle.

»Sie haben es gewusst, aber Sie haben nichts dagegen unternommen«, herrschte ihn Kriminaloberrat Tiefenbach an.

»Ich? Meinen Sie mich?«

»Natürlich Sie. Solche Extratouren können Sie sich vielleicht in Stuttgart erlauben. Aber nicht hier in Berlin.«

Bienzle sah Maletzke an. »Kannst du mir vielleicht erklären ...«

»Sie haben Frau Seyboldt gegenüber gesagt, ihre Kinder könnten möglicherweise entführt werden!«, dröhnte Tiefenbach.

»Ja und?«

»Sie *wurden* entführt«, sagte Maletzke leise.

»Woher haben Sie das gewusst?«, brüllte Tiefenbach.

»Ich habe es nicht gewusst. Ich habe es für möglich gehalten. Und ich habe ihr das gesagt, um endlich etwas aus ihr herauszukriegen. Im Ernst habe ich natürlich nicht geglaubt ...«

»Geglaubt«, schnaufte Tiefenbach.

»Gewusst hab ich's jedenfalls nicht.« Bienzle setzte sich neben Maletzke. »Ich erklär's Ihnen«, hob er an und gab dann einen genauen Bericht über seine Gespräche mit Josef Serkiniadse und Saskia Seyboldt. Bienzle war schon immer ein guter Erzähler gewesen, ein viel besserer als Neiberg zum Beispiel, über den er zu sagen pflegte, es gebe keinen Menschen, der mit so vielen Worten so wenig sagen könne.

War es zu Beginn seines Vortrags noch unruhig in dem großen, schmucklosen, niedrigen Raum, so wurde es nach und nach stiller, während er sprach. Zum Schluss sagte er: »Die Schlüsselfrage ist: Wer weiß, wo der Prototyp und die Konstruktions-

unterlagen für das elektronische Lenksystem versteckt sind? Ich wage mal eine Vermutung: Der verstorbene Stefan Seyboldt hatte Ismail Polnikow veranlasst, eine Im- und Exportfirma in der Schweiz zu gründen. Das Geschäft mit dem Iran soll über die Relaisstation Zürich oder …«
»Die Firma ist in Kreuzlingen«, warf Neiberg ein.
»Noch besser«, sagte Bienzle. »Also das Geschäft soll über die neue Firma in Kreuzlingen abgewickelt werden. Dort wird das Leitsystem in die Waffenlieferung eingefädelt. Der Kollege Meffert sagte ja bereits, die offiziell genehmigten Waffen sollen nur verdecken, was eigentlich geliefert wird und womit die Händler das ganz große Geld verdienen wollen. Jetzt gehe ich davon aus: Nur Saskia Seyboldt weiß, wo der Prototyp und die Konstruktionsunterlagen sind, und der Entführer der Kinder will sie dazu zwingen, ihr Wissen zu verraten.«
»Das alles leuchtet ein«, sagte Tiefenbach beeindruckt.
Bienzle lehnte sich weit gegen die Stuhllehne zurück, streckte seine Beine und hakte die Daumen in den Hosenbund. Dann sagte er: »Ich glaube übrigens, ich weiß es auch!«
Plötzlich herrschte Totenstille, bis Tiefenbach polterte: »Ja, dann raus mit der Sprache!«
Bienzle schüttelte den Kopf. »Nicht hier und nicht jetzt!«
»Was soll denn das?« Tiefenbach bekam einen roten Kopf.
»Zu viel Öffentlichkeit!«
Noch einen Moment hielt die Stille, dann redeten plötzlich alle wild durcheinander. Währenddessen wandte sich Bienzle an Maletzke. »Weiß man inzwischen Genaueres über Ismail Polnikows Tod?«
»Er ist erst betäubt und dann von fremder Hand erhängt worden«, sagte Maletzke. »Mindestens behaupten das die Gerichtsmediziner in ihrem Bericht.«
Bienzle nickte, als ob er nichts anderes erwartet hätte. Maletzke

sah ihn von der Seite an. »Es könnte sein, dass du dich gerade in Lebensgefahr gebracht hast!«
»Manchmal muss man halt a bissle nachhelfen!«
»Ich an deiner Stelle hätte das nicht gemacht«, sagte Maletzke. Tiefenbach löste die Versammlung auf und bat Bienzle in sein Büro. »Bei uns sind solche Alleingänge nicht üblich und auch überhaupt nicht geschätzt«, sagte er, sofort nachdem er die Tür geschlossen hatte.
»Ja Gott, ich bin halt fremd hier«, antwortete Bienzle.
»Also, wo soll dieses geheimnisvolle Leitsystem sein?«
»Der Herr Seyboldt hat ein Gütle in der Nähe von Bodman.«
»Und wo ist das?«
»Am Bodensee, nicht weit von Überlingen, wenn Sie das kennen.«
»Ja, kenne ich. Und weiter?«
»Von dort kann man leicht etwas nach Kreuzlingen bringen. Das sind keine dreißig Kilometer. Es geht auch über den See. Kreuzlingen liegt direkt hinter der Grenze. Es ist im Grund mit Konstanz zusammengebaut.«
»Und wie stellen Sie sich das vor …?«
»Der Transport kriegt seine Papiere. Er wird beim deutschen Zoll abgestempelt, in Kreuzlingen wird er ganz offiziell durch ein paar Waffensysteme ergänzt. Nichts Bedeutendes, ein paar Gewehre, Bazookas, kleine Geschütze, von der schweizerischen Armee ausgemustert und an die Waffenhandelsfirma Seyboldt verkauft.«
»Ich verstehe. Bei dieser Ergänzung der Lieferung, glauben Sie, wird das Lenkwaffenleitsystem mit reingeschmuggelt.«
»Sie haben es genau erfasst.« Bienzle strahlte Tiefenbach an. »Niemand wird es bemerken. Es sind schon Panzer als Landmaschinen getarnt nach Libyen gegangen!«
»Aber wo liegt dann das Problem? Ihre baden-württembergi-

schen Kollegen schicken ein Sondereinsatzkommando nach Bodelan oder wie das heißt …«
»Bodman«, verbesserte Bienzle. »Das Problem sind die Kinder, Herr Kriminaloberrat!«
»Ah ja, natürlich. Und was schlagen Sie vor?«
»Ich nehme die nächste Maschine nach Friedrichshafen.«
»In Friedrichshafen gibt es einen Flugplatz?«
»Ja, sicher. Ich werde versuchen, das Versteck ohne Aufsehen zu finden. Wenn die Lenkwaffen in Sicherheit sind, bringe ich Serkiniadse auch dazu, die Kinder freizulassen.«
»Und woher wissen Sie, dass Serkiniadse der Entführer ist?«
»Darauf verwette ich meine Kantinenmarken fürs ganze nächste Jahr!«
Er ging zur Tür. Tiefenbach ließ ihn nicht aus den Augen. Als Bienzle die Hand auf die Klinke legte, sagte der Kriminaloberrat: »Herr Bienzle?«
»Ja?«
»Sagen Sie mir nur eins …«
»Ja?«
»Essen Sie überhaupt in der Polizeikantine?«
»Nur wenn's gar net anders geht!« Damit ging Bienzle hinaus.

Bienzle fuhr in seine Pension und packte die Koffer. Das Klopfen hinter seiner Stirn war wieder heftiger geworden. Aber er wollte keine Tabletten nehmen. Er gehörte zu den Leuten, die fest darauf vertrauten, dass ihr Körper mit kleineren Malaisen aus eigener Kraft fertig würde. An der Tür verabschiedete er sich von seinen beiden Pensionswirten und bedankte sich. »Wenn ich mal wieder nach Berlin komme, wohne ich ganz bestimmt wieder bei Ihnen.«
»Und wann wird das sein?«, fragten die beiden wie mit einer Stimme.

»Das letzte Mal hat's fünfzehn Jahr gedauert, aber so lang lass ich's diesmal nicht anstehen.« Er drückte seinen Gastgebern die Hand, und die bemühten sich, nicht zu zeigen, dass ihnen der Druck von Bienzles Pranke weh tat.
Unten, auf der Wielandstraße, warf Bienzle den langen Trageriemen seiner Reisetasche über die Schulter und ging mit schnellen, großen Schritten zum Ku'damm, wo er den Bus zum Flughafen Tempelhof nehmen wollte. Wie schnell man sich doch an so eine neue Umgebung gewöhnen konnte. Die Stadt kam ihm plötzlich vertraut vor, obwohl er doch nur so wenige Ausschnitte zu sehen bekommen hatte. Er nahm sich vor, so bald wie möglich zusammen mit Hannelore wieder herzukommen. Abrupt blieb er stehen. Er hatte sich am Abend zuvor Hannelore gegenüber bis auf die Knochen blamiert.
Bienzle nahm sein mobiles Telefon aus der Tasche, wählte und schaltete wieder aus. Im Augenblick fühlte er sich einem Gespräch mit ihr nicht gewachsen. Er steckte das Handy wieder ein, und in diesem Augenblick fiel sein Blick auf einen Mann, der auf der anderen Straßenseite stehen geblieben war. Der Mann hatte seinen Fuß auf die zweite Treppenstufe vor einem Hauseingang gestellt und band einen Schnürsenkel fest. Irgendwie hatte Bienzle ihn schon zuvor wahrgenommen, jetzt aber kam ihm zu Bewusstsein, dass der Mann ihn auf der anderen Straßenseite schon seit der Pension begleitet hatte. Er trug eine schwarze Lederjacke und helle Jeans.
Das lernte man in keinem Kurs. Das lehrte einen der Beruf. So wie ein guter Autofahrer immer alle Fahrzeuge im Auge hat, die seine eigene Fahrt in irgendeiner Weise beeinflussen könnten, so hatten auch viele Polizisten ein Sensorium entwickelt, um sozusagen beiläufig alles wahrzunehmen, was in einem gewissen Umkreis um sie herum geschah.
Bienzle nahm seinen Weg wieder auf, erreichte den Kurfürs-

tendamm und überquerte verkehrswidrig die Fahrbahn, ohne einen Fußgängerüberweg oder eine Ampel zu benutzen. In einem Schaufenster auf der gegenüberliegenden Seite sah er verzerrt den Mann, der sich zuvor die Schnürsenkel gebunden hatte. Er wollte auf die Fahrbahn treten, musste aber zurückweichen, weil auf der Busspur ein Taxi mit viel zu hoher Geschwindigkeit gefahren kam.

Bienzle trat in den Bus, der als Zielort »Flughafen Tempelhof« angab. Er stieg vorne ein, bezahlte und beobachtete aus den Augenwinkeln, dass sein Verfolger durch die hintere Tür einstieg. Bienzle schob seinen Polizeiausweis neben den Fünfeuroschein und sagte, ohne die Lippen zu bewegen: »Sehen Sie den Mann, der gerade durch die hintere Tür einsteigt?«

Der Fahrer schaute in seinen Panoramarückspiegel. Er nickte. Bienzle sagte: »Wenn er sich gesetzt hat, lassen Sie mich schnell wieder raus, und dann fahren Sie aber auch sofort los!«

»Wenn Ihnen det wat hilft. Und wat is mit dem Fahrschein, wollen Sie den trotzdem?«

»Wenn's net sein muss … ich nehm jetzt ein Taxi!«

»Bei uns zählt jeder Fahrgast!«

Während ihres kurzen, leise geführten Gesprächs wechselte der Fahrer routiniert den Fünfeuroschein, ließ das Ticket aus dem Drucker und beobachtete den Mann in der schwarzen Lederjacke. Der setzte sich auf die erste Bank hinter der Mitteltür, die der Fahrer nun durch einen Knopfdruck schloss. »Jetzt!«, stieß er zwischen den Zähnen hervor. Bienzle sprang aus dem Bus, der im gleichen Moment anfuhr. Der Fahrer sah, wie der Mann in der schwarzen Lederjacke aufsprang und nach vorne rannte.

»Anhalten!«, schrie er.

»Jeht nich!«, gab der Busfahrer lakonisch zurück und lenkte sein schweres Fahrzeug auf die normale Fahrbahn, um einem Lastwagen auszuweichen, der auf der Busspur stand.

»Anhalten, habe ich gesagt!«, zischte der Mann in der schwarzen Lederjacke. Er stand nun dicht hinter dem Fahrer, zog eine Pistole aus dem Hosenbund und drückte sie gegen den Nacken des Chauffeurs. Eine Frau, die auf der Längsbank für Behinderte direkt hinter der Einstiegstür saß, kreischte entsetzt auf.
Der Mann in der Lederjacke fuhr herum und richtete seine Waffe gegen die Fahrgäste. Der Fahrer steuerte den Bus an den Straßenrand. Zischend öffnete sich die Tür. »Sie können raus!«
Der Mann in der Lederjacke ging rückwärts Richtung Tür, tastete mit den Fußspitzen nach der Stufe und hielt immer weiter den Fahrer und seine Passagiere mit der Pistole in Schach. Er setzte einen Fuß auf die Straße. Der Fahrer drückte auf den Knopf, um die Tür zu schließen, und gab gleichzeitig Gas. Der Mann in der Lederjacke verlor das Gleichgewicht und fiel rückwärts. In seinem Außenspiegel sah der Busfahrer, wie der Mann aufs Kreuz fiel und die Pistole verlor. »Da kiekste, wa?«, sagte er und hatte auch schon sein Funkgerät eingeschaltet, um den Vorfall zu melden.
Der Mann in der Lederjacke war mit der Schulter auf den Rinnstein geprallt und hatte Mühe, wieder hochzukommen. Mit seinen Augen suchte er die Pistole, aber die kickte gerade ein Mann, der mit einer leeren Obstkiste aus einem Gemüseladen gekommen war, ein paar Meter den Rinnstein hinunter. Passanten waren stehen geblieben. Ein Streifenwagen der Polizei fuhr an den Bordstein heran. Die Beamten hatten eigentlich vor, dem Gestürzten zu helfen. Doch der stand nun schon wieder, warf noch mal einen Blick nach seiner Waffe, beschloss dann aber, sich aus dem Staub zu machen. So schnell er konnte, rannte er in eine Seitenstraße hinein und war Sekunden später verschwunden. Der Gemüsemann deutete auf die Pistole im Rinnstein und sagte zu den Beamten: »Die hat

er verloren.« Einer der Polizisten hob die Waffe auf, und man konnte ihm ansehen, dass er sich auf das alles keinen Reim machen konnte.
Bienzle hatte die kleine Szene aus dem Taxi heraus beobachtet. Aber sie hatte ihn nicht beruhigt. Wer auch immer den Mann mit der Pistole geschickt hatte, verließ sich garantiert nicht auf diesen einen Versuch.

In der hohen, weiten Halle des Tempelhofer Flughafens wirkten die wenigen Menschen klein und verloren. Bienzle erinnerte sich an ein Bild, das er einmal gesehen hatte: In einer Halle, die in der DDR gebaut worden war, um Flugzeuge zu reparieren, war eine Fabrikation für Nähmaschinen eingerichtet worden, weil das Zentrum für die Flugzeugreparaturen dann doch in die damalige Sowjetunion verlegt worden war. In der dreißig Meter hohen Halle hatten die Arbeiter wie kleine Ameisen gewirkt.
Er hatte noch etwas Zeit, bis seine Maschine ging. Rechts vom Durchgang zu den Flugsteigen befand sich ein kleines Café. Ein paar Tische und Stühle aus Korbgeflecht standen zwischen massigen Vierkantsäulen davor. Bienzle holte sich an der Theke einen Kaffee und ließ sich auf einem der Rattansessel nieder. Von hier aus konnte er einen Großteil der Halle, aber auch den Zugang zu den Warteräumen überblicken. Es war kühl hier. Von der drückenden Schwüle draußen war nichts zu spüren.
Auf einem der Stühle lag eine herrenlose Zeitung. Bienzle schlug sie auf. Die Entscheidung für die Waffenlieferung wurde nur kurz gemeldet. Aber die Redaktion hatte einen umfassenden Hintergrundbericht ins Blatt gestellt. Überrascht las Bienzle, dass die Regierung im vorausgegangenen Jahr Einzelausfuhrgenehmigungen für Kriegswaffen im Wert von über drei Milliarden Euro erteilt hatte. Zudem wurde über einen deutlichen

Anstieg von Sammelausfuhrgenehmigungen berichtet. Sie wurden im Rahmen von Kooperationen für einen Zeitraum von zwei Jahren erteilt. Dem Artikel war zu entnehmen, dass die Bundesrepublik Deutschland in einer Größenordnung von mindestens acht Milliarden Euro pro Jahr mit Waffen handelte: U-Boote für Israel, Kampfhubschrauber für Südkorea, Spürpanzer für die arabischen Länder, Kriegsgerät aller Art für Chile, Litauen, Estland und Thailand, Kampfschiffe für Ecuador, nukleare/chemische Warnsysteme für Brasilien, Torpedos für Peru ... Die Liste war lang.

Immer wieder senkte Bienzle die Zeitung, hinter der er sich geschickt versteckt hatte, um das Terrain zu sondieren. Bislang war ihm keine Gefahrenquelle aufgefallen. Er schaute auf die Uhr. Langsam wurde es Zeit, sich zu seinem Flugzeug zu begeben. Er faltete die Zeitung und legte sie auf den Stuhl zurück.

Er durchschritt die Kontrolle am Eingang zu den Flugsteigen und stellte seine Tasche auf die Rollen des Durchleuchtungsgerätes. So groß die Halle war, so klein und bescheiden wirkten die Flugsteige, die in einem langen, schmalen Gang ineinander übergingen. Hier wirkte alles klein und familiär und glich eher einem Busbahnhof als einem Airport.

Eine Bodenstewardess erschien und rief: »Die Passagiere nach Friedrichshafen!« Es waren keine zwanzig. Bienzle prüfte jeden Einzelnen mit kritischem Blick und verließ als Letzter das Gebäude. Er stieg die Treppen zum Flugfeld hinab. Noch einmal sprang ihn die Berliner Sommerhitze an. Hinter dem Tower stand schon wieder eine Gewitterwand. Aber sie verdeckte die Sonne noch nicht.

Die Maschine, eine Fokker Friendship, stand nur vierzig Meter entfernt. Man konnte sie zu Fuß erreichen. Ein Mitarbeiter der Fluggesellschaft bat die Passagiere, ihr Gepäck neben dem

Flugzeug abzustellen. Von dort sollte es in den Gepäckraum der Maschine verladen werden.
Bienzle drehte sich um. Routiniert suchte sein Blick die Fassade des Flughafengebäudes ab. Und da sah er einen Sonnenstrahl aufblitzen. Er kniff die Augen zusammen. Erneut nahm er den Reflex eines Sonnenstrahls wahr. Was sich da über den Dachrand des Gebäudes schob, war ein Gewehrlauf.
Bienzle blickte sich um. Er stand mitten im Pulk der Fluggäste. Die ersten stiegen bereits ein. Blitzschnell zog er sein Handy heraus und wählte die 110. Während er sprach, beschlich ihn das bange Gefühl, der Kollege am anderen Ende könnte ihn für einen jener Spinner halten, die Polizeizentralen in aller Welt mit ihren Phantasien nerven. Aber er wusste auch: Jedem Anruf musste nachgegangen werden. »Bitte verständigen Sie die Kollegen von der Flughafenpolizei. Der Schütze liegt auf dem Flachdach des Vorbaus zwischen dem vierten und dem fünften Scheinwerfer.« Er schaltete das Gerät ab und verwickelte den Mitarbeiter, der das Gepäck im Bauch des Fliegers verstaute, in ein Gespräch. »Es tut mir ja saumäßig leid, aber ich hab was ganz Wichtiges in meiner Reisetasche, was ich noch rausnehmen muss.«
»Det fällt Ihnen jetzt ein?«
»Ich sag doch, es tut mir leid. Aber es sind Kreislauftabletten, und wenn ich die nicht greifbar habe …«
Hinter ihm sagte ein Passagier: »Also das glaubst du doch nicht. Wenn man schon auf Tabletten angewiesen ist, dann trägt man die doch bei sich!«
Bei den anderen Fluggästen herrschte Einmütigkeit darüber, dass der Mann recht hatte. Bienzle fühlte sich ziemlich alleine. Umständlich fingerte er aus seinem Waschbeutel ein paar Vitamintabletten heraus und schob sie in seine äußere Jackentasche. Inzwischen waren fast alle Gepäckstücke eingeladen. Der

Ring um Bienzle wurde lichter. Die Passagiere stiegen nach und nach ein. Immer wieder warf der Stuttgarter Kommissar einen Blick zu dem Flachdach hinüber. Wenn sich die nächsten zwei Fluggäste aus dem Pulk lösten und die Treppe hinaufstiegen, hatte der Kerl dort oben freies Schussfeld. Für Bienzle gab es keinen Zweifel, dass die Gewehrmündung auf ihn gerichtet war.

Der Gepäckmann riss Bienzles Reisetasche an sich und warf sie rüde in den Gepäckraum. Die beiden Fluggäste wandten sich der Treppe zu. Bienzle sprang geduckt unter die Maschine, warf sich auf den Boden, rollte sich um die eigene Achse, stieß mit dem Kopf gegen einen der Reifen, und dann pfiffen ihm auch schon die beiden ersten Geschosse um den Kopf, prallten auf dem Asphalt ab und suchten sich als Querschläger ihren Weg. Mit einem hellen Pinggg prallte eine der Kugeln gegen das Fahrwerk.

»Verdammt, da wird doch geschossen«, schrie einer der Passagiere entsetzt.

Bienzle robbte hinter die Räder der Maschine. »Und das in mei'm Alter«, räsonierte er. Aber dann folgte nur noch ein Schuss. Die Kugel blieb im weichen Teer der Rollbahn unter der Maschine stecken. Bienzle schob sich auf den Ellbogen nach vorne und spähte um die Reifenkante. Auf dem Dach standen zwei Polizisten und hatten ihre Waffen auf einen Mann gerichtet, der auf dem Flachdach kniete und beide Arme hob. Bienzle hätte eine Menge darum gegeben, wenn er jetzt ein Fernglas gehabt hätte.

In diesem Augenblick näherten sich auch bereits Fahrzeuge der Polizei und der Feuerwehr.

Bienzle klopfte seine Kleider ab. Die Hose war versaut. Unter der Maschine war der Asphalt in der Hitze geschmolzen und hatte nun schmutzige braunschwarze Flecken hinterlassen.

Bienzle wies sich gegenüber dem Einsatzleiter aus und sagte: »Der Anschlag hat vermutlich mir gegolten.«
Der Beamte sah ihn an, als ob er ihn für einen Hochstapler hielte. Aber er trat rasch zur Seite, als Bienzle entschlossen losmarschierte.
In der Halle kam ihm ein junger uniformierter Polizist entgegen. »Kommissar Bienzle? – Ich geh am besten voraus.« Sie gelangten in einen kahlen langen Gang, der sich bis an den Horizont zu erstrecken schien. Nach etwa zwanzig Metern führte sie eine Treppe links zum nächsten Stockwerk hinauf. Bienzle atmete schwer. Der Schweiß stand ihm auf der Stirn. Er verlangsamte seine Schritte. Eine undefinierbare Angst erfasste ihn plötzlich. Ohne zu ahnen, was ihm bevorstand, fürchtete er sich davor.
Im ersten Stock erreichten sie wieder einen Korridor, der dem unteren exakt entsprach. Der junge Beamte ging voraus, klopfte an eine der vielen Türen, stieß sie auf und verharrte auf der Schwelle. Er sah Bienzle entgegen, dessen Schritte immer langsamer wurden.
»Hier rein, bitte!« Noch einmal zögerte der Kommissar. Er bekam kaum Luft. Kalter Schweiß stand auf seiner Stirn. Er war nahe daran, umzukehren, aber dann gab er sich doch einen Ruck und trat in den Raum.
Auf einem Stuhl mitten im Zimmer saß Norbert Maletzke, in Handschellen gefesselt.
»Norbert?« Bienzle erfasste ein Schwindel. Er wandte sich an die Kollegen. »Können Sie uns ein paar Augenblicke allein lassen?«
Zögernd gingen die Beamten hinaus. Als der Letzte die Tür hinter sich zugedrückt hatte, zog Bienzle einen Stuhl heran und setzte sich Maletzke gegenüber. Maletzke saß da wie immer: die Unterarme auf die Oberschenkel gelegt, die Ell-

bogen weit ausgestellt, den mächtigen Kopf leicht zwischen die Schulterblätter gezogen. Man glaubte ihm alles: dass er im Chor sang, zu Hause eine Frau hatte, an die er sich anlehnen konnte, wenn's ihm wieder mal dreckig ging; dass er gerne gute Bücher las und an freien Tagen durch die Brandenburger Ebenen wanderte.

»Aber warum?«, fragte Bienzle und verbesserte sich dann gleich: »Für wen tust du so was?«

»Für mich!«

»Und deine Frau?«

»Die hat mich schon vor drei Jahren verlassen. Das sei kein Leben, hat sie gesagt. Aber ich bin fürs Alleineleben nicht geschaffen, Bienzle.«

»Und der Motettenchor?«

»Da hab ich früher mal gesungen. Er ist mir wieder eingefallen, als du mit mir am Abend ein Bier trinken gehen wolltest.«

»Und wo warst du wirklich?«

»Bei Saskia Seyboldt.«

Bienzle starrte Maletzke an. Eigentlich hatte er es ja gewusst, seitdem er in diesen Raum getreten war und Maletzke in Handschellen gesehen hatte. Aber alles in ihm sträubte sich, es zu glauben. Er ging zum Fenster, riss es auf, wollte endlich durchatmen, aber es kam nur ein Schwall schwüler Luft herein. Die Hitze schimmerte über dem Asphalt. Die Maschine nach Friedrichshafen stand noch immer an ihrem Platz. Beamte der Spurensicherung untersuchten den Rumpf. Die Passagiere stiegen aus und gingen in das Abfertigungsgebäude zurück.

Bienzle spürte, wie unter seinen Kleidern am ganzen Körper der Schweiß herunterlief. Zwischen seinen Schulterblättern bildete sich langsam ein See. Ohne sich umzudrehen sagte er: »Du hast für Saskia Seyboldt gearbeitet?«

»Zuerst für Stefan Seyboldt und Serkiniadse.«

»Und dann, als Seyboldt tot war?«
»Hab ich dasselbe für Serkiniadse und Saskia Seyboldt gemacht, und dann«, fuhr Maletzke fort, um Bienzles Frage abzufangen, »nur noch für Saskia.«
»Hast du Michail Polnikow erschossen?«
»Nein, damit hatte ich nichts zu tun. Serkiniadse war zu dem Ergebnis gekommen, dass man die beiden – Polnikow und Seyboldt – trennen müsse. Gemeinsam waren die zwei so stark, dass niemand gegen sie ankam. Und sie hielten zusammen wie Pech und Schwefel.«
»Also haben Saskia Seyboldt und Serkiniadse diesen Mord geplant, um Seyboldt zu isolieren, oder was?«
»Ja.«
»Und was ist mit dem Mord an Seyboldt?«
»Es war Serkiniadse gelungen, den jungen Polnikow davon zu überzeugen, dass Stefan Seyboldt seinen Bruder auf dem Gewissen hatte. Serkiniadse hat Ismail regelrecht gegen ihn aufgehetzt.«
»Und Saskia war immer eingeweiht?«
»Nehme ich an.«
Bienzle massierte seine Schläfen mit beiden Zeigefingern. Er wäre am liebsten einfach hinausgegangen, zum Bahnhof Zoo gefahren und in den nächsten ICE nach Stuttgart gestiegen. Aber er funktionierte auch noch in so einer Situation. Für einen Augenblick wusste er freilich nicht, wie er weitermachen sollte.
»Ich wollte dich nicht treffen«, sagte Maletzke plötzlich.
»Ja, das kam mir allerdings auch so vor.«
»Es musste nur verhindert werden, dass du da runter an den Bodensee fliegst.«
»Ist Saskia auf dem Weg dorthin?«
»Ja. Ich denke, sie will auch Serkiniadse treffen, obwohl sie

wissen muss, wie gefährlich das für sie werden kann. Sicher ist sie bereit, auf seine Forderungen einzugehen.«

Bienzle ging wieder zum Fenster und blickte hinaus. Die Ersatzmaschine nach Friedrichshafen stand noch immer nicht bereit.

Maletzke lachte unvermittelt auf. »In ein paar Monaten wollte ich in diesem wunderschönen Haus in Spanien sein, und stattdessen lande ich im Knast.«

»Ja, du hast dich verrechnet.«

»Und sie wird garantiert nicht auf mich warten«, sagte Maletzke mehr zu sich selbst als zu seinem Kollegen.

»Wer, Saskia?«

Maletzke schüttelte den Kopf. »Saskia!« Er spuckte den Namen förmlich aus. »Die liebt nur einen Menschen: sich selbst.«

Bienzle, der noch immer mit dem Rücken zum Raum am Fenster stand, fuhr herum. »Von welcher Frau redest du dann?«

»Das werde ich dir nicht sagen. Sie hat nicht wirklich etwas mit all den Dingen zu tun.«

Wie ein Blitz schoss es Bienzle durch den Kopf: »Henriette Kimmich?«

Maletzke sah ihn an. Er sagte nichts, er nickte nicht, aber Bienzle wusste, dass er ins Schwarze getroffen hatte. Es war eine irrationale Situation. Sie redeten miteinander, als säßen sie sich noch immer in ihrem viel zu engen Büro gegenüber. Und die Atmosphäre war fast so vertraut wie in den Tagen zuvor. Bienzle musste sich klarmachen: »Ich verhöre diesen Mann, der einer ganzen Reihe schwerer Straftaten verdächtig ist.« Er setzte sich wieder.

»Sie hat die Verbindung zwischen dir und Serkiniadse hergestellt?«

Maletzke sah Bienzle überrascht an. »Ja. Ich hab sie ganz zufällig getroffen ...«

»Von wegen zufällig!«
»Doch. Es war bei einem Konzert in der Philharmonie. Sie saß neben mir. Wir sind danach noch was trinken gegangen.«
»Bist du so naiv, oder tust du nur so? Bei diesen Leuten ist nie etwas zufällig. Bei der schönen Frau Kimmich schon gar nicht.«
»Gut«, Maletzke wand sich, »am Anfang mag es Berechnung gewesen sein, aber dann ...«
»Du hast dich in sie verliebt.«
»O ja!«, sagte Maletzke mit einem gewissen Pathos.
»Armer Kerl«, schoss es Bienzle durch den Kopf, aber er sagte es nicht. Stattdessen fuhr er in seinem Verhör fort: »Und warum musste der junge Polnikow sterben?«
»Weil er von seinem Bruder offenbar Dinge erfahren hatte, von denen Saskia geglaubt hatte, nur sie wisse sie.«
»Er kannte also den Ort, wo das neue elektronische Leitsystem samt den Konstruktionsunterlagen versteckt ist?«
Maletzke nickte. »Hättest du bloß nicht gesagt, dass du es auch weißt.«
»Du hättest es ja für dich behalten können«, sagte Bienzle.
»Ja«, sagte er schlicht.
»Und warum hast du's nicht getan? Du hast es brühwarm Saskia Seyboldt erzählt, und die hat gesagt: Sorg dafür ...«
»Wir sind nicht per du«, fuhr Maletzke dazwischen.
Bienzle verbesserte sich, ohne mit der Wimper zu zucken: »Sorgen Sie dafür, dass dieser Bienzle aus dem Verkehr gezogen wird.«
Maletzke nickte nur.
»Und du machst das dann – brav wie ein gut dressierter Hund!«
»Ich hatte meinen Traum, verstehst du, Tag und Nacht hab ich an nichts anderes mehr gedacht!«

»Träume haben wir alle, aber deshalb wechseln wir noch lange nicht die Seiten. Warum ausgerechnet du, Norbert? Um Gottes willen, warum?«

»Als meine Frau weg war, kam mir mit einem Mal alles so sinnlos vor. Und da hab ich mir gesagt: So, jetzt bist du auch mal dran! Ich wollte ans große Geld. Ich habe mir schon ein Haus in Spanien ausgesucht. Ich wollte leben. Anders leben. In einer schönen Umgebung mit einer Frau, die ich liebe. Meine Frühpensionierung hab ich schon beantragt. Ich wollte ... ja, ich wollte das Leben endlich auch einmal genießen. Ich konnte das graue Polizeigebäude nicht mehr sehen, mein Büro, meinen Schreibtisch. Ich kann keine Leichen mehr sehen. Ich kann die Lügen der Verbrecher und der Zeugen nicht mehr hören ...«

Er unterbrach sich. Und dann kam es kläglich wie von einem kleinen, ängstlichen Kind. »Bienzle, hilf mir!«

Bienzle ging zur Tür und sah noch mal auf seinen Kollegen zurück. Eine maßlose Trauer erfasste ihn. Dann sagte er: »Ich kann dir nicht helfen, Norbert. Ich nicht!«

Er verließ das Zimmer.

Als er die Halle wieder durchschritt, fiel ihm ein, dass er vergessen hatte, Norbert Maletzke nach dem Abgeordneten Seliger zu fragen. Aber er war zu erschöpft, um noch mal umzukehren.

Die Passagiere hatten bereits in der Ersatzmaschine, ebenfalls eine Fokker Friendship, Platz genommen. Bienzle stieg als Letzter ein. Er hatte einen Platz in der ersten Reihe. Der Sitz neben ihm blieb leer. Bevor er sich setzte, ließ er seinen Blick über die wenigen Mitreisenden gleiten. Viele starrten ihn feindselig an. Manche redeten leise und dennoch aufgebracht über ihn. Er war ja der Schuldige für die Startverzögerung. Bienzle konnte ihren Zorn verstehen. Das waren durch die Bank Geschäftsleute. Jeder von denen hatte bestimmt wichtige Termine. Für

solche Leute war Zeit immer Geld. Keine einzige Frau war darunter. So sehr viel hatte sich wohl doch nicht verändert in der letzten Zeit.
Die Maschine hatte ihre Flughöhe noch nicht erreicht, da war Bienzle schon eingeschlafen. Er kam erst wieder zu sich, als jemand heftig an seiner Schulter rüttelte. »Bitte, schnallen Sie sich an, wir müssen gleich durch ein Gewitter«, sagte die Stewardess. »Leider können wir das Unwetter nicht umfliegen.«
Bienzle machte den Gurt fest und schloss die Augen wieder, um weiterzuschlafen. Aber da stürzte das Flugzeug schon unkontrolliert in die Tiefe. Bienzle klammerte sich an den Armlehnen fest. Sein ganzer Körper verkrampfte sich. Augenblicke später wurde die Maschine mit ungeheurer Gewalt nach oben gerissen. Bienzle starrte aus dem Fenster. So etwas hatte er noch nie gesehen. Dunkle Türme mit unförmigen Wülsten bauten sich auf, dazwischen fuhren grellweiße Wolkenfahnen mit ausgefransten Rändern über den Himmel. Voraus baute sich eine tiefschwarze Wand auf. Das Flugzeug torkelte scheinbar führerlos durch die Luft. In diesem Inferno konnte kein Pilot der Welt eine Maschine auf Kurs halten. Das Flugzeug war jetzt zum Spielball der Elemente geworden – wie ein Herbstblatt wurde es von den Sturmböen herumgewirbelt. Die Passagiere schrien vor Angst. Die Luft füllte sich mit dem süßsauren Geruch von Erbrochenem. Zwischendurch schienen die Flugzeugmotoren zu verstummen, dann röhrten sie wieder auf, als sammelten sie noch einmal all ihre Kräfte, um die Maschine doch noch auf Kurs zu bringen. Rundherum zuckten Blitze. Die Tragflächen schwangen auf und nieder. Es sah aus, als könnten sie jeden Moment abbrechen.
Bienzle floss der Schweiß in die Augen. Erstaunt registrierte er, dass seine Kopfschmerzen verschwunden waren. Eine neue Böe ergriff das Flugzeug, warf es auf die Seite. Es schmierte über die

rechte Tragfläche ab und raste auf die Erde zu. Die Angstschreie der Passagiere überschlugen sich. Da wurde der Flieger wie von einer riesigen Faust gepackt und nach oben gerissen.
Und dann, mit einem Mal, lag das Flugzeug wie ein Brett in der Luft. Helles Licht strömte durch die Fenster. Die Motoren brummten gleichmäßig. Das Gewitter lag hinter ihnen. Die Stewardess, die mit dem Gesicht zu den Passagieren angeschnallt auf ihrem Sitz gesessen hatte, machte den Gurt los und erhob sich. Es war vorbei.
Bienzle wagte nicht, sich umzudrehen. Alle würden ihm die Schuld geben. Hätten sie pünktlich starten können, wären sie dem Gewitter entgangen. Aber die Passagiere beachteten ihn gar nicht.
»Ich hab ja schon viel erlebt«, tönte einer, »aber so etwas noch nicht.«
»Das glaubt mir ja kein Schwein, wenn ich das erzähle«, rief ein anderer.
»Ein phantastisches Erlebnis!«, kam es von einem Dritten.
Jetzt waren sie alle Helden. Die Stewardess sammelte die Tüten ein und verteilte Erfrischungstücher.
»Bringen Sie mir einen Schnaps, junge Frau«, rief einer der Fluggäste aufgeräumt, und die meisten anderen schlossen sich an.

Zwanzig Minuten später landete die Fokker Friendship auf dem Airport Friedrichshafen. Als Bienzle sich durch die niedrige Tür schob und die wenigen Stufen zur Landebahn hinunterstieg, sah er Gächter. Der Kollege lehnte an einem Polizeifahrzeug, hatte eine glimmende Zigarette im linken Mundwinkel und beide Hände in den Hosentaschen. Er musterte Bienzle von oben bis unten. »Wie siehst du denn aus?« Und Bienzle tat etwas, was ihm in ihrer bald zwanzigjährigen Freundschaft

noch nie eingefallen war. Er warf Gächter beide Arme um den Nacken und drückte den Kollegen eng an sich.
»Hoppla«, sagte der nur und fühlte sich ganz offensichtlich nicht wohl dabei. Er tätschelte Bienzle wie einen Hund. »Wir fahren jetzt erst mal ins Hotel.«
»Nein, warte, ich muss doch …«
»Du musst gar nichts. Wir haben das ›Gütle‹ des seligen Herrn Seyboldt gefunden. Es wird rund um die Uhr observiert. Das Elternhaus der Saskia Seyboldt, geborene Siebeneicher, in Furtwagen haben wir eh unter Kontrolle, seitdem die Kinder entführt worden sind. Du fährst jetzt mit mir in den ›Wilden Mann‹, isst einen Rostbraten mit Spätzle oder von mir aus auch Gaisburger Marsch und trinkst einen guten Wein.«
Bienzle atmete kräftig durch. Erst jetzt sah er sich richtig um. Die Luft war klar, der Bodensee schimmerte in dunklem Blau. Die Temperaturen lagen mindestens zehn Grad unter denen in Berlin. Hinter den sanft geschwungenen Hügeln der Seeufer stiegen die Berge der Alpen in den Himmel, von deren Gipfel noch immer der Schnee herüberleuchtete. Bienzle war es, als fiele eine zentnerschwere Last von seinen Schultern.
Später im »Gasthof zum Wilden Mann« entschied er sich dann für einen Wurstsalat, trank zuerst ein Bier und danach einen 1999er Elmendinger Keulenbuckel Schwarzriesling vom Weingut Claus Bischoff, dessen wohltuende Wirkung sich rasch in seinem ganzen Körper ausbreitete. Es stimmte schon, die Badener machten einen besonders guten Wein.
Zu Gächter sagte er: »Du rauchst zu viel!«
Der winkte ab und sagte: »Wenn der Kollege in Berlin besser gezielt hätte, könntest du mich nicht mehr damit nerven.«
»Er hat gezielt danebengeschossen.«
»Ja, das ist dein Glück, Bienzle. Dich mögen die Leute zu sehr!«

Neunter Tag

Bienzle hatte durchgeschlafen. Als er zu sich kam, spürte er seinen Körper müde und schwer, und doch fühlte er zugleich eine tiefe Entspannung. Am liebsten hätte er sich einfach umgedreht, um weiterzuschlafen. Aber er zwang sich dann doch aufzustehen.

Gefrühstückt wurde in der Gastwirtschaft. Die Wirtin weigerte sich schon seit Jahren standhaft, ein Büfett aufzubauen. Der Gast kriegte, was er bestellte, und sie selbst servierte es ihm. Die Frau war bald achtzig. Irgendwann würde sie den Gasthof ihrer Tochter überlassen, und dann konnte die ja alles neu machen.

Gächter bat um einen Joghurt pur und einen Löffel Honig dazu. Bienzle bestellte Rühreier mit Speck, zwei Laugenwecken, Butter und Käse. Der Tag wäre für ihn gerettet gewesen, als ihm auf dem Käseteller ein Weißlacker direkt aus einer kleinen Allgäuer Käserei serviert wurde. Aber noch war er ja mitten in seinen Ermittlungen, und er spürte, dass er in der Situation eines 5000-Meter-Läufers war, der gerade zum letzten Mal die Kurve in die Zielgerade durchlief – eine Situation, die er nur zu gut kannte. Sein Herzschlag war dann schneller, und er spürte ihn in der Halsschlagader, was sonst nicht der Fall war. Er atmete kürzer, sein Körper war angespannt. Während er redete, dachte er immer schon zwei, drei Schritte voraus.

Gächter, der Bienzle besser kannte als jeder andere (Hannelore natürlich ausgenommen), betrachtete den Kollegen mit einem stillen Lächeln. In diesen Situationen überließ er ihm stets das Gesetz des Handelns. Wenn Bienzle so unter Strom stand, war absolut Verlass auf ihn.

Auf neun Uhr hatten sie die Durchsuchung des »Gütles« von Stefan Seyboldt angesetzt. Die richterliche Anordnung dafür war erstaunlich schnell erlassen worden.
Die Fahrt ging über eine schmale Landstraße, die sich in engen Kurven durch die Hügellandschaft des Bodenseeufers schlängelte, Richtung Bodman. Obstplantagen und Weinberge wechselten sich links und rechts der Fahrbahn ab. Über dem See, der immer wieder ins Blickfeld kam, lag ein dunstiges, weiches Licht. Heute waren die Berge der Alpen nicht zu sehen. Links kam die Blumeninsel Mainau in Sicht. Dahinter sah man am jenseitigen Ufer, auf dem Hügel hinter Konstanz, die Gebäude der Universität, überragt von einem hässlichen viereckigen Turm.
Kurz darauf passierten sie Überlingen und danach die Zufahrt zur Insel Reichenau.
Bodman lag ruhig da. Sie erreichten den Ortseingang. Bauern hatten hier Stände mit Bodenseeobst aufgebaut. Bienzle fragte sich, ob sie die Äpfel und Birnen nachts reinräumten oder einfach nur mit einer Plane abdeckten. Er konnte sich nicht vorstellen, dass hier geklaut wurde. Als er das zu Gächter sagte, konnte der nur den Kopf schütteln. »Als ob die Menschen hier besser wären.«
Bienzle antwortete: »Könnt ja auch sein, dass sie sich nur weniger trauen.«
Rechts lag das Schloss der Grafen von Bodman. Es sah nicht besonders imponierend aus. Im Rheingau oder an der Mosel hatte mancher Winzer einen stolzeren Familiensitz.
Sie stellten ihr Fahrzeug an der Kirche ab. Gächter wusste, dass sie Richtung Marienschlucht gehen mussten, und er war nicht überrascht, als Bienzle sagte, er kenne den Weg. Niemand vermute hier in dieser sanften Landschaft den tief eingegrabenen Canyon, den man nur auf gesicherten und künstlich befestig-

ten Wegen, Treppen und Steigen begehen könne. Gächter, der Natur für einen Luxus der Reichen hielt, schob sich eine Zigarette zwischen die Lippen und sagte: »Wie gut, dass ich mir so was nicht antun muss.«

Für Bienzles Geschmack trafen nach und nach viel zu viele Polizeikräfte ein. Und den Einsatz des Hubschraubers, der ungefähr fünfhundert Meter über ihnen in der Luft stand, hielt er schlicht für übertrieben.

Sie gingen über die Dorfstraße aus dem Ort hinaus. Der Weg führte dicht am Bodenseeufer entlang, das links von ihnen lag. Rechts reihten sich Obstbaumwiesen und Weinberge aneinander. Eigentlich hätte man »Weingärten« sagen müssen; denn die stiegen nur unmerklich nach oben an. Erst hinter den Rebenreihen wurde das Gelände plötzlich steil und ging in einen schroffen, fast senkrechten, gleichwohl bewaldeten Felsenhang über.

Bienzle ertappte sich dabei, dass er sich ausmalte, wie er demnächst mit Hannelore hier endlich einmal wieder eine gemeinsame Wanderung unternehmen würde. Von Stuttgart erreichte man die Gegend mit dem Auto in weniger als zwei Stunden. Er ließ sich etwas zurückfallen, zog sein Handy aus der Hosentasche und wählte seine eigene Nummer. Hannelore meldete sich nicht. Es gab tausend gute Gründe dafür. Bienzle fielen nur die wenigen schlechten ein.

Nach etwa siebenhundert Metern ging ein schmaler Weg nach rechts steil und gerade zum Waldhang hinauf. Die Beamten verteilten sich, und schon bald sah es so aus, als wären Bienzle und Gächter alleine unterwegs, sie wirkten wie zwei Wanderer, die es sich leisten konnten, mitten in der Woche hier durch die Landschaft zu streifen.

»Ich habe vorgestern zufällig Hannelore getroffen«, sagte Gächter beiläufig.

»Aha. Und wo?«
»Im ›Café Königs‹.«
»Allein?«
»Nein.«
»Mit wem?«
»Mit einem gewissen Patrick Leotat. Offenbar ein Studienkollege von ihr.«
Bienzle blieb stehen. »Nein!«
»Doch. Netter Kerl. Kunstkritiker, glaube ich, aber er sagt, er dilettiere selber auch als Maler. Ich hab mir verkniffen, ihn zu fragen, auf welchen Gebieten er noch dilettiere. Ich dachte, ich sollte dir das erzählen.«
»Hättst damit net no a bissle warte könne?«
»Ich würde mir an deiner Stelle nichts dabei denken.« Nun war auch Gächter stehen geblieben. »Auf die Dauer wird der dir nicht gefährlich.«
»Auf kurz wär au scho z'lang«, sagte Bienzle finster.
Gächter fiel dazu nichts mehr ein. Er marschierte wieder los, und es war für Bienzle schon verwunderlich, wie ein so untrainierter Mann so schnell und kraftvoll ausschreiten konnte. Vielleicht lag es daran, dass Gächter trotz seiner Länge nur knapp siebzig Kilo mit sich herumzutragen hatte.
Das kleine Grundstück, knappe hundert Meter lang und kaum dreißig Meter breit, lag noch im sanften Teil der Steigung. Ganz hinten, kurz bevor das Gelände plötzlich steil anstieg, stand eine Holzhütte aus massiven Balken. Die Giebelseite schaute zum Tal hin. In der Mitte befand sich eine schmale Tür. Rechts und links waren zwei Fenster symmetrisch angeordnet. Die Läden waren geschlossen. Vor der Tür lag eine Eisenschiene, die an beiden Enden durch Vorhängeschlösser an Eisenlaschen gesichert war. Weit und breit war kein Mensch zu sehen. Und es wirkte wie schiere Ironie, dass gerade jetzt der Hubschrauber

seine Höhe verminderte und das Geräusch seiner Rotorblätter anschwoll.
Bienzle war sich plötzlich sicher, dass sie an der falschen Stelle suchten. »Wir können umkehren«, sagte er.
Gächter sah ihn verständnislos an.
»Wir müssen woanders suchen.«
»Okay«, sagte Gächter, der sich – wie immer – darauf verließ, dass Bienzle auf der Zielgeraden recht behielt. Es war ja ohnehin *sein* Finish.
Sie kehrten um, ohne Stefan Seyboldts »Gütle« betreten zu haben. Das Einsatzkommando »stürmte« die Hütte dennoch genau nach Plan und fand zwar eine für diese Art von Bleibe mehr als luxuriöse Einrichtung mit eigener Stromversorgung und allen Segnungen der modernen Technik, aber keinerlei Hinweise auf die Geschäfte des Besitzers oder seiner Nachfolger.

Der Bericht darüber erreichte Bienzle telefonisch, als er gerade das Landratsamt betrat.
In der Liegenschaftsabteilung traf Bienzle auf Frau Häussler. Sie hatte rotblonde Haare, die sie seit ihrem vierzehnten Lebensjahr erfolglos zu bändigen versuchte, einen viel zu schmalen Mund, ein vorspringendes Kinn und hungrige Augen. Wenigstens kamen Bienzle diese Augen so vor.
»Ja, der Herr Seyboldt ist hier Grundbesitzer«, sagte sie, nachdem Bienzle ihrer Auskunftsfreude mit seinem Dienstausweis ein wenig nachgeholfen hatte.
»Er hat das Gütle in Bodman«, sagte Bienzle, »und hat er sonst noch was?«
»Einen Liegeplatz in Konstanz-Staad. Da, wo auch die Meersburger Fähre ankommt. Das weiß ich allerdings nicht amtlich, sondern mehr so privat, und ich würd's Ihne bestimmt au net sage, wenn Sie nicht auch Beamter wären.«

»Und woher wissen Sie, dass der Herr Seyboldt diesen Liegeplatz hat?«
»Mein Mann hat sein Boot net weit daneben liegen. Obwohl ich – sagen Sie's bitte net weiter, vor allem net meinem Mann …«
»Ich werd ihm ja wahrscheinlich nie begegnen«, warf Bienzle ein.
»Mr weiß net, dr Teufel isch a Eichhörnle – also, obwohl ich ganz und gar gegen diesen Luxus bin. Wir sind ja schließlich keine Großbürger, net wahr?!« Frau Häussler fuhr sich mit den gespreizten Fingern in ihre rotblonde Lockenpracht und richtete sich auf ihrem Bürostuhl hoch auf. Sie wusste, sie hatte einen schönen Busen, und sie wusste auch, wie er am besten zur Geltung kam.
»Ist das, wo der Herr Seyboldt sein Boot hat, nur ein Liegeplatz, oder ist das mehr?«, fragte Bienzle. Und weil er ein Menschenkenner war, fügte er bewundernd hinzu. »Sie habet aber amal a traumhafte Figur, wenn ich das beiläufig so sagen darf.«
Eine leichte Röte überzog Frau Häusslers strenges Gesicht. »Es ist der letzte Liegeplatz links, und es ist ein sehr schönes Bootshaus dabei.«
Bienzle verabschiedete sich mit dem Satz, den Ermittler auf der ganzen Welt wohl am häufigsten verwenden: »Sie haben mir sehr geholfen.«

Gächter lehnte am Dienstwagen und rauchte, als Bienzle aus dem Gebäude herausgestürmt kam. »Los!«, schrie er schon unter der Tür. »Wir müssen nach Konstanz!«
Gächter fuhr los. Bienzle erzählte ihm, was er von Frau Häussler erfahren hatte. Gächter trat voll auf die Bremse und fuhr an den Straßenrand.
»Was ist denn jetzt los?«, fragte Bienzle.

»Du willst das doch wohl nicht im Alleingang machen?«
»Und was schlägst du vor?«
»Wir haben ein mobiles Einsatzkommando hier und eine halbe Hundertschaft Schutzpolizei.«
»Okay, wenn's brenzlig wird, alarmieren wir die!«
Gächter sah Bienzle von der Seite an. »Irgendwann geht das mal schief!«
»Ja, irgendwann, aber des muss ja nicht grad heute sein. Los, fahr jetzt!«
Gächter zuckte die Achseln. »Mit Blaulicht?«, fragte er.
»Ja, logisch!«

Das Holzhaus am Ende des Anlegeplatzes hatte vielleicht einmal als Bootsschuppen angefangen, heute war es ein veritables eingeschossiges Wochenendhaus mit einem verglasten Giebel im Oberstock und einer Terrasse, die weit in den See hinausgebaut war.
Auf der Terrasse standen exquisite Gartenmöbel aus Teakholz. Auf der Bank, die hinter einem quadratischen Tisch an der Giebelwand des Hauses stand, saß Saskia Seyboldt. Sie trug knappe Shorts und ein Top, das den Bauchnabel frei ließ.
Eine elegante Yacht glitt auf den kleinen Sporthafen zu, an dessen linker Flanke das Seyboldt'sche Bootshaus stand. Langsam hob Saskia ein Fernglas an die Augen. Am Steuer der Yacht erkannte sie Josef Serkiniadse. In spätestens zehn Minuten würde er hier anlegen.

Gächter fädelte sich hinter Markelfingen in die B 33 ein. Allensbach ließen sie links liegen. Bienzle saß mit versteinertem Gesicht auf dem Beifahrersitz. Sein Kollege sah immer wieder zu ihm hinüber.
»Warum soll sich Hannelore nicht mit einem alten Studien-

kollegen treffen?«, fragte Gächter und bemühte sich dabei um einen leichten Ton.
»Serkiniadse wusste es auch«, sagte Bienzle. »Offenbar hat er sie die ganze Zeit beobachten lassen.«
»Hast du sie darauf angesprochen?«
»Ja, aber da war ich stockbesoffen.«
»Du??«
»Ja, verdammt nochmal. So was kommt in den besten Familien vor.«
»Und, was hat Hannelore gesagt?«
»Sie hat so getan, als kenne sie keinen Patrick Leotat.«
»Also *den* Eindruck hatte ich nicht.« Gächter schob sich eine Zigarette zwischen die Lippen, zündete sie aber aus Rücksicht auf seinen Kollegen nicht an. Stattdessen deutete er mit dem Daumen nach hinten. »Ich hab vorhin den ›Südkurier‹ durchgeblättert.«
Bienzle sah sich um. Die Zeitung lag auf dem Rücksitz. »Ja, und?«
»Der Abgeordnete Seliger stammt aus Litzelstetten.«
»Das liegt auf der anderen Seite vom Bodanrück. Er ist also hier aus der Gegend.«
Das Blaulicht verschaffte ihnen freie Fahrt. Gächter veränderte seine lässige Haltung nicht, obwohl er mit weit über 150 Stundenkilometer durch die Landschaft raste. »Der Herr Abgeordnete hat hier auch seinen Wahlkreis«, fuhr er fort. »Zurzeit macht er ein paar Tage Urlaub hier, hält aber trotzdem Sprechstunden in seinem Bürgerbüro in Konstanz ab. Die Zeitung bringt ein Porträt über ihn. Demnach hat der das Zeug zum Außenminister!«
»Das kann ich nicht beurteilen«, brummte Bienzle. »Du kannst dort vorne links. Wir fahren über Wollmatingen und Fürstenberg.«

Josef Serkiniadse stellte den Motor ab und ließ die Yacht geschickt auslaufen, so dass sie fast zum Stillstand gekommen war, als sie den Anlegesteg erreichte. Saskia rührte sich nicht von der Stelle. Sie hatte jetzt ihre rechte Hand unter ein Sitzkissen geschoben. Der Stahl der Smith & Wesson fühlte sich kühl an.
Mit einem elastischen Satz sprang Serkiniadse auf den Steg und machte das Seil fest. Er trug einen weißen Pulli, hellblaue Jeans und weiße Turnschuhe. Als er nun die drei Stufen zur Terrasse heraufstieg, lächelte er. »Hallo, Saskia!«
»Wo sind meine Kinder?«
»Denen geht es gut!«
»Wo sie sind, habe ich gefragt.«
Serkiniadse setzte sich unaufgefordert auf einen der Holzsessel. »Wir werden alles in Ruhe besprechen.«

Gächter und Bienzle erreichten die Ortsgrenze von Allmannsdorf. »Mach das Blaulicht aus«, sagte Bienzle.
Gächter legte den Schalter um und holte das Blaulicht vom Dach.
»Links abbiegen!«
Gächter gehorchte. Der See kam in Sicht. Er war jetzt schon sehr nah.
Bienzle deutete auf einen schmalen geteerten Weg, der direkt zum Ufer führte. »Dort rein!«
»Bist du schon mal hier gewesen?«
»Ja, damals, als ich den Mord am Seestädter Theater aufgeklärt habe.«
Gächter erinnerte sich. »Hast du eigentlich Hannelore von der Affäre mit dieser Schauspielerin, wie hieß sie gleich …?«
»Ursula Ralnik.«
»Hast du's ihr erzählt?«
»Anhalten«, bellte Bienzle.

»Könnte ich einen Kaffee haben?«, fragte Serkiniadse.
»Ich hab keine Hilfe hier«, antwortete Saskia kühl.
»Und du bist nicht in der Lage …?«
»Wo sind meine Kinder?«
»Du bekommst sie sofort zurück, wenn ich den Prototyp und die Konstruktionsunterlagen habe. Und es eilt, Cinderella. Der Transport geht morgen von Kreuzlingen nach Zürich und wird dort in eine Transportmaschine verladen.«
»Und wenn ich dir die Unterlagen und den Prototyp nicht gebe?«
Serkiniadse atmete sichtlich erleichtert auf. »Du hast sie also tatsächlich?«
Saskias Augen weiteten sich. Er hatte es die ganze Zeit nicht gewusst. Serkiniadse hatte ihre Kinder entführt, nur um zu erfahren, ob sie die Baupläne und den Prototyp für das neue elektronische Waffensystem besaß. Was wäre geschehen, wenn sie's geleugnet hätte?

Bienzle und Gächter erreichten das Grundstück am See. Sie sahen die Yacht liegen. Vor dem Haus parkte ein Cabriolet mit Berliner Nummer. Dann hörten sie Stimmen von der Terrasse her. Verwundert beobachtete Bienzle, wie sich Gächter seiner Kleider entledigte. »Was hast du vor?«, fragte er flüsternd.
»Siehst du 'ne andere Chance, näher ranzukommen, ohne auf uns aufmerksam zu machen?«, fragte Gächter genauso leise zurück. Er hatte jetzt nur noch seine Unterhose an. Bienzle registrierte überrascht, dass sein Kollege Boxershorts trug. Sie passten nicht zu ihm. Dazu war Gächters Körper zu dürr, fand Bienzle.
Gächter ließ sich ins Wasser und bewegte sich langsam schwimmend an der Längsseite des Holzhauses entlang. Als er die Stelle erreichte, wo die Terrasse an das Haus anschloss, schob er sich

auf dem Rücken liegend unter die Bohlenbretter und zog sich Hand über Hand an den Querbalken weiter Richtung Steg. Jetzt konnte er die Stimmen hören. »Stefan hat Seliger eine Million bezahlt«, hörte er eine weibliche Stimme.
»Ach, Seliger hat ihm das Zeug beschafft? Und dann hat er noch dafür gesorgt, dass der Export über die Bühne ging.« Das war eine männliche Stimme mit einem leicht fremdländischen Akzent.
»Ja, dafür erwartet er noch eine Million!«
»Für sich persönlich oder für seine Partei?«
»Was er mit dem Geld macht, ist seine Sache. Ich will nur sagen, der Deal kostet mich jetzt schon Millionen, und du denkst, du könntest mich darauf sitzen lassen.«
»Ja, das denke ich, Cinderella. An dem Tag, als du mich kalt abserviert hast, habe ich beschlossen, dass dich das teuer zu stehen kommen würde. Sehr teuer.«
Saskia hatte die ganze Zeit ihre Position nicht verändert. Jetzt schlug sie ihre langen Beine übereinander, warf den Kopf zurück und lachte. »Wenn du dich da mal nicht verrechnet hast.«
Serkiniadse lächelte überlegen. »Ich habe mich in meinem Leben noch nicht oft verrechnet.«
Hinter Saskia öffnete sich die Tür zum Haus. Seliger trat über die Schwelle.
»Diesmal sieht es aber ganz so aus!«
Gächter lag unbeweglich direkt unter den drei Menschen dort oben im Wasser. Die Kälte kroch in seine Glieder, und er spürte, dass er bald seine Lage verändern musste.
»Seliger! Wie kommen Sie denn hierher?«
»Das ist schließlich mein Wahlkreis. Und Sie gehen besser auf Saskias Bedingungen ein«, sagte Seliger. »Ich kann den Waffentransport ohne große Probleme heute noch stoppen.«
»Das werden Sie nicht tun.«

»Warum nicht?«
»Weil ich weiß, dass Sie für den Tod Keuerlebers verantwortlich sind!«
Gächter verfluchte seine Situation. Er konnte nichts notieren, kein Band mitlaufen lassen. Nachher würde wieder alles von seiner Zeugenaussage abhängen. Er spürte ein Kribbeln in der Nase. Jetzt bloß nicht niesen!
Bienzle war eine Weile stehen geblieben. Aber er hatte nicht die Gelassenheit, einfach zu warten. Schließlich hatte er die Schuhe ausgezogen und war auf Zehenspitzen an der rechten Seite des Hauses nach vorne geschlichen.
Er erreichte die Ecke des Hauses und hörte als Erstes, wie Seliger sagte: »Ich bitte Sie, Serkiniadse. Ich habe mir in meiner ganzen Laufbahn noch nie mit so etwas die Finger schmutzig gemacht. Sie wissen genau, dass ich lediglich gesagt habe, es wäre politisch günstiger, wenn wir Keuerleber aus dem Verkehr ziehen. Wie Sie das gemacht haben, war Ihre Sache. Mir hätte es völlig genügt, wenn er aus Krankheitsgründen der entscheidenden Sitzung ferngeblieben wäre oder, von mir aus, weil er in irgendeinem Fahrstuhl steckengeblieben wäre.«
»Ich will sofort meine Kinder wiederhaben«, fuhr Saskia Seyboldt dazwischen.
»Kein Problem.« Serkiniadse blieb bei seinem leichten Ton. »Ich tausche sie gegen das Waffensystem.«
»Gut.« Seliger schien klein beizugeben. »Wo und wie?«
»Jetzt, hier. Sofort.«
»Du hast … du hast die Kinder auf deinem Boot?« Saskia sprang auf.
Jetzt sah Serkiniadse, dass sie eine Waffe in der Hand hatte. Er behielt die Ruhe. »Mach jetzt keinen Fehler, Saskia! Sie werden von einem meiner Leute bewacht, und wenn mir etwas geschieht, wird er sie sofort töten.«

Saskia ging wie in Trance auf die Kante der Terrasse zu. »Das will ich sehen«, sagte sie. Serkiniadse blieb ruhig stehen. Saskia musste an ihm vorbei. Als sie auf seiner Höhe war, schlug er ihr die Waffe aus der Hand. Die Smith & Wesson fiel polternd auf die Dielen und trudelte auf den linken Terrassenrand zu. Saskia rief: »Mark! Amelie!!«
»Bleib hier«, sagte Serkiniadse scharf.
»Ja, es ist besser so, Saskia!«, rief Seliger. »Lass uns mit ihm verhandeln.«

Das war der Moment, in dem Bienzle auf Strümpfen um die Hausecke trat. »Da gibt's nix mehr zu verhandeln«, sagte er. Serkiniadse fuhr herum. Alle starrten zu Bienzle hin. Und so sah niemand, außer dem Kommissar, wie sich Gächter an der Kante der Terrasse hochzog und nach Saskias Smith & Wesson griff, die dicht vor ihm auf den Bohlen lag.
Serkiniadse fasste nach hinten und zog unter seinem Pulli aus dem Hosenbund eine Waffe hervor. Er richtete sie auf Bienzle. Gächter schoss im gleichen Moment und traf den Georgier in die rechte Schulter. Der war nicht einmal mehr dazu gekommen, seine Pistole zu entsichern.
Bienzle stand unverändert da und hatte in beiden Händen einen Schuh.

Zehnter Tag

Sie waren gleich nach dem Frühstück losgefahren. Bienzle war den ganzen Morgen ausgesprochen schweigsam gewesen.
Tags zuvor war alles sehr schnell gegangen. Nachdem Gächter geschossen hatte und Serkiniadse verletzt zusammengebrochen war, hatte Bienzle seine Schuhe fallen lassen und seine Dienstwaffe aus dem Holster gezogen. Seltsamerweise hatte er in dem Moment nur gedacht: »Wie gut, dass Gächter niemand verraten wird, wie dilettantisch ich mich angestellt habe.« Saskia Seyboldt war auf das Schiff gerannt und hatte ihre beiden Kinder in die Arme geschlossen, die unter Deck eingesperrt und offenbar mit einem starken Beruhigungsmittel sediert worden waren.
Gächter war in das Haus gegangen, hatte sich ein Handtuch und einen geräumigen Bademantel geholt, der vermutlich einmal Stefan Seyboldt gehört hatte.
Starke Polizeikräfte trafen ein. Gächter gab zu Protokoll, was er – unter der Terrasse im Wasser liegend – gehört hatte. Seliger dementierte sofort routiniert.
Gächter zeigte sich davon nicht beeindruckt. »Es war völlig klar, dass der Abgeordnete Seliger früher mit Serkiniadse und danach mit Saskia Seyboldt unter einer Decke gesteckt hat.«
Seliger brüllte dazwischen: »Gelogen, das ist alles gelogen. Das ist eine politische Intrige – der schäbige Versuch, mir und meiner Partei einen Bestechungsskandal anzuhängen, an dem nichts, aber auch gar nichts Wahres dran ist!«
Schließlich sagte Bienzle: »Ich kann jedes Wort meines Kollegen Gächter bestätigen. Ich habe alles mitgehört.« Sollten ihm

Seliger oder dessen Anwälte doch beweisen, dass dem nicht so war!
Das Lenksystem und die Konstruktionsunterlagen fanden sich in einem kleinen Geräteschuppen, der eingewachsen von einem dichten dornigen Schlehengebüsch im Garten hinter dem Bootshaus stand.
Serkiniadse wurde in ein Krankenhaus gebracht. Er hatte einen Steckschuss zwischen Schulter und Schultergelenk. Möglich, dass er den rechten Arm nie mehr würde gebrauchen können.

Gächter wollte auf die Autobahn Singen–Stuttgart, aber Bienzle überredete ihn, über Stockach, Engen, Tuttlingen, Rottweil und Tübingen zu fahren. »Du hast nur Angst vor zu Hause«, maulte Gächter.
»Nein, ich will dir zeigen, wie schön's hier ist.«
Doch Gächter hatte keinen Blick für die Landschaft. Er kaute auf einem Zahnstocher herum, den er noch in seiner Jackentasche gefunden hatte. »Glaubst du, dass der Seliger das unbeschadet übersteht?«
»Nein, das glaub ich nicht. Die Richter haben ja Gott sei Dank schnell reagiert. Die Hausdurchsuchungen laufen wahrscheinlich schon am Bodensee und in Berlin. Die Kollegen werden Material genug finden.«
Bienzles Handy meldete sich. Neiberg war dran. Er hatte vom Fahndungserfolg der Kollegen Gächter und Bienzle gehört und gratulierte überschwänglich. Ganz zum Schluss sagte er noch betont beiläufig: »Übrigens, Maletzke hat sich erschossen. Mit der Waffe eines Kollegen, der ihn eigentlich hätt bewachen sollen.«
Bienzle schaltete das Telefon ab, ohne noch etwas zu sagen. Gächter sah zu ihm herüber. Unwillkürlich verlangsamte er das Tempo. »Sag mal, weinst du etwa?«

Bienzle nickte nur, aber er sagte bis Stuttgart kein Wort mehr. Gächter verstand das. Sie waren wie zwei Männer am Seil, die eine Bergtour machen, stundenlang nicht miteinander reden und sich dennoch verstehen.
Vor seiner Wohnung stieg Bienzle aus Gächters Dienstwagen.
»Danke!« Das war seit zwei Stunden sein erstes Wort.
»Ich hätte ja sowieso fahren müssen«, gab Gächter zurück.
»Nicht dafür«, sagte Bienzle, »dafür, dass du mir meine Ruhe gelassen hast.«
Gächter salutierte mit dem Zeigefinger an der Stirn, fuhr wieder los und war froh, sich endlich eine Zigarette anstecken zu können.
Bienzle stieg die Treppe hinauf. Seine Reisetasche kam ihm plötzlich ungewöhnlich schwer vor. Er klingelte.
Hannelore erschien in der Tür. »Hast du wieder mal deinen Schlüssel vermöhlt?«
»Ich hab denkt, ich klingel lieber. Man weiß ja nie.«
Hannelore nahm ihn in die Arme und küsste ihn. »Du meinst, wegen Patrick?«
»Also doch.« Bienzle machte sich von ihr los. »Ist er da?«
»Ja, aber wenn's dich beruhigt, seine Frau auch. Ich habe ihnen das Gästezimmer überlassen, solange du weg warst.«
»Und warum hast du so getan, als ob du keinen Leotat kennen würdest?«
»Hätt ich mit dir diskutieren sollen? In deinem Zustand?«
Sie gingen in die Wohnung hinein. Das Paar, das aus dem Gästezimmer kam, um den Hausherrn zu begrüßen, machte auf Bienzle einen sehr sympathischen Eindruck.

– ENDE –

Felix Huby
Bienzles schwerster Fall
Roman
Band 17134

Kommissar Bienzle in der schwersten Krise seiner Karriere

Ein Kind liegt tot im Wald. Opfer eines Gewaltverbrechens. Es ist nicht das erste. Vor einem Jahr gab es schon einen ganz ähnlichen Fall. Damals wurde ein junger Mann verdächtigt, aber nicht überführt. Jetzt steht er erneut unter Verdacht. Doch Kommissar Bienzle zweifelt an seiner Schuld. Da wird plötzlich ein weiteres Kind entführt. Diesmal scheint Bienzle sein sicherer Instinkt verlassen zu haben und alles sich gegen den Kommissar zu verschwören. Er selbst traut seiner Urteilskraft nicht mehr. Plötzlich jedoch nimmt der Fall eine spektakuläre Wende.

Fischer Taschenbuch Verlag

fi 17134 / 1

Felix Huby
Der Heckenschütze
Peter Heilands erster Fall
Roman
Band 16373

Felix Hubys neuer Kommissar: Peter Heiland

Kriminalhauptkommissar Peter Heiland, Anfang dreißig, hat es aus Stuttgart zu einer der acht Mordkommissionen nach Berlin verschlagen. Hier ist alles um einiges rauer und hektischer als im heimischen Schwabenland. Man könnte meinen, der schwäbische Fahnder sei völlig überfordert, als er den Auftrag bekommt, den Sniper von Berlin zu finden und zu überführen, einen Mann, der wild und skrupellos Jagd auf Menschen macht. Doch mit Phantasie und der Gabe, »um die Ecke denken zu können«, gelingt es dem sympathischen Schwaben, dem Heckenschützen auf die Spur zu kommen und ihn zu stoppen.

Fischer Taschenbuch Verlag

fi 16373 / 1